U1058869

西北大学“双一流”建设项目资助

Sponsored by First-class Universities and Academic Programs of Northwest University

李杜诗歌精读

LI-DU SHIGE JINGDU

李芳民 撰

西北大学出版社
·西安·

图书在版编目（CIP）数据

李杜诗歌精读 / 李芳民撰. —西安：西北大学出版社，2021.11（2023.11 重印）

ISBN 978－7－5604－4860－2

Ⅰ.①李… Ⅱ.①李… Ⅲ.①唐诗—教材 Ⅳ.①I222.742

中国版本图书馆 CIP 数据核字（2021）第 221079 号

李杜诗歌精读

撰者　李芳民

出版发行　西北大学出版社

（西北大学校内　邮编：710069　电话：029-88302621　88303593）

http：//nwupress.nwu.edu.cn　E-mail：xdpress@nwu.edu.cn

经　销　全国新华书店

印　刷　西安华新彩印有限责任公司

开　本　787 毫米×1092 毫米　1/16

印　张　21

版　次　2021 年 11 月第 1 版

印　次　2023 年 11 月第 2 次印刷

字　数　385 千字

书　号　ISBN 978-7-5604-4860-2

定　价　60.00 元

本版图书如有印装质量问题，请拨打 029－88302966 予以调换。

李白与杜甫：诗歌史上美丽的双子星座

作家齐名并称，是中国文学史上的常见现象，而唐代诗坛“李杜”并称，更堪称是千秋佳话。“李杜文章在，光焰万丈长。”（韩愈《调张籍》）自唐以降，齐名并称的“李杜”，便成为人们谈论诗艺的重要话头。郭沫若先生曾说：“李白和杜甫在中国文学史上的地位就如天上的双子星座。李白比杜甫大十一岁，主要生活于开元盛世，但他预感到要发生急变，且想亲身干预之。他没有亲身经历流离战乱，故把诗歌赛跑中的接力棒移交给了杜甫。他们都称职地完成了时代的使命。”[①]正因为如此，李、杜及其诗歌的研究，也一直是当代唐诗研究的重要内容与论题。

李、杜的齐名并称，有着极为丰富的蕴涵。一般而言，文学史上作家齐名并称，大都是因为他们或创作倾向、审美趣味，或题材体裁、个性风格相近或相似。但就李、杜二人而言，则不完全如此。他们二人既有相似之处，也有着不小的差异。这种相似与差异的并存，使他们二人的齐名并称更具个性特点，也更值得关注与研究。以下着重围绕二人的生平与创作情况，对其相似与差异之处，略做描述与介绍。

---

① 郭沫若：《诗歌史上的双子星座》，《光明日报》1962年6月9日。

一

李白虽较杜甫年长十一岁，但大致仍可说是同一时代的诗人。他们都经历过唐王朝最辉煌的开、天盛世，又都经历了导致唐王朝走向衰落的大战乱——安史之乱。由于生活时代相近，其人生经历也就具有了一些相似性。白居易在《读李杜诗集因题卷后》一诗中曾说："翰林江左日，员外剑南时。不得高官职，仍逢苦乱离。"如果从他们后半生的遭际来看，这个描述是大致不错的，只是没有包含二人的家世背景与青壮年经历，因此我们下面的介绍可以更为完整一些。如果就李、杜二人一生经历之大者而言，其相似性可说主要有三个方面，即早年的漫游与干谒、短暂的高层政治生活经历以及晚年的漂泊与流离。

1. 早年的漫游与干谒

李白生于武则天长安元年（701），卒于唐代宗宝应元年（762）①，字太白，号青莲居士。现在一般认为，他出生于碎叶（今吉尔吉斯斯坦的托克马克），其家世详情已难于确知。据唐李阳冰《草堂集序》的记述，李白是凉武昭王李暠九世孙，先世因故流徙于碎叶，至中宗神龙初随父迁居于剑南道绵州昌隆县（今四川江油）②，其父可能是个富商。

李白的青少年时期，正当唐王朝"开元之治"的前期。此时玄宗励精图治，整个社会呈现出一派欣欣向荣的景象；特别是此一时期朝廷"广开才路"，给人们带来了很大的希望。李白生活于这样的环境中，加上他的父亲有着较高的文化

---

① 关于李白的卒年，当代研究者也有一些新的探讨与意见，如李从军先生认为应卒于代宗广德二年（764），享年64岁；阎琦先生认为应卒于广德元年（763），享年63岁。李说见其《李白卒年辨》（《吉林大学社会科学学报》1983年第5期）一文，阎说见其《李白卒年刍议》（《西北大学学报》1985年第3期）、《再论李白不卒于宝应元年》（《中国李白研究（2000年集）》）二文。此外，其他学者还有一些新说，不能备举。这里仍取文学史的表述。

② 关于李白的籍贯，以前的文献记载中有多种说法，归纳起来，大致有山东说、陇西说、西域说和巴蜀说。可以明确的是，山东为其寓居之地，陇西为其郡望。西域说可将碎叶与条支之说包括在内。巴蜀说亦可涵括绵州、广汉、巴西三说。根据李阳冰《草堂集序》、范传正《唐左拾遗翰林学士李公新墓碑并序》，学界现一般认为李白出生于碎叶。但魏颢《李翰林集序》谓"白本陇西，乃放形，因家于绵。身既生蜀，则江山英秀"，故也有人据此认为李白生于蜀。

修养，因此他从小就受到了良好的教育，树立了远大的志向与抱负。他自称“五岁诵六甲，十岁观百家”（《上安州裴长史书》），“十五观奇书，作赋凌相如”（《赠张相镐二首》其二），又好击剑任侠与道教神仙。十八岁时，又从赵蕤习纵横术。开元八年（720），礼部尚书苏颋出任益州（今四川成都）大都督府长史，他于道投刺干谒，深得苏颋欣赏，称“此子天才英丽，下笔不休，虽风力未成，且见专车之骨。若广之以学，可以相如比肩也”（《上安州裴长史书》）。到了开元十三年（725），二十五岁的李白以为“大丈夫必有四方之志，乃仗剑去国，辞亲远游”（《上安州裴长史书》），便离蜀东下，开始了他的漫游、干谒之旅。

李白经长江三峡出蜀至江陵，邂逅道士司马承祯，司马承祯赞其“有仙风道骨，可与神游八极之表”，他因撰《大鹏遇稀有鸟赋》（即《大鹏赋》），表达对司马承祯的知遇之感。嗣后，他沿江而下，东至金陵、扬州，一路寻访山水名胜，广事交游，又轻财好施。后来他回忆此间经历时曾称：“曩昔东游维扬，不逾一年，散金三十余万，有落魄公子，悉皆济之。”（《上安州裴长史书》）

开元十五年（727），李白自扬州西游安州（今湖北安陆），故相许圉师家妻以孙女，自是他便以安州为家，一方面读书写作，另一方面也积极从事干谒活动。他在这一时期所写的《代寿山答孟少府移文书》中，曾表达其政治理想与人生抱负是：“申管、晏之谈，谋帝王之术。奋其智能，愿为辅弼，使寰区大定，海县清一。事君之道成，荣亲之义毕，然后与陶朱、留侯，浮五湖，戏沧洲，不足为难矣。”并为实现此理想而开始了积极的干谒。但是他的干谒却没有得到期望的结果。他曾寄希望于安州长史裴某，却遭人谗毁，因作《上安州裴长史书》以表心迹。在文末他写道：“若赫然作威，加以大怒，不许门下，逐之长途，白即膝行于前，再拜而去，西入秦海，一观国风，永辞君侯，黄鹄举矣。何王公大人之门，不可以弹长剑乎？”大约在此后不久，也即开元十八年（730）前后，他离开安州而西入长安，希望继续寻找政治上的出路。但至长安后，虽多方活动，却依然有志难伸。他徘徊魏阙之下，不得其门而入，心中十分郁闷，因写了《长相思》《蜀道难》《行路难》等作品，以宣泄内心的苦闷。约在开元十九年（731）春，他离开长安，东至汴州（今河南开封）、宋州（今河南商丘）、洛阳（今河南洛阳）等地。开元二十二年（734），他又出游襄阳（今湖北襄阳），拜访了享有盛名的韩朝宗，并上《与韩荆州书》，希望能得到韩朝宗的举荐，但亦未果。开元二十三年（735），他应友人元演之邀，北游并州（今山西太原）及雁门（位于山西代县），至次年秋始返洛阳。开元二十五年（737），他返回安州，闲居之余，深感时光倏忽，青春将逝，而平生功业未就，不免焦虑，乃于次年复又远行。此后两年间，他历经南阳（今河南南阳）、颍阳（今属河南登封）、宋城（今属河南商丘）、下邳（今江苏邳州）、淮阴（今属江苏淮安）、楚州（今江苏淮安）、扬州（今江苏扬州）、杭州（今浙江杭州）等地，又溯江西上，远抵荆州（今湖北荆州），行程数千里，却仍一事无成。至开元二十八年（740），大概因许氏夫人去世，他乃移居山东任城（今山东济宁）。此时他已四十岁，自出蜀以来，虽漫游甚广，干谒多方，却未能取得任何成效。

与李白相似，杜甫早年也经历了充满逸兴的漫游与颇显悲凉的干谒。

杜甫于玄宗先天元年（712）生于河南巩县（今河南巩义）一个“奉儒守官”的官僚家庭，代宗大历五年（770）卒于潭州（今湖南长沙）至岳州（今湖南岳阳）的一条小船上。甫字子美，自号杜陵野老、杜陵布衣、少陵野老，世称“杜少陵”。其十三世祖杜预是西晋名将，祖父杜审言为武则天时著名诗人，父杜闲曾为奉天令、兖州司马。杜甫自幼好学，天赋颖异，曾自称：“七龄思即壮，开口咏凤皇。九龄书大字，有作成一囊。”（《壮游》）又称：“李邕求识面，王翰愿为邻。”（《奉赠韦左丞丈二十二韵》）因为家世背景及时代风气的影响，也出于开阔视野、增长见识的目的，他在年轻时曾多次外出漫游。他的漫游前后共有三次，断断续续，约有十年之久。第一次始于开元十九年（731），出游之地为吴越一带。这次出游，他饱览了吴越的秀丽山川，寻访了不少历史古迹。《壮游》一诗中说：“王谢风流远，阖闾丘墓荒。剑池石壁仄，长洲芰荷香。嵯峨阊门北，清庙映回塘。每趋吴太伯，抚事泪浪浪。蒸鱼闻匕首，除道哂要章。枕戈忆勾践，渡浙想秦皇。越女天下白，鉴湖五月凉。剡溪蕴秀异，欲罢不能忘。”诗中的这些描述，是他晚年对这次出游的美好追忆。由于此行极为愉快，他甚至感慨说：“东下姑苏台，已具浮海航。到今有遗恨，不得穷扶桑。”可见当时的豪兴。

开元二十三年（735），他自江南返回洛阳，参加了次年的科举考试，却未能中第，于是不久开始了第二次漫游。这次出游的地点在齐赵（今山东、河北、山西）一带。《壮游》诗中说：“放荡齐赵间，裘马颇清狂。春歌丛台上，冬猎青丘旁。呼鹰皂枥林，逐兽云雪冈。”可见这也是一次具有浪漫色彩的壮游。约在开元二十九年（741），他结束了此次游历，再次返回洛阳。

他的第三次漫游在天宝三载（744）。这一年李白由长安至洛阳，二人于洛阳相遇，一见如故，因携手同游梁宋（今河南开封、商丘一带）。同游的还有著名诗人高适。三人情趣相投，因此一起登高远眺，饮酒赋诗，寻幽访道，直至此年秋后，三人方才分手。高适南下游楚，李白往任城探视家小，而杜甫则赴兖州省父。

“快意八九年，西归到咸阳。”（《壮游》）天宝五载（746），杜甫怀着“致君尧舜上，再使风俗淳”的远大抱负，来到京城长安。与李白的漫游和干谒相伴不同，杜甫的干谒主要集中于他在长安生活时期。天宝六载（747），玄宗“诏天下有一艺，诣毂下”，这即是所谓的“制举”。杜甫也去应试了。但由于李林甫的操弄，竟“无一人及第”，李还上表称贺“野无遗贤”。杜甫在长安寻求仕宦的初次努力，就这样遭到了挫败。

仕宦受挫，不仅政治抱负不得施展，生计也开始陷于困顿。他虽然以“事干谒”为耻，但迫于生存压力，亦不得不违心地向达官贵人投献诗歌，以求汲引。他先后投诗于韦济、鲜于仲通、汝阳王李琎、张垍等，并参与了驸马都尉郑潜曜以及何姓将军等权贵的宴饮活动，广事交游，结果仍然是失望。“朝扣富儿门，暮随肥马尘。残杯与冷炙，到处潜悲辛。”（《奉赠韦左丞丈二十二韵》）长安的干谒交游，不仅一无所成，而且使他倍感屈辱。

天宝十载（751）正月，玄宗举行祭太清宫、太庙和祀南郊的大典，“昭代将垂白，途穷乃叫阍”（《奉留赠集贤院崔于二学士》），杜甫趁机写了“三大礼赋”投延恩匦，希望借此获得仕进的机会。玄宗览其文章，颇为赏识，令待制集贤院，命宰相试文章。这是杜甫颇引为荣耀的经历：“忆献三赋蓬莱宫，自怪一日声烜赫。集贤学士如堵墙，观我落笔中书堂。”（《莫相疑行》）但除了博得“词感帝王尊”的虚名外，仍未能获一官半职。到了天宝十三载（754），他又连续进《封西岳赋》和《雕赋》，还是没有结果。直到天宝十四载（755）十月，才在困守长安将近十年的时候，被任命为河西（今属陕西合阳县）尉。杜甫对这一任命不甚满意而未接受，后乃改授右卫率府胄曹参军。然而就在这年的十一月，安史之乱爆发了，玄宗幸蜀，朝廷迁播，杜甫也身陷动乱之中。战乱爆发后，他先携家小由奉先（今陕西蒲城县）至白水（今陕西白水县），后又由白水逃向陕北，最后至鄜州（今陕西富县），寄家于羌村。天宝十五载（756）七月十二日，太子李亨在灵武（今宁夏灵武）即位，改元至德。杜甫得知这一消息后，便只身投奔，不料却为叛军所获，被押解长安，至次年春末，他才冒险自长安逃奔凤翔（今属陕西宝鸡）肃宗行在。他后来不长的仕宦经历，也是从此开始的。

2. 短暂的高层政治生活经历

天宝元年（742），李白四十二岁。就在这一年，玄宗下诏宣李白入京，李白的遭际由此发生了重大变化。李白初闻被征召，真是喜出望外，“仰天大笑出门去，我辈岂是蓬蒿人”（《南陵别儿童入京》）。不过，这时的玄宗已不是一个励精图治的皇帝了。自从开元十三年（725）东封泰山告成功于天地后，他就开始志满意得，贪图安逸与享乐了。开元二十四年（736）张九龄罢相后，权力便落入李林甫之手。李林甫为人阴险奸诈，口蜜腹剑，嫉贤妒能，排斥异己，朝政因此而日坏，但玄宗却沉溺于享乐而不悟。他召李白进京，并不是想任用贤才治理国家，而是需要一个出色的文人来点缀太平，李白却天真地以为他多年的政治理想有了实现的机会，因此，他初入长安时喜悦的心情是不难想见的。

初入长安，李白确也受到了玄宗的眷顾。玄宗降辇步迎，赐七宝床，御手调羹，并命为翰林待诏。按唐制，皇帝所在处必有文词经学之士，下至医卜伎术之流，随时待诏命，备顾问，玄宗名待诏之所曰翰林院。至开元二十六年（738），又别建学士院，以他官兼充学士，专掌起草诏命。李白之入翰林院，只是以文词秀异待诏供奉而已，并未授正式官职，与以他官充任学士者不同。只是李白才气与声名甚大，玄宗颇礼遇之，并因赏其才而尝命他草诏诰，又命他作过一些描写宫廷歌舞宴乐生活的诗文，如《泛白莲池序》《宫中行乐词》《清平调》等。玄宗幸骊山温泉宫，李白也每在侍从之列，“幸陪鸾辇出鸿都，身骑飞龙天马驹。王公大人借颜色，金章紫绶来相趋”（《驾去温泉宫后赠杨山人》）。玄宗的赏识，使李白颇生幻想，乃至以为不仅他自己可以平步青云，而且可以援引故人：“激赏摇天笔，承恩赐御衣。逢君奏明主，他日共翻飞。”（《温泉侍从归逢故人》）但是很快他便意识到玄宗对他不过是倡优蓄之，他不仅没有实现所期望的委以大任的愿望，还因小人嫉恨而屡遭谗毁，于是乃“浪迹纵酒，以自昏秽。咏歌之际，屡称东山”（李阳冰《草堂集序》），渐渐地表现出厌倦情绪。他自知不为朝廷所容，便在天宝三载（744）春上书请“还山”。玄宗以其“非廊庙器”，乃“赐金放还”。这样，李白便怀着悲凉、怨愤而又恋恋不舍的心情，高吟“凤饥不啄粟，所食唯琅玕。焉能与群鸡，刺蹙争一餐”（《古风五十九首》其四十）的高傲诗句，告别了帝都，结束了他在长安一年多的宫廷生活。

与李白一样，杜甫也有过进入政治高层的短暂经历。他在至德二载（757）五月奔赴肃宗在凤翔的行在，旋被任命为左拾遗。但紧接着就发生了房琯因平叛失利而遭罢相一事，杜甫上疏谏诤，触怒肃宗，命三司推问，幸得张镐营救，方免一死，但他从此也失去了肃宗的信任。八月，肃宗墨敕放其还家省亲，实则是有意疏远。九月，官军收复长安。不久肃宗回銮，杜甫亦随之返京，继续任左拾遗之职。“不寝听金钥，因风想玉珂。明朝有封事，数问夜如何”（《春宿左省》）、“避人焚谏草，骑马欲鸡栖”（《晚出左掖》）、“衮职曾无一字补，许身愧比双南金”（《题省中壁》），尽管他尽职尽责，却也感到了肃宗的猜忌。乾元元年（758）七月，终被贬离朝，出为华州司功参军，从而结束了他一生中颇为短暂的朝官仕官生涯。一年后，他又弃去华州司功之任而远赴陇蜀，漂泊于西南天地间，成为远离朝廷的沧江野老，从此与仕宦诀别。

3. 晚年的漂泊与流离

李白于天宝三载（744）春怀着忧愤出京后，即开始了他后来如飘蓬一般的生活。

天宝三载五月，李白在洛阳与杜甫相会，并与高适一起同游梁、宋。次年春，又与杜甫会于鲁郡（今山东济宁兖州区）和济南郡（今山东济南）。天宝五载（746），他南游越中（今浙江绍兴一带），临行赋《梦游天姥吟留别》，借梦游仙境以宣泄仕途失意的忧愤。天宝六载（747），北海太守李邕和淄川太守裴敦复遇害，这是奸相李林甫制造的大冤案。陇右节度使王忠嗣以持重安边为务，谏阻玄宗穷兵黩武，竟以“阻挠军功”获罪遭贬，旋即抑郁而死。李白听闻这些消息，不胜悲愤，因有《答王十二寒夜独酌有怀》之作以抒其愤慨。天宝十载（751）秋，他在南阳附近石门山元丹丘处做客，忽又生边塞立功之念，意欲弃文就武，从军赴边。于是此年秋末遂有幽州之行。然幽州之行一无所获，南返之后，乃寓居宣城（今安徽宣城）。

天宝十四载（755）十一月，安史乱起，战火蔓延至河北、河南。李白携宗氏夫人南奔避难，先至吴中（今江苏苏州一带），又往越中，继则西入庐山。至德元载（756）十二月，玄宗第十六子李璘自江陵出兵东巡，次年正月军次浔阳，三次遣人邀李白入幕。李白因素怀报国之心，遂入永王军。然未及一月，李璘与肃宗李亨矛盾激化，演为内讧，李璘败亡。李白以“附逆”罪入狱，幸得江南宣慰使崔涣与御史中丞宋若思推覆雪枉，以无罪开释。然未久却又被判长流夜郎。李白由浔阳启程，溯江西上赴贬所，次年春，行至奉节（今重庆奉节县），遇朝廷大赦，遂得获释。上元元年（760），李白还至豫章（今江西南昌），再登庐山，意欲求仙学道。次年他再游金陵（今江苏南京），却已物是人非，归依无所，陷于困窘。这一年，天下兵马副元帅李光弼出镇临淮（今江苏盱眙县西北），李白意欲立功报国，请缨入幕，终因病半途而返，不得已乃往当涂（今安徽当涂县）依任县令的族叔李阳冰。时李阳冰将辞满，李白疾亟之际，乃以诗文草稿授阳冰，嘱其编集为序。宝应元年（762）十一月，李白因病殁于当涂。

与李白相似，杜甫晚年也是漂泊流离，最终客死异乡。

杜甫于乾元二年（759）七月弃去华州司功之职，携家小离开关辅，前往陇右。“满目悲生事，因人作远游”（《秦州杂诗二十首》其一），他携家小先至秦州

（今甘肃天水），原指望得到在秦州的侄儿的帮助，不料却大失所望，于是又不得不从秦州奔同谷（今甘肃成县）。至十二月一日，又从同谷出发，南投成都，从此开始了“漂泊西南天地间”的生活。

杜甫于乾元二年（759）末到达成都，次年在亲友的帮助下于成都西郊盖了一所草堂，总算有了一个栖身之处，生活也暂时安定下来。此后，友人严武镇蜀，杜甫得到严武的资助，草堂得到较大扩充，一度生活颇安适。然而好景不长，宝应元年（762）四月，玄宗父子相继驾崩，代宗即位，召严武还朝。严武离蜀后，徐知道在成都作乱，杜甫又不得不漂泊于梓州（今四川三台县）、阆州（今四川阆中）。直到广德二年（764）春，严武再次镇蜀，杜甫才又回到草堂。永泰元年（765）四月，严武卒，杜甫离开成都，意欲出三峡北归中原。岂料至云安（今重庆云阳县）却因病滞留，次年（大历元年）乃寓居夔州（今重庆奉节县）。至大历三年（768），他思乡心切，乘舟出峡，先到江陵（今湖北江陵县），又转公安（今湖北公安县）。年底又漂泊到岳州。大历四年（769）正月，自岳州漂泊至潭州。大历五年（770）四月，臧玠在潭州作乱，杜甫携家避乱，逃往衡州（今湖南衡阳）。原打算再往郴州（今湖南郴州）投靠舅父崔伟，但行至耒阳（今湖南耒阳），遇江水暴涨，只得停泊于方田驿，饥饿无食，幸得县令聂某派人送来酒肉疗饥。由耒阳到郴州，需逆流而上二百多里，大水又未退，杜甫原一心要北归，这时便改变计划，顺流而下，折回潭州。就在这年冬天，杜甫卒于由潭州驶往岳州的一条小船上，走完了他坎坷而充满悲辛的一生。

由以上叙述可知，两位诗人虽然出身不同，但生活经历与平生遭际却有不少相似之处。在青年时代，他们都曾沐浴了盛世的时代光辉，希冀在政治上有一番作为，实现平生的远大抱负。壮年时期，又都有过京城高层政治生活的短暂经历，却又因种种原因而被迫离开政治中心，告别仕宦生涯。同样，他们在离开京城后，也都经历了漂泊流离以及十分不幸的晚年，最后又都带着深长的遗恨离开了人世。

二

李白与杜甫虽在仕宦遭际与人生经历上有诸多相近之处，但在诗歌创作上，却个性鲜明，各有其特点。一个飘逸清新，一个沉郁顿挫；一个奔放如瀑布飞流，一个深沉若江海涌涛。二人似诗国并峙之高峰，各有其独特之气象。宋人严羽曾说：“子美不能为太白之飘逸，太白不能为子美之沉郁。太白《梦游天姥吟》《远别离》等，子美不能道；子美《北征》《兵车行》《垂老别》等，太白不能作。”[①]又说：“少陵诗，宪章汉魏，而取材于六朝；至其自得之妙，则前辈所谓集大成者也。”“观太白诗者，要识真太白处。太白天才豪逸，语多卒然而成者。学者于每篇中，要识其安身立命处可也。”[②]由此可见，他们确实有着互不相袭的个性风格。

诗人创作风格的不同，与诗人的个性禀赋及其在创作中运用的诗歌体式、创作手法、表现技巧等是密切相关的，是这些因素共同作用的结果。

就个性而言，李白是一个极为自信、自负的人。他热爱自然，崇尚自由，又任侠放纵，蔑视权贵，这些当然与他所接受的复杂思想影响有关。从他的为人与诗歌可以看出，儒、道、佛、仙、侠等各种思想对他都有不同程度的影响，这就形成了他为人纵恣放浪、不受拘束的个性特点。而杜甫出身于“奉儒守官”的官僚家庭，深受儒家思想的熏陶，儒家忠君爱民的思想对其影响至为深刻，故其一生始终保持着关注现实、系心苍生的淑世情怀。对李白，杜甫曾赠诗云：“秋来相顾尚飘蓬，未就丹砂愧葛洪。痛饮狂歌空度日，飞扬跋扈为谁雄？”[③]而对杜甫，李白也有一首赠诗：“饭颗山头逢杜甫，头戴笠子日卓午。借问别来太瘦生，总为从前作诗苦。”[④]这两首诗，不啻两位诗人以诗的形式给对方所作的素描画像，也不难从中看出他们各自的个性风神。正由于二人个性的不同，他们的诗风也就形成了明显的差异：李诗多豪放奔逸、洒脱不羁，而杜诗则多沉郁顿挫、法度森严。

李、杜诗歌不同风格的形成，还与他们对不同诗歌体式的偏好与运用有关。应该说，李、杜作为大诗人，对诗歌的各种体式都运用纯熟，但就其创作的总体情况看，他们又有各自的侧重。就李白而言，他运用较多且最具个性特点的是古题乐府、歌行及绝句。

先说李白的古题乐府诗。在唐代诗人中，李白是运用这一体式创作数量最多的诗人。葛晓音先生曾有统计说：“初盛唐诗人创作的全部乐府诗（郊庙歌辞和

---

① 严羽：《沧浪诗话·诗评》，见郭绍虞主编《沧浪诗话校释》，人民文学出版社，1983年8月，第168页。

② 严羽：《沧浪诗话·诗评》，见郭绍虞主编《沧浪诗话校释》，人民文学出版社，1983年8月，第171、173页。

③ 杜甫：《赠李白》，见萧涤非主编《杜甫全集校注》，人民文学出版社，2014年1月，第99页。

④ 李白：《戏赠杜甫》，见安旗主编《李白全集编年笺注》，中华书局，2015年10月，第955页。

燕射歌辞不计在内）计450首左右，李白作149首，占三分之一。……初盛唐所作汉魏六朝古题乐府计400首左右，李白作122首，占30%。而在李白的全部乐府中，汉魏古题占80%以上。”[①]由此可见李白创作上对古题乐府的偏好。李白大量创作古题乐府，原因比较复杂，或以为与他“将复古道，舍我其谁”的复古意识有关。不过，李白的乐府诗创作虽多用古题，却具有很强的创新意识。这主要表现在：一是借古题写今事，有鲜明的时代精神，如《丁都护歌》《上之回》等；二是用古题来抒写自己的情怀，如《蜀道难》《行路难》《远别离》《将进酒》等，这类诗中，融入了李白强烈的主观感受与情绪，写得最富有个性。

除了古题乐府外，最能体现李白创作特点的还有歌行。歌行或称七言歌行，是唐人发展起来的一种重要的诗歌体式。其本出于乐府，初唐逐渐成熟，盛唐则趋于兴盛。清人钱木庵说：“歌行本出于乐府，然指事咏物，凡七言及长短句不用古题者，通谓之歌行，故《文苑英华》分乐府、歌行为二。”[②]对于歌行的特征，日本学者松浦友久先生曾通过将之与新旧乐府进行比较，做了大致如下的界定：一是其采用“……歌，……行，……吟”这样的“歌辞性诗题”；二是大致采用作者个人的第一人称视点；三是作品的主要表现意图大体上由作品本身来完成，表现手法由乐府的“多用寓意”变为“多用直叙”。[③]李白的歌行体诗歌，将叙事与抒情结合，把抒情诗的创作提升到了一个新水平。其特点是感情强烈，一气直下，纵笔挥洒，淋漓酣畅，充分体现了“神来、气来、情来”（唐殷璠《河岳英灵集》）的特点。其代表作如《西岳云台歌送丹丘子》《鸣皋歌送岑征君》《庐山谣寄卢侍御虚舟》《玉壶吟》《陪侍御叔华登楼歌》等，都鲜明地体现了这一特点。

绝句也是李白最为擅长且成就突出的诗歌体式之一。如果说乐府与歌行，尤其是歌行，体现了李白诗歌豪放飘逸风格的话，他的绝句则以清新自然、神超意逸见长。就数量而言，他的诗集中共有五、七言绝句一百五十九首（五绝七十九首，七绝八十首）；就成就而言，亦深受历代诗评家的好评。明人胡应麟曾称：

---

① 葛晓音：《论李白乐府的复与变》，见《唐代文学研究》（第六辑），广西师范大学出版社，1996年9月，第303页。

② 钱木庵：《唐音审体·古诗七言论》，见王夫之等撰《清诗话》（下册），上海古籍出版社，1978年9月，第781页。

③ 见松浦友久著，孙昌武、郑天刚译《中国诗歌原理》下编第八篇“诗与音乐”之“乐府·新乐府·歌行论”，辽宁教育出版社，1990年7月，第286—291页。又，关于唐代歌行体的详细研究，可参薛天纬《唐代歌行论》，人民文学出版社，2006年8月。

“太白五七言绝，字字神境，篇篇神物。”并将他的五绝与王维的五绝做比较称：“五言绝二途：摩诘之幽玄，太白之超逸。”[①]而七绝，李白则与王昌龄齐名。明人王世贞说：“七言绝句，王少伯与太白争胜毫厘，俱是神品。”[②]清人叶燮亦云：“七言绝句，古今推李白、王昌龄。李俊爽，王含蓄，两人辞调意俱不同，各有至处。”[③]李白的绝句，或清新自然，或俊逸爽朗，大都能以气贯注，个性鲜明。

杜甫在诗歌创作上诸体兼擅，集前代之大成，但创新性最强、影响较大的，是其“即事名篇”的新题乐府以及五七言律诗。

先说新题乐府。杜甫的乐府诗创作，与李白不同，更多的是自创新题之作。他虽也有古题之作，如《前出塞九首》与《后出塞五首》，但从其创作的总体数量看，古题之作相对还是少一些。对杜甫的自创新题之作，元稹曾推崇说：“近代唯诗人杜甫《悲陈陶》《哀江头》《兵车》《丽人》等，凡所歌行，率皆即事名篇，无复依旁。予少时与友人白乐天、李公垂辈谓是为当，遂不复拟赋古题。”[④]这种“即事名篇，无复依旁”，就是继承汉魏乐府诗的现实主义精神，以乐府诗体来反映时事，却不沿用古乐府的题目，从而使乐府诗在他手里有了新发展，开辟了创作新路。在杜甫的诗集中，这类诗歌数量颇多，除上述诸首外，著名的还有《悲青坂》《哀王孙》《洗兵马》《塞芦子》《留花门》等。

新题乐府之外，杜甫的古、近体诗都写得出神入化，而律诗则尤为突出。据统计，现存杜甫一千四百多首诗中，五律有六百三十余首，五排有一百二十余首，七律有一百五十一首，五绝有三十一首，七绝有一百零七首。可见他对律诗体式运用之广泛。杜甫的律诗不仅数量多，而且在思想与艺术上都达到了炉火纯青的境地。他可以用律诗纯熟自如地表现各种题材与内容，尤其是以之来反映时事，对律诗的发展贡献尤大。他还常用五七言近体组诗的形式，表达更为丰富的思想与内容。如五律有《秦州杂诗二十首》，七律有《咏怀古迹五首》《诸将五首》《秋兴八首》等。杜甫晚年，特别是夔州时期，是他创作律诗数量最多的时期，也是他律诗创作成就最高的时期。他曾自称“晚节渐于诗律细”（《遣闷戏呈

---

① 胡应麟：《诗薮》内编卷六，上海古籍出版社，1979年11月，第108、109页。

② 王世贞：《艺苑卮言》卷四，见丁福保辑《历代诗话续编》，中华书局，1983年8月，第1005页。

③ 叶燮：《原诗》外篇（下），见王夫之等撰《清诗话》（下册），上海古籍出版社，1978年9月，第610页。

④ 元稹：《乐府古题序》，见杨军笺注《元稹集编年笺注（诗歌卷）》，三秦出版社，2002年6月，第689页。

路十九曹长》),"老去诗篇浑漫与"(《江上值水如海势聊短述》),即说明了他晚年律诗创作的情况。

李、杜诗歌风格的差异,还与其创作方法的不同有关。李白的诗歌,前人常用浪漫主义来概括。浪漫主义最突出的特点,就是作品具有强烈的感情与浓厚的主观色彩。李白的诗在这一点上当然也是很典型的。读李白的诗,最突出的感受是,其情感往往忽然而起,发兴无端,又如悬崖飞瀑,一气直下,带有奔逸不群的气势。那种强烈的不可遏止的感情,使他的诗往往不着意于对事物做客观的描写,而是具有强烈的自我表现的特点,如"大道如青天,我独不得出"(《行路难》其二)、"狂风吹我心,西挂咸阳树"(《金乡送韦八之西京》)、"天生我材必有用,千金散尽还复来"(《将进酒》)、"但见悲鸟号古木,雄飞雌从绕林间。又闻子规啼夜月,愁空山"(《蜀道难》)等等。杜甫的诗歌则被认为是现实主义的代表。他注重客观写实,而情感倾向则是通过真实细致的细节描写自然而然地流露出来。杜甫主要生活在唐王朝由盛转衰的时期,他的诗歌以真实的记录与生动的细节描写,反映了这一时期社会生活的面貌,因而有"诗史"之称。所谓"诗史",也即是以诗歌的形式形象地记录一个时期的社会历史。"诗史"的含义实际上可从两个层面来理解。一是它是对历史事件与史实的真实记录与反映,在这一点上杜甫的诗是当之无愧的。安史之乱前后重大的社会现实问题与政治事件,在杜甫的诗中都有反映,如至德元年(756)官军在陈涛斜与青坂大败,他即先后写有《悲陈陶》《悲青坂》两诗;两京收复,他则写有《收京三首》;九节度兵围邺城(今河南安阳),胜利在即,他因写有《洗兵马》;诸节度兵败邺城,他又写有"三吏""三别"。他的有些诗,还可补正史之阙,如《三绝句》之"前年渝州杀刺史,今年开州杀刺史。群盗相随剧虎狼,食人更肯留妻子",所记之事即不见于史载。"诗史"的第二层含义即在于它反映与表现的形象性,在于它提供了比历史著作更为生动丰富的生活细节。杜甫的《自京赴奉先县咏怀五百字》《北征》等诗中都有很多对生活细节的描绘与刻画,这些都是在一般的历史著作中看不到的。由于重视客观真实地再现社会现实,所以杜甫的诗尽管感情很强烈,其表现却往往是含蓄内敛的。如《石壕吏》中通过"吏"与"妇"的对话,在客观的叙写中展示出"吏"的凶恶粗暴与"妇"的凄惨悲苦;《自京赴奉先县咏怀五百字》中的"朱门酒肉臭,路有冻死骨",客观地描绘了统治阶级的荒淫生活与下层百姓的悲惨遭遇,冷静的对比中饱含着诗人强烈的爱憎之情,即是如此。

除了情感表现特点外,修辞手法、表现手段的差异,也是形成不同诗风的重要因素。李白的诗，善用夸张、比喻、象征，乃至融合神话传说，从而形成一种变幻莫测、奇情壮采的魅力，带来一种震撼人心的艺术效果。“燕山雪花大如席”“白发三千丈，缘愁似个长”“抽刀断水水更流，举杯消愁愁更愁”，或夸张，或比喻，或二者兼用，精警动人。《蜀道难》《远别离》则融汇神话传说，又运用各种意象反复渲染，《梦游天姥吟留别》对仙境与梦醒后现实的对比描写，都使诗歌具有神采飞动、变幻莫测的效果。而杜甫的诗则长于叙事，并善于通过细节与对话创造生动鲜明的形象。诗中富有个性的细节描写和生动传神的人物对话，不仅具有蕴蓄诗人感情倾向的作用，而且往往会产生“峻夺人魄”、力透纸背的诗歌艺术效果。《羌村三首》中的“妻孥怪我在，惊定还拭泪”“夜阑更秉烛，相对如梦寐”“邻人满墙头，感叹亦歔欷”，《北征》中的“平生所骄儿，颜色白胜雪。见耶背面啼，垢腻脚不袜”“学母无不为，晓妆随手抹。移时施朱铅，狼籍画眉阔”等，都可谓是传神之笔。

此外，还值得注意的是，李诗的意象多跳跃性，往往思绪飘忽，感情激荡，而杜诗则意脉贯注，组织严密，法度谨严；李诗往往冲口而出，不假雕饰，如“清水出芙蓉，天然去雕饰”，而杜诗则千锤百炼，一字不苟，常“新诗改罢自长吟”。这些也都是二人诗歌极为明显的相异之处。

三

这本《李杜诗歌精读》，是为配合汉语言文学专业“李杜诗歌精读”课程而编写的教材。

“论诗以李杜为准，挟天子以令诸侯也。”[①]由于李白与杜甫在中国诗歌史上的崇高地位，以李、杜诗歌为对象的选本，自古及今颇不鲜见。明代即有万虞恺、邵勋辑《唐李杜诗集》（十六卷），佚名辑《李杜律诗》（四卷），顾明辑、史秉直评释《李杜诗选》（十二卷），李齐芳辑《李杜诗合刻》（十九卷），梅鼎祚辑、屠隆集评《合刻李杜二家抄评》（十二卷），汪瑗注《李杜五言律注二种》（五卷），张含辑、杨慎等评《李杜诗选》（十一卷），清代则有丁谷云辑、应时删定《李杜诗纬》（十一卷），沈寅、朱昆辑解《李诗杜诗直解合刻》（十二卷），等等。

---

① 严羽：《沧浪诗话·诗评》，见郭绍虞主编《沧浪诗话校释》，人民文学出版社，1983年8月，第168页。

但这些选本今天已不大通行。当代的李、杜诗歌选本，较为重要者，一为苏仲翔先生的《李杜诗选》，一为刘学锴先生的同名选本。前者出版较早，1955 年 12 月春明出版社初版，1957 年 2 月古典文学出版社出新一版；后者则为 2019 年 5 月中州古籍出版社新出选本。这两个选本各有特点，都颇见功力。前者选诗数量较多，注释简切；后者则以注解和赏析细致见长。但总体来看，以之作为课程教材，却不完全适用。

首先，众所周知，高等学校的课程都有相应的课时规定，因此教材的分量也就必须与课程的课时设计规定相配合。基于这一考虑，本书依据课程课时及教学实际，共选录李、杜二人的诗歌一百三十首，其中李白诗歌四十题五十五首，杜甫诗歌三十三题七十五首。这个分量，大致既能够适应课程教学的需要，也能够满足学生对李、杜诗歌在基础课学习的基础上更进一步阅读的需求。

其次，在高等学校的人才培养方案中，专业选修课是专业基础课程的延展与深化。选修课教材与基础课教材，既要有所照应，又应有所区别。同时，作为经典作家作品精读课程，也应体现“精读”的特点。依据这一原则，本书在编撰体例上做了一些调适，“凡例”于此已有说明，此不赘。

近年来，李白、杜甫研究取得了长足的进步，特别是二人诗文别集的整理，成绩尤为突出。李、杜诗歌各自的单选本亦不少。本书的编撰，对当代诸家李、杜别集整理本以及各种选本多有吸收与借鉴，限于体例，未能一一注明，这里特做说明，同时亦对诸多前辈与时贤之劳绩表示崇高的敬意！

李芳民

2021 年 1 月 31 日草

2021 年 6 月 25 日改

于西北大学长安校区寓所

凡　例

一、本书为李白与杜甫诗歌精读选本，共选录李白与杜甫诗歌一百三十首，其中李白诗歌四十题五十五首，杜甫诗歌三十三题七十五首。

二、为便于对李、杜诗歌做比较阅读，本书采用分类合选的方式，将所选李、杜诗歌分为九大类，即“理想与抱负”“边塞与战争”“感时与抚事”“咏史与怀古”“爱情与友情”“思乡与思亲”“登临与赠别”“咏物与抒怀”“诗论与品题”。每一大类前有一概说性文字，对此类作品的特点以及李、杜作品的特色略做介绍。又因部分大类中作品主题稍有差异与区别，故其下再分亚类，每个亚类取李、杜相关诗篇中之代表性诗句为小题，以便醒目。

三、李、杜诗歌之后世传本与笺注本甚夥，各本之文字亦略有差异。为统一文本，所选李白诗歌以中华书局 1977 年 9 月版清王琦注《李太白全集》为底本，杜甫诗歌以 1979 年 10 月版清仇兆鳌注《杜诗详注》为底本。王、仇本与流传的其他诸本文字相异处，依王、仇本原注，于注释时亦移录注中。

四、对所选诗歌的诠释解读，分为“注释”“评说”“集评”三项。“注释”部分以训释字词、诠释典事、疏通句意为主。其中，训释字词，力求简明准确；诠释典事，尽量引用典事原文，以便读者明其原意、原委；疏通句意，注意结合上下文，以期准确理解诗旨。“评说”部分以介绍创作背景、阐明诗歌主旨、揭示诗歌艺术特色为主，尤为注重揭橥诗歌在思想与艺术上的独特性，为读者理解作品之特色提供助益。“集评”部分萃取历代李、杜诗歌的笺注者、诗评家对相关诗歌所做之有价值、有启发性的评语，以便为读者更深入地理解李、杜相关诗歌提供帮助。“集评”少则一二则，多则四五则，以古人的评语为主；无古人评语者，则适当择取当代名家之评语或注语。

五、所选李、杜诗歌中，有一些组诗，历代笺注者、诗评家对此类作品，除了有单篇作品评论外，还有从组诗整体角度所做的评语，故书中对这类诗歌在“集评”之外复置“总评”项，以便对理解组诗之整体特色有所裨益。

六、本书的注评，于古今李、杜别集笺注本、选注本、评点本多有借鉴，凡此行文中大致皆有所标注；亦有因体例而未能标示者，书末列有参考书目，以示对原撰、著、编、注者的尊重。

七、有关李、杜二人的传记、集序、碑志等文献资料，本书将之辑集一起，作为附录附于书末，以为读者提供阅读之便。

目 录

一、理想与抱负

李白　待吾尽节报明主，然后相携卧白云

冬夜醉宿龙门，觉起言志* ………… 3

赠从兄襄阳少府皓 ………… 5

驾去温泉宫后赠杨山人 ………… 8

庐山谣寄卢侍御虚舟* ………… 9

杜甫　致君尧舜上　窃比稷与契

奉赠韦左丞丈二十二韵 ………… 14

自京赴奉先县咏怀五百字* ………… 18

壮游 ………… 25

二、边塞与战争

李白　乃知兵者是凶器，圣人不得已而用之

战城南* ………… 39

古风五十九首（其三十四） ………… 41

关山月* ………… 44

子夜吴歌四首（其三） ………… 46

杜甫　君已富土境，开边一何多

前出塞九首 ………… 48

后出塞五首 ………… 60

兵车行* ………… 68

捣衣 ………… 71

三、感时与抚事

李白　孔圣犹闻伤凤麟，董龙更是何鸡狗

答王十二寒夜独酌有怀* ………… 75

猛虎行 ………… 80

扶风豪士歌 ………… 85

古风五十九首（其十九）………… 87

永王东巡歌十一首 ………… 89

杜甫　安得壮士挽天河，净洗甲兵长不用

丽人行* ………… 96

羌村三首 ………… 99

春望* ………… 102

哀江头 ………… 103

悲陈陶 ………… 105

洗兵马 ………… 106

诸将五首 ………… 111

四、咏史与怀古

李白　登舟望秋月，空忆谢将军

古风五十九首（其三、其十）………… 125

经下邳圯桥怀张子房 ………… 128

乌栖曲 ………… 130

越中览古 ………… 131

夜泊牛渚怀古* ………… 132

杜甫　诸葛大名垂宇宙，宗臣遗像肃清高

蜀相* ………… 135

咏怀古迹五首 ………… 137

八阵图 ………… 145

五、爱情与友情

李白　早晚下三巴，预将书报家

长干行二首（其一）…………………………………… 151

秋浦寄内 ……………………………………………… 154

杜甫　何时倚虚幌，双照泪痕干

月夜* …………………………………………………… 156

李白　思君若汶水，浩荡寄南征

赠孟浩然* ……………………………………………… 158

沙丘城下寄杜甫 ……………………………………… 159

哭晁卿衡 ……………………………………………… 160

杜甫　三夜频梦君，情亲见君意

梦李白二首* …………………………………………… 162

赠卫八处士* …………………………………………… 165

醉时歌 ………………………………………………… 167

六、思乡与思亲

李白　此夜曲中闻《折柳》，何人不起故园情

峨眉山月歌 …………………………………………… 173

渡荆门送别* …………………………………………… 174

静夜思 ………………………………………………… 175

春夜洛城闻笛* ………………………………………… 177

宣城见杜鹃花 ………………………………………… 178

杜甫　露从今夜白，月是故乡明

月夜忆舍弟* …………………………………………… 180

闻官军收河南河北* …………………………………… 181

李白　南风吹归心，飞堕酒楼前

寄东鲁二稚子* ………………………………………… 183

杜甫　傥归免相失，见日敢辞迟

遣兴 …… 185

得家书 …… 186

七、登临与赠别

李白　总为浮云能蔽日，长安不见使人愁

登太白峰 …… 191

登金陵凤凰台* …… 192

杜甫　自非旷士怀，登兹翻百忧

同诸公登慈恩寺塔* …… 196

登岳阳楼* …… 199

登楼* …… 201

登高* …… 203

李白　请君试问东流水，别意与之谁短长

金陵酒肆留别 …… 205

送友人入蜀 …… 206

杜甫　便与先生应永诀，九重泉路尽交期

送郑十八虔贬台州司户伤其临老陷贼之故阙为面别情见于诗 …… 208

八、咏物与抒怀

李白　能言终见弃，还向陇西飞

初出金门寻王侍御不遇，咏壁上鹦鹉 …… 213

咏邻女东窗海石榴 …… 214

杜甫　所向无空阔，真堪托死生

房兵曹胡马 …… 216

画鹰 …… 217

李白　天生我材必有用，千金散尽还复来
长相思* …… 219
梁甫吟* …… 221
玉壶吟 …… 226
将进酒* …… 228
杜甫　夔府孤城落日斜，每依北斗望京华
秋兴八首* …… 231
旅夜书怀* …… 246

九、诗论与品题

李白　自从建安来，绮丽不足珍
古风五十九首（其一、其三十五） …… 251
杜甫　别裁伪体亲风雅，转益多师是汝师
戏为六绝句 …… 257
江上值水如海势聊短述 …… 261
偶题 …… 263
李白　十月吴山晓，《梅花》落敬亭
当涂赵炎少府粉图山水歌 …… 268
听蜀僧濬弹琴 …… 271
观胡人吹笛 …… 272
杜甫　尤工远势古莫比，咫尺应须论万里
奉先刘少府新画山水障歌 …… 274
戏题王宰画山水图歌 …… 277
丹青引赠曹将军霸 …… 279
观公孙大娘弟子舞剑器行并序 …… 283

参考书目 …… 288

附　录

旧唐书·李白传 ……………………………[后晋]刘昫 289

新唐书·李白传 ……………………[宋]欧阳修　宋祁 290

旧唐书·杜甫传 ……………………………[后晋]刘昫 292

新唐书·杜甫传 ……………………[宋]欧阳修　宋祁 295

草堂集序 ……………………………………[唐]李阳冰 297

李翰林集序 …………………………………[唐]魏颢 299

故翰林学士李君墓志并序 …………………[唐]李华 301

唐故翰林学士李君碣记 ……………………[唐]刘全白 302

唐左拾遗翰林学士李公新墓碑并序 ………[唐]范传正 303

翰林学士李公墓碑 …………………………[唐]裴敬 306

唐故工部员外郎杜君墓系铭并序 …………[唐]元稹 308

后记……………………………………………………… 310

注：带*者为有音频篇目，微信扫码，聆听精彩诵读。

一

理想与抱负

伟大的诗人，大都具有远大的理想与宏伟的抱负，李白与杜甫也是如此。李、杜二人的理想与抱负可说是同中有异。就其同者而言，他们皆理想远大，抱负不凡；就其异者而论，李白是要“欻起匡社稷”，然后“相携卧白云”，杜甫则是要“致君尧舜上”，而“窃比稷与契”。

李白由于个性禀赋与所受思想影响的原因，人生理想与抱负极具个性特点。他好神仙，又习纵横之术，广泛接受儒、道、仙、佛、侠等各种思想，因此他为自己设计的人生道路便很独特。这就是要一飞冲天，一鸣惊人。他希望做帝王师式的人物，建立不世功业，然后功成身退，飘然于江湖。他自述其理想是：“申管、晏之谈，谋帝王之术。奋其智能，愿为辅弼，使寰区大定，海县清一。事君之道成，荣亲之义毕，然后与陶朱、留侯，浮五湖，戏沧洲，不足为难矣。”（《代寿山答孟少府移文书》）概括起来即是：功成——名遂——身退。

杜甫出身于“奉儒守官”的官僚士大夫家庭，深受儒家思想的影响。儒家祖述尧、舜，崇尚礼乐教化，注重人伦道德，关注社会现实，强调忠君爱民。杜甫深受这种思想的影响，故自壮年即立下济世之志，即要“致君尧舜上，再使风俗淳”（《奉赠韦左丞丈二十二韵》）。而“致君尧舜”需要具备相应的条件，因此他给自己定的人生目标便是要做如上古稷、契那样的辅弼贤臣。

李白与杜甫的理想与抱负，在他们的诗歌中都有所体现。

李白

待吾尽节报明主，然后相携卧白云

冬夜醉宿龙门，觉起言志〔1〕

醉来脱宝剑，旅憩高堂眠。
中夜忽惊觉，起立明灯前。
开轩聊直望，晓雪河冰壮。
哀哀歌苦寒〔2〕，郁郁独惆怅。
傅说板筑臣〔3〕，李斯鹰犬人〔4〕。
欻起匡社稷〔5〕，宁复长艰辛。
而我胡为者？叹息龙门下。
富贵未可期，殷忧向谁写〔6〕？
去去泪满襟，举声《梁甫吟》〔7〕。
青云当自致〔8〕，何必求知音？

【注释】

〔1〕龙门：山名，原名伊阙，俗称龙门。《元和郡县图志》卷五“河南道·河南府·伊阙县”：“伊阙山，在县北四十五里。两山相对，望之若阙，伊水流其间，故名。”《通典》卷一百七十七称，河南府河南县“有阙塞山，俗曰龙门”。其地在今河南洛阳西南约十二公里处。觉起：睡醒。

〔2〕苦寒：即《苦寒行》，古题乐府。王琦《李太白全集》注：“古乐府有《苦寒行》，因行役遇寒而作。”又，曹操亦有《苦寒行》。

〔3〕“傅说”句：傅说，商代贤相，曾事板筑于岩野。《尚书·说命上》：“说筑傅岩之野，惟肖。爰立作相，王置其左右。”《史记·殷本纪》：“帝武丁即位，

思复兴殷，而未得其佐。……武丁夜梦得圣人，名曰说。以梦所见视群臣百吏，皆非也。于是乃使百工营求之野，得说于傅险中。是时说为胥靡，筑于傅险。见于武丁，武丁曰是也。得而与之语，果圣人，举以为相，殷国大治。故遂以傅险姓之，号曰傅说。”

〔4〕“李斯”句：李斯，战国末期楚国上蔡人，后为秦相。秦二世时为赵高所构，被腰斩。《史记·李斯列传》：“二世二年七月，具斯五刑，论腰斩咸阳市。斯出狱，与其中子俱执，顾谓其中子曰：‘吾欲与若复牵黄犬俱出上蔡东门逐狡兔，岂可得乎？’遂父子相哭，而夷三族。”仅云“黄犬”而未有“鹰”。《太平御览》卷九百二十六：“《史记》曰：李斯临刑，思牵黄犬，臂苍鹰，出上蔡东门，不可得矣。”王琦《李太白全集》注云：“考今本《史记·李斯传》中，无‘臂苍鹰’字，而太白诗中屡用其事，当另有所本。”

〔5〕欻（xū）起：忽然而起。匡：助也，此谓辅助、辅佐。

〔6〕殷忧：深忧。写：宣泄。

〔7〕“去去”二句：去去，犹言“一路走来”。梁甫吟，乐府古题，属相和歌辞。《乐府诗集》卷四十一：“《古今乐录》曰：‘王僧虔《技录》有《梁甫吟行》，今不歌。’”宋姚宽《西溪丛语》卷上：“《乐府解题》有《梁父吟》。……不知名为《梁父吟》何义。张衡《四愁诗》云：‘欲往从之梁父艰。’注云：‘泰山，东岳也。君有德，则封此山，愿辅佐君王，致于有德，而为小人谗邪之所阻。梁父，泰山下小山名。’诸葛亮好为《梁父吟》，恐取此意。”

〔8〕青云：喻高官显爵。《史记·范雎蔡泽列传》：“须贾顿首言死罪，曰：‘贾不意君能自致于青云之上，……唯君死生之！’”

【评说】

此诗安旗主编《李白全集编年笺注》以为乃开元十九年（731）冬作于洛阳；郁贤皓《李太白全集校注》以为开元二十一年（733）冬作于洛阳；詹锳《李白诗文系年》以为作于天宝九载（750），谓“当是去朝以后穷愁潦倒之辞”。据安说，李白开元十八年一入长安求仕，徘徊于魏阙之下，不得其门而入，遂失望而归。开元十九年秋至嵩山栖元丹丘颍阳山居，冬至洛阳。联系李白长安之行与出入长安前后的遭际，安、郁之说近是。

李白虽然好道好仙，但追求功名的愿望同样强烈。历史上的英雄豪杰，激发了他实现人生理想与抱负的热望。他一生的求仕道路虽不顺畅，甚至充满了挫折，但他却从不颓丧。他对自己的未来一直充满自信。此诗即是其早年在挫折与困境中仍然不失其志向、抱负的言怀之作。

【集评】

詹锳《李白诗文系年》“天宝九载”：“诗曰：‘哀哀歌苦寒，郁郁独惆怅。傅说版筑臣，李斯鹰犬人。欻起匡社稷，宁复长艰辛。而我胡为者，叹息龙门下。富贵未可期，殷忧向谁写。’当是去朝以后穷愁潦倒之辞。”

瞿蜕园、朱金城《李白集校注》卷二十三：“按，此诗词意与《梁甫吟》相近，今人詹锳疑为同时所作，是也。但谓为去朝以后穷愁潦倒之辞，恐非。卷二十七有《冬日于龙门送从弟京兆参军令问之淮南觐省序》，卷十三有《秋夜宿龙门香山寺奉寄王方城十七丈奉国莹上人从弟幼成令问》诗，自是一时之作，詹氏系彼于开元二十二年，即不当独谓此为去朝以后。傅说、李斯之喻皆在未遇时，既已被征，虽遭谗而去，亦不当复作‘富贵未可期’之语也。”

安旗主编《李白全集编年笺注》卷二“开元十九年”：“本年冬洛阳作。”

郁贤皓《李太白全集校注》卷二十：“此诗当是开元二十一年（733）冬在洛阳龙门作。”

赠从兄襄阳少府皓〔1〕

结发未识事〔2〕，所交尽豪雄。
却秦不受赏〔3〕，击晋宁为功〔4〕。
托身白刃里，杀人红尘中。
当朝揖高义，举世钦英风〔5〕。
小节岂足言，退耕舂陵东〔6〕。
归来无产业，生事如转蓬〔7〕。
一朝乌裘敝，百镒黄金空〔8〕。
弹剑徒激昂〔9〕，出门悲路穷。
吾兄青云士〔10〕，然诺闻诸公〔11〕。

所以陈片言，片言贵情通。

棣华倘不接[12]，甘与秋草同。

【注释】

〔1〕襄阳：《元和郡县图志》卷二十一“山南道·襄州·襄阳县”：“本汉旧县也，属南郡，在襄水之阳，故以为名。”其地在今湖北襄樊。少府：唐人对县尉的尊称。李皓：其人未详。《新唐书·宰相世系表》载，赵郡李氏东祖房有李皓，为许州司马。未知是否为一人。

〔2〕结发：束发。古时男子自成童时束发，二十而冠。此指少年时。

〔3〕“却秦”句：指鲁仲连却秦救赵事。鲁仲连，战国时齐国高士。《史记·鲁仲连邹阳列传》载：鲁仲连好奇伟俶傥之画策，持高节，而不肯仕宦任职。游赵，会秦围赵之邯郸，闻魏新垣衍欲令赵帝秦，仲连见而为言帝秦之害，新垣衍因不复为言。秦将闻之，却军五十里。平原君欲封赏之，仲连不受，云：“所贵于天下之士者，为人排患释难解纷乱而无取也。即有取者，是商贾之事也，而连不忍为也。”辞平原君而去，终身不复见。

〔4〕“击晋”句：用朱亥助魏公子无忌救赵事。《史记·魏公子列传》载：秦围赵之邯郸，赵求救于魏。魏王使将军晋鄙将十万众救赵，秦王使使者威吓之，魏王恐，使晋鄙留军壁邺以观望。魏公子无忌用侯嬴计，使如姬窃兵符，又使朱亥以四十斤铁椎椎杀晋鄙，夺晋鄙军，进兵击秦军。秦军解去，遂救邯郸。魏公子当时请朱亥与行，“朱亥笑曰：‘臣乃市井鼓刀屠者，而公子亲数存之，所以不报谢者，以为小礼无所用。今公子有急，此乃臣效命之秋也。’遂与公子俱。”击晋，一作“救赵”。

〔5〕“托身”四句：王琦注《李太白全集》中原无此四句，而于“击晋宁为功”句下注云：“缪本此下多‘托身……’四句。”今依注补之。

〔6〕春陵：《元和郡县图志》卷二十一“山南道·随州·枣阳县”：“春陵故城，在县东南三十五里。”其地即今湖北枣阳。又，或以为诗中之“春陵东”指大洪山东之安陆。

〔7〕转蓬：喻漂泊不定。曹植《杂诗》：“转蓬离本根，飘飖随长风。”《文选》李善注：“《说苑》曰：‘鲁哀公曰：秋蓬恶其本根，美其枝叶，秋风一起，根本拔矣。’”

〔8〕“一朝”二句：《战国策·秦策一》：“苏秦……说秦王书十上而说不行，

黑貂之裘弊，黄金百斤尽。”镒，一镒合二十四两。阮籍《咏怀》其五：“黄金百镒尽，资用常苦多。”

〔9〕弹剑：《史记·孟尝君列传》载，冯谖为孟尝君门客，尝弹剑而歌曰：“长铗归来乎，食无鱼！”“长铗归来乎，出无舆！”“长铗归来乎，无以为家！”孟尝君厚遇之。后为孟尝君画策而复其位。此用其事。

〔10〕青云士：谓位高名显之人。《史记·伯夷列传》：“闾巷之人，欲砥行立名者，非附青云之士，恶能施于后世哉？”

〔11〕然诺：此言有诺必行。《史记·季布栾布列传》：“楚人谚曰：‘得黄金百斤，不如得季布一诺。’”

〔12〕棣华：喻指兄弟。《诗经·小雅·常棣》：“常棣之华，鄂不韡韡。凡今之人，莫如兄弟。”《诗序》：“《常棣》，宴兄弟也。”朱熹《诗集传》：“常棣，棣也，子如樱桃，可食。鄂，鄂然外见之貌。不，犹岂不也。韡韡，光明貌。”“此燕兄弟之乐歌。故言常棣之华，则其鄂然而外见者，岂不韡韡乎？凡今之人，则岂有如兄弟者乎？”

【评说】

此诗安旗主编《李白全集编年笺注》以为作于开元二十二年（734），谓此年春，李白游襄阳，诗当作于此间。李白在襄阳曾干谒韩朝宗，有《与韩荆州书》，冀得韩赏识而荐之。而求荐不效，资用乏尽，生计落魄，乃不得不告贷求人。诗乃李白向襄阳少府李皓告贷之作。

李白好仙，亦尚侠。本篇前半部分叙少年志尚与行事，可见其个性中侠之气质。魏颢说他“少任侠，手刃数人”，《侠客行》诗中也有对游侠之“十步杀一人，千里不留行。事了拂衣去，深藏身与名”的追慕，以及对“三杯吐然诺，五岳倒为轻。眼花耳热后，意气素霓生”的赞赏。这些也都体现了李白尚侠的个性性格。后半部分写落魄之际告贷求人，而绝无乞怜之色，亦见其个性之豪迈。

【集评】

旧题宋严羽评点《李太白诗集》卷八：首二句：“‘未识事’即能如此，固作赞语说；‘未识事’乃能如此，亦可作危语看。”又评末二句：“至性语，甚烈。”

驾去温泉宫后赠杨山人[1]

少年落魄楚、汉间，风尘萧瑟多苦颜。
自言管、葛竟谁许[2]，长吁莫错还闭关[3]。
一朝君王垂拂拭[4]，剖心输丹雪胸臆[5]。
忽蒙白日回景光，直上青云生羽翼。
幸陪鸾辇出鸿都[6]，身骑飞龙天马驹[7]。
王公大人借颜色[8]，金章紫绶来相趋[9]。
当时结交何纷纷，片言道合唯有君。
待吾尽节报明主，然后相携卧白云[10]。

【注释】

〔1〕温泉宫：即华清宫，在今陕西西安临潼区骊山。太宗贞观二十二年（648）建宫室楼阁，赐名汤泉宫。高宗咸亨二年（671）改名温泉宫，玄宗天宝六载（747）更名华清宫，为唐代帝王避寒之著名别宫。杨山人：李白友人，生平事迹不详。

〔2〕管、葛：管仲、诸葛亮。管仲为春秋时期齐桓公相，诸葛亮为三国时蜀相，皆以才能出众见称。李白以管、葛自许，即是希望自己成为帝王辅弼式的人物。

〔3〕莫错：亦作"错莫""措漠""索漠"，皆空虚寂寞之义。闭关：谓未出仕。

〔4〕拂拭：抹去尘垢，以显其美。此指赏识、简拔。

〔5〕雪胸臆：表白心中之愿。雪，表白、表明。

〔6〕鸾辇：辇，帝王的车乘。因车驾出，鸾旗先行，故称鸾辇。鸿都：东汉灵帝在京师所设学宫名。此代指长安。

〔7〕飞龙：指飞龙厩，唐御厩名。《新唐书·兵志》："其后禁中又增置飞龙厩。"天马：御厩之马。唐李肇《翰林志》："凡学士……飞龙司借马一匹。"

〔8〕借颜色：借，借重。颜色，犹言脸面。借，一作“惜”。

〔9〕金章紫绶：借指官高位显者。《汉书·百官公卿表上》：“相国丞相皆秦官，金印紫绶。”《文选·孔稚圭〈北山移文〉》：“纽金章，绾墨绶。”李善注：“金章，铜印也。”紫绶，紫色印带。据《旧唐书·舆服志》，唐代五品以上官员仍有印、绶之制，其“二品、三品紫绶”。章，一作“璋”。

〔10〕然后相携：一作“携手沧洲”。

【评说】

安旗主编《李白全集编年笺注》以为此诗作于天宝元年（742），当是李白二入长安初之作。李白天宝元年至长安之初，颇受玄宗赏识，宫中之宴饮活动每多预之。此诗自叙其早年之遭际、入朝后所受之礼遇以及达官贵人对其趋奉的情况，而终则表明其志向乃是功成身退，与友人携手，同卧白云，从中可见李白对自己人生道路的设计。

【集评】

旧题宋严羽评点《李太白诗集》卷八：“自言”二句：“多少情折。”又评末二句：“妄想亦同扬州鹤。”

庐山谣寄卢侍御虚舟〔1〕

我本楚狂人，凤歌笑孔丘〔2〕。
手持绿玉杖〔3〕，朝别黄鹤楼〔4〕。
五岳寻仙不辞远〔5〕，一生好入名山游。
庐山秀出南斗旁〔6〕，屏风九叠云锦张〔7〕，
影落明湖青黛光〔8〕。
金阙前开二峰长〔9〕，银河倒挂三石梁〔10〕，
香炉瀑布遥相望〔11〕，回崖沓嶂凌苍苍〔12〕。

翠影红霞映朝日，鸟飞不到吴天长[13]。
登高壮观天地间，大江茫茫去不还[14]。
黄云万里动风色，白波九道流雪山[15]。
好为庐山谣，兴因庐山发。
闲窥石镜清我心[16]，谢公行处苍苔没[17]。
早服还丹无世情[18]，琴心三叠道初成[19]。
遥见仙人彩云里，手把芙蓉朝玉京[20]。
先期汗漫九垓上[21]，愿接卢敖游太清[22]。

【注释】

〔1〕谣：元稹《乐府古题序》云："《诗》讫于周，《离骚》讫于楚。是后，诗之流为二十四名：赋、颂、铭、赞、文、诔、箴、诗、行、咏、吟、题、怨、叹、章、篇、操、引、谣、讴、歌、曲、词、调，皆诗人六义之余，……又别其在琴瑟者为操、引，采民氓者为讴、谣，备曲度者，总得谓之歌、曲、词、调，斯皆由乐以定词，非选调以配乐也。"又，胡震亨《唐音癸签》卷一："乐府内又有往题、新题之别。往题者，汉、魏以下，陈、隋以上乐府古题，唐人所拟作也；新题者，古乐府所无，唐人新制为乐府题者也。其题或名歌，亦或名行，或兼名歌行。又有曰引者，曰曲者，曰谣者，曰辞者，曰篇者。有曰咏者，曰吟者，曰叹者，曰唱者，曰弄者。复有曰思者，曰怨者，曰悲若哀者，曰乐者。凡此多属之乐府，然非必尽谱之于乐。"知"谣"为乐府或歌行题目之标志。卢侍御虚舟：唐御史台殿中侍御史与监察御史皆可称侍御，侍御史又呼为端公。卢虚舟，字幼真（或作幼直），范阳（今北京大兴）人，至德后曾为殿中侍御史。

〔2〕"我本"二句：以春秋时期的接舆喻己之为人。楚狂，春秋时期楚国的狂士，姓陆名通，字接舆。《论语·微子》："楚狂接舆歌而过孔子，曰：'凤兮凤兮，何德之衰？往者不可谏，来者犹可追。已而已而，今之从政者殆而！'"《庄子·人间世》亦云："孔子适楚，楚狂接舆游其门，曰：'凤兮凤兮，何如德之衰也！来世不可待，往世不可追也。天下有道，圣人成焉；天下无道，圣人生焉。方今之时，仅免刑焉。福轻乎羽，莫之知载；祸重乎地，莫之知避。已乎已乎，临人以德！殆乎殆乎，画地而趋！迷阳迷阳，无伤吾行！却曲却曲，无伤吾足！'"又，皇甫谧《高士传》卷上："楚王闻陆通贤，遣使者持金百镒，车马二驷，往

聘通，曰：‘王请先生治江南。’通笑而不应。使者去。……于是夫负釜甑，妻戴纴器，变名易姓，游诸名山。食桂栌实，服黄精子，隐蜀峨眉山，寿数百年，俗传以为仙云。”

〔3〕绿玉杖：仙人所持的镶玉手杖。杖，一作“枝”。

〔4〕黄鹤楼：故址在今湖北武汉蛇山之黄鹄矶，相传建于三国吴黄武二年（223）。传王子晋尝乘黄鹤过此，故名。一说蜀费文祎登仙，尝乘黄鹤憩于此。

〔5〕五岳：东岳泰山、西岳华山、南岳衡山、北岳恒山、中岳嵩山之合称。岳，高山。五岳镇东西南北中，唐祭之以三公礼。

〔6〕秀出：挺秀而出。南斗：二十八宿中之斗宿。古人以天上星宿所在区域与地上区域相对应，称为分野。浔阳属斗宿分野，庐山在其西北，故云“南斗旁”。

〔7〕屏风九叠：又称屏风叠。庐山五老峰以下，山势九叠如屏风，故云。云锦张：谓山色如云锦一样张开。

〔8〕明湖：指鄱阳湖。青黛光：深青色的光。

〔9〕金阙：指庐山金阙岩，又名石门。宋陈舜俞《庐山记》卷一：“（庐山）西有石门，其前似双阙，壁立千余仞，而瀑布流焉。”

〔10〕银河：指瀑布。三石梁：指屏风叠之左水势三折而下，如银河倒挂于石梁，故云。挂：一作“泻”。

〔11〕香炉：香炉峰。庐山有二香炉峰，一在东南，一在西北。此为东南香炉峰。《庐山记》卷一：“东南有香炉山，孤峰独秀起，游气笼其上，则氤氲若香烟。白云映其外，则炳然与众峰殊别。”瀑布：《庐山记》卷二：“山南山北有瀑布者，无虑十余处，……香炉峰与双剑峰相连属，在瀑水之傍，迁莺谷在其东北，水源在山顶，人未有穷之者。”遥相望：谓香炉峰的瀑布与三石梁的瀑布遥遥相对。

〔12〕回：此指深曲。沓嶂：谓山岭重叠。凌苍苍：高出于青天之上。凌，一作“何”。

〔13〕映朝日：一作“照千里”。吴天：指庐山至江浙近海处的天空。因庐山处三国吴地，故云。

〔14〕大江：长江。

〔15〕白波：波浪。九道：长江至九江（浔阳）分为九派。流雪山：承上句之“万里”，指大江源自西北之大雪山。

〔16〕石镜：《太平寰宇记》卷一百一十一“江南西道·江州”：“石镜山，在（庐）山东悬崖之上。其状团圆，近之则照见形影。”谢灵运《入彭蠡湖口》：“攀

崖照石镜，牵叶入松门。”

〔17〕谢公：指谢灵运。“谢公”句：一作“绿萝开处悬明月”。

〔18〕还丹：道家丹药。葛洪《抱朴子》内篇卷四“金丹”云，取九转之丹，放入鼎中，夏至后，加热，“候日精照之。须臾翕然俱起，煌煌辉辉，神光五色，即化为还丹。取而服之一刀圭，即白日升天”。李白出京后，曾受道箓，服丹药，故云“早服还丹”。无世情：超脱尘俗之情。

〔19〕琴心三叠：道家修炼之法。《云笈七签》卷十一《上清黄庭内景经·上清章》：“琴心三叠儛胎仙。”据旧注，琴心即平和之心，三叠即三积，存三丹田（指顶、脐、脐下），使和积如一，心和而神悦，则丹道初成。

〔20〕玉京：葛洪《枕中书》说，玉京山在“天中心之上”，元始天王（尊）居之，山中宫殿均以金玉为饰。

〔21〕先期：原先约定。汗漫：寓言人物，代指无边无际。九垓：九天。卢敖：《淮南子·道应训》中的人物。据云，卢敖游于九垓，见一状貌古怪之士，笑卢敖所见不广。卢敖邀其游北阴之地。该士人笑道：“吾与汗漫期于九垓之外，吾不可以久驻。”随即跳入云中。此以卢敖代指卢侍御。

〔22〕太清：道家以玉清、上清、太清为三清，此为仙境的三个阶次。太清圣境最高，太上老君居之。

【评说】

此诗作于肃宗上元元年（760），时年李白六十岁。肃宗至德二载（757）岁末，李白被判长流夜郎。乾元二年（759）春末，流放途中于夔州奉节遇赦，东还江陵（今湖北荆州）。夏，至江夏。上元元年秋，至庐山，诗作于此时。

李白早年即好仙道，自称“十五游神仙，仙游未曾歇”（《感兴八首》其五），后来虽干谒求仕，亦常有求仙访道之举。然纵观其后来的求仙访道，多与政治活动中的失意相关，诚如范传正所说：“好神仙非慕其轻举，将不可求之事求之。欲耗壮心，遣余年也。”（《唐左拾遗翰林学士李公新墓碑并序》）此诗末尾所表现出的对仙境的追慕，结合其流放夜郎的遭际，亦应如是。经历了人生的悲剧遭遇后，他希望远离红尘，以美妙的仙境来消除精神痛苦。诗之首六句述其本志，中间十三句写庐山的形胜与美景，末十句写修道与求仙有成。诗虽以游太清为终结，但最为出色的还是中间对庐山之景的描绘。诗人以神奇之笔，写庐山雄奇、秀丽、飞动的美景，极为动人。“庐山秀出南斗旁，屏风九叠云锦张，影落明湖青黛光”以及“登高壮观天地间，大江茫茫去不还。黄云万里动风色，白波九道流雪山”数句，尤堪称庐山之传神写照。

【集评】

［清］沈德潜《唐诗别裁集》卷六：“先写庐山形胜，后言寻幽不如学仙，与卢敖同游太清，此素愿也。笔下殊有仙气。”

［清］乾隆《御选唐宋诗醇》卷六：“天马行空，不可羁绁。”

［清］方东树《昭昧詹言》卷十二：“‘庐山’以下正赋。‘早服’数句应起处，而提笔另起，是以不平。章法一线乃为通，非乱杂无章不通之比。”

杜甫

致君尧舜上　窃比稷与契

奉赠韦左丞丈二十二韵[1]

纨袴不饿死，儒冠多误身[2]。
丈人试静听，贱子请具陈[3]。
甫昔少年日，早充观国宾[4]。
读书破万卷[5]，下笔如有神。
赋料扬雄敌，诗看子建亲[6]。
李邕求识面，王翰愿为邻[7]。
自谓颇挺出[8]，立登要路津[9]。
致君尧舜上，再使风俗淳[10]。
此意竟萧条[11]，行歌非隐沦[12]。
骑驴十三载[13]，旅食京华春[14]。
朝扣富儿门，暮随肥马尘。
残杯与冷炙，到处潜悲辛[15]。
主上顷见征[16]，欻然欲求伸[17]。
青冥却垂翅[18]，蹭蹬无纵鳞[19]。
甚愧丈人厚，甚知丈人真。
每于百僚上[20]，猥诵佳句新[21]。
窃效贡公喜[22]，难甘原宪贫[23]。
焉能心怏怏[24]，只是走踆踆[25]。

今欲东入海，即将西去秦[26]。
尚怜终南山，回首清渭滨[27]。
常拟报一饭，况怀辞大臣[28]。
白鸥没浩荡，万里谁能驯[29]？

【注释】

〔1〕韦左丞：即韦济。据新出土的韦述撰《大唐故正议大夫行仪王傅上柱国奉明县开国子赐紫金鱼袋京兆韦府君墓志铭》(见《隋唐五代墓志汇编(陕西卷)》第四册)，韦济天宝七载（748）任河南尹，天宝九载（750）迁尚书左丞，天宝十一载（752）出为冯翊太守。结合杜甫的行迹与此墓志铭，知此诗当作于天宝十一载春。丈：亦即下文所称“丈人”，对尊长之称。天宝十一载，韦年六十六，杜年四十一，故杜以“丈”称之。

〔2〕纨袴：纨，细绢。袴，同“裤”。纨袴乃贵族子弟之服，后用以代指富贵人家子弟。儒冠：古代儒生所戴的帽子，此处借指儒生。清邵长蘅曰：“突兀二语，一肚皮牢骚愤激，信口冲出。”（五家评本《杜工部集》卷一引）明王嗣奭曰：“‘儒冠误身’，是一篇之纲。‘纨袴不饿死’是伴语。然以身苦穷饿而及之，亦非虚设也。”（《杜臆》卷一）

〔3〕贱子：诗人对己之谦称。

〔4〕“甫昔”二句：谓自己早年曾参加科举考试。观国宾，《周易·观》：“观国之光，利用宾于王。”《周礼·地官·大司徒》：“以乡三物教万民，而宾兴之。”郑玄注：“乡大夫举其贤者能者，以饮酒之礼宾客之，既则献其书于王矣。”按，杜甫于开元二十四年（736）以乡贡资格在洛阳参加进士考试，时年二十五岁，故云。

〔5〕破万卷：按，“破”之义有三：一曰破万卷，谓破识其理；二曰即“韦编三绝”意，盖熟读则卷易磨也；三曰破犹过也，言读书过万卷也。此当指第三义。

〔6〕“赋料”二句：谓自己的诗赋创作已逼近前代名家。扬雄，字子云，西汉辞赋家。子建，曹植字。曹植，建安时期著名诗人。料，庶几。敌，匹敌。看，比也，如也。亲，亲近，言与之相近也。

〔7〕“李邕”二句：谓当时著名人物欲与之结交。李邕，字泰和，扬州江都（今江苏扬州）人，唐代著名文人，以文章著称。王翰，字子羽，并州晋阳（今山西太原）人。以诗著称，尝为张说赏识，召为秘书省正字。说罢相，翰乃出为

仙州别驾，后贬道州司马，卒。为，一作“卜”。

〔8〕颇挺出：犹言特别出众。

〔9〕要路津：喻指显要之地位。《古诗十九首》：“何不策高足，先据要路津。”

〔10〕“致君”二句：此为杜甫所申述的理想，即要使国君成为尧舜一样的君主，使天下风俗朴素淳厚。致，引而使达到。君，此指玄宗。尧舜，相传为上古之圣君，也是儒家所称道的理想君主。杜甫平生持守“致君尧舜”的理想，尝于诗中再三致意，如“回首叫虞舜，苍梧云正愁”（《同诸公登慈恩寺塔》）、“致君尧舜付公等，早据要路思捐躯”（《暮秋枉裴道州手札，率尔遣兴，寄递呈苏涣侍御》）等等。

〔11〕萧条：冷落、寂寞。

〔12〕隐沦：谓隐逸之士。桓谭《新论·辨惑》：“天下神人五：一曰神仙，二曰隐沦，三曰使鬼物，四曰先知，五曰铸凝。”清吴瞻泰曰：“天下惟隐士无意君民，狂歌自放。若贱子则非隐沦也。所以生出下一段愤恨意。”（《杜诗提要》卷一）

〔13〕骑驴：宋王洙《分门集注杜工部诗》卷十七引师曰：“驴，贱者所乘也。得志则乘高车大马，贫贱则跨驴而已。”十三：一作“三十”。

〔14〕旅食：寄食。京华：京师。京师乃繁华之地，故称。

〔15〕“朝扣”四句：备言在京师遭际之屈辱与辛酸。宋王洙《分门集注杜工部诗》卷十七引师曰：“甫既贫贱，糊口京师，贵游薄之，惟待我以残杯冷炙，深使人暗地抱辛酸也。”明王嗣奭曰：“‘朝扣’‘暮随’等语，正见误身，此他人所讳，而不惜为知己言之，所以望之者不浅。”（《杜臆》卷一）

〔16〕“主上”句：指天宝六载（747）玄宗征天下士有一艺者诣京师就选事。主上，指玄宗。征，征选天下士。此次征选考试，李林甫因恐士人对诏或斥己，遂操弄而致无一人及第，李林甫且上表称“野无遗贤”。

〔17〕欻然：忽然。

〔18〕青冥：青天。垂翅：以鸟为喻，言未能得志飞翔。

〔19〕蹭蹬：失意貌。

〔20〕百僚：同僚。

〔21〕猥：辱。

〔22〕“窃效”句：《汉书·王吉传》：“吉与贡禹为友，世称‘王阳在位，贡公弹冠’。”颜师古注：“弹冠者，且入仕也。”这里杜甫以贡公自比，以王吉期待韦济，冀其荐引也。王吉字子阳，汉琅邪皋虞（今山东青岛即墨区）人，少好

学，为官清廉，昭帝时举贤良充任昌邑王中尉，宣帝时官至博士谏大夫。

〔23〕原宪：孔子弟子，以贫称。《史记·仲尼弟子列传》：“宪摄敝衣冠见子贡。子贡耻之，曰：‘夫子岂病乎？’原宪曰：‘吾闻之，无财者谓之贫，学道而不能行者谓之病。若宪，贫也，非病也。’子贡惭，不怿而去。”

〔24〕怏怏：愤懑不平貌。

〔25〕踆（cūn）踆：且行且却貌。

〔26〕“今欲”二句：谓其将离开长安东去。宋蔡梦弼《杜工部草堂诗笺》卷三：“唐都长安，长安即秦地，甫欲适山东，故云‘东入海’。秦地在西，甫既适东，必离去于西秦，故云‘西去秦’。”

〔27〕“尚怜”二句：谓留恋长安。怜，念也。终南山在长安南，渭水在长安北，故曰“回首”。首，一作“望”。

〔28〕“常拟”二句：报一饭，《左传·宣公二年》：赵宣子田于首山，舍于翳桑，见灵辄饿而赐之食。“既而与为公介，倒戟以御公徒，而免之。问何故，对曰：‘翳桑之饿人也。’问其名居，不告而退，遂自亡也。”宋赵次公曰：“以一饭之恩，尝拟如灵辄之报宣子，况大臣相知，不独一饭耳，其去之怀思为如何？”（宋王洙《分门集注杜工部诗》卷十七引）饭，一作“餐”。

〔29〕“白鸥”二句：浩荡，广远貌。谁能驯，言不受羁束也。清吴瞻泰曰：“结二语，全体俱振，乃于极无聊中，作自宽语。悠扬跌宕，亦推开法也。通首二百余字，字字急。结十字，字字缓。于急处见牢骚，于缓处见萧远，而萧远正深于牢骚也。”（《杜诗提要》卷一）没，一作“波”。

【评说】

韦济于天宝九载（750）迁尚书左丞，天宝十一载（752）出为冯翊太守，此诗作于天宝十一载春。时杜甫暂归洛阳，与韦济作别，遂作此诗。

杜甫自天宝五载（746）入长安，至此已六载，于仕进一无进展。天宝六载（747）参加玄宗征选天下之士的考试，为李林甫所玩弄。天宝十载，玄宗将行朝献太清宫、朝享太庙与合祭天地于南郊之大典，杜甫进“三大礼赋”于朝廷。玄宗命宰相考试文章，然杜甫除了得到“送隶有司，参列选序”的虚假资格外，再无下文。仕进之路不通，个人生活困窘，干谒权贵之门则饱尝悲辛与屈辱。此诗即为杜甫长安生活感受的记录。由于诗人与韦济的关系较为特殊，故此诗虽属干谒之作，却直陈怀抱，悲而能壮，且不乏英迈豪气，可谓是其干谒类诗中的出色之作。

【集评】

［明］王嗣奭《杜臆》卷一："前诗（按指《奉寄河南韦尹丈人》）犹有颂丞语，此诗全篇陈情，诗题曰赠，似误。此篇非排律，亦非古风，直抒胸臆，如写尺牍；而纵横转折，感愤悲壮，缱绻踌躇，曲尽其妙。"

［清］乾隆《御选唐宋诗醇》卷九："此篇起语兀傲。'甚愧丈人厚'二句叠语归题，别有风神；一结旷达，收转前半，意在言外，所谓'篇终接混茫'也，故前人多取为压卷。总而论之，'读书破万卷，下笔如有神'，学问之根柢也；'致君尧舜上，再使风俗淳'，志愿之端倪也；'尚怜终南山，回首清渭滨'，见恋阙之诚；'白鸥没浩荡，万里谁能驯'，明洁身之义。磊磊数语，本末具见，岂寻常赠答、汗漫敷陈者所可比哉！"

自京赴奉先县咏怀五百字

杜陵有布衣[1]，老大意转拙[2]。
许身一何愚[3]，窃比稷与契[4]。
居然成濩落[5]，白首甘契阔[6]。
盖棺事则已，此志常觊豁[7]。
穷年忧黎元，叹息肠内热[8]。
取笑同学翁，浩歌弥激烈[9]。
非无江海志，潇洒送日月。
生逢尧舜君，不忍便永诀[10]。
当今廊庙具，构厦岂云缺[11]？
葵藿倾太阳，物性固难夺[12]。
顾惟蝼蚁辈[13]，但自求其穴。
胡为慕大鲸，辄拟偃溟渤[14]？

以兹悟生理，独耻事干谒[15]。
兀兀遂至今[16]，忍为尘埃没。
终愧巢与由，未能易其节[17]。
沉饮聊自遣[18]，放歌破愁绝[19]。
岁暮百草零，疾风高冈裂。
天衢阴峥嵘[20]，客子中夜发[21]。
霜严衣带断，指直不能结。
凌晨过骊山[22]，御榻在嵽嵲[23]。
蚩尤塞寒空[24]，蹴踏崖谷滑。
瑶池气郁律[25]，羽林相摩戛[26]。
君臣留欢娱，乐动殷胶葛[27]。
赐浴皆长缨，与宴非短褐[28]。
彤庭所分帛，本自寒女出。
鞭挞其夫家，聚敛贡城阙[29]。
圣人筐篚恩，实愿邦国活。
臣如忽至理，君岂弃此物[30]。
多士盈朝廷，仁者宜战栗[31]。
况闻内金盘，尽在卫霍室[32]。
中堂有神仙，烟雾蒙玉质[33]。
煖客貂鼠裘[34]，悲管逐清瑟[35]。
劝客驼蹄羹，霜橙压香橘[36]。
朱门酒肉臭，路有冻死骨。
荣枯咫尺异，惆怅难再述[37]。
北辕就泾渭[38]，官渡又改辙[39]。
群水从西下[40]，极目高崒兀[41]。
疑是崆峒来，恐触天柱折[42]。

河梁幸未拆，枝撑声窸窣[43]。
行李相攀援[44]，川广不可越。
老妻寄异县[45]，十口隔风雪。
谁能久不顾？庶往共饥渴[46]。
入门闻号咷，幼子饿已卒[47]。
吾宁舍一哀，里巷亦呜咽[48]。
所愧为人父，无食致夭折。
岂知秋禾登，贫窭有仓卒[49]。
生常免租税，名不隶征伐[50]。
抚迹犹酸辛，平人固骚屑[51]。
默思失业徒[52]，因念远戍卒[53]。
忧端齐终南[54]，澒洞不可掇[55]。

【注释】

〔1〕“杜陵”句：杜陵，地名，在长安东南，古为杜伯国，秦为杜县，汉时因宣帝陵墓在此，故称杜陵。其东南为宣帝许后葬地，称少陵。杜甫远祖为杜陵人，杜甫在长安时又曾在杜陵一带居住过，故自称杜陵布衣、杜陵野老、杜少陵。布衣：平民。古时平民不能衣锦绣，故称布衣。

〔2〕“老大”句：谓自己年龄越大，反而越迂拙。这是诗人含愤激情绪的反语。老大，杜甫时年四十四岁，功名未遂，故云。拙，笨拙，此指不愿投机取巧、随波逐流。

〔3〕许身：即自我期许。

〔4〕“窃比”句：私下里把自己比作稷与契。窃，谦辞。稷、契，上古的两位贤臣。稷为周的祖先，舜时为农事之官，教民播种五谷；契为商的祖先，舜时佐禹治水有功，任为司徒，推行教化。杜甫窃比上古两位贤臣，期许高远，故自谓“愚”“拙”。

〔5〕居然：竟然。濩落：即瓠落，大而无当之义。《庄子·逍遥游》：“魏王贻我大瓠之种，我树之成而实五石，以盛水浆，其坚不能自举也；剖之以为瓢，则瓠落无所容。”唐陆德明《经典释文》：“简文云：‘瓠落’犹‘廓落’也。”

〔6〕契阔：勤苦。《诗经·邶风·击鼓》："死生契阔，与子成说。"《毛传》："契阔，勤苦也。"

〔7〕"盖棺"二句：意谓只要活着，就不会放弃自己的这种志向。盖棺，谓死。"盖棺事则已"犹言死而后已。觊，希望。豁，达到。

〔8〕"穷年"二句：穷年，终年，一年到头。黎元，百姓。肠，一作"腹"。

〔9〕"取笑"二句：谓自己的志向虽为同学辈所讥笑，但自己表达感情的歌唱却更慷慨激昂。翁，对年长者的尊称，这里有反讽意。弥，更加。

〔10〕"非无"四句：意谓自己并非没有归隐江湖、潇洒度日的愿望，但遭逢像上古尧、舜一般的贤君，实在舍不得和他诀别。江海志，放浪江海之上的愿望，也即归隐之志。尧舜君，指玄宗。玄宗前期曾励精图治，颇有作为，晚年则耽于逸乐，渐趋荒淫。杜甫的青壮年是在开元时期度过的，他对当时的盛世景象印象颇深。此诗虽写于天宝末，但其时大乱尚未爆发，故诗中对玄宗尚多好感。舜，一作"为"。

〔11〕"当今"二句：意谓当今朝廷百官皆栋梁之材，治理国家难道还缺少我这块材料？廊庙，朝廷的建筑物，此代指朝廷。构厦，修建大屋，此指治理国家。

〔12〕"葵藿"二句：言自己忠君爱国本于天性，不可改变。葵藿，两种蔬菜。葵，即冬葵，《诗经·豳风·七月》："七月亨（烹）葵及菽。"藿，豆叶，嫩叶可食。葵、藿性向日，古人用以比喻下对上赤心趋向。《淮南子·说林训》："圣人之于道，犹葵之与日也，虽不能与终始哉，其乡之诚也。"高诱注："乡，仰。诚，实。"曹植《求通亲表》："若葵藿之倾叶，太阳虽不为之回光，然终向之者，诚也。"一说葵向日而藿不向日，此处葵藿连举，是复词偏义，单取葵而言。夺，改变。难，一作"莫"。

〔13〕蝼蚁辈：喻指那些目光短浅、营求自谋的小人。蝼，蝼蛄。蚁，蚂蚁。

〔14〕"胡为"二句：以"辄拟偃溟渤"来表现与"但自求其穴"不同的追求。意谓自己每每希望像大鲸游息于大海一样，做一番大事业。此处以反问语气出之，是一种感慨。偃，游息。溟渤，即沧海。海水溟溟无涯，故称。

〔15〕"以兹"二句：谓自己因此懂得了生活道理，所以对干谒奔走于权贵之门深以为耻。

〔16〕兀兀：犹矻矻，勤苦貌。

〔17〕"终愧"二句：谓自己最终还是未能改变原来（许身稷、契）的操守，去效法古代的高士巢父、许由而隐遁避世，所以不免对他们感到惭愧。巢，巢父。由，许由。二人俱为尧时隐士，相传尧曾让位于二人，二人皆不受。

〔18〕聊自遣：姑且自我消遣。遣，一作“适”。

〔19〕破愁绝：破除自己的忧愁。愁绝，犹愁极。破，一作“颇”。

〔20〕天衢：天街，这里借指长安。峥嵘：本义状山高峻貌，此处形容天空黑云密布，重叠如山。

〔21〕客子：杜甫自称。中夜：半夜。

〔22〕骊山：山名，在长安东（今陕西西安临潼区内）。山中有温泉，唐华清宫在其上。

〔23〕“御榻”句：玄宗与贵妃杨玉环每年十月移居华清宫避寒，杜甫此次途经骊山，玄宗与杨玉环正居山上宫中。御榻，皇帝的床榻，这里代指皇帝。嵽嵲（dié niè）：山高峻貌，此形容骊山之貌。

〔24〕蚩尤：传说中上古部落酋长，与黄帝作战时兴大雾，后以之为雾的代称。一说，天上有赤气出，如匹练帛，被称为蚩尤旗。蚩尤出现，乃兵乱之兆。

〔25〕瑶池：神话传说中周穆王与西王母宴会之所。此处借指骊山温泉。郁律：暖气蒸腾貌。

〔26〕羽林：即羽林军，保卫皇帝宫禁的近卫军。羽林军之设始于汉，取“为国羽翼，如林之盛”之意。唐亦置左右羽林军，为侍卫皇帝的禁军。参见《汉书·百官公卿表上》及《新唐书·兵志》。摩戛：犹摩擦。此处指武器互相撞击，形容羽林军人数之多。

〔27〕“乐动”句：言音乐奏起，传播很远，充塞于天地之间。殷，盛大，引申为充塞。胶葛，旷远貌，此指广阔的天空。

〔28〕“赐浴”二句：谓受到皇帝恩赐而到温泉沐浴和参加宴会的都是权贵，绝无身着粗布衣服的平民。长缨，原本指系帽的长丝带，后用以指贵官的服饰，此代指权贵。短褐，粗布短衣，代指平民。

〔29〕“彤庭”四句：《资治通鉴》卷二百一十六：“（天宝）八载，春，二月，戊申，引百官观左藏，赐帛有差。是时州县殷富，仓库积粟帛，动以万计。杨钊奏请所在粜变为轻货，及征丁租地税皆变布帛输京师；屡奏帑藏充牣，古今罕俦，故上帅群臣观之，赐钊紫衣金鱼以赏之。上以国用丰衍，故视金帛如粪壤，赏赐贵宠之家，无有限极。”诗中所云，可与史载相印证。杨钊，即杨国忠。彤庭，即朝廷。彤，红色。朝廷建筑多以红色为饰。聚敛，意即搜刮。城阙，指京城。挞，一作“棰”。

〔30〕“圣人”四句：意谓皇帝之所以如此赏赐大臣，无非是希望他们能够尽忠效力，使国家至于隆盛；如果做大臣的不懂得这一至为重要的道理，那么皇帝

岂不是将这些赏赐物白白地丢掉了？圣人，指皇帝，唐人习称天子为圣人。筐篚恩，赏赐大臣的恩惠。筐篚，竹器，方为筐，圆为篚。皇帝赐宴时，以筐篚盛币帛赏赐予大臣，以示恩宠。至理，即“实愿邦国活”的道理。愿，一作“欲”。

〔31〕多士：指朝廷百官。仁者：此指有良心的官员。

〔32〕内金盘：皇帝内府的金盘。内，内府、大内，对皇帝宫禁的称呼。卫霍：指汉代卫青、霍去病，他们都是汉朝的外戚。卫青之姊卫子夫受到汉武帝的宠幸，被立为皇后；霍去病是卫青另一姊卫少儿之子。这里借以代指贵妃杨玉环之兄杨国忠及其姐妹亲属。

〔33〕“中堂”二句：写宴会歌舞之盛。神仙，唐人习称美艳的女性为神仙，这里指歌儿舞女。烟雾，形容其衣服之轻飘。玉质，指歌伎的肌肤洁白如玉。

〔34〕煖客：即暖客。煖，同“暖”，此处做动词用。

〔35〕“悲管”句：管指管乐，瑟代弦乐，“悲”“清”形容管乐、弦乐之动听，管、瑟相逐，谓二者之合奏。一说，管乐音悲，瑟乐音清，故云“悲管逐清瑟”。

〔36〕“劝客”二句：写饮食之珍贵、精美。驼蹄羹，用驼蹄肉做的羹汤，是精美的食馔。橙与橘俱为南方所产，北方冬天尤不易得，是稀有的水果。以上所列食物皆极珍贵，可见宴会之豪奢。

〔37〕“荣枯”二句：承上“朱门酒肉臭，路有冻死骨”两句，意谓一墙之隔，其苦乐相去如此之大，真让人感慨万端，无法再说下去。

〔38〕北辕：车辕北向，也即向北行走。泾渭：泾水和渭水。泾水发源于今宁夏境内六盘山东麓，向东南流经甘肃，至陕西高陵境内入渭水。渭水发源于今甘肃渭源境内之鸟鼠山，向东流入陕西，横贯关中平原，至潼关流入黄河。

〔39〕“官渡”句：谓渡口又改换了位置。官渡，官府设立的渡口。改辙，改道。河边津渡常因水势变化而迁移，杜甫至泾、渭合流处，渡口已变了位置。

〔40〕水：一作“冰”。

〔41〕崒（zú）兀：高耸貌。此处形容水势之大。

〔42〕“疑是”二句：写水势汹涌奔流的景象。因泾、渭二水俱自陇西流下，所以疑其来自崆峒山；又因水流迅猛，故而感到天柱似乎要被冲断了。崆峒，山名，在今甘肃岷县。天柱折，据古代神话传说，共工与颛顼争为帝，怒而触不周山，将支撑天的柱子都弄断了。见《列子·汤问》。这里喻水势之大。

〔43〕“河梁”二句：因河水汹涌，官渡改移，只好改从桥上经过。幸而桥梁还在，只是桥柱的支撑处不断发出摇动的声响。枝撑，桥柱的交木。窸窣，象声词。

〔44〕行李：行人。

〔45〕寄：客居。异县：此指奉先县（今陕西蒲城县）。

〔46〕“庶往”句：谓希望和妻儿一起过苦日子。庶，希望。

〔47〕饿：一作“饥”。

〔48〕“吾宁”二句：谓幼子饿死，连邻居都为之呜咽流涕，我这个做父亲的又岂能忍住不痛哭？亦，一作“犹”。

〔49〕“岂知”二句：谓今年秋收之后，粮食本不该缺乏，哪知贫穷人家还是不免出现如此意外之事。登，谷物成熟。贫窭（jù 剧），贫穷的人。

〔50〕“生常”二句：唐代规定官僚家庭享有免租税与免兵役的特权。杜甫也属享有这种特权者，故云。

〔51〕“抚迹”二句：意谓自己是个小官，尚且这样，那么平民生活的痛苦不安就更不用说了。抚迹，犹抚事，即反复思量自己家的遭遇。平人，即平民。唐人避李世民讳，以“民”为“人”。骚屑，本指风声，此指动摇不安貌。犹，一作“独”。

〔52〕失业徒：指由于失去产业而不能从事生产的农民。唐代前期实行均田制，十八岁以上男丁给田百亩，其中二十亩为永业田，可以由继承人继承。开元末，因大地主兼并土地，均田制遭破坏，大量农民失去土地，成为失业者。业，指田产。

〔53〕远戍卒：到边远地方戍守的士卒。

〔54〕忧端：犹忧愁。齐：一作“际”。

〔55〕澒（hòng）洞：广大无边貌。掇：收拾。

【评说】

天宝十四载（755）十一月，杜甫在客居长安近十年后，授右卫率府胄曹参军，因抽暇赴奉先县探望寄居在那里的妻小。此诗乃其抵家后所作。诗人从自比稷、契的抱负志向写起，历叙省家途中及到家后的见闻、遭遇与感想，对当时统治集团政治之腐败、聚敛之苛虐、社会之贫富不均，以及诗人对国家形势之殷忧，都有深刻的反映。此诗不仅展示了安史之乱前夕唐王朝危机四伏的社会面貌，也体现了诗人极为敏锐的政治洞察力。全诗虽以纪行为主，实则纪行以言志，故以咏怀为题。在写法上，将叙事、抒情、说理三者有机结合，大大地突破了前人咏怀诗的固有体制，具有波澜起伏、恢宏壮阔的史诗特点。诗中言及其个性与志趣，特别是其“许身一何愚，窃比稷与契”的理想与抱负，对于认识诗人的个性与品格尤为重要。

【集评】

［清］仇兆鳌《杜诗详注》卷四引胡夏客语："诗凡五百字，而篇中叙发京师，过骊山，就泾渭，抵奉先，不过数十字耳。余皆议论感慨成文，此最得变雅之法而成章者也。"

［清］浦起龙《读杜心解》卷一："是为集中开头大文章，老杜平生大本领。须用一片大魄力读去，断不宜如朱、仇诸本，琐琐分裂。通篇只是三大段。首明赍志去国之情，中慨君臣耽乐之失，末述到家哀苦之感。而起手用'许身''比稷、契'二句总领，如金之声也。结尾用'忧端齐终南'二句总收，如玉之振也。其'稷契'之心，'忧端'之切，在于国奢民困。而民惟邦本，尤其所深危而极虑者。故首言去国也，则曰'穷年忧黎元'。中慨耽乐也，则曰'本自寒女出'。末述到家也，则曰'默思失业徒'。一篇之中，三致意焉。然则其所谓比'稷、契'者，果非虚语。而结'忧端'者，终无已时矣。"

壮　游〔1〕

往者十四五，出游翰墨场〔2〕。
斯文崔魏徒〔3〕，以我似班扬〔4〕。
七龄思即壮〔5〕，开口咏凤皇〔6〕。
九龄书大字〔7〕，有作成一囊〔8〕。
性豪业嗜酒〔9〕，嫉恶怀刚肠〔10〕。
脱落小时辈〔11〕，结交皆老苍〔12〕。
饮酣视八极〔13〕，俗物多茫茫〔14〕。
东下姑苏台〔15〕，已具浮海航〔16〕。
到今有遗恨〔17〕，不得穷扶桑〔18〕。
王谢风流远〔19〕，阖闾丘墓荒〔20〕。

剑池石壁仄[21]，长洲芰荷香[22]。
嵯峨阊门北[23]，清庙映回塘[24]。
每趋吴太伯[25]，抚事泪浪浪[26]。
蒸鱼闻匕首[27]，除道哂要章[28]。
枕戈忆勾践[29]，渡浙想秦皇[30]。
越女天下白[31]，鉴湖五月凉[32]。
剡溪蕴秀异[33]，欲罢不能忘。
归帆拂天姥[34]，中岁贡旧乡[35]。
气劘屈贾垒[36]，目短曹刘墙[37]。
忤下考功第[38]，独辞京尹堂[39]。
放荡齐赵间[40]，裘马颇清狂[41]。
春歌丛台上[42]，冬猎青丘旁[43]。
呼鹰皂枥林，逐兽云雪冈[44]。
射飞曾纵鞚[45]，引臂落鹙鸧[46]。
苏侯据鞍喜[47]，忽如携葛强[48]。
快意八九年，西归到咸阳[49]。
许与必词伯，赏游实贤王[50]。
曳裾置醴地[51]，奏赋入明光[52]。
天子废食召，群公会轩裳[53]。
脱身无所爱，痛饮信行藏[54]。
黑貂宁免敝，斑鬓兀称觞[55]。
杜曲晚耆旧[56]，四郊多白杨[57]。
坐深乡党敬，日觉死生忙[58]。
朱门任倾夺，赤族迭罹殃[59]。
国马竭粟豆，官鸡输稻粱[60]。
举隅见烦费[61]，引古惜兴亡。

河朔风尘起，岷山行幸长[62]。
两宫各警跸，万里遥相望[63]。
崆峒杀气黑[64]，少海旌旗黄[65]。
禹功亦命子[66]，涿鹿亲戎行[67]。
翠华拥吴岳[68]，貙虎噉豺狼[69]。
爪牙一不中[70]，胡兵更陆梁[71]。
大军载草草[72]，凋瘵满膏肓[73]。
备员窃补衮，忧愤心飞扬[74]。
上感九庙焚[75]，下悯万民疮[76]。
斯时伏青蒲，廷诤守御床[77]。
君辱敢爱死，赫怒幸无伤[78]。
圣哲体仁恕[79]，宇县复小康[80]。
哭庙灰烬中[81]，鼻酸朝未央[82]。
小臣议论绝[83]，老病客殊方[84]。
郁郁苦不展，羽翮困低昂[85]。
秋风动哀壑，碧蕙捐微芳[86]。
之推避赏从[87]，渔父濯沧浪[88]。
荣华敌勋业，岁暮有严霜[89]。
吾观鸱夷子[90]，才格出寻常。
群凶逆未定[91]，侧伫英俊翔[92]。

【注释】

〔1〕壮游：一说指壮年之游，一说指壮盛之游。似以后说为胜。

〔2〕翰墨场：指文场、文坛。《文选·谢瞻〈张子房诗〉》：“济济属车士，粲粲翰墨场。”者：一作“昔”。

〔3〕斯文：本指礼乐教化。《论语·子罕》：“天之将丧斯文也，后死者不得与于斯文也。”此指儒者或文坛名家。崔魏：原注云“崔郑州尚，魏豫州启心”。

崔尚，齐州全节（今山东济南）人，武则天久视元年（700）进士，约玄宗开元十四年（726）为郑州刺史，天宝元年（742）任祠部郎中。魏启心，中宗神龙二年（706）中才膺管乐科，曾任度支郎中，约开元十三年（725）为豫州刺史。杜甫时以名流视二人，故有是称。

〔4〕班扬：班固、扬雄。二人皆汉代著名的辞赋家。

〔5〕思即壮：谓文思飞扬豪迈。

〔6〕开口：此谓开始进行诗文创作。凤皇：当是杜甫首次所作诗的题目。

〔7〕书大字：谓书写形体较大的字。晋卫恒《四体书势》谓，东汉时师宜官擅书，"大则一字径丈，小则方寸千言，甚矜其能"；又谓三国时梁鹄与邯郸淳，"鹄宜为大字，邯郸淳宜为小字"。

〔8〕囊：用以贮放诗文之锦袋，亦称锦囊。

〔9〕性豪：谓性情豪爽。业：已经，原本。

〔10〕刚肠：谓天性刚烈鲠直。嵇康《与山巨源绝交书》："刚肠疾恶，轻肆直言。"

〔11〕脱落：一作"脱略"。"落""略"互通。意谓轻视、轻慢。《文选·江淹〈恨赋〉》："脱略公卿，跌宕文史。"张铣注："脱略，轻易。"小：有轻蔑、鄙视义。时辈：同龄，同辈。

〔12〕老苍：年长或年迈者。

〔13〕八极：八方极远之地。《庄子·田子方》："挥斥八极，神气不变。"

〔14〕俗物：对世俗庸人的蔑称。《世说新语·排调》："嵇、阮、山、刘在竹林酣饮，王戎后往，步兵曰：'俗物已复来败人意。'"茫茫：原指视物模糊不清，此有目空凡俗、鄙弃庸贱之义。

〔15〕姑苏台：春秋时吴王夫差所筑之台，又名胥台，在苏州姑苏山上。一说在今苏州城西南十六公里处胥口镇胥山（今称清明山）上，一说在苏州城西灵岩山馆娃宫中。

〔16〕浮海航：指能渡越大海的航船。航，犹舟。扬雄《方言》卷九："舟，自关而东或谓之航。"

〔17〕遗恨：遗憾，缺憾。

〔18〕扶桑：古国名。旧题汉东方朔《海内十洲记》载："扶桑在东海之东岸，岸直，陆行登岸一万里，东复有碧海。"因其地约当今之日本，后世遂以为日本之别称。

〔19〕王谢：指东晋时王导、谢安家族，是晋室南渡后之江左名族。风流：

风雅洒脱。

〔20〕阖闾：春秋时期吴国国君。丘墓：《越绝书·越绝外传记吴地传》："阖闾冢，在阊门外，名虎丘。""千万人筑治之，取土临湖口，筑三日而白虎居上，故号虎丘。"

〔21〕"剑池"句：剑池，在苏州虎丘山下。《越绝书·越绝外传记吴地传》："（虎丘）下池广六十步，水深丈五尺。铜椁三重。坟池六尺。玉凫之流，扁诸之剑三千，方圆之口三千。时耗、鱼肠之剑在焉。"陆广微《吴地记》曰："秦始皇东巡，至虎丘，求吴王宝剑，其虎当坟而踞，始皇以剑击之，不及，误中于石。"石壁仄，《吴地记》曰："池旁有石，可坐千人，号千人石。"范成大《吴郡志》曰："千人坐，生公讲经处也。大石盘陀数亩，高下如刻削，亦他山所无。"又引王珣《虎丘记》曰："山大势四面周回，岭南则是山径，两面壁立，交林上合，溪路下通，升降窈窕。"

〔22〕长洲：古苑名，为吴王阖闾游猎之所。芰荷：芰，菱；荷，芙蕖。

〔23〕嵯峨：高峻貌。阊门：苏州旧城的西北门。相传春秋时伍子胥建吴都城八门，辟西北门为首门，取名阊阖，谓直达天庭也，最为雄壮。吴伐楚，为示败楚之决心，名此门为破楚门。楚灭吴后，改名阊门。

〔24〕清庙：宗庙之通称，此指吴始祖泰伯庙。回塘：曲堤。塘，堤。此指洋中塘。《越绝书·越绝外传记吴地传》："洋中塘，去县二十六里。"

〔25〕吴太伯：又称吴泰伯。此指吴泰伯庙。

〔26〕抚事：追思往事、感念时事，皆可曰抚事。浪浪：泪流不止貌。

〔27〕"蒸鱼"句：指公子光使专诸刺杀吴王僚事。《史记·刺客列传》："四月丙子，光伏甲士于窟室中，而具酒请王僚。……酒既酣，公子光详为足疾，入窟室中，使专诸置匕首鱼炙之腹中而进之。既至王前，专诸擘鱼，因以匕首刺王僚，王僚立死。……公子光出其伏甲以攻王僚之徒，尽灭之，遂自立为王，是为阖闾。"

〔28〕"除道"句：述朱买臣为会稽太守事。除道，清扫道路。哂，讥笑。要章，古时官员必随身佩带官印于腰间，称要章。要，通"腰"。《汉书·朱买臣传》载，朱买臣家贫，好读书，不治产业，常艾薪樵，卖以给食。担束薪，行且诵书。其妻羞之，求去。买臣不能留，听去。后数年，拜会稽太守。买臣常从会稽守邸者寄居饭食，至赴任时，衣故衣，怀其印绶，步归郡邸。守邸与其共食，食且饱，少见其印绶。引其绶，视其印，乃知为会稽太守。告上计掾吏，初不信，后确信其真，"相推排陈列中庭拜谒"。"会稽闻太守且至，发民除道，县吏

并送迎，车百余乘。入吴界，见其故妻、妻夫治道。买臣驻车，呼令后车载其夫妻，到太守舍，置园中，给食之。居一月，妻自经死，买臣乞其夫钱，令葬。悉召见故人与饮食诸尝有恩者，皆报复焉。”按，杜甫以朱买臣的行为为庸俗势利，故哂之。

〔29〕“枕戈”句：《晋书·刘琨传》载刘琨语：“吾枕戈待旦，志枭逆虏，常恐祖生先吾著鞭。”又，越王勾践曾卧薪尝胆，誓报吴仇。这里借以咏游历吴越。

〔30〕“渡浙”句：想象秦始皇当年渡浙江事。秦皇，秦始皇。《史记·秦始皇本纪》：三十七年十一月，“行至云梦，望祀虞舜于九疑山。浮江下，观籍柯，渡海渚。过丹阳，至钱唐。临浙江，水波恶，乃西百二十里从峡中渡。上会稽，祭大禹，望于南海，而立石刻颂秦德”。

〔31〕“越女”句：谓越地的女子肤色白美。越女，越地的女子。越地出美女，西施尤为著名。李白《越女词》其五：“镜湖水如月，耶溪女如雪。”

〔32〕鉴湖：又名镜湖、长湖、庆湖。因居浙江绍兴之南、会稽山之北，又名南湖。

〔33〕剡溪：水名，在今浙江嵊州，即曹娥江之上游，以风景优美著称。《元和郡县图志》卷二十六“江南道·越州·剡县”：“剡溪，出县西南，北流入上虞县界为上虞江。”

〔34〕归帆：谓自吴越返归故乡。天姥：山名，在今浙江嵊州与新昌之间。《太平寰宇记·江南道·越州》：“天姥山，在县南八十里。……后《吴录》云：‘剡县有天姥山，传云登者闻天姥歌谣之响。’”

〔35〕“中岁”句：中岁，清仇兆鳌注：“乡贡上京，在开元二十三年，时公年二十四矣，故曰中岁。”（《杜诗详注》卷十六）贡旧乡，指由州县推举参加科举考试。《新唐书·选举志上》：“唐制，取士之科，多因隋旧，然其大要有三。由学馆者曰生徒，由州县者曰乡贡，皆升于有司而进退之。……其天子自诏者曰制举，所以待非常之才焉。”旧乡，清仇兆鳌注：“旧乡，指河南，公居河南巩县也。”（《杜诗详注》卷十六）

〔36〕“气劘”句：谓其文章与屈原、贾谊相近。劘，迫近，逼近。屈贾，屈原、贾谊。垒，军壁曰垒。

〔37〕“目短”句：谓其文章可俯视曹植、刘桢。《论语·子张》：“子贡曰：‘譬之宫墙，赐之墙也及肩，窥见室家之好。夫子之墙数仞，不得其门而入，不见宗庙之美。’”此用其意。明王嗣奭曰：“短墙，犹云及肩之墙。”（《杜臆》卷八）

〔38〕“忤下”句：指科举考试失利。忤，违逆不顺。清仇兆鳌注：“试不中

式者曰下第。”（《杜诗详注》卷十六）考功，指考功员外郎。开元二十四年（736）以前，唐科举考试由考功员外郎主之，开元二十五年（737）后改由礼部侍郎主之。杜甫乡贡在开元二十三年，开元二十四年在洛阳参加进士试时，仍为考功员外郎主之。

〔39〕京尹：此指东都洛阳之河南尹。

〔40〕放荡：放纵不受羁束。齐赵：今之山东东部、西北部，河北南部，河南东部，皆古之齐、赵地。

〔41〕裘马：衣裘策马，谓生活之豪华。清狂：放逸不羁。

〔42〕丛台：在今河北邯郸之人民公园内。相传战国时期赵武灵王为阅兵与欣赏歌舞所建，以其连聚非一，故名丛台。

〔43〕青丘：古地名，在今山东广饶北，相传齐景公曾田猎于此。

〔44〕“呼鹰”二句：言游猎之乐。皂枥林、云雪冈，皆在齐地，具体所在，今不可考。

〔45〕射飞：射飞禽也。纵鞚：纵马疾驰。鞚，马笼头，此借指马。

〔46〕引臂：伸臂，指拉弓射箭。鹙鸧：鸟名，即秃鹫。

〔47〕苏侯：原注云“监门胄曹苏预”。苏预，后改名苏源明，杜甫的朋友。据鞍，跨坐马鞍。

〔48〕葛彊：晋山简爱将。《世说新语·任诞》：“山季伦为荆州，时出酣畅，人为之歌曰：‘山公时一醉，径造高阳池。日莫倒载归，茗艼无所知。复能乘骏马，倒著白接篱。举手问葛彊，何如并州儿？”

〔49〕“快意”二句：指在齐、赵快意之游后赴长安。按，杜甫自开元二十四年（736）游齐、赵，至天宝五载（746）至长安，前后约十年。因其开元二十九年（741）曾回洛阳，天宝三载（744）再游齐、赵，故云“八九年”。咸阳，此代指长安。

〔50〕“许与”二句：谓其在长安之交游。许与，相互结交，引为知己。词伯，宋蔡梦弼曰：“词伯乃词人之长，谓如李邕、王翰之俦。”（《杜工部草堂诗笺》卷三十四）贤王，清仇兆鳌注：“指汝阳王琎也。”（《杜诗详注》卷十六）

〔51〕“曳裾”句：指在王侯门下受到礼遇。曳裾，《汉书·邹阳传》：“饰固陋之心，则何王之门不可曳长裾乎？”后因以“曳裾”为在王侯权贵门下做食客的代称。置醴地，指受到礼遇。《汉书·楚元王传》：“初，元王敬礼申公等，穆生不耆酒，元王每置酒，常为穆生设醴。”醴，甜酒。

〔52〕明光：即明光宫，汉长安宫殿名。此借指帝王宫殿。

〔53〕“天子”二句：指天宝十载（751）杜甫献赋后受到玄宗赏识并命宰相试文章事。废食，停止吃饭。此谓天子停止饮食召见，见其求贤之心切。轩裳，轩车与簪裳，借指富贵显达者。杜甫《莫相疑行》：“忆献三赋蓬莱宫，自怪一日声烜赫。集贤学士如堵墙，观我落笔中书堂。”所写与“群公会轩裳”为同一事。

〔54〕“脱身”二句：指其授河西尉而不就事。脱身，宋赵次公曰：“所谓‘脱身无所爱’，盖言脱身于仕宦，无所爱恙也，故惟痛饮而已。”（《杜诗先后解》成帙卷十）信，任凭，随意。行藏，出仕与归隐。杜甫有《官定后戏赠》云：“不作河西尉，凄凉为折腰。老夫怕趋走，率府且逍遥。耽酒须微禄，狂歌托圣朝。故山归兴尽，回首向风飙。”可为此二句注脚。

〔55〕“黑貂”二句：指在长安生活之困顿与自伤穷老。黑貂，用苏秦说秦失败落魄而归事。《战国策·秦策一》：苏秦说秦王，“书十上而说不行，黑貂之裘敝，黄金百斤尽，资用乏绝”。斑鬓，鬓发斑白。兀，犹尚、还。称觞，举杯祝酒。宁，一作“不”。

〔56〕“杜曲”句：杜曲，地名，在今陕西西安市长安区东南终南山下。是唐代大姓杜氏世代所居之地，故称杜曲。耆旧，年高望重者。

〔57〕“四郊”句：谓四处多坟墓。白杨，《古诗十九首·驱车上东门》：“白杨何萧萧，松柏夹广路。”《文选》李善注曰：“《白虎通》曰：‘庶人无坟，树以杨柳。’”此代指坟墓。

〔58〕“坐深”二句：谓因年事日高，座席位次益尊，虽为乡党所敬，而日觉眼前死生之事忙促也。坐深，座席位次尊。从外向内看，位上者坐深。

〔59〕“朱门”二句：朱门，谓豪贵之家。倾夺，倾轧与争夺。赤族，灭族。迭，接连。罹殃，遭遇祸患。

〔60〕“国马”二句：谓宫廷因享乐而豢养马、鸡等，极为奢靡。国马，本谓国家所养之马，此特指宫廷所养的舞马与立仗马。官鸡，即宫廷所养的斗鸡。玄宗好斗鸡，宫中专设有鸡坊。宋蔡梦弼曰：“开元太平日久，玄宗侈心自恣，舞马衣文采，饲以粟豆。又，五坊有供奉斗鸡，又有斗鸡使，百姓输纳稻粱以供养鸡也。”（《杜工部草堂诗笺》卷三十四）

〔61〕“举隅”句：举隅，举一端为例。烦费，巨大的耗费。清仇兆鳌注：“举此一隅，则当时烦费可知，故尝引古伤今，而有兴亡之虑焉。”（《杜诗详注》卷十六）

〔62〕“河朔”二句：河朔，黄河以北的地区。风尘起，指安禄山叛乱。岷山，在四川北部，此代指巴蜀地区。幸，天子亲临曰幸。长，远也。按，天宝十

四载（755）十一月，安禄山反，陷河北诸郡，又陷东都。次年六月陷潼关。京师大骇，玄宗因避寇乱而幸蜀。二句即谓此。

〔63〕“两宫”二句：玄宗在蜀，太子李亨在灵武即位，是为肃宗。时玄宗以太上皇居蜀中，肃宗行在处为灵武，故有此二句。警跸，古时帝王出入警戒的专用语。左右侍卫曰警，止人清道曰跸。

〔64〕崆峒：山名，在今甘肃平凉西，唐代属原州平高县。

〔65〕少海：对皇太子之喻称。宋叶廷珪《海录碎事·储嗣门》：“天子比大海，太子比少海。”按，“崆峒”句言肃宗至平凉收兵以图兴复，故云“杀气黑”；“少海”句言肃宗以太子身份于灵武即皇帝位，盖唯天子得用黄旌，故曰“旌旗黄”。

〔66〕“禹功”句：谓肃宗任命长子广平王李俶（后改名李豫）为天下兵马元帅。禹功，指禹治水之功绩。命子，即传子。此以禹传位于子启，喻指肃宗命长子广平王为天下兵马元帅。

〔67〕“涿鹿”句：谓讨伐安禄山。涿鹿，地名，故城在今河北涿州东南。戎行，谓军旅之事。按，黄帝曾于涿鹿大战蚩尤，终而擒获之。此乃以蚩尤比安禄山。肃宗曾治兵凤翔，故云“亲戎行”。

〔68〕“翠华”句：谓肃宗拥兵至凤翔。翠华，天子仪仗中以翠羽为饰的旗帜或车盖。吴岳，即吴山，又称岳山，在今陕西陇县、千阳、凤翔境内。按，至德二载（757），肃宗从彭原移驻凤翔，曾路过吴山。

〔69〕“貔虎”句：谓官军兵力雄壮，将消灭叛军。貔虎，用以比喻官军。貔，一作“螭”。豺狼，喻安史叛军。嗷，吃，同“啖”。

〔70〕“爪牙”句：此指房琯率军平叛而在陈涛斜失利事。爪牙，喻指卫士、勇士。一不中，犹言失手。

〔71〕陆梁：猖獗、嚣张貌。

〔72〕“大军”句：指郭子仪清渠之败。大军，指官军。草草，草率而准备不足。据《资治通鉴》卷二百一十九载，至德二载夏四月，“子仪与王思礼军合于西渭桥，进屯潏西。安守忠、李归仁军于京城西清渠。相守七日，官军不进。五月癸丑，守忠伪退，子仪悉师逐之。贼……夹击官军，官军大溃。……子仪退保武功”。

〔73〕“凋瘵”句：谓民力已尽，国家病患已深，难以疗救。

〔74〕“备员”二句：谓自己身为谏官，为国事而忧虑愤懑，心中难以平静。备员，犹言充数，乃作者自谦之词。补衮，向皇帝进谏以补救过失。飞扬，谓心神激荡。

〔75〕九庙焚：谓两京陷落，国家顷危不安。九庙，天子宗庙有九，此以之代指国家社稷。

〔76〕万民疮：谓民生凋敝，满目疮痍。

〔77〕“斯时”二句：指任左拾遗时向皇帝进谏廷诤事。伏青蒲，谓强力谏诤。青蒲，用蒲草编的草垫子。《汉书·史丹传》载，元帝欲废太子，“丹以亲密臣得侍视疾，候上间独寝时，丹直入卧内，顿首伏青蒲上”。颜师古注引应劭曰：“以青规地曰青蒲，自非皇后不得至此。”又引孟康曰：“以蒲青为席，用蔽地也。”廷诤，谓于朝堂上向皇帝极力谏诤。守御床，亦谓廷诤。《晋书·卫瓘传》：“惠帝之为太子也，朝臣咸谓纯质，不能亲政事。瓘每欲陈启废之，而未敢发。后会宴陵云台，瓘托醉，因跪帝床前曰：‘臣欲有所启。’帝曰：‘公所言何耶？’瓘欲言而止者三，因以手抚床曰：‘此座可惜！’帝意乃悟，因谬曰：‘公真大醉耶？’瓘于此不复有言。”此借以喻指在朝堂上进谏。

〔78〕“君辱”二句：君辱，《国语·越语》：“为人臣者，君忧臣劳，君辱臣死。”赫怒，大怒。指杜甫因疏救房琯而使肃宗怒，命三司推问，后为张镐等营解事。仇兆鳌注：“公疏救房琯，帝怒不测，赖张镐营解，故云‘赫怒幸无伤。”（《杜诗详注》卷十六）

〔79〕圣哲：谓肃宗。体：躬行。

〔80〕宇县：犹宇内，指天下。

〔81〕“哭庙”句：指收复长安后祭祀宗庙。《旧唐书·肃宗纪》：至德二载十一月，“新成九庙神主，上亲告享”。又，“十二月丙午，上皇至自蜀，上至望贤宫奉迎。……百僚班于含元殿庭，上皇御殿，左相苗晋卿率百辟称贺，人人无不感咽。礼毕，上皇诣长乐殿谒九庙神主，即日幸兴庆宫”。以大劫后祭告祖庙，哭于灰烬中，故有此句。

〔82〕“鼻酸”句：长安收复，玄宗、肃宗还京，杜甫也得以返回长安。抚今追昔，感慨万端，故不觉“鼻酸”。未央宫，汉长安宫殿名。此代指唐长安宫殿。

〔83〕“小臣”句：谓其遭贬出京后，不复能在朝廷议论国事。小臣，杜甫自谓。杜甫曾任左拾遗，故称。议论绝，拾遗为谏官，可在朝议论时事得失。而杜甫自肃宗乾元元年（758）六月被贬为华州司功参军，特别是后来弃官入蜀后，已远离朝廷，不复在朝议论时事，故云“议论绝”。

〔84〕殊方：远方。时杜甫居夔州，故云。

〔85〕“郁郁”二句：写客居困顿之状。郁郁，不得志貌。羽翮，鸟翼。困低昂，不能奋飞。

〔86〕“秋风”二句：形容生计落寞，不为朝廷所用。碧蕙，香草。捐，损减。微芳，淡雅的香气。宋蔡梦弼曰：“秋风，杀气也，以喻严刑。兰蕙，香草也，以比君子。秋风剪碧蕙，使之损弃芬芳，喻君子见黜而不用也。”（《杜工部草堂诗笺》卷三十四）

〔87〕“之推”句：之推，即介子推，晋文公重耳出亡时的从臣。重耳返国后，赏不及之推，之推遂入山隐。文公求之不能得，以绵上为之田，曰：“以志吾过，且旌善人。”事见《左传·僖公二十四年》。

〔88〕“渔父”句：屈原《渔父》：“渔父莞尔而笑，鼓枻而去，歌曰：‘沧浪之水清兮，可以濯吾缨；沧浪之水浊兮，可以濯吾足。”语本之。

〔89〕“荣华”二句：谓荣华与富贵难以永保。明王嗣奭曰：“‘荣华’与‘勋业’相敌，鲜能令终，犹‘岁暮严霜’也；故前称介推，后引鸱夷，况无大功而拥高位者，可无惧耶！”（《杜臆》卷八）

〔90〕鸱夷子：即范蠡。《史记·货殖列传》：“范蠡既雪会稽之耻，……乃乘扁舟浮于江湖，变名易姓，适齐为鸱夷子皮。”

〔91〕群凶：谓当时恃强割据的藩镇。

〔92〕“侧伫”句：言国家正逢多难之时，切盼有英俊之士如范蠡者挺身而出，为国效力。侧伫，侧身期盼。

【评说】

杜甫于代宗永泰元年（765）春夏间离开成都（今四川成都），经戎州（今四川宜宾）、渝州（今重庆）、忠州（今重庆忠县）等地而后至云安。大历元年（766）春之后，自云安抵夔州，本欲出峡北归，却因病滞留。此诗即作于大历元年居夔州时。

杜甫客居夔州期间，因身体健康每况愈下，故诗多回首往事、感慨平生之作。此诗即是诗人对自己平生遭际的回忆，可作诗人之诗歌传记读。诗从早年经历写起，历叙其少年时翰墨场之交游、青年时吴越之访古览胜及齐赵之快意漫游、中年时长安之求仕干谒与生计困顿、安史之乱后两京失陷与收复及其仕宦遭际、晚年客居殊方之悲苦与对国家前途的关注等情事。由于诗人一生经历了唐王朝自盛世经战乱而衰落的过程，其个人的遭际也与时代变迁密切相关，故由诗中所叙，不仅可见诗人的身世际遇，亦可见唐王朝由盛而衰之时代变迁。因此，无论是对于认识诗人，还是了解其生活的时代，此诗都具有重要的价值。

此诗以个人的生平经历为主线，按时间先后叙写，脉络清晰，情感沉厚郁勃，气势浑灏苍茫，显示了杜甫晚年深湛的诗歌艺术功力。

【集评】

［明］王嗣奭《杜臆》卷八："此诗乃公自为传，其行径大都与李白相似，然李一味豪放，而杜却豪中有细。"

［清］刘濬《杜诗集评》卷三引查慎行语："此公一生行实，以《壮游》为题，追叙而言之也。由少而壮，而老，中间许多阅历。平叙中自见排宕之趣。以年华为经，以地方为纬，以文章为始，以忧国为终，写出壮游心事。"

［清］浦起龙《读杜心解》卷一之五："一气读去，莽莽苍苍，宕往豪迈。刘克庄比之荆卿之歌，雍门之琴，信矣。"

二

边塞与战争

战争是伴随着人类社会发展而产生的一种社会现象，也是对人类生存产生巨大破坏的灾难之一。在战争中，受伤害最严重的往往是普通百姓。战争不仅造成巨大的财产损失，而且其所造成的人的精神创伤也至为惨烈。

当然，战争的性质向来有正义与非正义之别。正义的战争是人类为了保卫国家、民族的利益，维护自身之生存与生活之安定而对侵略、侵犯者所进行的抗争与反击。而非正义的战争则是统治阶级、统治集团为了占领土地、掠夺财富、攫取资源等而以侵犯侵略为特征的武装暴力行为。对待战争的态度，常能体现出一个人的良知。

历史上伟大的作家与艺术家，大都是具有博爱情怀的人道主义者。他们尊重生命，热爱和平，富于正义感。他们常用作品来歌颂正义，礼赞和平，而对不义的战争及其罪恶，则予以毫不留情的抨击与鞭挞。李白与杜甫也是如此。

在中国古代，战争多发生于边疆地区，故边塞战争问题就成为诗歌中突出的主题。在李、杜的诗歌中，对战争的表现也大都是和表现边塞问题连在一起的。

李白

乃知兵者是凶器，圣人不得已而用之

战城南[1]

去年战，桑干源[2]；今年战，葱河道[3]。
洗兵条支海上波[4]，放马天山雪中草[5]。
万里长征战，三军尽衰老。
匈奴以杀戮为耕作，古来惟见白骨黄沙田[6]。
秦家筑城备胡处[7]，汉家还有烽火燃[8]。
烽火燃不息，征战无已时。
野战格斗死，败马号鸣向天悲[9]。
乌鸢啄人肠，衔飞上挂枯树枝[10]。
士卒涂草莽，将军空尔为。
乃知兵者是凶器，圣人不得已而用之[11]。

【注释】

〔1〕战城南：乐府古题，属鼓吹曲辞铙歌曲。吴兢《乐府古题要解》卷上：“(《战城南》) 其词大略言，战城南，死郭北，野死不得葬，为乌鸟所食。愿为忠臣，朝出攻战，而暮不得归也。”李白此诗虽用古题，但有可能乃因感于时事而作。元萧士赟云：“开元、天宝中，上好边功，征伐无时，此诗盖有所讽者也。”(《分类补注李太白诗》卷三) 可参。

〔2〕桑干源：《元和郡县图志》卷十四“河东道·朔州·马邑县”：“桑干河，在县东三十里。”桑干河，即今永定河上游，在今河北西北部和山西北部，源出山西北部管涔山，在河北西北部入官厅水库。唐与奚、契丹常在此交战。

〔3〕葱河：即葱岭河，今有南北两河，南河名叶尔羌河，北河名喀什噶尔河，俱在新疆境内。其皆发源于帕米尔高原，是塔里木河的支流。

〔4〕洗兵：谓罢战而洗兵器。条支：汉代西域国名，其地在今伊拉克境内，底格里斯河与幼发拉底河之间。唐时置条支都督府，治所在诃达罗支国伏宝瑟颠城（今阿富汗加兹尼）。

〔5〕天山：在今新疆境内。《元和郡县图志》卷四十“陇右道·伊州·伊吾县”：“天山，一名白山，一名折罗漫山，在州北一百二十里。春夏有雪。出好木及金铁。匈奴谓之天山，过之皆下马拜。”

〔6〕“匈奴”二句：王褒《四子讲德论》：“夫匈奴者，百蛮之最强者也。天性忮謇，习俗杰暴，贱老贵壮，气力相高，业在攻伐，事在猎射，……其耒耜则弓矢鞍马，播种则扞弦掌拊，收秋则奔狐驰兔，获刈则颠倒殪仆。”二句当由此化出。

〔7〕秦家筑城：《史记·蒙恬列传》：“秦已并天下，乃使蒙恬将三十万众北逐戎狄，收河南。筑长城，因地形，用制险塞，起临洮，至辽东，延袤万余里。”备，一作“避”。

〔8〕“汉家”句：《后汉书·光武帝纪》：“遣骠骑大将军杜茂将众郡施刑屯北边，筑亭候，修烽燧。”唐李贤注：“《前书音义》曰：‘边方备警急，作高土台，台上作桔皋，桔皋头有兜零，以薪草置其中，常低之，有寇即燃火举之，以相告，曰烽。又多积薪，寇至即燔之，望其烟，曰燧。昼则燔燧，夜乃举烽。’《广雅》曰：‘兜零，笼也。’”

〔9〕“野战”二句：《战城南》古辞：“枭骑格斗死，驽马徘徊鸣。”二句自此化出。格斗，搏斗。格，相抱而杀曰格。

〔10〕“乌鸢”二句：《战城南》古辞：“野死不葬乌可食。”二句由此化出。衔飞上挂枯树枝，一作“衔飞上枯枝”。

〔11〕“乃知”二句：《老子》：“兵者不祥之器，非君子之器，不得已而用之。”又，太公《六韬·文韬·兵道》：“圣人号兵为凶器，不得已而用之。”语本之。人，一作“君”。

【评说】

《战城南》为汉乐府古题，郭茂倩《乐府诗集》卷十六“鼓吹曲辞一·汉铙歌”于此题下还收录有除李白之外的同题之作六首，其中梁吴均、陈张正见、唐卢照邻、唐刘驾各一首，唐贯休二首，皆五言。据《乐府古题要解》所引之古辞句看，李白此作在形式上与古辞最接近，这应是李白精通“古乐府之学”的体现（据权德舆《右谏议大夫韦君集序》载，李白曾表示要将“古乐府之学”传授给韦渠牟）。李白此作虽沿用古题，但主题却有进一步的深化。前六句从空间着笔，写战争绵延之广，因而有“匈奴以杀戮为耕作，古来惟见白骨黄沙田”的感叹。“秦家”以下四句，从历史着笔，由秦而汉，突出战争的持续不断。“野战”以下四句，以战场的惨烈之景突出战争的残酷性。最后结以“乃知兵者是凶器，圣人不得已而用之”，不仅发人深省，也使全诗的主题得到升华。

【集评】

［清］沈德潜《唐诗别裁集》卷六：“‘匈奴’二句，可谓奇语。末，端庄语，却以摇曳出之。”

［清］乾隆《御选唐宋诗醇》卷二：“古词云：‘战城南，死郭北。野死不葬乌可食。’又云：‘愿为忠臣安可得。’白诗亦本其意，而语尤惨痛，意更切至，所以刺黩武而戒穷兵者深矣。”

［清］陈沆《诗比兴笺》卷三：“陈古刺今，此乐府之至显者。”

古风五十九首[1]

其三十四

羽檄如流星[2]，虎符合专城[3]。
喧呼救边急，群鸟皆夜鸣[4]。
白日曜紫微[5]，三公运权衡[6]。
天地皆得一，澹然四海清[7]。
借问此何为，答言楚征兵。
渡泸及五月，将赴云南征[8]。
怯卒非战士[9]，炎方难远行[10]。
长号别严亲，日月惨光晶[11]。

泣尽继以血，心摧两无声[12]。
困兽当猛虎，穷鱼饵奔鲸。
千去不一回，投躯岂全生。
如何舞干戚，一使有苗平[13]？

【注释】

〔1〕古风五十九首：李白创作的一组五古组诗，非一时一地之作。从文献中所见某些篇目之分合来看，其汇为一组当是经过后人编辑的。《古风五十九首》内容丰富，大致可概括为指言时事、感伤遭际与抒写怀抱数端。其风格承《古诗十九首》而来，又融合了阮籍《咏怀》、郭璞《游仙》及陈子昂《感遇》等而集其大成。

〔2〕羽檄：古代军事文书，插鸟羽以示紧急，故称。《史记·韩信卢绾列传》："上曰：'……吾以羽檄征天下兵，未有至者，今唯独邯郸中兵耳。……'"裴骃集解："魏武帝《奏事》曰：'今边有小警，辄露檄插羽，飞羽檄之意也。'骃案：推其言，则以鸟羽插檄书，谓之羽檄，取其急速若飞鸟也。"

〔3〕虎符：古代帝王遣将发兵时的信物，为虎形，故称。初为玉质，后为铜质。背有铭文，剖为两半，右半留在中央，左半给予地方官吏或统兵将帅，调发军队时，遣使者验符，符合方可发兵。合，验符相合。按，唐代改用鱼符，此为用典。专城：主宰一城之州牧、太守、刺史等地方长官。

〔4〕"群鸟"句：《庄子·在宥》："鸿蒙曰：乱天之经，逆物之情，玄天弗成。解兽之群，而鸟皆夜鸣。灾及草木，祸及昆虫。"此谓因边地警急，栖鸟亦不得安其巢，致夜间因惊扰而鸣。

〔5〕紫微：即紫微垣，星官名，为三垣之一。《晋书·天文上》："紫宫垣十五星，其西蕃七，东蕃八，在北斗北。一曰紫微，大帝之坐也，天子之常居也，主命主度也。"

〔6〕三公：《尚书·周官》《汉书·百官公卿表》以太师、太傅、太保为三公。又以大司马、大司徒、大司空为三公，是为西汉三公。东汉以太尉、司徒、司空为三公。魏晋至隋唐因之。唐之三公已无实权。此以"三公"代指当时辅佐国君之军政大臣。权衡：星宿名。北斗七星，一曰天枢，二曰天璇，三曰天玑，四曰天权，五曰玉衡，六曰开阳，七曰瑶光。

〔7〕"天地"二句：《老子》："昔之得一者：天得一以清；地得一以宁；神得

一以灵；谷得一以盈；万物得一以生；侯王得一以为天下正。”澹然，安定貌。

〔8〕“渡泸”二句：泸，古水名，今雅砻江下游及金沙江汇合以后之一段江流。《水经注》卷三十六“若水”：“泸峰最为杰秀，孤高三千余丈。是山于晋太康中崩，震动郡邑。水之左右，马步之径裁通，而时有瘴气，三月、四月迳之必死，非此时犹令人闷吐。五月以后，行者差得无害。故诸葛亮《表》言：五月渡泸，并日而食，臣非不自惜也，顾王业不可偏安于蜀故也。《益州记》曰：泸水源出曲罗嶲，下三百里曰泸水。两峰有杀气，暑月旧不行，故武侯以夏渡为艰。”云南征，《资治通鉴》卷二百一十六载：天宝十载，“夏，四月，壬午，剑南节度使鲜于仲通讨南诏蛮，大败于泸南。时仲通将兵八万分二道出戎、嶲州，至曲州、靖州。南诏王阁罗凤谢罪，请还所俘掠，城云南而去，……仲通不许，囚其使。进军至西洱河，与阁罗凤战，军大败，士卒死者六万人，仲通仅以身免。杨国忠掩其败状，仍叙其战功。……制大募两京及河南、北兵以击南诏；人闻云南多瘴疠，未战士卒死者什八九，莫肯应募。杨国忠遣御史分道捕人，连枷送诣军所。”事即指此。

〔9〕怯卒：疲敝之兵。

〔10〕炎方：泛指南方炎热地区。

〔11〕“长号”二句：谓士卒惮于炎方路远天热，生离同于死别，故长号以与严亲相别，悲恸凄惨，感动天地，日月亦为之无光。光晶，光辉、明亮。

〔12〕“心摧”句：谓严亲与别子皆悲痛而呜咽。摧，悲痛、哀伤。

〔13〕“如何”二句：谓何如修德以服人，如舜之伐有苗，一舞干戚而有苗自格，何必如此劳师于远方而丧师辱国！干，盾。戚，斧。皆武舞所执。《尚书·大禹谟》：“帝乃诞敷文德，舞干羽于两阶，七旬，有苗格。”又《艺文类聚》卷十一“帝王部”：“《帝王世纪》曰：有苗氏负固不服，禹请征之。舜曰：‘我德不厚而行武，非道也。吾前教由未也。’乃修教三年，执干戚而舞之，有苗请服。”

【评说】

本篇为《古风五十九首》之第三十四首，诗中所写之内容，当与天宝十载（751）唐与南诏之战事有关，但其意义又不止于此。它不仅反映了李白诗歌对现实的讽谕，也体现了李白对当时统治集团穷兵黩武发动不义战争的态度。首四句写征兵造成的骚动不安。“白日”四句写皇帝、宰辅协力治理，天下本应澹然清平，与前四句描写的不安形成鲜明对比，反讽之意可见。“借问”十四句写征兵攻伐南诏战事，着重写此战给人民带来的巨大痛苦。末二句引出作者对治理天下的思考，认为为国者应效法上古圣君，以文德化天下，以和平方式解决矛盾冲突。李白的这种认识，虽是由具体战争引发的思考，但却颇为深刻。他把如何处理与少数民族的关系，上升到了国家治理政治理念的高度。

【集评】

［清］乾隆《御选唐宋诗醇》卷一："群鸟夜鸣，写出骚然之状；'白日'四句，形容黩武之非。至于征夫之凄惨、军势之怯弱，色色显豁，字字沉痛。结归德化，自是至论。此等诗殊有关系。体近风雅，与杜甫《兵车行》《出塞》等作工力悉敌，不可轩轾。"

［清］陈沆《诗比兴笺》卷三："集中《书怀赠常赞府》诗云：'云南五月中，频丧渡泸师。毒草杀汉马，张兵夺云旗。至今西饵河，流血拥僵尸。将无七擒略，鲁女惜园葵。咸阳天下枢，累岁人不足。虽有数斗玉，不如一盘粟。'与此篇同旨。"

安旗主编《李白全集编年笺注》："继天宝十载鲜于仲通败后，天宝十三载，李宓将兵再击南诏，复败于大和城。白另有《书怀赠南陵常赞府》诗记其事曰：'云南五月中，频丧渡泸师。'前后数败，故云。此篇则专记鲜于之败，二诗系年迥可别。"

关山月[1]

明月出天山，苍茫云海间。
长风几万里，吹度玉门关[2]。
汉下白登道[3]，胡窥青海湾[4]。
由来征战地[5]，不见有人还。
戍客望边色[6]，思归多苦颜。
高楼当此夜，叹息未应闲[7]。

【注释】

〔1〕关山月：汉乐府古题，属鼓角横吹曲。唐吴兢《乐府古题要解》卷下："《关山月》，皆言伤别离也。"

〔2〕玉门关：西汉置，即今甘肃敦煌西北小方盘城。六朝时关址移至今甘肃瓜州县东双塔堡附近，而称汉玉门关为故玉门关。《元和郡县图志》卷四十"陇右道·沙州·寿昌县"："玉门故关，在县西北一百一十七里。……此西域之门户也。"

〔3〕"汉下"句：《汉书·匈奴传》："匈奴大攻围马邑，韩信降匈奴。匈奴得信，因引兵南逾句注，攻太原，……诱汉兵。……高帝先至平城，步兵未尽到，冒顿纵精兵三十余万骑围高帝于白登，七日，汉兵中外不得相救饷。"颜师古注："白登在平城东南，去平城十余里。"按，白登山在今山西大同以东，山上有白登台。

〔4〕青海湾：即今青海之青海湖。

〔5〕由来：从来，历来。

〔6〕戍客：戍边的人。色：一作"邑"。

〔7〕闲：一作"还"。

【评说】

《关山月》亦为乐府古题。李白虽用古题，而诗之境界与气度却矫矫不群。前四句自征人的角度来写，以戍边之远，见思乡之苦。中四句写战争的绵延不绝以及战争的残酷。末四句写戍客思归之苦。此作境界阔远而雄浑，前人评价其"气盖一世"（宋吕本中语）、"雄浑之中，多少闲雅"（明胡应麟语），指出了其特点。

【集评】

［宋］吕本中《童蒙训》："李太白诗如'晓月出天山，……吹度玉门关'……之类，皆气盖一世，学者能熟味之，自然不褊浅矣。"

［明］胡应麟《诗薮》内编卷六："青莲'明月出天山，苍茫云海间。长风几万里，吹度玉门关。'雄浑之中，多少闲雅！"

［清］宋长白《柳亭诗话》："徐孝穆《关山月》二首，其一曰：'关山三五月，客子忆秦川。思妇高楼上，当窗应未眠。星旗映疏勒，云阵上祁连。战气今如此，从军复几年。'李太白五言佳境俱从此出，不止似阴铿已也。"

子夜吴歌四首[1]

其　三

长安一片月，万户捣衣声[2]。
秋风吹不尽，总是玉关情[3]。
何日平胡虏，良人罢远征[4]。

【注释】

〔1〕子夜吴歌：乐府古题，属清商曲辞吴声歌之《子夜歌》。唐吴兢《乐府古题要解》卷上：“旧史云：晋有女子曰子夜所作，声至哀。晋武帝太元中，琅琊王轲家有鬼歌之。后人依四时行乐之词，谓之《子夜四时歌》，吴声也。”李白此作共四首，《乐府诗集》题作《子夜四时歌》，分别题为“春”“夏”“秋”“冬”。别本于《子夜吴歌四首》题下亦注有“春”“夏”“秋”“冬”字样。这里所选为其三。

〔2〕捣衣：古时衣服由纨素一类织物制成，质地硬挺，须置于石上以杵反复捶捣，使之柔软，称捣衣。后泛指捶洗。明杨慎《升庵诗话》卷十二：“《字林》云：直舂曰捣。古人捣衣，两女子对立，执一杵，如舂米然。今易作卧杵，对坐捣之，取其便也。尝见六朝人画《捣衣图》，其制如此。”

〔3〕玉关情：谓妻子思念戍边丈夫之情。

〔4〕良人：古时妻子对丈夫的称呼。

【评说】

《子夜吴歌四首》属清商曲辞吴声歌，原题《子夜四时歌》，为春、夏、秋、冬四季分咏，篇幅短小。此作列为第三，即“秋歌”，围绕秋日妇女捣衣这一传统，以“玉关情”为核心，抒写闺中思妇对戍边丈夫的思念及期待天下和平、夫妻团聚的美好愿望。清代田同之以为，若去掉末二句而作为五绝更有余味。但若删去末二句，则此诗厌弃战争、期望和平的主旨就模糊不明了。

【集评】

［明］王夫之《姜斋诗话》卷下：“情景名为二，而实不可离。神于诗者，妙合无垠。巧者则有情中景，景中情。景中情者，如‘长安一片月’，自然是孤栖忆远之情。”

又，《唐诗评选》卷二：“前四语是天壤间生成好句，被太白拾得。”

［清］沈德潜《唐诗别裁集》卷二：“不言朝家（疑为‘廷’之误）之黩武，而言胡虏之未平，立言温厚。”

又，《说诗晬语》卷下：“诗贵寄意，有言在此而意在彼者。李太白《子夜吴歌》，本闺情语，而忽冀罢征。”

［清］乾隆《御选唐宋诗醇》卷四：“一气浑成，有删末二句作绝句者，不见此女贞心亮节，何以风世厉俗？”

杜甫

君已富土境，开边一何多

前出塞九首[1]

其 一

戚戚去故里[2]，悠悠赴交河[3]。
公家有程期[4]，亡命婴祸罗[5]。
君已富土境[6]，开边一何多[7]。
弃绝父母恩，吞声行负戈[8]。

【注释】

〔1〕前出塞：《出塞》《入塞》为汉乐府横吹曲旧题（见《乐府诗集》卷二十一《横吹曲辞·汉横吹曲》）。《晋书·乐志下》载：汉武帝时，“李延年因胡曲更造新声二十八解”，其中有《出塞》《入塞》曲。杜甫用汉乐府旧题创作组诗，以先有《出塞》一组九首，后又写有《出塞》一组五首，因加“前”和“后”以示区别。《前出塞九首》，当作于天宝前期。或云诗写高仙芝征小勃律事，或云诗写哥舒翰征吐蕃事。天宝以后，边塞多战争，杜甫以乐府旧题写时事，当与上述诸多战事有关。

〔2〕戚戚：内心愁苦。故里：故乡。

〔3〕悠悠：路途遥远。交河：唐贞观十四年（640）置安西都护府，治交河城，其地在今新疆吐鲁番西北。

〔4〕公家：官家、官府。程期：行程期限。

〔5〕亡命：谓脱名籍以逃亡。婴：通“撄”，遭受。祸罗：灾祸之罗网，也即法网。

〔6〕君：国君，此指玄宗。

〔7〕开边：开拓疆土。清卢元昌云：“当时土境日拓，玄宗开边自开元十五年王君㚟开衅后，张忠亮破吐蕃于渴谷，拔其大莫门城。杜宾客破吐蕃于祁连城下。十七年，张守素破西南蛮，拔昆明及盐城，王祎破吐蕃石堡城。十八年，乌承玼破奚、契丹于捺禄山。二十年以后，虽吐蕃又款，至赤岭之碑仆，衅端又开，与奚、契丹交构不已。开边之多有如此者。”（《杜诗阐》卷九）苏仲翔谓：“天宝六年（载），高仙芝讨小勃律，虏其王归。八年，哥舒翰攻拔吐蕃石堡城。十年，鲜于仲通讨南诏，高仙芝讨大食，安禄山讨契丹，并大败。诗言‘开边一何多’，盖指这些侵略性军事，而兼怵于战败教训而发。”（《李杜诗选》）一何：何其。

〔8〕吞声：声将发而强忍之。

【评说】

《前出塞九首》以一个从军戍卒的口吻，历叙其从军入伍、军中经历、征戍感受，刻画了一个正直朴实、勇敢善良、品格高尚的士卒形象，体现了诗人对士卒遭际的同情，对其高尚品格的赞赏，同时也反映了诗人对战争的态度，即以抵御外侮为本，反对过度杀伤，是杜甫描写战争与边塞题材的重要作品。

开元后期，特别是天宝以后，玄宗有意开边，武将轻启边衅，战事频发，征调频繁，士卒抛家别亲，负戈远行，其征伐之苦不言而喻。此为组诗之第一首，自士卒被征写起，表现了其别亲远戍之初内心的悲苦与无奈。

【集评】

［清］吴瞻泰《杜诗提要》卷一：“此从军者初别家之情也。开边是九章主脑，故首章即提纲。已富而又开边，微言冷刺。一‘何’字，婉而厉。末五字又进一步，将上文呼君呼父母一齐撇开，且‘吞声’、行去、‘负戈’也，字字呜咽。”

［清］汪灏《树人堂读杜诗》卷二：“第一章绝父母之恩，行万里之程，向危亡之地，开无厌之边，其如君命何？”

其　二

出门日已远，不受徒旅欺[1]。
骨肉恩岂断，男儿死无时[2]。

走马脱辔头[3]，手中挑青丝[4]。
捷下万仞冈[5]，俯身试搴旗[6]。

【注释】

〔1〕“出门”二句：谓从军有日，离家已远，逐渐熟悉军旅生活，不再受军中同伴的戏弄欺侮。徒旅，也即徒侣，行军中之伙伴。欺，欺侮，凌侮。杜佑《通典·兵二》：“诸将士不得倚作主帅及恃己力强，欺傲火人，全无长幼，兼笞挞懦弱，减削粮食、衣资，并军器、火具恣意令擎，劳逸不等。”可知当时军中确有徒侣相欺之事。

〔2〕“骨肉”二句：是士卒的果决之语。骨肉恩，即前一首所谓之“父母恩”。死无时，谓时时都有死。二句是说父母之恩虽不容断绝，但既生为男子，死无常时，今则不能顾也。

〔3〕走马：跑马。脱：去掉。辔头：马笼头。

〔4〕挑：摇着。青丝：马缰绳。

〔5〕捷下：奔驰而下。万仞：极言其高。仞，古以八尺或七尺为仞。仞，一作“丈”。

〔6〕搴旗：拔旗。搴，拔取。《通典·兵二》：“搴旗斩将，陷阵摧锋，上赏。”清吴昌祺云：“‘走马’四句，矫捷自负，而意乃在‘死无时’也。”（《删订唐诗解》卷三）按，“走马”以下四句皆写士卒军中习战训练之事，而见其以男儿自许，视死如归之概。

【评说】

此首写士卒从军后，逐渐习惯军旅生活，并于途中开始军事训练之事。士卒虽不能忘父母之恩，但脱身不能，吞声无用，既已从军，乃以男儿自许，因走马挑缰，俯身搴旗，效死是期。前四句写从军后情事，“恩岂断”“死无时”的心理活动为关捩。后四句写习战与攻拔，重在军事活动，而摹写传神，奔走驰突之状如在目前。

【集评】

［清］吴瞻泰《杜诗提要》卷一：“此下三首，皆在道时之言。此章微分两截。前截是勇敢人思一死所，死而得所，即得时也。骨肉之恩岂无，男儿之死有

在。故作顿挫语，描出壮士精神。旧解谓未知生死何时，则儿女子之言，男儿所不道也。后截一气滚下，写出壮士精神百倍。然却从‘男儿死无时’一句生来。则上下截固藕断丝联。著一‘试’字又妙，是未临危悬空摹拟话，正欲图为效死之地也。”

［清］浦起龙《读杜心解》卷一之一：“二章，述上路后情事。习于其途，便成惯家。起法如身历语。三四言舍然竟去，非恩断也。男儿死地无常，不如死绥为烈耳。下截摹写轻生喜事之状，跃跃欲飞。少年初出路人，实有此概。”

其 三

磨刀呜咽水〔1〕，水赤刃伤手〔2〕。
欲轻肠断声〔3〕，心绪乱已久。
丈夫誓许国，愤惋复何有〔4〕。
功名图麒麟〔5〕，战骨当速朽。

【注释】

〔1〕呜咽水：谓水流声呜咽如哭。《乐府诗集·横吹曲辞·梁鼓角横吹曲》有《陇头歌辞》：“陇头流水，鸣声呜咽。遥望秦川，肝肠断绝。”

〔2〕“水赤”句：为“刃伤手水赤”之倒语。描写士卒的心理细腻。萧涤非曰：“心绪久乱，而水声触耳，想不愁也不行。心不在焉，因而伤手。初尚不知，见水赤才发觉。刻画入微。”(《杜甫诗选注》)

〔3〕轻：忽视。肠断声：指呜咽之流水声。

〔4〕愤惋：愤恨惋惜。

〔5〕麒麟：即麒麟阁。甘露三年（前51），汉宣帝令人图苏武、霍光等十一位功臣像，陈列于麒麟阁中，后遂以“图像麒麟阁”为建功立业之代称。

【评说】

此首写从军途经陇水时的所闻与所思。前四句写因闻陇水声而心绪乱，不觉磨刀伤了手。后四句一转而为慷慨，谓欲垂名身后，生死不惜。前四句中，“水赤刃伤手”刻画细致入微，而极为沉痛。后四句中，“战骨当速朽”壮语含悲，情怀复杂。

【集评】

［清］张溍《读书堂杜工部诗集注解》卷六："前四句愁惨，后四句忽作丈夫慷慨之谈，一首中极其顿挫。"

［清］吴瞻泰《杜诗提要》卷一："闻呜咽水而肠断，故心绪错乱。磨刀伤手不自知，及至水赤而后见。四句是参错倒序法。此章亦微分两截。前截柔声惨切，语语断肠；后截慷慨雄谈，忽激为变徵之声。若出两人之口。殊不知后截正是强为排遣，姑为此大言耳。八句中自具顿挫。"

其　四

送徒既有长〔1〕，远戍亦有身〔2〕。
生死向前去，不劳吏怒嗔〔3〕。
路逢相识人，附书与六亲〔4〕。
哀哉两决绝，不复同苦辛〔5〕。

【注释】

〔1〕徒：指征夫。长：按，古代徒卒有长，称徒长。《史记·黥布列传》："布已论输丽山，丽山之徒数十万人，布皆与其徒长豪杰交通，乃率其曹偶，亡之江中为群盗。"此指押送征夫的胥吏。如刘邦曾为送徒长，《史记·高祖本纪》："高祖以亭长为县送徒郦山。"

〔2〕远戍：谓远戍者，指征夫。亦有身：意谓也是一个人，也即自有人格，不应受呵斥辱骂。

〔3〕"生死"二句：意谓自己死活都会向前冲，绝非孬种，送徒长何必怒骂呵斥。不劳，不须，用不着。吏，即送徒长。嗔，怒。

〔4〕附书：捎信。六亲：即父母、兄弟、妻子。

〔5〕"哀哉"二句：是附书中语，谓自己孤身远戍，欲同家人共辛苦亦不可得。清吴瞻泰云："不言不同欢乐，而言不同苦辛。并苦辛亦不能同，怨之甚也。"（《杜诗提要》卷一）

【评说】

此首亦叙从军途中事。因附书于相识之人而行路稍后，致送徒长怒骂呵斥，引起士卒的愤怨。“生死向前去，不劳吏怒瞋”，既有内心的不满，更见强烈的自尊，士卒之个性亦弥见鲜明。清人黄生指出，此篇用倒叙法，即附书事在前，吏因此事呵斥在后，甚是。若以顺叙写则索然无味。此亦见结构安排之妙。

【集评】

［清］黄生《杜诗说》卷一：“此因途中有附书之事，其行稍后，故为吏所怒。‘送徒有长’，言亡命当与同坐，自可保无失所。‘远戍有身’，言此身本父母所生，有人心者忍禁不使寄书乎！篇法用倒叙，亦非呆学汉魏人所知。”

其　五

迢迢万里余〔1〕，领我赴三军〔2〕。
军中异苦乐，主将宁尽闻〔3〕。
隔河见胡骑〔4〕，倏忽数百群〔5〕。
我始为奴仆〔6〕，几时树功勋〔7〕。

【注释】

〔1〕迢迢：遥远貌。

〔2〕三军：古代兵制，分上、中、下（或左、中、右，或前、中、后）三军。后用为军队的通称。

〔3〕“军中”二句：谓军队中苦乐不均，主将不能尽知。也即主将不恤士卒之意。

〔4〕河：指交河。《元和郡县图志》卷四十“陇右道·西州·交河县”：“交河，出县北天山，水分流于城下，因以为名。”交河县治所在今新疆吐鲁番西北约五公里处交河故城遗址。胡骑：此指吐蕃骑兵。

〔5〕倏忽：迅疾貌。数百群：形容胡骑人数众多。

〔6〕“我始”句：是唐代府兵制败坏后出现的军中奴使士卒的情况。《资治通鉴》卷二百一十六：“府兵入宿卫者，谓之侍官，言其为天子侍卫也。其后本卫

多以假人，役使如奴隶；长安人羞之，至以相诟病。其戍边者，又多为边将苦使，利其死而没其财。”

〔7〕“几时”句：言功名难就，可与第三首之“功名图麒麟”对读。树，建立。

【评说】

此首写从军至戍所后情事。前此途中所历非一，而终不免作“图麒麟”之想，至此则“军中异苦乐”而“主将宁尽闻”；又见胡骑百群，身竟为奴仆，则知“树勋”难可期，功名未易就。“我始为奴仆”，传史之实，诚可谓“诗史”。此首由从军远戍之道途叙写而至戍所，以下即专写军中事，为九首叙写之分界。

【集评】

［明］王嗣奭《杜臆》卷三：“‘军中异苦乐’，又意外意；乐者不言，言者不乐。不曰为军士，而曰‘为奴仆’，盖军人以强弱相役，此正其所苦，而无从赴愬于主将者，何时得树功勋而得舒其积愤也？胡骑之多如此，则树功正未易耳。此后皆到军苦境。”

［清］浦起龙《读杜心解》卷一之一：“五章，已到用武之场矣。至是各就营伍，遂总计来路之积劳积愤，而为主将宁闻之叹，令闻者心恻。‘倏忽’句，出没不常如画。见敌而始思树勋，知前此在途困顿，未暇念此也。读‘我始’二语，寒士泪下。”又云：“此章乃九诗之适中，为前后过峡，如曲谱之有赚。”

其　六

挽弓当挽强，用箭当用长〔1〕。
射人先射马，擒贼先擒王〔2〕。
杀人亦有限〔3〕，立国自有疆〔4〕。
苟能制侵陵，岂在多杀伤〔5〕。

【注释】

〔1〕“挽弓”二句：挽弓，拉弓。强，指硬弓。当用长，意谓箭长方能及远。

〔2〕“射人”二句：先射马，马倒则人俘；先擒王，王擒则寇自溃。此二句

为制敌之略，语极精警。

〔3〕限：限度。

〔4〕疆：疆域。立：一作“列”。

〔5〕“苟能”二句：谓只要能制止侵害，又岂在杀伤之多。侵陵，侵略，侵犯。

【评说】

此首纯为议论而极精警。自全诗叙事看，虽是士卒之口吻，然亦体现了诗人对边塞战争的态度。前四句诚然如清人黄生所说“似谣似谚”，然唯经杜甫组织于诗中，乃能传诵千古。“苟能制侵陵，岂在多杀伤”，颇见诗人仁者情怀。

【集评】

［明］王嗣奭《杜臆》卷三：“钟（惺）云：‘前四句与下四句非两层，擒斩中正寓不欲多杀之意。’极是。然他人有前四句，必无后四句，而王者之师所以无敌，正兼前后八句而有之也。三代之下谁复领此？‘谈兵迈古风’，此老自道。”

［清］黄生《杜诗说》卷一：“前四语似谣似谚，最是乐府妙境。战阵多杀，始自秦人，盖以首级论功，先时无是也。至出塞之举，则始于汉武。当时卫、霍虽屡胜，然士马大半物故。一将功而枯万骨，亦何取哉！明皇不恤中国之民，而远慕秦皇、汉武之事，杜公此诗，托讽实深。”

［清］吴瞻泰《杜诗提要》卷一：“此为九首扼要之旨。大经济语，借戍卒口中说出，托刺甚深。‘立国自有疆’，讽谏微妙，使开边者猛然自省。”

其　七

驱马天雨雪〔1〕，军行入高山。
径危抱寒石，指落曾冰间〔2〕。
已去汉月远〔3〕，何时筑城还〔4〕？
浮云暮南征，可望不可攀〔5〕。

【注释】

〔1〕雨雪：下雪。“雨”作动词用。《诗经·小雅·采薇》：“今我来思，雨雪霏霏。”

〔2〕“径危”二句：写山径高危而天气酷寒。径危，山路险峻。抱寒石，犹言绕寒石，谓山路崎岖。抱，环绕，杜甫《江村》“清江一曲抱村流”之“抱”同此义。指落，冻掉手指。曾冰，厚冰。“曾”通“层”。

〔3〕汉月：喻故国。汉代国势强盛，后因以“汉”为中国之代称。此喻指故乡。

〔4〕筑城还：唐时边将缘边陲筑城，城筑则暂安，故士卒以筑城而还为期望。

〔5〕“浮云”二句：谓回家之望若攀浮云，不免成空。征，行。攀，攀附。

【评说】

此首写边地之苦与思乡之悲。前四句重在写边地气候之酷寒与军行高山之艰苦，后四句写由前述引出的思乡之悲情。“径危抱寒石，指落曾冰间”，极尽危寒；“浮云暮南征，可望不可攀”，悲语凄凉。

【集评】

［清］浦起龙《读杜心解》卷一之一：“七章，言戍守也。戍守则须城筑，城筑必依山险。三四，写冲寒陟危之苦，设色黯惨，边庭之苦极矣。苦极故思家也。六亲之念，前已丢开，此又提起，有雪舞回风之致。龙门云：‘人穷则反本。’读《东山》之诗，知此为变风矣。”

其　八

单于寇我垒〔1〕，百里风尘昏。
雄剑四五动〔2〕，彼军为我奔〔3〕。
虏其名王归〔4〕，系颈授辕门〔5〕。
潜身备行列，一胜何足论〔6〕。

【注释】

〔1〕单于：汉时匈奴君长的称号，此泛指边疆部族之首领。寇：侵略，侵犯。垒：阵地上的防御工事。

〔2〕雄剑：春秋时吴人干将所铸二剑之一。《太平御览》卷三百四十三引《列士传》：“干将、莫耶为晋君作剑，三年而成。剑有雌雄，天下名器也。乃以雌剑

献君，留其雄者。谓其妻曰：‘吾藏剑在南山之阴，北山之阳，松生石上，剑在其中矣。君若觉，杀我，尔生男以告之。’及至，君觉，杀干将。妻后生男，名赤鼻，具以告之。赤鼻……乃逃朱兴山中，遇客，欲为之报，乃刎首，将以奉晋君。客令镬煮之，头三日三夕跳不烂。君往观之，客以雄剑倚拟君，君头堕镬中。”又，陆广微《吴地记》：干将铸二剑，“雄号干将，作龟文；雌号莫耶，（作）鳗文”。“进雄剑于吴王，而藏雌剑，时时悲鸣，忆其雄也。”所记有异。四五动：犹言没费多少力。

〔3〕奔：败亡，逃跑。

〔4〕名王：古时少数民族声名显赫的王。《汉书·宣帝纪》：“（神爵二年）匈奴单于遣名王奉献，贺正月，始和亲。”颜师古注：“名王者，谓有大名，以别诸小王也。”

〔5〕授：交付。辕门：古代帝王巡狩、田猎止宿处，以车为藩；出入之处，仰起两车，车辕相向以表示门，称辕门。也指领兵将帅的营门。

〔6〕“潜身”二句：写士卒有功不居的高尚品格，与第三首“丈夫誓许国”及末首“丈夫四方志”相照应。潜身，藏身。此指身为士卒。

【评说】

此首写军中之战事，既见士卒戍守之英勇，又见其有功不居之美德。“雄剑四五动，彼军为我奔。虏其名王归，系颈授辕门”，语气中多少豪迈；“潜身备行列，一胜何足论”，战胜后又何其谦逊！读之令人感慨。

【集评】

［清］吴瞻泰《杜诗提要》卷一：“此序立功之事。‘四五动’，具见料敌制胜处。五、六两句，悬空虚拟，并末言有功不伐，皆见敌忾之勇。”

［清］浦起龙《读杜心解》卷一之一：“八章，言战阵也。起二，彼势之盛。中四，我军之勇。剑才动而奔者已奔，系者已紧，笔妙正在不费张皇。一结窅然以远，却为下章引脉。”又云：“‘名王’‘系颈’，悬拟以壮军志也。钱（谦益）笺引燕将张守珪诱杀奚契丹事以实之，两地相悬，毫无干涉。”

其　九

从军十年余，能无分寸功[1]。
众人贵苟得[2]，欲语羞雷同[3]。
中原有斗争，况在狄与戎[4]。
丈夫四方志，安可辞固穷[5]。

【注释】

〔1〕能无：岂无，宁无。分寸功：喻功劳之小。

〔2〕众人：指贪功邀赏者。苟得：不当得而得。

〔3〕雷同：随声附和。《礼记·曲礼》："毋剿说，毋雷同。"郑玄注："雷之发声，物无不同时应者；人之言当各由己，不当然也。"此指不愿步贪功邀赏者之后，使人觉其亦为"苟得"之人。明王嗣奭云："'众贵苟得'，且攘他功为己功；我有功而一出诸口，迹与攘功者同，谁能辨之？此我之所羞，是以隐忍不言也。"（《杜臆》卷三）

〔4〕"中原"二句：中原尚且有斗争，何况边疆地区呢。中原，指中国内地。狄与戎，古代对西北边疆少数民族的称呼，北方曰狄，西方曰戎。此泛指边疆少数民族。

〔5〕四方志：远大的志向，此指报效国家之志。安可：岂可。固穷：此谓守志不移。《论语·卫灵公》："君子固穷，小人穷斯滥矣。"清杨伦云："后半言穷兵不已，非特边疆多故，并恐衅起萧墙；人臣果有志立勋，尽有可驰驱效命之处，不必一时妄希荣显也。"（《杜诗镜铨》卷二）固，一作"困"。

【评说】

此首为士卒从军十余年之总结，写其感受、作为与所思所想，尽见其人品德。不矜功，羞苟得，品格已自不凡；志四方，守固穷，更见其胸怀与操守。此首为结末之作，既不炫耀从军之功，亦不发泄戍远征战之怨，旨意不俗，境界自高。

组诗的形式，虽出现较早，但围绕中心之旨来构思，充分发挥组诗之功能，杜甫则表现出杰出的创造性。此九首是杜甫最早创作的五言古体组诗，他创作组诗的个性特点亦于此有所显现，诚如浦起龙所说："汉魏以来诗，一题数首，无甚铨次。少陵出而章法一线。如此九首，可作一大篇转韵诗读。”

【集评】

［清］吴瞻泰《杜诗提要》卷一：“此总结前后之意，若为不伐其功者。‘贵苟得’，‘羞雷同’，一纵一擒，写得戍卒有品如此，并征戍之怨，一齐扫尽，忠厚之至也。”

［清］浦起龙《读杜心解》卷一之一：“卒章说到论功处，接前章潜身何论来。他手至是，定用‘策勋’‘进爵’等语，未为不合体也。不知如此，则下以启军士幸功之心，即上益以长人君喜功之志。而前所云‘开边何多’‘岂在多杀’者，不复相顾，而规讽之意隐矣。公则以超语淡之。曰‘十年’‘寸功’，得失之相偿无几也。曰‘苟得’‘羞同’，夸大之初念顿消也。内地且将致乱，还宜大度包荒。远志不妨固穷，自是收心妙诀。此正明皇躁急中一服清凉散也。旧说谓为冒功者发，尚是皮相。至诧云行伍中安得有此人，直痴人说梦耳。”

【总评】

［明］王嗣奭《杜臆》卷三：“《出塞》九首，是公借以自抒其所蕴。读其诗而思亲之孝，敌忾之勇，恤士之仁，制胜之略，不尚武，不矜功，不讳穷，豪杰圣贤兼而有之。勿以诗人目之也。”

［清］乾隆《御选唐宋诗醇》卷十：“九首皆代从军者之词，指事深切，以沉郁写其哀怨，有亲履行间所不能自道者，可使天雨粟、鬼夜哭矣。”

［清］杨伦《杜诗镜铨》卷二：“借古题写时事，深悉人情，兼明大义，当与《东山》《采薇》诸诗并读，视太白乐府更高一筹。”又曰：“九首承接只如一首，杜诗多有此章法。”

后出塞五首

其 一

男儿生世间，及壮当封侯[1]。
战伐有功业，焉能守旧丘[2]。
召募赴蓟门[3]，军动不可留[4]。
千金装马鞭，百金装刀头[5]。
闾里送我行[6]，亲戚拥道周[7]。
斑白居上列[8]，酒酣进庶羞[9]。
少年别有赠，含笑看吴钩[10]。

【注释】

〔1〕“男儿”二句：谓男儿生于世间，应及时建功，以封侯为志向。《后汉书·班超传》：“班超字仲升，……为人有大志，……常为官佣书以供养。久劳苦，尝辍业投笔叹曰：‘大丈夫无它志略，犹当效傅介子、张骞立功异域，以取封侯，安能久事笔研间乎？’”

〔2〕旧丘：犹故里。

〔3〕召募：郭曾炘曰：“《前出塞》乃按籍遣发之兵，犹是府兵旧制。《后出塞》乃召募赴蓟之兵，则出于常制之外也。”（《读杜札记》）蓟门：在今北京德胜门外西北一带，时属渔阳节度使管辖。

〔4〕军动：谓军队出发。

〔5〕“千金”二句：写出发前自备武器。《木兰辞》：“南市买辔头，北市买长鞭。”杜诗句法近之。刀头，犹刀也。鞭，一作“鞍”。

〔6〕闾里：泛指邻里。

〔7〕道周：道旁。

〔8〕斑白：头发花白，指老者。

〔9〕庶羞：指美味佳肴。

〔10〕吴钩：春秋时期吴地所产的一种兵器，形似剑而曲，见《吴越春秋·阖闾内传》。此泛指宝剑。

【评说】

《后出塞五首》作于玄宗天宝十四载（755），时范阳、平卢、河东三镇节度使安禄山欲以边功市宠，连攻略奚、契丹，并借以壮大实力，图谋叛乱，诗当缘此而作。组诗以一个征夫的口吻，从其出征开赴战地写起，至主将位崇气骄、叛相显露，自己因避祸逃归止，对当时的现实做了客观的反映。本篇为首章，写士卒之应募从军。自其从军动机写到送别盛况，豪迈热烈，总因少年有幸功名之热望。“少年别有赠，含笑看吴钩”，摹写神情，生动如画。

【集评】

［明］王嗣奭《杜臆》卷三：“其装饰之盛，饯送之勤，与《前出塞》大不同。少年之赠，尤使人增气。”

［清］浦起龙《读杜心解》卷一之一：“首章，便作高兴语，往从骄帅者，赏易邀，功易就也。”

其　二

朝进东门营，暮上河阳桥〔1〕。
落日照大旗，马鸣风萧萧〔2〕。
平沙列万幕，部伍各见招〔3〕。
中天悬明月，令严夜寂寥。
悲笳数声动，壮士惨不骄〔4〕。
借问大将谁〔5〕，恐是霍嫖姚〔6〕。

【注释】

〔1〕“朝进”二句：写从军入伍的地点及出发经行所见所闻。东门，即洛阳东门，又称上东门。当时征集士卒的军营在此，故诗中云“东门营”。门营，一

作“营门”。河阳桥，在孟津（今河南孟州市），为跨黄河的浮桥，晋杜预造。

〔2〕“马鸣”句:《诗经·小雅·车攻》:“萧萧马鸣，悠悠旆旌。”此化用其语。

〔3〕部伍：部曲行伍。各见招：各自召集部属。

〔4〕“悲笳”二句：写宿营时夜间的气氛。笳，胡笳，一种少数民族的管乐器。此处所写悲笳，是部队静营之号令。

〔5〕大将：指招募、统领这支军队的主将。

〔6〕霍嫖姚：即霍去病，汉武帝时曾为嫖姚校尉，随大将军卫青出塞，为汉代名将，这里以之比拟“大将”。

【评说】

此首写初入军营及开赴途中情事，以士卒之眼为视点，顺序写来，颇有层次。首二句，朝进营，暮开拔，军行甚急，写所感也。“落日”二句，则写沿途所见也。“平沙”二句，写日晚宿营也。“中天”四句，写夜间营中所见所闻也。末尾二句，写因所见所感而拟想主将身份，微言大义存焉。

【集评】

［宋］许顗《彦周诗话》:“诗有力量，犹如弓之斗力，其未挽时，不知其难也；及其挽之，力不及处，分寸不可强。若《出塞曲》云：‘落日照大旗，马鸣风萧萧。悲笳数声动，壮士惨不骄。’……此等力量，不容他人到。”

［清］浦起龙《读杜心解》卷一之一:“须看层次精密，又须看夹景夹叙，有声有彩。”

［清］贺裳《载酒园诗话又编》:“‘朝进东门营，暮上河阳桥。落日照大旗，马鸣风萧萧’，军前风景如画。‘平沙列万幕，部伍各见招’，二语尤妙。凡勇士所之，无不欲收为已用者，此语直传其神。‘中天悬明月，令严夜寂寥’，‘寂寥’妙甚，深见军中纪律之肃。‘悲笳数声动，壮士惨不骄。借问大将谁，恐是霍嫖姚’，古来名将甚多，而独举霍氏。史称去病‘士卒乏食，而后军余粱肉’，殊带怵惕意，却妙在一‘恐’字，语意甚圆。”

其　三

古人重守边，今人重高勋〔1〕。
岂知英雄主，出师亘长云〔2〕。

六合已一家〔3〕，四夷且孤军〔4〕。
遂使貔虎士〔5〕，奋身勇所闻〔6〕。
拔剑击大荒〔7〕，日收胡马群〔8〕。
誓开玄冥北，持以奉吾君〔9〕。

【注释】

〔1〕“古人”二句：以“重守边”与“重高勋”对比，讥刺当时边将之邀功生事。重高勋，即贪图功名利禄。

〔2〕“岂知”二句：揭示边将邀功生事之根源乃在人主之好大喜功。“岂知”二字，有惊怪、讽刺意。亘，连绵不断貌。清仇兆鳌云：“当时朝廷好大，以致边将邀功，曰岂知、曰遂使，正见上行下效也。”（《杜诗详注》卷四）

〔3〕六合：上下四方，也即普天之下。

〔4〕且孤军：犹言尚孤军深入。且，尚。

〔5〕遂使：于是使得。貔虎士：比喻勇猛的将士。貔，即貔貅，一种猛兽。《尚书·牧誓》：“如虎如貔，如熊如罴，于商郊。”孔《传》：“貔，执夷，虎属也。四兽皆猛健，欲使士众法之，奋击于牧野。”

〔6〕勇所闻：谓勇于至所闻之地。《汉书·张骞传》：“天子既闻大宛及大夏、安息之属皆大国，多奇物，……乃……发间使，四道并出……汉使……言大宛有善马……天子既好宛马，闻之甘心，使壮士车令等持千金及金马以请宛王贰师城善马。”“所闻”之意即此。

〔7〕大荒：穷远之地。

〔8〕“日收”句：姚汝能《安禄山事迹》卷上：“禄山恃此，日增骄恣。尝以曩时不拜肃宗之嫌，虑玄宗年高，国中事变，遂包藏祸心，将生逆节。乃于范阳筑雄武城，外示御寇，内贮兵器，养同罗及降奚、契丹曳落河。……又畜单于、护真大马习战斗者数万匹，牛羊五万余头，总三道以节制。”句所述可与此相参。

〔9〕“誓开”二句：玄冥北，极北之地，此指幽州以北。玄冥，北方之神。《汉书·扬雄传》：“帝将惟田于灵之囿，开北垠，受不周之制，以终始颛顼、玄冥之统。”颜师古注引应劭曰：“颛顼、玄冥，皆北方之神，主杀戮也。”清卢元昌云：“玄冥北，幽州之北，禄山所节度处，‘誓开玄冥北，持以奉吾君’，正写禄山夸大其言，以固玄宗心也。”（《杜诗阐》卷九）

【评说】

此首写士卒到达蓟门后的思想活动，全用议论，写出了其思想的变化。他意识到今时天下一统，而仍于四夷孤军深入，皆因边将“重勋”而贪名，人主黩武以拓疆，已与古之“重守边”大为不同。诗意含蓄宛转，幽微之旨蕴于吞吐之间。

【集评】

［清］黄生《杜诗说》卷一：“此章满口夸大，寓讽实深。”

［清］浦起龙《读杜心解》卷一之一：“三章，写到击敌之事，纯用虚机，而含讽之旨，即从此露出。其章法更屈曲出奇。以‘重守’剔‘重勋’，主意提破矣。‘英主’‘出师’，本是直接。却下‘岂知’二字，便无显斥之痕。‘亘长云’下，宜接‘遂使’句矣，却用‘六合’两句，横鲠在中，又隐然见此举之多事。且‘孤军’下，似宜用‘重高勋’意作一转落，却又直接‘遂使’一句，此中又有无限含蓄。以少陵之才，岂难作条畅文字，而断续如此。其吞吐妙用，但可与会心人道。后作敌凯语，君实导之也。妙以‘奉吾君’三字逗出，妙又不露。”

其　四

献凯日继踵〔1〕，两蕃静无虞〔2〕。
渔阳豪侠地〔3〕，击鼓吹笙竽。
云帆转辽海，粳稻来东吴〔4〕。
越罗与楚练，照耀舆台躯〔5〕。
主将位益崇〔6〕，气骄凌上都〔7〕
边人不敢议，议者死路衢〔8〕。

【注释】

〔1〕献凯：献捷。继踵：前后相接。《资治通鉴》卷二百一十七载：天宝十三载“夏，四月，癸巳，安禄山奏击奚破之，虏其王李日越”。又，十四载“夏，四月，安禄山奏破奚、契丹”。

〔2〕两蕃：指奚与契丹。《旧唐书·北狄传》：契丹与奚“常递为表里，号曰‘两蕃’”。静无虞：谓本无寇警。

〔3〕渔阳：《汉书·地理志》："渔阳郡，秦置，属幽州。"《新唐书·地理志》："蓟州渔阳郡，下。开元十八年析幽州置。"治所在今天津蓟州区。豪侠地：谓其地多豪侠。

〔4〕"云帆"二句：谓自东南方泛舟转运粟米，以给安禄山之兵。辽海，指渤海辽东湾。粳稻，水稻之一种，米质黏性较籼稻强，胀性小。来东吴，自东吴而来。《资治通鉴》卷二百一十七载："禄山以海运使刘道玄摄景城太守，清池尉贾载、盐山尉河内穆宁共斩道玄。"胡三省注："自帝事边功，运青、莱之粟，浮海以给幽、平之兵，故置海运使。景州，本沧州渤海郡，天宝更郡名。"此谓自东吴，盖东吴出粳米。

〔5〕"越罗"二句：谓安禄山以滥赏笼络其部下。《资治通鉴》卷二百一十七载：天宝十三载，"己丑，安禄山奏：'臣所部将士讨奚、契丹、九姓、同罗等，勋效甚多，乞不拘常格，超资加赏，仍好写告身付臣军授之。'于是除将军者五百余人，中郎将者二千余人。禄山欲反，故先以此收众心也。"越罗、楚练，指赏赐之物。舆台，古代十等人中两个低微等级的名称。《左传·昭公七年》："天有十日，人有十等，下所以事上，上所以共神也。故王臣公，公臣大夫，大夫臣士，士臣皂，皂臣舆，舆臣隶，隶臣僚，僚臣仆，仆臣台。"其中舆为第六等，台为第十等。后以"舆台"泛指身操贱役者及奴仆等。

〔6〕主将：指安禄山。位益崇：《资治通鉴》卷二百一十六载：天宝七载，"六月，庚子，赐安禄山铁券"。九载，"五月，乙卯，赐安禄山爵东平郡王。唐将帅封王自此始"。十载，"上命有司为安禄山治第于亲仁坊，敕令但穷壮丽，不限财力"，"禄山既兼领三镇，赏刑己出，日益骄恣"。所谓"位益崇"，据此可知。

〔7〕凌：侵犯，欺压。上都：京师，此指朝廷。凌上都，即目无朝廷。

〔8〕"边人"二句：安禄山之反状显露，但因玄宗崇信，无人敢奏议，且玄宗为示崇信不疑，还将告发者缚送安禄山。《旧唐书·安禄山传》："人言反者，玄宗必大怒。"姚汝能《安禄山事迹》卷中："或言禄山反者，玄宗缚送禄山，以是道路相目，无敢言者。"

【评说】

此首写士卒目睹蓟门主将之冒功滥恩、骄奢凌僭，朝廷却曲意迎合，不免心生隐忧，而从军封侯之想亦因此幻灭。蓟门主将即安禄山，诗中虽未著其名，而考以史事，灼然可知。

【集评】

［清］刘濬《杜诗集评》卷一引许灿语：“实刺禄山奢僭，隐其名者，为明皇讳也。”

［清］佚名《杜诗言志》卷七：“此言边庭有尾大不掉之渐，而主将有气骄凌上之几，足以动忠义之隐忧，而出塞从军者之所失望也。”

［清］浦起龙《读杜心解》卷一之一：“四章，说到冒功滥恩，随手逗出骄凌之势，殷忧已见于此。朝廷曲意奉之，形容尽态。彼之幸，正我之愚也。结语尤妙。本是当时实事，而作者却以所言太露，借此缩住。观下章假词于逃军，知此处不得纵笔矣。”

其　五

我本良家子〔1〕，出师亦多门〔2〕。
将骄益愁思，身贵不足论〔3〕。
跃马二十年，恐辜明主恩〔4〕。
坐见幽州骑，长驱河洛昏。
中夜间道归，故里但空村〔5〕。
恶名幸脱免，穷老无儿孙〔6〕。

【注释】

〔1〕良家子：指非医、巫、商贾、百工出身的清白人家的子弟。

〔2〕多门：犹言多次。

〔3〕“将骄”二句：谓见其主将骄蹇，反形已具，因而愁思益深，岂可与之共为逆乱以求富贵？设以此而富贵，又何足论？

〔4〕“跃马”二句：谓不因主将之恩而辜负君上。跃马，即富贵得志。《史记·蔡泽列传》：“（蔡泽）谓其御者曰：‘吾持粱刺齿肥，跃马疾驱，怀黄金之印，结紫绶于要，揖让人主之前，食肉富贵，四十三年足矣。”此兼及从军之义。明王嗣奭云：“‘跃马二十年’，积有功劳，身已贵矣，不以为主将之恩，而‘恐辜明主恩’，是明于大义者。”（《杜臆》卷三）辜，原作“孤”，注一作“辜”，据此改。

〔5〕“坐见”四句：谓见主将将反，幽州之骑将长驱东都，因伺机逃归乡里，至则乡里亦已避胡逃亡，只有空村而已。坐见，有二义，一为立见、行见，言时间短促；二有徒然义，犹言白白看着，无能为力。长驱，言其易也。河洛，指洛阳。《文选·班固〈西都赋〉》：“盖闻皇汉之初经营也，尝有意乎都河洛矣。”李善注：“东都有河南洛阳，故曰河洛也。”间道归，谓抄小道而归。间，空也。《汉书·高帝纪》：“沛公起如厕，招樊哙出，置车官属，独骑，与樊哙、靳强、滕公、纪成步，从间道走军。”颜师古注：“间，空也，投空隙而行，不公显也。”但空村，意谓居民皆因避胡而逃亡。

〔6〕“恶名”二句：谓其逃归乡里，无妻无儿，穷老一身，不得所养，然幸而摆脱了逆乱之恶名。恶名，指叛逆之名。清吴瞻泰云：“‘恶名’二字，在戍卒口中说出，妙绝。不必斥言叛将之恶，自足使之惭愧无地矣。”（《杜诗提要》卷一）

【评说】

此首写士卒自觉察到主将有异志至目睹其叛相呈露，乃伺机逃归的经过，表现了其深明大义、不愿附逆的品格。前六句写由将骄觉察其必有异志，而其基础是“出师亦多门”与“跃马二十年”的从军经历与人生经验，由此进而反思个人富贵与忠于明主的关系。后六句则写由“坐见幽州骑，长驱河洛昏”见主将叛相呈露，乃决计逃归，虽穷老无依，却以脱去“恶名”为幸。

【集评】

［明］张綖《杜工部诗通》卷二：“《左传》：兵犹火也，不戢自焚。前四章，著明皇黩武不戢，过宠边将，启其骄恣轻上之心。末章，直著禄山之叛，以见明皇自焚之祸也。”

［清］刘濬《杜诗集评》卷一引许灿语：“此首作倒收看，方知其深。以脱恶名为幸，顺读即失其意。”

【总评】

［清］黄生《杜诗说》卷一：“前、后《出塞》皆讽明皇黩武之事。交河之役以遣戍，故其辞怨；蓟门之役以召募，故其辞夸。然两蕃虽静，禄山继反，是徒搜狐兔之穴而不知虎狼之在门内也。诗但具其事，而讽刺之意自见于言外，此真乐府正音，固不在区区字节句比耳！前讽明皇黩武无厌，后讽明皇养虎贻患，第

借征戍者之辞以达之，真得古风人之意。虽不及《十九首》之醇质婉笃，而其自成气运不受去取则一焉。”

［清］佚名《杜诗言志》卷七：“此五首处处针对安逆之乱，是固借其事实以描写我意中之一人，非必安逆军中果有此一人也。看他前九首与后五首绝不相谋，可称奇变。至先生未尝从军，而将那塞外之事写来历历如画，又将那从军的壮士好处苦处曲曲写出，是又具大智识，无微不照。吾尝读《毛诗》周公所作《东山》三章，以劳军士，亦是这般一色写出，乃知少陵之所原本者深矣。”

［清］浦起龙《读杜心解》卷一之一：“五诗如《前出塞》，逐层下。但交河之役，其情苦，故叙别家在路特详。蓟门之役，其气豪，故叙跋涉行程较略。又河陇之开边，其祸犹缓，故纡徐入后，以遏人主喜功之心。渔阳之促叛，其祸已迫，故恳切具陈，以明即日凶锋之炽。忧愈急，词愈危，有祖伊奔告之苦衷焉。”

兵车行

车辚辚[1]，马萧萧[2]，行人弓箭各在腰[3]。
耶娘妻子走相送[4]，尘埃不见咸阳桥[5]。
牵衣顿足拦道哭，哭声直上干云霄[6]。
道旁过者问行人，行人但云点行频[7]。
或从十五北防河[8]，便至四十西营田[9]。
去时里正与裹头[10]，归来头白还戍边。
边庭流血成海水，武皇开边意未已[11]。
君不闻，汉家山东二百州，千村万落生荆杞[12]。
纵有健妇把锄犁，禾生陇亩无东西[13]。
况复秦兵耐苦战[14]，被驱不异犬与鸡。
长者虽有问[15]，役夫敢伸恨[16]？
且如今年冬，未休关西卒[17]。

县官急索租[18]，租税从何出？
信知生男恶，反是生女好。
生女犹得嫁比邻，生男埋没随百草[19]。
君不见，青海头，古来白骨无人收[20]。
新鬼烦冤旧鬼哭，天阴雨湿声啾啾[21]。

【注释】

〔1〕辚辚：众车之声。《诗经·秦风·车邻》：“有车邻邻。”“邻”同“辚”。

〔2〕萧萧：马鸣声。《诗经·小雅·车攻》：“萧萧马鸣。”

〔3〕行人：行役之人，即从军出征者。

〔4〕耶娘：同“爷娘”。

〔5〕咸阳桥：汉名便桥，唐名咸阳桥，架于渭水之上，在今陕西咸阳西南，汉武帝造。

〔6〕干：冲犯。

〔7〕点行频：犹言频繁地征调。点行，抽调登记在册的壮丁。自“但云”以下，皆为行人答词。

〔8〕十五：指士卒之年龄。下句“四十”同。北防河：《资治通鉴》卷二百一十三载：“(开元十五年）十二月，戊寅，制以吐蕃为边患，令陇右道及诸军团兵五万六千人，河西道及诸军团兵四万人，又征关中兵万人集临洮，朔方兵万人集会州防秋，至冬初，无寇而罢；伺虏入寇，互出兵腹背击之。”是时吐蕃侵扰河右，会兵备御，即所谓防河。

〔9〕营田：即汉以来所实行的屯田制。唐时士卒戍边，兼事耕种，称营田。《新唐书·食货志三》：“唐开军府以捍要冲，因隙地置营田，天下屯总九百九十二。……有警，则以兵若夫千人助收。”

〔10〕里正：唐制，百户为一里，置正一人，掌户口、课税等事，见唐杜佑《通典·食货三》。与裹头：替他裹头。古以皂罗三尺裹头，曰头巾。因被征调者年龄尚小，故里正为其裹头。

〔11〕“边庭”二句：玄宗天宝中，对外屡有边衅，戍卒多有伤亡。明王嗣奭云：“按《唐鉴》：天宝六载，帝欲使王忠嗣攻吐蕃石堡城，忠嗣上言：‘石堡险固，吐蕃举国守之，非杀数万人不能克，恐所得不如所亡，不如俟衅取之。’帝不快。将军董延光自请取石堡，帝命忠嗣分兵助之；忠嗣奉诏而不尽副延光所

欲，盖以爱士卒之故。延光过期不克。八载，帝使哥舒翰攻石堡，拔之，士卒死者数万，果如忠嗣之言。所以有‘边城流血’等语。”（《杜臆》卷一）可参。庭，一作“亭”。武皇：汉武帝，此借指唐玄宗。唐人诗中多以汉代唐，称明皇为武皇。意未已：犹言其心未厌。武，一作“我”。

〔12〕“君不闻”三句：山东，指华山以东。二百州，《十道四蕃志》载：“关以东七道，凡二百一十七州。”（见仇兆鳌《杜诗详注》卷二引）此处云“二百州”，盖取其成数。诗中实指除关中以外的所有地区。荆杞，野生灌木，此指田园荒芜的景象。

〔13〕无东西：指庄稼长得杂乱不整，不成行列。

〔14〕秦兵：指关中之兵。

〔15〕长者：对年长者的尊称，即上文中的“道旁过者”。

〔16〕役夫：行役者自称。敢，犹言岂敢、哪敢。

〔17〕“且如”二句：行役者不敢诉说内心的愤恨，但又忍不住其怨苦，因举眼前事以为例证。且如，就如。今年冬，指天宝九载（750）冬。《资治通鉴》卷二百一十六载：“（天宝九载十二月）关西游弈使王难得击吐蕃，克五桥，拔树敦城；以难得为白水军使。”下句“未休关西卒”即指此。一说，指天宝十载（751）冬，盖因去冬征兵，今冬又征，故下句有“未休”之语。关西卒，即上文中的“秦兵”。关，一作“陇”。

〔18〕县官：官府，此谓当地政府。

〔19〕“信知”四句：写战争带来了为父母者心态的变化。重男轻女是旧时流行观念，但此时则因男子多被征调而抛尸边荒，遂使天下父母产生了重女轻男之心。秦筑长城，死者遍野，当时民谚云：“生男慎勿举，生女哺用脯。不见长城下，尸骸相支拄。”（见《乐府诗集》卷三十八《饮马长城窟行》解题引杨泉《物理论》语）杜甫这里化用其意，意谓现在才知道确实是这样。信知，确知。比邻，犹近邻。

〔20〕“君不见”三句：唐与吐蕃之战常发生于青海边，故云。青海周围八九百里，原为吐谷浑所有，高宗龙朔三年（663）为吐蕃所并。高宗仪凤中，李敬玄与吐蕃战，败于青海。玄宗开元中，王君㚟、张景顺、张忠亮、崔希逸、皇甫惟明、王忠嗣等先后破吐蕃，皆在青海西。至天宝中，哥舒翰筑神威军于青海上，又筑城龙驹岛，吐蕃始不敢近青海。

〔21〕啾啾：犹唧唧，呜咽之声。声：一作“悲”。

【评说】

此为杜甫反对唐王朝统治者黩武开边、同情人民遭受行役之苦而作的新题乐府诗。关于此诗之写作背景，历来有用兵吐蕃与征讨南诏二说。明单复云："此为明皇用兵吐蕃而作，故托汉武以讽，其辞可哀也。先言人哭，后言鬼哭，中言内郡凋弊，民不聊生，此安史之乱所由起也。"（《杜诗详注》卷二引）清钱谦益曰："天宝十载，鲜于仲通讨南诏蛮，士卒死者六万。杨国忠掩其败状，反以捷闻。制大募两京及河南、北兵，以击南诏。人闻云南瘴疠，士卒未战而死者十八九，莫肯应募。国忠遣御史分道捕人，连枷送军所。于是行者愁怨，父母妻子送之，所在哭声震野。此诗序南征之苦，设为役夫问答之词。……是时国忠方贵盛，未敢斥言之。杂举河陇之事错互其词，若不为南诏而发者，此作者之深意也。"（《钱注杜诗》卷一）按，唐天宝中对外战事屡兴，征调频繁，诗中所写可能概括了当时社会现实之诸多事实，若不拘泥于某一场具体战争，或更能见其所具有的意义。"行"，本乐府体裁之一，而《兵车行》则是杜甫自创的一种新题乐府。这类自创新题之作，虽不依傍旧题，却深得古乐府之精髓，故元稹曾概括其特点为"即事名篇，无复依傍"（《元氏长庆集》卷二十三《乐府古题序》）。

【集评】

［清］何焯《义门读书记》卷五十一："篇中逐层相接，累累珠贯。弊中国以邀边功，农桑废而赋敛益急，不待禄山作逆，山东已有土崩之势矣。况畿辅根本亦空虚如是，一朝有事，谁与守耶？借汉以喻唐，借山东以切关西，尤得体。"

［清］沈德潜《唐诗别裁集》卷六："以人哭始，以鬼哭终，照应在有意无意。""诗为明皇用兵吐蕃而作，设为问答。声音节奏，纯从古乐府得来。"

［清］浦起龙《读杜心解》卷二之一："是为乐府创体，实乃乐府正宗。"

捣　衣[1]

亦知戍不返，秋至拭清砧[2]。

已近苦寒月[3]，况经长别心。
宁辞捣衣倦[4]，一寄塞垣深[5]。
用尽闺中力，君听空外音[6]。

【注释】

〔1〕捣衣：见前《子夜吴歌四首》其三注〔2〕。

〔2〕砧：捣衣石。

〔3〕苦寒月：谓天气渐寒之月。苦，一作“暮”。

〔4〕宁辞：岂辞，犹言不辞。衣：一作“熨”。

〔5〕塞垣：指北方边地。《文选·鲍照〈代东武吟〉》：“后逐李轻车，追虏穷塞垣。”张铣注：“塞垣，长城也。”深：远也。

〔6〕空外：天外。音：谓捣衣声。

【评说】

写闺妇思念征夫，一般多从欲其归来着笔，如“可怜闺里月，长在汉家营。……谁能将旗鼓，一为取龙城”（沈佺期《杂诗三首》其三），“何日平胡虏，良人罢远征”（李白《子夜吴歌四首》其三），而杜诗一开首即云“亦知戍不返，秋至拭清砧”，则思妇之痛苦而至于绝望可知。颔联言捣衣时的心情，上言天已转寒，情浓而语淡，下言别离已久，不言思念而苦情动人。颈联以捣衣不辞疲倦，见其情爱之深。末则沉痛至极，意在诗外。全诗浓情深至，凄苦之情动人心魄，所谓“诗成泣鬼神”也。

【集评】

［清］黄生《杜诗说》卷六：“思妇必望征人之返，开口即云‘亦知戍不返’，可见安史之乱，官兵死亡者甚众，家人亦不意生还。举笔动关时事，岂若他人拈题泛咏哉！望归而寄衣者，常情也；知不返而必寄衣者，至情也，亦苦情也。安此一句于首，便觉通篇字字是至情，字字是苦情。”又，“‘君’字乃诗人代为之辞。赵（次公）谓全首皆托为戍妇之语，非也。”“赵以‘君’字为妇指夫，益谬。”

［清］吴瞻泰《杜诗提要》卷七：“题前蓄无限意，题后亦蓄无限意。八句诗，一句一转，深情浓至，写尽空闺口角，不得以其用虚调而病之也。”

三

感时与抚事

伟大的诗人，都不会与他们所生活的时代相脱节。他们大都关注社会现实，关心国家的前途与命运，系心于民生疾苦，并通过作品表达其对现实问题的看法与意见。他们留心治乱兴衰，对上层统治集团的荒淫腐朽，常予以尖锐的抨击与批判；他们关心下层百姓的生活，对其不幸遭际充满悲悯与同情；而在遇到敏感的社会问题时，也都会发出他们的声音。他们歌颂光明，鞭挞黑暗，揭露丑恶，呼唤正义。因此，他们的诗歌也就具有独特的思想价值与社会现实意义。

李白与杜甫，即是这样的伟大诗人。

李白

孔圣犹闻伤凤麟，董龙更是何鸡狗

答王十二寒夜独酌有怀[1]

昨夜吴中雪，子猷佳兴发[2]。
万里浮云卷碧山，青天中道流孤月[3]。
孤月沧浪河汉清，北斗错落长庚明[4]。
怀余对酒夜霜白，玉床金井冰峥嵘[5]。
人生飘忽百年内，且须酣畅万古情[6]。
君不能狸膏金距学斗鸡[7]，坐令鼻息吹虹霓[8]；
君不能学哥舒，横行青海夜带刀，
西屠石堡取紫袍[9]。
吟诗作赋北窗里，万言不直一杯水。
世人闻此皆掉头，有如东风射马耳[10]。
鱼目亦笑我，请与明月同[11]。
骅骝拳跼不能食，蹇驴得志鸣春风[12]。
《折杨》《皇华》合流俗[13]，晋君听琴枉清角[14]。
巴人谁肯和《阳春》[15]，楚地犹来贱奇璞[16]。
黄金散尽交不成[17]，白首为儒身被轻。
一谈一笑失颜色[18]，苍蝇贝锦喧谤声[19]。
曾参岂是杀人者，谗言三及慈母惊[20]。
与君论心握君手，荣辱于余亦何有？

孔圣犹闻伤凤麟[21]，董龙更是何鸡狗[22]？
一生傲岸苦不谐，恩疏媒劳志多乖[23]。
严陵高揖汉天子[24]，何必长剑拄颐事玉阶[25]。
达亦不足贵，穷亦不足悲。
韩信羞将绛、灌比[26]，祢衡耻逐屠沽儿[27]。
君不见李北海，英风豪气今何在[28]！
君不见裴尚书，土坟三尺蒿棘居[29]。
少年早欲五湖去，见此弥将钟鼎疏[30]。

【注释】

〔1〕王十二：名不详，应是李白友人。据诗题，王十二有《寒夜独酌有怀》诗赠李白，李白因作答。诗由个人遭际扩展及社会政治，对当时敏感的时政提出了尖锐的批评，是李白诗歌中直接写及社会现实问题的名作之一。

〔2〕“昨夜”二句：《世说新语·任诞》：“王子猷居山阴，夜大雪，眠觉，开室命酌酒，四望皎然。因起彷徨，咏左思《招隐》诗，忽忆戴安道。时戴在剡，即便夜乘小船就之。经宿方至，造门不前而返。人问其故，王曰：‘吾本乘兴而行，兴尽而返，何必见戴？’”句用此事。

〔3〕流孤月：《文选·谢庄〈月赋〉》：“白露暧空，素月流天。”

〔4〕“孤月”二句：沧浪，形容月光清凉如水。长庚，即太白金星。《诗经·小雅·大东》：“东有启明，西有长庚。”《毛传》：“日旦出谓明星为启明，日既入谓明星为长庚。庚，续也。”

〔5〕玉床金井：床，井栏。玉床金井，谓装饰华贵也。按，以上六句写王十二寒夜赠诗之情景。

〔6〕万古情：包括畅饮及痛快抒情，此为万古不变的人之天然真情，故曰“万古情”（薛天纬《李白诗选》）。

〔7〕“君不能”句：狸膏，狸之脂膏，斗鸡时涂抹于鸡头，以使对方之鸡闻之而畏怯。金距，用金属做成的刀具，附在鸡爪上，以增加威力。

〔8〕“坐令”句：形容以斗鸡得宠者的嚣张气焰。李白《古风五十九首》其二十四：“路逢斗鸡者，冠盖何辉赫。鼻息干虹霓，行人皆怵惕。”与此意同。

〔9〕“吾不能”三句：哥舒，指哥舒翰，唐边镇名将。青海，即今青海湖一

带，是唐与吐蕃当时争夺之地。夜带刀，《太平广记》卷四百九十五引《杂录》："天宝中，哥舒翰为安西节度，控地数千里，甚著威令。故西鄙人歌之曰：'北斗七星高，哥舒夜带刀。吐蕃总杀尽，更筑两重濠。'"石堡，即石堡城，在今青海西宁西南，为唐与吐蕃之间的交通要道。紫袍，紫色朝服，唐三品以上官员所服。按，《旧唐书·哥舒翰传》："明年（按，指天宝七载）筑神威军于青海上，吐蕃至，攻破之；又筑城于青海中龙驹岛，有白龙见，遂名为应龙城，吐蕃屏迹不敢近青海。吐蕃保石堡城，路远而险，久不拔。八载，以朔方、河东群牧十万众委翰总统攻石堡城。翰使麾下将高秀岩、张守瑜进攻，不旬日而拔之。上录其功，拜特进、鸿胪员外卿，与一子五品官，赐物千匹、庄宅各一所，加摄御史大夫。"此三句表现了诗人对哥舒翰攻取石堡城，以牺牲士卒换取个人功名的轻蔑。

〔10〕"世人"二句：谓吟诗作赋的文学才华并不为时人所看重。掉头，形容不屑一顾。东风射马耳，马耸耳而不惧风吹，此谓如耳边风，充耳不闻。

〔11〕"鱼目"二句：即鱼目混珠，谓小人得志，本鱼目而自谓珍珠。鱼目，喻小人。明月，明月珠。请，一作"谓"。

〔12〕"骅骝"二句：写贤士备受压抑，小人受宠得志。骅骝，骏马。拳踢，不能伸展。蹇驴，跛驴。

〔13〕《折杨》《皇华》：俗曲名。《庄子·天地》："大声不入于里耳，《折杨》《皇华》，则嗑然而笑。"成玄英疏："《折杨》《皇华》，盖古之俗中小曲也，玩狎鄙野，故嗑然动容。"

〔14〕"晋君"句：晋平公让师旷为其奏清角，师旷以为君主德薄则不足听，听之恐有败。晋平公强之，师旷不得已而鼓之。"一奏，而有玄云从西北方起；再奏之，大风至，大雨随之，裂帷幕，破俎豆，隳廊瓦，坐者散走。平公恐惧，伏于廊室之间。晋国大旱，赤地三年。平公之身遂癃病。"（见《韩非子·十过》）枉清角，谓枉听清角，不能享用。

〔15〕"巴人"句：巴人，即《下里巴人》。阳春，即《阳春白雪》。二者皆楚曲名。宋玉《对楚王问》："客有歌于郢中者，其始曰《下里》《巴人》，国中属而和者数千人；其为《阳阿》《薤露》，国中属而和者数百人；其为《阳春》《白雪》，国中属而和者不过数十人；引商刻羽，杂以流徵，国中属而和者不过数人而已。是其曲弥高，其和弥寡。"事本此。

〔16〕"楚地"句：用楚卞和献玉事。《韩非子·和氏》云："楚人和氏得玉璞楚山中，奉而献之厉王。厉王使玉人相之，玉人曰：'石也。'王以和为诳而刖其左足。及厉王薨，武王即位，和又奉其璞而献之武王。武王使玉人相之，又曰：

‘石也。’王又以和为诳而刖其右足。武王薨，文王即位，和乃抱其璞而哭于楚山之下，三日三夜，泣尽而继之以血。王闻之，使人问其故曰：‘天下之刖者多矣，子奚哭之悲也？’和曰：‘吾非悲刖也，悲夫宝玉而题之以石，贞士而名之以诳，此吾所以悲也。’王乃使玉人理其璞，而得宝焉，遂命曰和氏之璧。”

〔17〕“黄金”句：当是诗人切身之感慨。李白《上安州裴长史书》尝云：“曩昔东游维扬，不逾一年，散金三十余万，有落魄公子，悉皆济之。”《醉后赠从甥高镇》亦有“黄金逐手快意尽”之句。

〔18〕“一谈”句：犹言动辄得咎。一谈一笑，即平日寻常的言行。

〔19〕“苍蝇”句：比喻小人以谗言搬弄是非。《诗经·小雅·青蝇》：“营营青蝇，止于樊。岂弟君子，无信谗言。”又《诗经·小雅·巷伯》：“萋兮斐兮，成是贝锦。彼谮人者，亦已大甚。”句意本此。

〔20〕“曾参”二句：《战国策·秦策二》：“昔者，曾子处费，费人有与曾子同名族者而杀人。人告曾子母曰：‘曾参杀人。’曾子之母曰：‘吾子不杀人。’织自若。有顷焉，人又曰：‘曾参杀人。’其母尚织自若也。顷之，一人又告之曰：‘曾参杀人。’其母惧，投杼逾墙而走。”

〔21〕“孔圣”句：谓世道衰落，理想成空。《论语·子罕》：“子曰：‘凤鸟不至，河不出图，吾已矣夫！’”《史记·孔子世家》：“鲁哀公十四年春，狩大野。叔孙氏车子鉏商获兽，以为不祥。仲尼视之，曰：‘麟也。’取之。曰：‘河不出图，洛不出书，吾已矣夫！’颜渊死，孔子曰：‘天丧予！’及西狩见麟，曰：‘吾道穷矣！’”

〔22〕“董龙”句：董龙，即董荣，前秦佞臣。《资治通鉴》卷一百载：“秦司空王堕性刚峻，右仆射董荣、侍中强国皆以佞幸进，堕疾之如仇，每朝，见荣未尝与之言。或谓堕曰：‘董君贵幸无比，公宜小降意接之。’堕曰：‘董龙是何鸡狗，而令国士与之言乎！’”胡三省注：“龙，董荣小字。”

〔23〕“恩疏”句：恩疏，谓被君王疏远。媒劳，谓引见者徒劳。《九歌·湘君》：“心不同兮媒劳。”王逸注：“媒人疲劳而无功也。……喻行与君异，终不可合，亦疲劳而已也。”乖，不顺。

〔24〕“严陵”句：严陵，严子陵的省称，即严光。严光字子陵，会稽余姚人，少有高名，与光武帝刘秀为同学。及刘秀即帝位，严光变名姓隐而不见。刘秀思其贤，乃访求而聘之，“三反而后至”，欲其出仕，终不应之。耕于富春山，后人名其钓处为严陵濑。事见《后汉书·逸民传》。高揖，平交之礼。

〔25〕“何必”句：长剑拄颐，双手持长剑而立，下巴支于剑柄上，为人臣见

君主恭敬之礼。《战国策·齐策六》:“大冠若箕,修剑拄颐。”玉阶,朝堂。

〔26〕“韩信”句:《史记·淮阴侯列传》:“信知汉王畏恶其能,常称病不朝从。信由此日夜怨望,居常鞅鞅,羞与绛、灌等列。”绛,绛侯周勃。灌,颍阴侯灌婴。

〔27〕“祢衡”句:祢衡,汉末人,以刚直著称。《后汉书·祢衡传》载:建安初,衡游许下,“是时许都新建,贤士大夫四方来集。或问衡曰:‘盍从陈长文、司马伯达乎?’对曰:‘吾焉能从屠沽儿耶!’”陈长文,即陈群,司马伯达,即司马朗,二人皆当时名士,祢衡故意辱之。屠沽儿,屠夫、卖酒之流。此以喻得志小人。

〔28〕“君不见李北海”句:李北海,即李邕。《新唐书·李邕传》:“李邕字泰和,扬州江都人。……始,邕蚤有名,重义爱士,久斥外,不与士大夫接。既入朝,人间传其眉目瑰异,至阡陌聚观,后生望风内谒,门巷填隘。中人临问,索所为文章,且进上。以谗媢不得留,出为汲郡、北海太守。天宝中,左骁卫兵曹参军柳勣有罪下狱,邕尝遗勣马,……宰相李林甫素忌邕,因傅以罪。诏刑部员外郎祁顺之、监察御史罗希奭就郡杖杀之,时年七十。……邕虽诎不进,而文名天下,时称李北海。卢藏用尝谓:‘邕如干将、莫邪,难与争锋,但虞伤缺耳。’后卒如言。”

〔29〕“君不见裴尚书”句:裴尚书,裴敦复。按,裴敦复曾为刑部尚书,后因与李邕同坐柳勣事,被同时杖杀。蒿棘居,谓长满野草。棘,一作“下”。

〔30〕“少年”二句:用春秋时范蠡辅佐越王勾践灭吴后退隐遨游江湖事,谓自己早有归隐之意,今见李邕、裴敦复等人的遭遇,更感到政治之险恶,愈益坚定了远离朝廷的决心。钟鼎,此喻指高官。

【评说】

安旗主编《李白全集编年笺注》系此诗于天宝八载(749)。友人王十二的《寒夜独酌有怀》,引起了诗人强烈感慨;诗人又因当时的政治事件,联想及自己的现实遭际,因对当时的政治黑暗、是非颠倒、贤人失意、小人得志等做了尖锐的抨击。据《资治通鉴》卷二百一十五载:李林甫任用酷吏吉温、罗希奭,打击异己,迫害贤能,往往锻炼成狱,无有能脱者。天宝六载(747),“李邕、裴敦复皆杖死。……林甫又奏分遣御史即贬所赐皇甫惟明、韦坚兄弟等死。罗希奭自青州如岭南,所过杀迁谪者,郡县惶骇。排马牒至宜春,李适之忧惧,仰药自杀。至江华,王琚仰药不死,闻希奭已至,即自缢。希奭又迁路过安陆,欲怖杀裴宽，宽向希奭叩头祈生，希奭不宿而过，乃得免。李适之之子霅迎父丧至东京，李林甫令人诬告霅，将其杖死于河南府。给事中房琯坐与适之善，贬宜春太守。”由此可见李林甫当时之淫威以及所制造的恐怖政治气氛。李白此诗，直接写及当时时事，其胆识与勇气令人钦佩。这篇作品也可谓是难得的反映时政之作。

【集评】

［元］萧士赟《分类补注李太白诗》卷十九：“按此篇造语叙事，错乱颠倒，绝无伦次，董龙一事，尤为可笑，决非太白之作。乃先儒所谓五季间学太白者所为耳，具眼者自能别之。今厘而置诸卷末。”

旧题［宋］严羽《评点李太白诗集》：“感愤放达，不妨纵言之。世以为五季间学太白者，非知太白者也。”又评“青天中道流孤月”句：“写其心胸。”

猛虎行〔1〕

朝作猛虎行，暮作猛虎吟〔2〕。
肠断非关陇头水，泪下不为雍门琴〔3〕。
旌旗缤纷两河道，战鼓惊山欲倾倒〔4〕。
秦人半作燕地囚，胡马翻衔洛阳草〔5〕。
一输一失关下兵，朝降夕叛幽、蓟城〔6〕。
巨鳌未斩海水动，鱼龙奔走安得宁〔7〕。
颇似楚汉时，翻覆无定止〔8〕。
朝过博浪沙，暮入淮阴市。
张良未遇韩信贫，刘、项存亡在两臣。
暂到下邳受兵略，来投漂母作主人〔9〕。
贤哲栖栖古如此，今时亦弃青云士〔10〕。

有策不敢犯龙鳞，窜身南国避胡尘[11]。
宝书玉剑挂高阁，金鞍骏马散故人[12]。
昨日方为宣城客，掣铃交通二千石[13]。
有时六博快壮心，绕床三匝呼一掷[14]。
楚人每道张旭奇[15]，心藏风云世莫知[16]。
三吴邦伯皆顾盼[17]，四海雄侠两追随[18]。
萧、曹曾作沛中吏，攀龙附凤当有时[19]。
溧阳酒楼三月春[20]，杨花茫茫愁杀人[21]。
胡雏绿眼吹玉笛，吴歌《白纻》飞梁尘[22]。
丈夫相见且为乐，槌牛挝鼓会众宾[23]。
我从此去钓东海，得鱼笑寄情相亲[24]。

【注释】

〔1〕猛虎行：乐府古题，属相和歌辞平调曲。《乐府诗集》卷三十一引“古辞”曰：“饥不从猛虎食，暮不从野雀栖。野雀安无巢，游子为谁骄。”又引《乐府解题》曰：“晋陆机云‘渴不饮盗泉水’，言从远役，犹耿介，不以艰险改节也。又有《双桐生空井》，亦出于此。”李白此诗虽用古题，而内容却是写时事，抒写了安史之乱爆发后，其目睹乱军嚣张与中原板荡局面的伤痛、焦灼以及意欲有所作为的心理。

〔2〕“朝作”二句：一作“行亦猛虎吟，坐亦猛虎吟”。

〔3〕“肠断”二句：陇头水，古乐府横吹曲有《陇头水》。《辛氏三秦记》“山水·陇山”：“陇坻其坂九回，不知高几里。欲上者七日乃越。高处可容百余家，下处数十万户。上有清水四注。俗歌曰：‘陇头流水，鸣声幽咽。遥望秦川，心肝断绝。去长安千里，望秦川如带。’又，关中人上陇者，还望故乡，悲思而歌，则有绝死者。”雍门琴，刘向《说苑·善说》载有雍门子周为孟尝君弹琴而使孟尝君出涕流大汗事，云：“雍门子周以琴见乎孟尝君。孟尝君曰：‘先生鼓琴，亦能令文悲乎？’雍门子周曰：‘臣何独能令足下悲哉！……’‘然臣之所为足下悲者一事也：夫声敌帝而困秦者，君也；连五国之约南面而伐楚者，又君也。天下未尝无事，不从则横。从成则楚王，横成则秦帝。楚王秦帝，必报仇于薛矣。夫

以秦、楚之强而报仇于弱薛，譬之犹摩萧斧而伐朝菌也，必不留行矣。天下有识之士，无不为足下寒心酸鼻者。千秋万岁之后，庙堂必不血食矣。高台既已坏，曲池既已渐，坟墓既已平，而青廷矣，婴儿竖子樵采薪荛者，蹢躅其足而歌其上，众人见之，无不愀焉为足下悲之，曰：'夫以孟尝君尊贵，乃可使若此乎？'于是孟尝君泫然，泣涕承睫而未殒。雍门子周引琴而鼓之，徐动宫徵，微挥羽角，切终而成曲。孟尝君涕浪汗增欷，下而就之曰：'先生之鼓琴，令文立若破国亡邑之人也。'" 二句皆用悲伤下泪之典，言其心之伤悲非关思乡与听琴。

〔4〕"旌旗"二句：写叛军气焰之嚣张。旌旗，指叛军的旗帜。两河道，谓河南、河北。

〔5〕"秦人"二句：指叛军攻陷洛阳，占领长安。《资治通鉴》卷二百一十七载，天宝十四载（755）十一月甲子，安禄山反，"时海内久承平，百姓累世不识兵革，猝闻范阳兵起，远近震骇。河北皆禄山统内，所过州县，望风瓦解，守令或开门出迎，或弃城窜匿，或为所擒戮，无敢拒之者。……（十二月）丁酉，禄山陷东京，贼鼓噪自四门入，纵兵杀掠"。天宝十五载（756）六月，潼关失守，玄宗西幸，长安沦陷，时"禄山命搜捕百官、宦者、宫女等，每获数百人，辄以兵卫送洛阳。王、侯、将、相扈从车驾、家留长安者，诛及婴孩"。燕地，安、史之巢穴在幽州，古属燕。秦人，指唐之军民。燕地囚，谓成为安史乱兵之俘虏。胡马，指安史乱军。翻，想不到。

〔6〕"一输"二句：一输一失，指唐军在潼关的一次失败与玄宗处置上的一次失误。据《资治通鉴》卷二百一十七载，天宝十四载十二月，高仙芝自长安将兵五万屯于陕（今河南三门峡），玄宗以中人边令诚监军。适封常清率新败之余众至，劝高仙芝弃陕守潼关，高仙芝从之。安史叛军至，官军狼狈走，死者甚众，叛军因据陕，并陷临汝、弘农、济阴、濮阳、云中诸郡。是为"一输"。嗣后，边令诚因与高仙芝有宿怨，乃以高仙芝之败谮于玄宗，玄宗大怒，敕边令诚于军中斩高仙芝、封常清。玄宗信谗致二将衔冤死，此即所谓"一失"。关下，指潼关下。朝降夕叛，谓当时河北之战局。《资治通鉴》卷二百一十七载，安禄山反，常山太守颜杲卿起兵抗敌，河北诸郡纷纷响应，凡十七郡皆归朝廷，附安禄山者唯范阳、卢龙、密云、渔阳、汲、邺六郡。是所谓"朝降"。后战局反复，常山陷落，颜杲卿被害，叛将史思明、李立节、蔡希德引兵击诸郡之不从者，所过残灭，于是河北诸郡复为贼守。是所谓"夕叛"。幽、蓟城，此泛指河北诸郡。

〔7〕"巨鳌"二句：写战乱之形势。巨鳌，代指叛军首领安禄山、史思明。海水动，谓天下动荡不宁。鱼龙，指百姓。奔走，逃亡。

〔8〕“颇似”二句：以楚汉相争喻当时反复不定之局势。或以为用“楚汉翻覆”喻指朝廷与安史叛军失当，实则李白诗用典往往只取表面之意。

〔9〕“朝过”六句：写张良、韩信早年的遭际及其后来在楚汉之争中的作用。“博浪沙”“下邳”句，皆谓张良早年的事迹。《史记·留侯世家》载，良先世五世相韩。韩亡，良乃欲刺秦王，为韩报仇，得力士，为铁椎重百二十斤。良与客狙击秦皇帝于博浪沙，误中副车。始皇怒，大索天下，良乃亡匿下邳。于圯上遇黄石公，得《太公兵法》，后因之助刘邦取天下。“淮阴市”“漂母”句，谓韩信早年之事。《史记·淮阴侯列传》载，韩信微时，曾入淮阴市，为屠中少年所辱。又尝饥，遇漂母饭之，信喜，谓当重报，漂母谢之。

〔10〕“贤哲”二句：以张良、韩信之遭际喻己当下之境遇。贤者，谓张良、韩信。栖栖，惶惶不安。青云士，此指志向远大、有所作为者，乃诗人自指。

〔11〕“有策”二句：谓自己有平叛破敌之策而不为朝廷所用，只得到南方以避战乱。龙鳞，《韩非子·说难》：“夫龙之为虫也，柔可狎而骑也；然其喉下有逆鳞径尺，若人有婴之者，则必杀人。人主亦有逆鳞，说者能无婴人主之逆鳞，则几矣！”后以“批逆鳞”喻干犯人主。

〔12〕“宝书”二句：谓自己既不为所用，故只好将自己的宝书玉剑闲置，金鞍骏马送人。宝书玉剑，喻文才武略；金鞍骏马，喻随身资财。玉，一作“长”。

〔13〕“掣铃”句：掣铃，唐时官署多悬铃于外，有事则掣铃以代传呼。二千石，汉郡守月俸二千石，后以“二千石”为郡守之代称。

〔14〕“有时”二句：写赌博游戏之快意，亦见其豪情。六博，古代的一种博戏。其博法为：“二人相对，坐向局，分为十二道，两头当中名为水。用棋十二枚，六白六黑；又用鱼二枚置于水中。其掷采以琼为之。琼畟方寸三分，长寸五分，锐其头，钻刻琼四面为眼，亦名为齿。二人互掷采行棋。棋行到处即竖之，名为骁棋，即入水食鱼，亦名牵鱼。每牵一鱼获二筹，翻一鱼获三筹。”（见杨伯峻《列子集释》卷八“说符篇”注引《古博经》）绕床、一掷，《晋书·刘毅传》：“后于东府聚樗蒱大掷，一判应至数百万，余人并黑犊以还，唯刘裕及毅在后。毅次掷得雉，大喜，褰衣绕床，叫谓同坐曰：‘非不能卢（五子皆黑，为博戏中胜彩），不事此耳。”此用其事形容博戏得胜兴高采烈之状。

〔15〕张旭：唐有书法家张旭，以草书著称，性嗜酒，呼叫狂走方落笔，有“张颠”之称。事迹见《新唐书·张旭传》及《宣和书谱》。但张旭卒于天宝十载（751），诗中所述与张旭事迹不合，论者以为此当是别一“楚人张旭”。

〔16〕心藏风云：谓有政治抱负。

〔17〕三吴邦伯：三吴，范成大《吴郡志》卷四十八："三吴之说，世未有定论。《十道四番志》以吴郡及丹阳、吴兴为三吴，又以义兴、吴兴及吴郡为三吴。《郡国志》谓吴兴、义兴、吴郡为三吴。又云，丹阳亦曰三吴。《元和郡县志》亦曰吴郡与吴兴、丹阳为三吴。郦道元注《水经》云：永建中，阳羡周嘉上书，以县远，赴会至难，求得分置，遂以浙江西为吴，东为会稽。后分为三，号三吴，吴兴、吴郡、会稽其一焉。"宋杨齐贤注引《通典》曰："吴郡、吴兴、丹阳为三吴。"（《分类补注李太白诗》卷六）邦伯，谓地方州郡长官。皆：一作"多"。

〔18〕两追随：一作"皆相攉"，一作"皆追随"。

〔19〕"萧、曹"二句：《史记·曹相国世家》："平阳侯曹参者，沛人也。秦时为沛狱掾，而萧何为主吏，居县为豪吏矣。"攀龙附凤，攀附帝王，此指萧何、曹参后来追随刘邦而建立功业。此二句以萧何、曹参虽出身微贱终辅佐刘邦成就大业鼓励张旭，谓其前程远大。

〔20〕溧阳：唐县名，江南道宣州属县，即今江苏溧阳。

〔21〕茫茫：一作"漠漠"。

〔22〕吴歌《白纻》：吴地所出之白纻舞曲。《晋书·乐志》："白纻舞，按舞辞有巾袍之言，纻本吴地所出，宜是吴舞也。"飞梁尘：谓歌声嘹亮，震落梁尘。

〔23〕槌牛挝鼓：宰牛击鼓。槌，通"椎"。椎牛，即宰牛。挝，击，敲打。

〔24〕"我从"二句：《庄子·外物》："任公子为大钩巨缁，五十犗以为饵。蹲乎会稽，投竿东海，旦旦而钓。期年不得鱼。已而大鱼食之，牵巨钩，錎没而下，……任公子得若鱼，离而腊之。"此二句以任公子之钓巨鱼喻其入越必有大获，以报相知。

【评说】

安旗主编《李白全集编年笺注》系此诗于至德元载（756）春。安史之乱爆发后，李白携家人南奔避乱，但逃难之际，亦十分关注当时形势，并有平叛报国之打算。从其交往徐王延年、延陵兄弟及吴王祗来看，很可能当时即有行动，也即欲联络并鼓动江南诸王起兵。时徐王延年兄弟在杭州，据诗末"我从此去钓东海，得鱼笑寄情相亲"句看，李白此番东行，或即为此。此诗乃此行途中于溧阳宴饮间所作，故隐约其辞，而于诗末暗示其此行之本意。详可参阅琦《李白三至越中考索》（《唐代文学研究》第六辑）文之相关解读。

【集评】

［宋］杨遂《李太白故宅记》：“《猛虎行》可以勖立节之士。”

［元］萧士赟《分类补注李太白诗》卷六：“此诗似非太白之作。用事既无伦理，徒尔肆为狂诞之辞。首尾不相照，脉络不相串，语意斐率，悲欢失据，必是他人之诗窜入集中，岁久难别。”

扶风豪士歌〔1〕

洛阳三月飞胡沙，洛阳城中人怨嗟。
天津流水波赤血，白骨相撑如乱麻〔2〕。
我亦东奔向吴国，浮云四塞道路赊〔3〕。
东方日出啼早鸦，城门人开扫落花。
梧桐杨柳拂金井〔4〕，来醉扶风豪士家。
扶风豪士天下奇，意气相倾山可移。
作人不倚将军势〔5〕，饮酒岂顾尚书期〔6〕。
雕盘绮食会众客，吴歌赵舞香风吹。
原、尝、春、陵六国时，开心写意君所知。
堂中各有三千士，明日报恩知是谁〔7〕？
抚长剑，一扬眉，清水白石何离离〔8〕。
脱吾帽，向君笑；饮君酒，为君吟。
张良未逐赤松去，桥边黄石知我心〔9〕。

【注释】

〔1〕扶风：唐属关内道，贞观时为岐州属县，天宝元年改郡名，故治在今陕西凤翔一带。扶风豪士：其人为谁，诸说不一。旧说以为乃万巨，以其远祖汉槐

里侯万脩封扶风，因称。今人或以为乃扶风人窦滔。滔字嘉宾，曾为溧阳主簿。李白入吴途中宿其家，感其意气，因作此诗以赠之。

〔2〕“洛阳”四句：据《资治通鉴》卷二百一十七载，天宝十四载（755）十二月，安史乱军陷洛阳。此四句写洛阳陷没后胡人横行、生民遭到残杀的凄惨景象。飞胡沙，谓安史乱军占领洛阳。天津，即天津桥，在洛阳西南的洛水上。

〔3〕“我亦”二句：谓其离开宣城，远道至溧阳，深感道路艰难，前途茫茫。吴，此指溧阳，以溧阳属吴地，故称。浮云四塞，谓道路艰难。司马相如《长门赋》：“浮云郁而四塞兮，天窈窈而昼阴。”赊，此谓道远。东奔向吴国，一作“来奔溧溪上”。

〔4〕金井：井栏有雕饰之井。

〔5〕“作人”句：辛延年《羽林郎》有“昔有霍家奴，姓冯名子都。依倚将军势，调笑酒家胡”之句，此反用其意，谓扶风豪士为人不依权势欺凌平民。扶风豪士当为权豪之亲近者，故诗人有此语。

〔6〕“饮酒”句：用汉陈遵事，写扶风豪士之豪纵奇伟。《汉书·游侠传》载，陈遵嗜酒，每饮，宾客满堂，辄关门，将宾客车辖投井中，客虽有急务亦不得出。尝有一刺史奏事过其处，被留，极窘迫。后趁其醉，突入见遵母，叩头白其与尚书有期会情状，母因使其从后阁出。

〔7〕“原、尝”四句：诗人以战国时诸公子之门客自比，言其亦将报答知遇者。原、尝、春、陵，指战国时期赵之平原君赵胜、齐之孟尝君田文、楚之春申君黄歇、魏之信陵君魏无忌，后世称为战国四公子，皆以善养士著称。据《史记》诸公子列传，平原君、孟尝君皆有宾客数千人，春申君、信陵君有客三千余人。开心写意，犹言敞开心扉，述说心意。写，同“泻”。

〔8〕“清水”句：以清水、白石喻其胸怀磊落光明。离离，清晰貌。

〔9〕“张良”二句：张良，字子房，秦汉之际人，后为刘邦的谋士，事迹俱见《史记·留侯世家》。赤松，即赤松子。据《史记》司马贞索隐，赤松子为神农时的雨师，能入火自烧，在昆仑山上随风雨上下。黄石，黄石公，秦末隐士，张良曾于下邳圯上遇之，得其传授《太公兵书》。见前《猛虎行》注〔8〕。又，张良晚年尝称：“家世相韩，及韩灭，不爱万金之资，为韩报仇强秦，天下振动。今以三寸舌为帝者师，封万户，位列侯，此布衣之极，于良足矣。愿弃人间事，欲从赤松子游耳。”此二句盖以张良自比，言其不走隐逸之路，而欲在国难当头之时有所作为。

【评说】

安旗主编《李白全集编年笺注》系此诗于至德元载（756）三月。此诗与《猛虎行》当为先后之作。《猛虎行》诗末有“我从此去钓东海，得鱼笑寄情相亲”句，暗示其东行入吴乃别有深意。此诗则因感扶风豪士之豪迈奇伟，故在诗末借张良事，说明其不愿隐遁而欲有所作为。两诗之意，有可相互发明者。

【集评】

［明］桂天祥《批点唐诗正声》：“流离中有如此风韵，如此调荡。”又：“高适《少年行》：‘未知肝胆向谁是，令人却忆平原君。’已为佳句。及观太白‘原、尝、春、陵’数语，其逸气尤觉旷荡，比高警策。‘抚长剑’以下，是太白真处。末句尤调笑入神，不可及。”

［明］周珽《唐诗选脉会通评林》引陈继儒语：“歌咏豪士义侠，并己意气，开合揉错，具大神力。奇标千古，迥出天际，月峡虬松，总是寻常观耳。”

［清］毛先舒《诗辩坻》：“《扶风歌》方叙东奔，忽著‘东方日出’二语，奇宕入妙。此等乃真太白独长。”

古风五十九首〔1〕

其十九

西上莲花山〔2〕，迢迢见明星〔3〕。
素手把芙蓉，虚步蹑太清〔4〕。
霓裳曳广带，飘拂升天行。
邀我登云台〔5〕，高揖卫叔卿〔6〕。
恍恍与之去，驾鸿凌紫冥〔7〕。
俯视洛阳川，茫茫走胡兵〔8〕。
流血涂野草，豺狼尽冠缨〔9〕。

【注释】

〔1〕本篇在王琦注《李太白全集》中列为第十九首，而别本或列为第十七首，略有异。

〔2〕莲花山：即西岳华山。《太平御览》卷九百九十九引《华山记》曰："山顶有池，池中生千叶莲华，服之羽化，因名华山。"上：一作"岳"。

〔3〕"迢迢"句：迢迢，遥远貌。明星，华山仙女名。《太平广记》卷五十九引《集仙录》："明星玉女者，居华山，服玉浆，白日升天。"

〔4〕"虚步"句：虚步，道教传说中神仙的凌空而行。太清，天空。

〔5〕云台：即华山之云台峰，位于华山东北，其两峰并峙，四面陡绝，巍然独秀，状若云台，故名。

〔6〕卫叔卿：传说中的仙人。葛洪《神仙传》卷二："卫叔卿者，中山人也。服云母得仙。汉元凤二年八月壬辰，武皇帝闲居殿上。忽有一人，乘浮云，驾白鹿，集于殿前。帝惊问之为谁。曰：'我，中山卫叔卿也。'帝曰：'中山非我臣乎？'叔卿不应，即失所在。帝甚悔恨，即使使者梁伯之往中山推求，遂得叔卿子，名度世，……望见其父与数人于石上嬉戏，度世即到，见父上有紫云覆荫郁郁，白玉为床，有数仙童执幢节立其后。"

〔7〕凌紫冥：升天。紫冥，天空。

〔8〕"俯视"二句：谓其登上华山后俯视，但见洛阳一带尽是安史乱兵。按，天宝十四载十二月，安禄山叛军陷洛阳。胡兵，指安史叛军。

〔9〕"流血"二句：写安史叛军残杀百姓，流血涂于草野，又大肆封赏叛臣。豺狼，指叛军官兵。冠缨，原义为帽带，此指官职。

【评说】

此诗当是安史叛军陷洛阳，诗人目睹叛军的暴行与平民惨遭杀戮惨景后的感怀之作。郁贤皓《李太白全集校注》系此诗于天宝十五载（756）初春，并云："据诗人《奔亡道中五首》，安史之乱初起时，他在洛阳一带目睹叛军暴行，乃西奔入函谷关，上华山避乱，至次年春又南奔宣城。"可参。此诗前十句以游仙为主，写其登华岳而遇仙人，恍惚之间，将与之同游仙境。末四句则转写时事，谓由仙境俯视而忽见洛阳之残破、百姓之流血、叛军之嚣张，乃不胜沉痛愤慨。诗将游仙与时事结合，但从全诗看，写游仙乃为写时事做铺垫，反映了诗人对国事的关心、对百姓的同情，以及对安史叛军暴行的愤慨。

【集评】

［明］陆时雍《唐诗镜》卷十七：“有情可观，无迹可履，此古人落笔佳处。”

［清］陈沆《诗比兴笺》卷三：“（与‘郑客西入关’）皆遁世避乱之词，托之游仙也。《古风》五十九章，涉仙居半，惟此二章差有古意，则词含寄托故也。世人本无奇臆，好言升举，云螭鹤驾，翻成土苴。太白且然，况触目悠悠乎？”

永王东巡歌十一首[1]

其　一

永王正月东出师，天子遥分龙虎旗[2]。
楼船一举风波静[3]，江汉翻为雁鹜池[4]。

其　二

三川北虏乱如麻[5]，四海南奔似永嘉[6]。
但用东山谢安石，为君谈笑静胡沙[7]。

其　三

雷鼓嘈嘈喧武昌[8]，云旗猎猎过寻阳[9]。
秋毫不犯三吴悦[10]，春日遥看五色光[11]。

其　四

龙盘虎踞帝王州，帝子金陵访古丘[12]。
春风试暖昭阳殿[13]，明月还过鳷鹊楼[14]。

其　五

二帝巡游俱未回[15]，五陵松柏使人哀[16]。
诸侯不救河南地[17]，更喜贤王远道来。

其　六

丹阳北固是吴关[18]，画出楼台云水间。
千岩烽火连沧海，两岸旌旗绕碧山。

其　七

王出三江按五湖[19]，楼船跨海次扬都[20]。
战舰森森罗虎士[21]，征帆一一引龙驹[22]。

其　八

长风挂席势难回[23]，海动山倾古月摧[24]。
君看帝子浮江日，何似龙骧出峡来[25]。

其　九

祖龙浮海不成桥[26]，汉武寻阳空射蛟[27]。
我王楼舰轻秦、汉[28]，却似文皇欲渡辽[29]。

其　十

帝宠贤王入楚关，扫清江汉始应还[30]。
初从云梦开朱邸[31]，更取金陵作小山[32]。

其十一

试借君王玉马鞭[33]，指挥戎虏坐琼筵[34]。
南风一扫胡尘静[35]，西入长安到日边[36]。

【注释】

〔1〕永王东巡歌：永王，玄宗第十六子李璘。《旧唐书·永王璘传》："永王璘，玄宗第十六子也。……天宝十四载十一月，安禄山反范阳。十五载六月，玄宗幸蜀，至汉中郡，下诏以璘为山南东路及岭南黔中江南西路四道节度采访等使、江陵郡大都督，余如故。……十二月，擅领舟师东下，甲仗五千人趋广陵，……遂败，将南投岭外，为江西采访使皇甫侁下防御兵所擒，因中矢而薨。"东巡，指李璘领兵沿江东下以巡长江下游事。李璘东巡至浔阳，遣人邀李白入幕。组诗为李白入永王幕府后为东巡事而作，故称《永王东巡歌》。

〔2〕"永王"二句：据史载，李璘引兵东巡在肃宗至德元载（756）十二月，与诗中所谓"永王正月东出师"异，前人或疑"正月"有误。而元萧士赟《分类补注李太白诗》则云："此咏永王出师，首篇表之以'天子遥分龙虎旗'者，夫子作《春秋》书王之意也。太白忠君之心于此可见。百世之下未有发明之者，故书于此。"据此，则所谓"正月""天子"皆有深意焉。天子，谓玄宗也。龙虎旗，《初学记》卷二十二引《释名》："交龙为旂。旂，倚也，画作两龙相依倚，诸侯所建也。……通以赤色为之，无文采，……熊虎为旗。旗，期也，言与众期于下。军将所建，象其猛如熊虎也。"此言"龙虎旗"，谓永王得天子之命。遥分，谓非面命也。

〔3〕楼船：大船，古代一般作战船用。

〔4〕"江汉"句：江汉，指长江、汉水流域。雁鹜池，相传汉梁孝王造雁鹜池，周围四里。见《太平御览》卷一百五十九"州郡部·宋州"引《图经》。

〔5〕三川：秦郡名，此代指洛阳。北虏：指安禄山及其叛卒。

〔6〕"四海"句：此以晋永嘉南奔比喻安史之乱后中原士庶奔亡江南。王琦《李太白全集》注曰："晋怀帝永嘉五年，刘曜陷洛阳，百官士庶死者三万余人，中原衣冠之族相率南奔，避乱江左。天宝十四年，安禄山起兵北地，遂破两京，士君子多以家渡江东，与永嘉时事极相似。"

〔7〕"但用"二句：谢安石，即谢安，字安石，东晋人。《晋书·谢安传》载，谢安与弟谢石及侄谢玄阻击前秦苻坚南侵，"坚后率众，号百万，次于淮肥，京

师震恐。加安征讨大都督。玄入问计，安夷然无惧色，答曰：‘已别有旨。’既而寂然。玄不敢复言。……玄等既破坚，有驿书至，安方对客围棋，看书既竟，便摄放床上，了无喜色，棋如故。客问之，徐答云：‘小儿辈遂已破贼。’”

〔8〕雷鼓：谓大鼓声如雷也。嘈嘈：众声嘈杂。武昌：《元和郡县图志》卷二十七“江南道·鄂州·武昌县”：“武昌县……属江夏郡。”在今湖北鄂州。

〔9〕猎猎：风声。寻阳：唐寻阳县，故治在今江西九江。

〔10〕三吴：见前《猛虎行》注〔17〕。

〔11〕五色光：《越绝书·外传纪军气》：“军上有气，五色相连，与天相抵。此天应，不可攻，攻之无后。”

〔12〕“龙盘”二句：龙盘虎踞，原是诸葛亮对金陵的称赞，后多用以指地理形势之险要，宜为帝王之都。《太平御览》卷一百五十六引晋张勃《吴录》：“刘备曾使诸葛亮至京，因睹秣陵山阜，叹曰：‘钟山龙盘，石城虎踞，此帝王之宅。”帝王州，谢朓《入朝曲》：“江南佳丽地，金陵帝王州。”帝子，指永王李璘。金陵，本古邑名，后为南京之别称。

〔13〕昭阳殿：金陵之南朝旧宫殿。《南齐书·皇后列传·武穆裴皇后》：“旧显阳、昭阳殿，太后、皇后所居也。”

〔14〕鳷鹊楼：金陵之南朝旧宫观。谢朓《暂使下都夜发新林至京邑赠西府同僚》：“金波丽鳷鹊，玉绳低建章。”

〔15〕“二帝”句：谓玄宗、肃宗俱尚未返归长安。二帝，谓玄宗与肃宗。时玄宗在蜀，肃宗在灵武。

〔16〕五陵：指高祖、太宗、高宗、中宗、睿宗之陵寝。据《唐会要》卷一载，高祖李渊葬献陵，太宗李世民葬昭陵，高宗李治葬乾陵，中宗李显葬定陵，睿宗李旦葬桥陵。

〔17〕河南地：指洛阳，时安禄山占据洛阳。

〔18〕“丹阳”句：丹阳，《元和郡县图志》卷二十五“江南道·润州·丹阳县”：“本旧云阳县地，秦时望气者云有王气，故凿之以败其势，……天宝元年，改为丹阳县。”又，上元县，“丹阳郡故城，在县东南五里”，即今江苏丹阳。北固，山名。《元和郡县图志》卷二十五“江南道·润州·丹徒县”：“北固山，在县北一里。下临长江，其势险固，因以为名。”又以其二山南北相望，晋号京口，又称吴关。

〔19〕三江、五湖：泛指古九州之扬州一带的江河湖泊。《周礼·夏官·职方氏》：“东南曰扬州，……其川三江，其浸五湖。”贾公彦疏：“扬州所以得有三江者，江至寻阳南合为一，东行至扬州，入彭蠡，复分为三道而入海，故得有三江

也。”五湖，或云太湖边有游湖、莫湖、胥湖、贡湖，与太湖合称五湖；或云胥湖、蠡湖、洮湖、滆湖，与太湖合称五湖。今“三江五湖”亦难确指。江，一作“山”。

〔20〕次：停留。《左传·庄公三年》：“凡师一宿为舍，再宿为信，过信为次。”扬：一作“陪”。

〔21〕虎士：谓勇猛如虎之战士。《周礼·夏官司马》：“虎贲氏……虎士八百人。”郑玄注：“不言徒，曰虎士，则虎士徒之选有勇力者。”

〔22〕龙驹：喻指豪杰之士。

〔23〕长风：犹大风。《宋书·宗悫传》：“悫曰：‘愿乘长风破万里浪。’”挂席：即挂帆。谢灵运《游赤石进帆海》：“扬帆采石华，挂席拾海月。”

〔24〕古月：“胡”之隐语。

〔25〕龙骧：指晋龙骧将军王濬。《晋书·武帝纪》：“(咸宁五年)十一月，大举伐吴，……龙翔将军王濬……率巴蜀之卒浮江而下。”

〔26〕“祖龙”句：祖龙，谓秦始皇。《史记·秦始皇本纪》：“三十六年，荧惑守心。有坠星下东郡，……因言曰：‘今年祖龙死。’”裴骃集解：“苏林曰：‘祖，始也。龙，人君象。谓始皇也。’”浮海不成桥，《水经注》卷十四：“《三齐略记》曰：始皇于海中作石桥，海神为之竖柱。始皇求与相见，神曰：‘我形丑，莫图我形，当与帝相见。’乃入海四十里，见海神，左右莫动手，工人潜以脚画其状。神怒曰：‘帝负约，速去。’始皇转马还，前脚犹立，后脚随崩，仅得登岸。画者溺死于海。”

〔27〕“汉武”句：汉武帝游幸寻阳时尝射蛟。《汉书·武帝纪》：“元封五年冬……自寻阳浮江，亲射蛟江中，获之。”

〔28〕楼舰：楼船类的战舰。

〔29〕“却似”句：文皇，指唐太宗。渡辽，《旧唐书·太宗本纪》：“贞观十九年二月庚戌，上亲统六军发洛阳。……五月丁丑，车驾渡辽。甲申，上亲率铁骑与李勣会围辽东城。”

〔30〕“帝宠”二句：按，《资治通鉴》卷二百一十八载，至德元载，“(七月)丁卯，上皇制：‘以太子亨充天下兵马元帅，领朔方、河东、河北、平卢节度都使，南取长安、洛阳，以御史中丞裴冕兼左庶子，陇西郡司马刘秩试守右庶子。永王璘充山南东道、岭南·黔中·江南西道节度都使，以少府监窦绍为之傅，长沙太守李岘为都副大使……”根据玄宗制诏，永王使命为平江汉地区，故云。

〔31〕“初从”句：云梦，《尔雅·释地》：“楚有云梦。”郭璞注：“今南郡华容县东南巴丘湖是也。”邢昺疏：“《周礼·荆州》云：其泽薮曰云瞢。……司马相如《子虚赋》云：云梦者，方九百里。则此泽跨江南北，亦得单称云，单称

梦。瞢即梦也。”朱邸，诸侯朝天子，于天子之所立宅曰邸，诸侯王受赐朱户，故云朱邸。永王节度府之治所在江陵，故云。

〔32〕金陵：金陵山，即钟山。小山：王琦《李太白全集》注：“小山，用淮南小山事，然借作山岭用，与古说不同。”

〔33〕“试借”句：玉马鞭，天子之鞭。一说，“君王”指永王，谓李白称试借永王之指挥权。

〔34〕指挥：发令调遣。坐琼筵：谓于琼筵间指挥军事。挥，一作“麾”。

〔35〕南风：此喻指永王之兵马。

〔36〕日边：指帝都。《晋书·明帝纪》：“（明帝）幼而聪哲，为元帝所宠异。年数岁，尝坐置膝前，属长安使来，因问帝曰：‘汝谓日与长安孰远？’对曰：‘长安近，不闻人从日边来，居然可知也。’元帝异之。明日宴群僚，又问之，对曰：‘日近。’元帝失色曰：‘何乃异间者之言乎？’对曰：‘举目则见日，不见长安。’由是益奇之。”后因称帝所为日边。

【评说】

组诗为李白入永王幕后为永王东巡而作，从东巡之背景、所历、目的、目标等方面，歌赞永王东巡之举。永王东巡自至德元载（756）十二月发兵，至次年二月即被肃宗所布置之诸节度使剿灭，李白旋即以“附逆”罪系狱，由此也引起了后世的诸多争议。对于永王东巡，多以为有割据江东之意图，是叛逆之举，故李白因此难脱“附逆”之干系。永王是否有割据之意，特别是李白是否在入幕之初即已深知永王之意图，这对于认识李白是很重要的。从组诗看，第一首开端云“天子遥分龙虎旗”，即表明了东巡的正当性。东巡既是奉上皇之命，当然就是合法之举了。第五首中“二帝”“贤王”之语，用词也很有分寸。第十首“帝宠贤王入楚关，扫清江汉始应还”，将东巡的目的说得很明确。第十一首说“南风一扫胡尘静，西入长安到日边”，也表明东巡的目的是平定叛乱以收复两京。故诗中对东巡之歌颂，自不应视为李白“附逆”之“罪证”。唯第九首，以永王比太宗李世民，或以为比拟不伦，世多诟病，但此首亦有可能是当时构陷李白者掺入的伪作。郭沫若说：“这里把永王比成唐太宗，而且超过了秦皇、汉武，比拟得不伦不类，和其他十首也不协调，前人以为伪作，是毫无疑问的。《东巡歌》应该只有十首，其后不久作的《上皇西巡南京歌》也只有十首，显然是仿效大小《雅》以十首为一‘什’的办法。第九首无疑是永王幕府中人所增益，但却为永王提供了一个罪状，便是有意争夺帝位，想做皇帝了。”（《李白与杜甫》）可参。

【集评】

［宋］胡仔《苕溪渔隐丛话》前集卷五引《蔡宽夫诗话》："太白之从永王璘，世颇疑之,《唐书》载其事甚略，亦不为明辨其是否。独其诗自序云：'半夜水军来，浔阳满旌旃。空名适自误，迫胁上楼船。徒赐五百金，弃之若浮烟。辞官不受赏，翻谪夜郎天。'然太白岂从人为乱者哉？盖其学本出纵横，以气侠自任。当中原扰攘时，欲借之以立奇功耳。故其《东巡歌》有'但用东山谢安石，为君谈笑静胡沙'之句，至其卒章乃云：'南风一扫胡尘静，西入长安到日边。'亦可见其志矣。大抵才高意广，如孔北海之徒，固未必有成功；而知人料事，尤其所难。议者或责以璘之猖獗，而欲仰以立事，不能如孔巢父、萧颖士察于未萌，斯可矣。若其志，亦可哀已。"

［明］朱谏《李诗选注》："此宽夫之论李白者（按指《蔡宽夫诗话》之评论），得其情矣。但白之失于知人，昧于事几，不能明决，为可议耳。自古诗人多阔略，言浮其实者亦多矣。岂白一人而已乎？又按永王璘受命为荆州大都督兼领山南、江西、岭南、黔中四道节度使，金陵非所统之地，乃擅引舟师下金陵，方命逾境，反形已著。白又从而美之，岂其情然全有不知者乎？且璘之为人，小有才而听其子之邪谋；乘国家之乱，起觊觎之心，欲据偏方以窥神器，罪固不容诛矣。白之不审，甘受其饵，自蹈逆境，其获罪流窜宜也。朱子于《纲目》书永王之事，一则曰：'永王璘反，上皇遣淮南节度使高适等讨之。'一则曰：'江南采访使李成式讨永王璘，璘败走死。'书'反'、书'讨'，璘罪著矣。璘罪不可掩而白有不与知者，曰形迹之可疑者，独不知所趋避乎？然白将奈何？曰知而谏之，谕之以忠义，开之以利害，守之以死而已矣。其有可以脱身而去者，则当勇决而行，赴诸有司，以自白其状，俾转而达之于天子可也。若乃因循两端，即有可诛之罪矣。故白之不死者，幸也。白虽有文章而疏于义理之学，故于利害危疑之际，处之不当，以致自累也。孰谓白果有助于永王者哉！"

杜甫

安得壮士挽天河，净洗甲兵长不用

丽人行

三月三日天气新[1]，长安水边多丽人[2]。
态浓意远淑且真[3]，肌理细腻骨肉匀[4]。
绣罗衣裳照莫春，蹙金孔雀银麒麟[5]。
头上何所有？翠微㔩叶垂鬓唇[6]。
背后何所见？珠压腰衱稳称身[7]。
就中云幕椒房亲[8]，赐名大国虢与秦[9]。
紫驼之峰出翠釜，水精之盘行素鳞[10]。
犀箸厌饫久未下，鸾刀缕切空纷纶[11]。
黄门飞鞚不动尘，御厨络绎送八珍[12]。
箫管哀吟感鬼神，宾从杂遝实要津[13]。
后来鞍马何逡巡，当轩下马入锦茵[14]。
杨花雪落覆白蘋，青鸟飞去衔红巾[15]。
炙手可热势绝伦[16]，慎莫近前丞相嗔[17]。

【注释】

〔1〕三月三日：古称上巳。汉以前以农历三月上旬的巳日为“上巳”，魏以后定为三月三日，不再取上巳日。俗以此日临水边祓除不洁。（见《晋书·礼下》）

〔2〕长安水边：指曲江。曲江在长安城东南，为著名的风景区。唐康骈《剧谈录》卷下：“曲江池，本秦世隑洲，开元中疏凿，遂为胜境。其南有紫云楼、

芙蓉苑，其西有杏园、慈恩寺。花卉环周，烟水明媚。都人游玩，盛于中和、上巳之节。彩幄翠帱，匝于堤岸；鲜车健马，比肩击毂。”宋赵次公曰：“晋宋诸人侍宴曲水，皆以三月三日为题。唐开元中，都人游赏于曲江，莫盛于中和、上巳节，此三月三日所以水边多丽人也。”（宋王洙《分门集注杜工部诗》卷三引）丽人：泛指贵族妇女。

〔3〕“态浓”句：谓丽人姿色浓艳、神态端庄高贵。淑且真，姿态娴静而又自然。

〔4〕“肌理”句：谓丽人肌肤细腻、身材匀称。

〔5〕“绣罗”二句：谓丽人所穿的绣罗衣，上有用金线绣成的孔雀图案、用银线绣成的麒麟图案，其光彩与暮春的景色交相辉映。蹙，一种刺绣的方法。绣，一作“画”。莫，同“暮”。

〔6〕翠微㔩（è）叶：用翡翠制成的妇女发上的装饰物。鬓唇：鬓边。

〔7〕“背后”二句：谓缀着珠玉的裙衣与丽人的腰身恰相般配，非常合体。珠压腰衱，缀珠于衣襟，压而使之下垂。衱（jié），衣后襟。背，一作“身”。衱，一作“襻”。

〔8〕就中：其中。云幕椒房亲：指杨贵妃之姊韩、虢、秦诸夫人。云幕，像云雾一样的帐幕。椒房，汉未央宫有椒房殿，以椒和泥涂壁，取其芳馨，后用以代指后妃。椒房亲，皇后亲属。

〔9〕赐名：赐予封号。虢与秦：虢国夫人与秦国夫人。《旧唐书·后妃传》：“（贵妃）有姊三人，皆有才貌，玄宗并封国夫人之号：长曰大姨，封韩国；三姨，封虢国；八姨，封秦国。并承恩泽，出入宫掖，势倾天下。”此处因字数所限，乃举二以概三。

〔10〕“紫驼”二句：写杨氏姊妹食馔之精美。紫驼之峰，即驼峰。唐贵族食品中有驼峰炙，极珍贵。翠釜，翠色的炊具。水精，即水晶。素鳞，指银白色的鱼。峰，一作“珍”。

〔11〕“犀箸”二句：谓食物虽极精美，但杨氏姊妹早已吃腻，毫无食欲，所以厨师白白忙乱。犀箸，用犀牛角制成的箸（筷子）。厌饫，饱，此处犹言吃腻了。厌，同“餍”。鸾刀，饰有铃的刀。缕切，细切。空纷纶，白白地忙乱。纷纶，形容厨房刀砧声音之纷乱。空，一作“坐”。

〔12〕“黄门”二句：谓皇帝又派黄门不断地从御厨送来许多精美食品。黄门，即宦官。飞鞚，驾着快马。鞚，马笼头。八珍，八种珍异名馔，此代指多种名贵菜肴。络绎，一作“丝络”。

〔13〕“箫管”二句：谓众多宾客随从占据了曲江要道。杂遝，多而杂乱。要津，交通要道。管，一作“鼓”。杂，一作“合”。

〔14〕“后来”二句：写杨国忠的到来。逡巡，徐行貌，此处有大模大样、旁若无人的意思。锦茵，铺在地上的锦毯。轩，一作“道”。入，一作“立”。

〔15〕“杨花”二句：借眼前景物托兴，语义双关，对杨氏兄妹间的暧昧关系暗含讥刺。白蘋，植物名，生于浅水中。宋陆佃《埤雅》卷十六：“杨花入水化为浮萍。”（蘋为萍中较大的一种。）则白蘋与杨花同源，杨花又寓杨氏之姓。“杨花覆白蘋”是对杨氏兄妹间暧昧关系之暗示。又，北魏胡太后与杨白花私通，杨白花惧祸南奔，改名杨华（“华”“花”通），太后思念而作《杨白花》歌辞，有“秋去春还双燕子，愿衔杨花入窠里”之句。这里可能也暗用这一与杨姓有关的男女私通典故以增强暗示。青鸟，传为西王母的使者，后多指男女间传递消息者。红巾，女子所用饰物，亦常作定情物用。“青鸟衔红巾”也是对杨氏兄妹暧昧关系的暗示。

〔16〕炙手可热：谓权高势重，气焰灼人。势绝伦：权势无人可比。势，一作“世”。

〔17〕瞋：同“嗔”，发怒。

【评说】

天宝初，玄宗册封杨玉环为贵妃，备极宠爱，杨氏兄妹也因之富贵。天宝十一载（752）十一月，杨国忠任右相，诸杨之贵盛至于顶点。此诗当作于天宝十二载（753）春，从长安贵妇春游曲江写起，着重描绘杨氏兄妹游春之情态，对他们奢侈淫逸的生活、恃宠骄纵的跋扈都做了深刻的揭露与讽刺，从一个侧面反映了当时社会政治的腐败。与《兵车行》一样，此篇也属杜甫自创的新题乐府诗。

【集评】

［宋］许顗《彦周诗话》：“老杜作《丽人行》云‘赐名大国虢与秦’，其卒曰‘慎勿近前丞相嗔’！虢国、秦国何预国忠事，而近前即嗔耶？东坡言‘老杜似司马迁’，盖深知之。”

［清］沈德潜《唐诗别裁集》卷六：“极言姿态服饰之美，饮食音乐宾从之盛，微指椒房，直言丞相，大意本《君子偕老》之诗，而风刺意较显。”又云：“‘态浓意远’下倒插秦、虢，‘当轩下马’下倒插丞相，他人无此笔法。”

［清］浦起龙《读杜心解》卷二之一：“无一刺讥语，描摹处，语语刺讥。无一慨叹声，点逗处，声声慨叹。”

羌村三首

其　一

峥嵘赤云西，日脚下平地[1]。
柴门鸟雀噪，归客千里至[2]。
妻孥怪我在[3]，惊定还拭泪[4]。
世乱遭飘荡，生还偶然遂[5]。
邻人满墙头，感叹亦歔欷。
夜阑更秉烛[6]，相对如梦寐。

其　二

晚岁迫偷生，还家少欢趣[7]。
娇儿不离膝，畏我复却去[8]。
忆昔好追凉，故绕池边树。
萧萧北风劲，抚事煎百虑[9]。
赖知禾黍收，已觉糟床注[10]。
如今足斟酌，且用慰迟暮[11]。

其　三

群鸡正乱叫[12]，客至鸡斗争。
驱鸡上树木，始闻叩柴荆[13]。

父老四五人，问我久远行[14]。
手中各有携，倾榼浊复清[15]。
莫辞酒味薄，黍地无人耕。
兵革既未息，儿童尽东征[16]。
请为父老歌，艰难愧深情[17]。
歌罢仰天叹，四座涕纵横[18]。

【注释】

〔1〕“峥嵘”二句：写诗人远望所见之黄昏景色。峥嵘，山高峻貌，此处形容云峰之状。赤云，因夕阳余晖照耀，云呈赤色。日脚，太阳穿过云缝射下来的光线。

〔2〕归客：指诗人自己；一作“客子”，义近。

〔3〕妻孥：妻子与儿女，这里指妻子。

〔4〕定：一作“走”。

〔5〕“生还”句：谓总算侥幸活着回来。遂，如愿。

〔6〕“夜阑”句：谓饱经世乱，久别而归，过于兴奋，至夜深犹不能眠，遂复燃起蜡烛。夜阑，夜深。更秉烛，再次燃起蜡烛。更，复、再。

〔7〕“晚岁”二句：晚岁，晚年。迫偷生，被迫苟活偷生。杜甫此次回家，是肃宗墨敕放归。在他看来，国家处于万方多难之际，自己却奉诏回家，因而有一种被迫偷生之感。这也是下句中“少欢趣”之因。

〔8〕“娇儿”二句：此二句诗意有不同的理解。一说，下句“复却去”的主语是“我”，“畏”作“恐怕”解，句子为上一下四句式，意思是说娇儿绕膝依依，不离左右，是怕我又离开他们。一说，下句的主语是“娇儿”，“畏”作“畏惧”解，是上二下三句式，意思是说娇儿本来是不离我左右的，只因分别久了，又看我没有好脸色，因为害怕，所以又从我身边悄悄溜走了。二说皆通。

〔9〕“忆昔”四句：在抚今追昔中，抒发内心对家事、国事的忧虑。追凉，追逐凉爽的地方，犹言纳凉。故，常常。萧萧，草木摇落声。劲，强有力，形容风的凌厉。杜甫此次抵家在闰八月，因鄜州（今陕西富县）早寒，故有此句。抚事，抚念当前的家事、国事。煎百虑，各种忧虑使人心焦如焚。

〔10〕“赖知”二句：赖知，幸知，犹言幸亏。糟床，即酒醡，榨酒的器具。

注，流出。此二句是说，幸亏禾黍已收，能够酿酒以消愁，我仿佛已感到酒醉里的酒流了出来。此是预想之词。

〔11〕“如今”二句：足，足够。斟酌，筛酒，此指饮酒。迟暮，晚年。此二句是说，有酒足以纾忧，姑且以之慰藉自己。是诗人强自宽慰语。

〔12〕正：一作“忽”。

〔13〕叩柴荆：叩，敲。柴荆，用树枝或荆条编制的门。

〔14〕问：存问，慰问。

〔15〕“倾榼”句：倾，倒。榼，盛酒器。浊复清，指浊酒与清酒。

〔16〕“莫辞”四句：是父老的话，是说父老苦苦地以酒味薄为辞。莫辞，再三地说，含有抱歉的意思。后三句是父老解释酒味薄的原因。莫，一作“苦”。

〔17〕“请为”二句：是说大家的生活这样艰难，你们还送酒给我，可见对我的一片深情，这真让我感到受之有愧。

〔18〕涕：一作“泪”。

【评说】

肃宗至德二载（757）秋，杜甫由凤翔（肃宗行在）回鄜州的羌村省亲，抵家后作《羌村三首》，分别写其初抵家以及到家后与家人、邻里相见等情事。第一首叙其由凤翔初至家中的情景。次首写在家中感念家事、国事的复杂情怀与心理。末首写居家时邻里携酒相问及与邻里间之深情厚谊。诗写得朴素自然，真挚感人，其中的细节描写尤为生动传神。

【集评】

［清］刘濬《杜诗集评》卷一引李因笃语：“遭乱生还，事出意外，仓卒情景，历历叙出。叙事之工不必言，尤妙在笔力高古，愈质愈雅。”

［清］吴瞻泰《杜诗提要》卷二：“此是还鄜州初归之词。通首以‘惊’字为线。始而鸟雀惊，继而妻孥惊，继而邻人惊，最后并自己亦惊。总是乱后生还，真如梦寐，妙在以傍见侧出取之。”

［清］沈德潜《杜诗偶评》卷一：“读此等诗，千载之下尚为堕泪，况同时傍观者也。三章字字从肺腑镂出，又似人人所能道者。变风之义欤？汉京之音欤？”

［清］施补华《岘佣说诗》：“《羌村三首》惊心动魄，直至极矣。陶公直至，寓于平澹；少陵直至，结为沉痛。此境遇之分，亦情性之分。”

春 望

国破山河在，城春草木深[1]。
感时花溅泪，恨别鸟惊心[2]。
烽火连三月[3]，家书抵万金。
白头搔更短，浑欲不胜簪[4]。

【注释】

〔1〕“国破”二句：谓长安沦陷，山河依旧，但春来草木丛生，少有人居，面目已非昔比。国破，指长安沦陷。安史叛军于天宝十五载（756）六月攻占长安。春，一作“荒”。

〔2〕“感时”二句：谓有感于时事，对花伤感流泪；因为恨别，听到鸟鸣也感到惊心。一说，此二句将花、鸟拟人化，谓因感时而觉得花亦流泪，鸟亦惊心。

〔3〕“烽火”句：谓战乱持续时间很长。烽火，代指战争。三月，言时间之久；一说，指春季三个月，或战事持续两个三月，恐均泥。

〔4〕“白头”二句：谓因愁于国事、家事，头上白发脱落，愈加稀疏。浑欲，简直，几乎要。不胜，不能承受。古时男子成年后，将头发束于头顶，加簪子予以固定，“不胜簪”即发少不能加簪。

【评说】

此诗作于肃宗至德二载（757）三月，时杜甫羁居长安。经过安史乱军的劫掠，长安已是满目荒凉。春日到来，杜甫触景伤怀，因伤时念乱，乃有此作。“感时花溅泪，恨别鸟惊心”，凄怆动人；“烽火连三月，家书抵万金”，语尤精警。

【集评】

［宋］司马光《温公续诗话》：“古人为诗，贵于意在言外，使人思而得之，故言之者无罪，闻之者足以戒也。近世诗人，唯杜子美最得诗人之体，如‘国破

山河在，……’‘山河在’，明无余物矣；‘草木深’，明无人矣；‘花’‘鸟’，平时可娱之物，见之而泣，闻之而悲，则时可知矣。”

［清］吴乔《围炉诗话》卷二：“《春望》诗云‘国破山河在，城春草木深’，言无人物也。‘感时花溅泪，恨别鸟惊心’，花鸟乐事而溅泪惊心，景随情化也。‘烽火连三月，家书抵万金’，极平常语，以境苦情真，遂同于《六经》中语之不可动摇。”

哀江头

少陵野老吞声哭，春日潜行曲江曲〔1〕。
江头宫殿锁千门，细柳新蒲为谁绿〔2〕。
忆昔霓旌下南苑，苑中万物生颜色〔3〕。
昭阳殿里第一人，同辇随君侍君侧〔4〕。
辇前才人带弓箭，白马嚼啮黄金勒〔5〕。
翻身向天仰射云，一笑正坠双飞翼〔6〕。
明眸皓齿今何在？血污游魂归不得〔7〕。
清渭东流剑阁深，去住彼此无消息〔8〕。
人生有情泪沾臆，江草江花岂终极〔9〕。
黄昏胡骑尘满城，欲往城南望城北〔10〕。

【注释】

〔1〕“少陵”二句：少陵野老，杜甫自称。少陵，汉宣帝许后之陵，在长安杜陵东南。杜甫尝有宅在杜陵附近，故自称少陵野老。吞声哭，哭不敢出声。潜行，暗暗地行走。曲，弯曲之处，角落。

〔2〕为谁绿：谓宫殿无主，新绿无人欣赏。

〔3〕“忆昔”二句：回忆战乱前曲江南苑的胜景。霓旌，彩色旗帜，为古代帝王的仪仗之一，此代指皇帝。南苑，即芙蓉苑，为唐代御苑，因在曲江之南，

故称。生颜色，犹言增光辉。

〔4〕“昭阳”二句：写杨贵妃所受的专宠。昭阳殿，汉宫殿名。汉成帝时，赵飞燕之妹赵合德为成帝所宠，封昭仪，居昭阳殿。此借指杨贵妃。同辇，同车而载。《汉书·外戚传下·孝成班倢伃》载：“成帝游于后庭，尝欲与倢伃同辇载，倢伃辞曰：‘观古图画，贤圣之君皆有名臣在侧，三代末主乃有嬖女，今欲同辇，得无近似之乎？’上善其言而止。”“同辇”句，既见杨贵妃的骄逸专宠，亦暗示玄宗的昏聩荒唐。

〔5〕“辇前”二句：才人，宫中女官。《新唐书·百官志》：“内官……才人七人，正四品。掌叙燕寝，理丝枲，以献岁功。”黄金勒，黄金衔勒。才，一作“词”。嚼，一作“啮”。

〔6〕“翻身”二句：仰射云，仰射飞鸟。一笑，指杨贵妃。谓才人射中飞鸟，杨贵妃为之一笑。《左传·昭公二十八年》：“昔贾大夫恶，取妻而美，三年不言不笑。御以如皋，射雉，获之，其妻始笑而言。”这里借用其事。天，一作“空”。

〔7〕“明眸”二句：写马嵬兵变，贵妃缢死。明眸皓齿，指杨贵妃。血污游魂，指杨贵妃马嵬缢死，言其未得善终。

〔8〕“清渭”二句：写玄宗与杨贵妃生死相隔，两处茫茫。清渭，指杨贵妃死处。以马嵬南滨渭水，故云。剑阁，蜀中地名，为蜀通汉中的要道，这里代指玄宗入蜀之地。

〔9〕“人生”二句：是睹物伤情与充满怜悯的痛伤之语。泪沾臆，泪沾胸。臆，胸。岂终极，岂有终了。上句谓凡有情之人睹此皆会伤心落泪，下句言江草无情，江花无意，其自盛自开，无有穷已。草，一作“水”。

〔10〕“黄昏”二句：一说黄昏之际，胡骑满城，本欲往城南回归住处，却禁不住向城北而望，盼望官军来收复京师。一说“望”即“向”，谓本欲往城南却向城北而行，言其心意迷离也。前说似求之过深，后说似较近情理。盖诗人睹物伤情，悲愤交集，一时迷离走错了方向。望城，一作“忘城”，一作“忘南”。

【评说】

此诗作于肃宗至德二载（757）春，时杜甫身陷为安史叛军所占领的长安。江头，即曲江边。曲江在长安城东南，为唐人游赏的胜地，而因安史之乱，当时已是一片荒凉。诗从曲江春景之明媚与江头宫殿锁闭之寂寞写起，通过铺写当日贵妃辇游专宠及马嵬兵变贵妃缢亡的悲剧，抒发了诗人深长的历史兴亡感喟。诗中既有对李、杨骄奢淫逸的讽刺，又有对其生离死别的同情，更有深沉的沧桑之感，这种复杂的感情使作品既蕴涵丰厚，又耐人寻味。

【集评】

［明］王嗣奭《杜臆》卷二：“曲江，帝与妃游幸之所，故有宫殿。而公追溯禄山乱自贵妃，故此诗直述其宠幸之盛，宴游之娱，而终以‘血污游魂’，所以深刺之也。”

［清］吴瞻泰《杜诗提要》卷五：“《哀江头》，为贵妃哀也，则宜专以贵妃为主。看其写贵妃，只‘昭阳殿里第一人’一句。而于未写妃之前，则写‘万物生颜色’；既写妃之后，则写才人，写才人之弓箭，写才人之马，写才人之马之饰，写才人之射云，写才人之堕翼，精光四射，若全不及贵妃者。而接以‘明眸皓齿’二句，乃知其极写才人处，正其极写贵妃处也。用侧面衬正面，而正面益显。昔人犹有谓‘翻身’二句暗指马嵬事者，则直抛荒上下文语脉矣，尚复有诗法耶？”

悲陈陶

孟冬十郡良家子，血作陈陶泽中水。
野旷天清无战声，四万义军同日死〔1〕。
群胡归来雪洗箭，仍唱夷歌饮都市〔2〕。
都人回面向北啼，日夜更望官军至〔3〕。

【注释】

〔1〕“孟冬”四句：记陈陶之战义军的惨败。孟冬，即农历十月。《旧唐书·房琯传》，至德元载十月，房琯“抗疏自请将兵以诛寇孽，收复京都，肃宗望其成功，许之”。良家子，见前《后出塞五首》其五注〔1〕。陈陶泽，即陈涛斜，在咸阳（今属陕西）东。四万义军，《资治通鉴》卷二百一十九载陈涛斜之战，“官军死伤者四万余人，存者数千而已”。旷，一作“广”。清，一作“晴”。

〔2〕“群胡”二句：写叛军的骄横及其气焰的嚣张。群胡，指安禄山的部下。

安、史为胡人，其部下中亦多胡人，故称。雪，一作“血”。

〔3〕“都人”二句：写陷于被叛军占领的都城百姓对官军收复长安的渴望。都人，都城的百姓。向北啼，时肃宗由灵武进驻彭原（在今甘肃庆阳西南），位于长安西北，向北啼者，期望官军救民于涂炭也。《资治通鉴》卷二百一十八载，肃宗至德元载（756）八月，“自上（玄宗）离马嵬北行，民间相传太子北收兵来取长安，长安民日夜望之，或时相惊曰：‘太子大军至矣！’则皆走，市里为空。”可与此二句相参。

【评说】

肃宗至德元载十月，宰相房琯自请率师讨伐安禄山以收复两京，得肃宗同意。时叛军正盛，宦官促战，房琯仓促出兵，接敌于陈涛斜。房琯虽有平叛之志，但缺乏军事才能，他效古法以车战迎敌，为叛军以火攻所破，因而败绩。杜甫当时羁留长安，闻听平叛失利、将士阵亡的不幸消息，复又目睹叛军的骄横嚣张，因作此诗以寄寓痛伤与悲愤之情。

【集评】

［宋］刘克庄《后村先生大全集》卷一百七十六：“子美与房琯善，其去谏省也，坐救琯。后为哀挽，方之谢安。投赠哥舒翰诗，盛有称许，然陈涛斜、潼关之败，直笔不恕，所以为诗史也，何相反之有？”

［清］浦起龙《读杜心解》卷二之一：“陈陶之悲，悲轻进以致败也。官军之聊草败没，贼军之得志骄横，两两如生。结语兜转一笔好，写出人心不去。”

洗兵马〔1〕

中兴诸将收山东〔2〕，捷书夜报清昼同〔3〕。
河广传闻一苇过〔4〕，胡危命在破竹中〔5〕。
只残邺城不日得，独任朔方无限功〔6〕。
京师皆骑汗血马〔7〕，回纥喂肉蒲萄宫〔8〕。

已喜皇威清海岱，常思仙仗过崆峒[9]。
三年笛里关山月，万国兵前草木风[10]。
成王功大心转小[11]，郭相谋深古来少[12]。
司徒清鉴悬明镜[13]，尚书气与秋天杳[14]。
二三豪俊为时出[15]，整顿乾坤济时了[16]。
东走无复忆鲈鱼，南飞觉有安巢鸟[17]。
青春复随冠冕入，紫禁正耐烟花绕[18]。
鹤驾通宵凤辇备，鸡鸣问寝龙楼晓[19]。
攀龙附凤势莫当，天下尽化为侯王[20]。
汝等岂知蒙帝力，时来不得夸身强[21]。
关中既留萧丞相[22]，幕下复用张子房[23]。
张公一生江海客，身长九尺须眉苍。
征起适遇风云会，扶颠始知筹策良[24]。
青袍白马更何有，后汉今周喜再昌[25]。
寸地尺天皆入贡，奇祥异瑞争来送。
不知何国致白环，复道诸山得银瓮。
隐士休歌紫芝曲，词人解撰清河颂[26]。
田家望望惜雨干，布谷处处催春种。
淇上健儿归莫懒，城南思妇愁多梦[27]。
安得壮士挽天河，净洗甲兵长不用[28]。

【注释】

〔1〕洗兵马：原作“洗兵行”，并注云：“《杜臆》作行，旧作马。”今通行本作“洗兵马”，因据改。

〔2〕“中兴”句：中兴诸将，指郭子仪、李光弼、王思礼等平叛将领。山东，指今河北一带。唐人所称的山东指华山以东。

〔3〕清昼同：谓（捷报）昼夜频传。夜：一作“夕”，一作“日”。

〔4〕“河广”句：《诗经·卫风·河广》：“谁谓河广？一苇杭之。”谓一片苇叶就可以航过。一苇，一片苇叶，犹言一叶扁舟。极言渡河之易。河，指黄河。

〔5〕“胡危”句：谓叛军灭亡的命运在顷刻间。胡，指安庆绪、史思明等叛军。破竹，言破敌之易。《晋书·杜预传》：“今兵威已振，譬如破竹，数节之后，皆迎刃而解，无复著手处也。”又，《旧唐书·肃宗纪》记载，至德二载（757）十一月，肃宗下制云：“(朕）亲总元戎，扫清群孽。广平王俶受委元帅，能振天声；郭子仪决胜无前，克成大业。兼回纥叶护、云南子弟、诸蕃兵马，力战平凶，势若摧枯，易同破竹。”杜甫可能也采用了制文之意。

〔6〕“只残”二句：谓只剩下邺城，不日即可攻下，当专任郭子仪成此大功。残，余，剩下。邺城，即唐相州，在今河南安阳。时安庆绪困守邺城。独任，专任和信任。朔方，指郭子仪及其朔方军。时郭子仪为朔方军节度使。

〔7〕“京师”句：谓长安收复后，京城里到处可见（回纥兵）所骑的汗血马。京师，指长安。汗血马，古代西域所产的一种良马，耐力与速度惊人，以其长途奔行，汗流鲜红如血，故称。《汉书·武帝纪》：“四年春，贰师将军广利斩大宛王首，获汗血马来。”颜师古注引应劭曰：“大宛旧有天马种，蹋石汗血。汗从前肩髆出，如血。号一日千里。”按，为平定安史之乱，肃宗曾借兵回纥，收复长安，回纥亦曾助力。故杜甫此句乃写实。

〔8〕“回纥”句：谓胜利后回纥兵受到优待，都在大吃大喝。喂，饲养。蒲萄宫，汉宫名，在上林苑西。汉哀帝时单于来朝，舍于此宫。此借指唐王朝招待回纥兵的处所。《资治通鉴》卷二百二十三：至德二载十月，“癸酉，回纥叶护自东京还，上命百官迎之于长乐驿，上与宴于宣政殿”。可见肃宗对回纥的优待。

〔9〕“已喜”二句：是说平叛虽然取得了一定胜利，但应安不忘危，常记过去艰难的时候。海岱，今渤海至泰山之间的地带。海，渤海。岱，泰山。《尚书·禹贡》：“海岱惟青州。”孔《传》曰：“东北据海，西南距岱。”当时河北尚未完全收复，故云“清海岱”。仙仗，天子的仪仗。崆峒，山名。山以“崆峒”名者有四，此指甘肃平凉西之崆峒。肃宗自马嵬至灵武，自灵武至凤翔，皆经过崆峒。

〔10〕“三年”二句：提醒肃宗不要忘记士兵三年多的苦战。三年，自至德元载（756）至乾元二年（759）春写此诗，前后计约三年，故云。关山月，乐府古题，为汉乐府横吹曲，系军乐。万国，万方。草木风，即“草木皆兵，风声鹤唳”之义。上句言战争时间之久，谓三年多来军乐声从未停息；下句言空间之

广，谓万方多难，人心惶惶，草木皆兵。

〔11〕“成王”句：成王，即李俶，肃宗之子，后即位为代宗。李俶初封广平王，后改封楚王，乾元二年（759）三月改封成王。李俶在收复两京时为天下兵马元帅，故曰“功大”。心转小，谓小心谨慎。

〔12〕郭相：指郭子仪。肃宗乾元元年（758）八月，郭子仪拜中书令，故称。谋深：一作“谋猷”，一作“深谋”。

〔13〕“司徒”句：司徒，指李光弼。至德二载初，李光弼加检校司徒。清鉴，谓有识见。李光弼治军严明，天下服其威名；用兵以奇，常以少胜多；又曾逆料史思明诈降，终必复反，故谓其“清鉴悬明镜”。

〔14〕“尚书”句：尚书，指王思礼，时为兵部尚书。气，气度。秋天杳，如秋天一样高远爽朗。此句谓王思礼气度不凡，为人开朗。

〔15〕为时出：乘时而出。

〔16〕济时了：渡过了难关。

〔17〕“东走”二句：谓东走不必忆念着家乡的鲈鱼而辞官归里，南飞也感觉有了可以安居的窠巢。形容形势好转，可以安居乐业了。忆鲈鱼，用晋张翰事。《晋书·张翰传》：“翰因见秋风起，乃思吴中菰菜、莼羹、鲈鱼脍，曰：‘人生贵得适志，何能羁宦数千里以要名爵乎！’遂命驾而归。”南飞，曹操《短歌行》：“月明星稀，乌鹊南飞。绕树三匝，何枝可依？”此用其意。巢，一作“枝”。

〔18〕“青春”二句：意谓朝廷呈现出一派新气象。青春，春天。冠冕，帝王、官员所戴的帽子。紫禁，指皇宫。正耐，正适宜，正合。禁，一作“驾”。

〔19〕“鹤驾”二句：是说肃宗恪尽孝道，每天晨昏定省，向上皇（玄宗）问安。鹤驾，太子之车。据汉刘向《列仙传》，王子乔，即周灵王太子晋，尝乘白鹤驻缑氏山，后世因称太子车驾为鹤驾。凤辇，天子所乘之车。问寝，问安。龙楼，皇帝所居，此指太上皇（玄宗）所居。两京收复，玄宗、肃宗父子本有矛盾，杜甫拈出“鸡鸣问寝”，或以为于赞颂中暗含讽谕。一说鹤驾指太子李俶，凤辇指肃宗，龙楼指上皇，谓肃宗父子相随以朝寝门，向上皇问安。后说似胜。楼，一作“蛇”。

〔20〕“攀龙”二句：写宦官李辅国等一干依靠阿谀奉承肃宗而贵显的小人，回京后飞扬跋扈，而肃宗又对其滥加封赏。《资治通鉴》卷二百二十载：乾元元年二月，“以殿中监李辅国兼太仆卿。辅国依附张淑妃，判元帅府行军司马，势倾朝野”。势，一作“世”。

〔21〕“汝等”二句：指斥上句所提及之李辅国等一干小人只不过是依靠皇帝

的偏宠而得势，不要以为自己有什么大功劳。蒙帝力，依靠皇帝的宠幸。此明斥小人得志，亦暗讽肃宗偏私。时来，犹言走运，是说这帮小人是因人成事。蒙，一作“象”。

〔22〕萧丞相：萧何。刘邦出征时，尝留萧何守关中。《史记·萧相国世家》：“汉二年，汉王与诸侯击楚，何守关中，侍太子，治栎阳。”此代指房琯。肃宗即位于灵武，房琯自蜀奉传国宝、玉册传位，并相肃宗。

〔23〕张子房：张良，字子房。《史记·留侯世家》载刘邦语云：“运筹策帷帐中，决胜千里外，子房功也。”此指张镐。张镐尝为谏议大夫，后以中书侍郎、同平章事代房琯为相。按，当时房琯、张镐皆已罢相，杜甫特为表章，有惜其被罢而望复加进用之意。

〔24〕“张公”四句：写张镐的人品与扶危济难的功绩。江海客，放情江海之人，此指张镐胸怀洒落。身长九尺，谓其身材魁梧。《旧唐书·张镐传》：“（镐）风仪魁岸，廓落有大志，涉猎经史，好谈王霸大略。”征起，犹言起用。天宝十四载（755），张镐召为左拾遗。风云会，指安史之乱。扶颠，即救危。安史之乱起，张镐自山谷徒步奔玄宗行在。后于凤翔肃宗行在，多所进谏。史思明表请以范阳归降，张镐手书密表奏曰：“思明凶竖，因逆窃位，兵强则众附，势夺则人离。包藏不测，禽兽无异，可以计取，难以义招。伏望不以威权假之。”又尝谓“滑州防御使许叔冀，性狡多谋，临难必变，望追入宿卫”。肃宗以为张镐“不切事要”，而后来史思明、许叔冀之伪皆符张镐之言。

〔25〕“青袍”二句：谓平定叛军用不了多久，更喜的是朝廷得以中兴。青袍白马，用侯景事。《梁书·侯景传》载：“普通中，童谣曰：‘青丝白马寿阳来。’后景果乘白马，兵皆青衣。”侯景乱梁与安、史乱唐相似。此以侯景代指史思明、安庆绪。更何有，言其不足平。后汉今周，是以历史上的后汉光武帝与周宣王比拟肃宗，喻唐王朝的中兴。

〔26〕“寸地”六句：写中兴的气象。寸地尺天，犹言普天之下。白环，《竹书纪年》卷上载：“西王母之来朝，献白环、玉玦。”银瓮，古代传说中的祥瑞之物，云王者刑罚得中则银瓮出。《初学记》卷二十七引梁孙柔之《瑞应图》：“王者宴不及醉，刑罚中，人不为非，则银瓮出。”白环、银瓮，皆指祥瑞之物。紫芝曲，秦末隐士四皓隐于商山，曾作《紫芝歌》。清河颂，指歌颂升平的作品。《宋书·鲍照传》：“元嘉中，河、济俱清，当时以为美瑞，照为《河清颂》，其序甚工。”清河，一作“河清”。

〔27〕“田家”四句：是于中兴喜气中提醒与祝祷之词。谓天旱不雨，布谷鸟

在催促春种，农民望雨心切。围攻邺城的士卒当努力作战，快快归来，家中思妇在梦中等着你们。望望，即望而又望。乾元二年春有旱灾，故农民急切盼雨。布谷，鸟名。淇上健儿，指围攻邺城的士卒。淇，即淇水，在邺城附近。城南思妇，指士卒的妻子。

〔28〕“安得”二句：表达了诗人希望停止用兵，长享太平的愿望。净洗甲兵，即停止用兵。刘向《说苑·权谋》：“武王伐纣，风霁而乘以大雨，……武王曰：……‘天洒兵也’。”后以洗兵表示结束战事。

【评说】

此诗题下原注“收京后作”，“收京”指收复长安、洛阳两京。诗作于乾元二年春。时两京已收复，玄宗、肃宗父子也返回长安，安庆绪困守邺城，唐王朝的平叛战争胜利在望。诗人深为当时的大好形势所鼓舞，因而满怀喜悦地写下此诗。杜甫在诗中对平叛胜利、国家中兴给予了热情的歌颂，赞扬了郭子仪、李光弼、张镐等豪杰的“济时”功绩，讥刺了李辅国等攀龙附凤的小人，并表达了希望朝廷取得更大胜利以早日结束战争而长享太平的美好愿望。

【集评】

［明］王嗣奭《杜臆》卷三：“一篇四转韵，一韵十二句，句似排律，自成一体；而笔力矫健，词气老苍，喜跃之象浮动笔墨间。”

［清］朱鹤龄《杜工部诗集辑注》附《杜诗补注》：“中兴大业，全在将相得人。前曰‘独任朔方无限功’，中曰‘幕下复用张子房’，此是一诗眼目。使当时能专任子仪，终用张镐，则洗兵不用，旦夕可期，而惜乎肃宗非其人也。”

诸将五首〔1〕

其　一

汉朝陵墓对南山〔2〕，胡虏千秋尚入关〔3〕。

昨日玉鱼蒙葬地，早时金碗出人间〔4〕。

见愁汗马西戎逼[5]，曾闪朱旗北斗殷[6]。
多少材官守泾渭[7]，将军且莫破愁颜[8]。

【注释】

〔1〕诸将五首：杜甫晚年创作的一组七言律诗，因所咏对象为当时之将领，故题曰“诸将”。无论从内容还是形式来看，《诸将五首》都颇具创造性。明人郝敬曾称：“此以诗当纪传，议论时事，非吟风弄月，登眺游览，可任性漫作也。必有子美忧时之真心，又有其识学笔力，乃能斟酌裁补，合度如律。其各首纵横开合，宛是一章奏议、一篇训诰，与三百篇并存可也。”（仇兆鳌《杜诗详注》卷十六引）

〔2〕“汉朝”句：汉朝陵墓，谓汉诸帝之陵墓，此以汉代唐。南山，指终南山。按，唐之诸帝陵主要位于长安东北周边，与位于长安之南的终南山相对，故云。

〔3〕“胡虏”句：指吐蕃东入关犯长安事。胡虏，指吐蕃。据《资治通鉴》卷二百二十三载，代宗广德元年（763）十月，吐蕃寇泾州（今甘肃泾川），又进犯奉天（今陕西乾县）、武功（今陕西武功县），并侵入长安，代宗仓皇幸陕。入关，指入萧关。萧关故址在今宁夏固原市东南。

〔4〕“昨日”二句：指陵墓被发掘之惨景。《太平御览》卷八十八引《汉武故事》云：“郿县又有一人于市货玉杯，吏疑其御物，欲捕之，因忽不见，县送其器，推问，又茂陵中物也。”又《南史·沈炯传》：“（炯）尝独行经汉武通天台，为表奏之，……曰：‘……甲帐珠帘，一朝零落，茂陵玉碗，遂出人间。’”杜甫这里可能融二事并用之。“玉杯”即“玉碗”，因上句用“玉鱼”，故下句易“玉”为“金”，称金碗。早时，早年。

〔5〕“见愁”句：见，同“现”。汗马，即汗血马，出自西域的一种骏马，见前《洗兵马》注〔7〕。西戎逼，指代宗永泰元年（765）九月仆固怀恩诱引吐蕃、回纥、党项、羌、浑、奴刺等入寇，威胁长安，时京师戒严。

〔6〕“曾闪”句：朱旗，红旗，指吐蕃的旗帜。北斗，即北斗星，也代指人君。《晋书·天文上》：“北斗七星在太微北，……斗为人君之象，号令之主也。”此代指朝廷。殷，赤黑色。北斗殷，谓长安遭遇兵乱。按，《资治通鉴》卷二百二十三载，代宗广德元年（763），吐蕃入长安，“剽掠府库市里，焚闾舍，长安中萧然一空”。

〔7〕“多少”句：材官，勇武之士。泾渭，泾河与渭河，二水皆流经长安北。以泾渭为军事防守之地，可见寇患之深。

〔8〕“将军”句：此为讽谕诸将之语，言当以寇患为警戒。破愁颜，忘却忧愁。

【评说】

此诗作于代宗大历元年（766）秋，时诗人居夔州。据《资治通鉴》卷二百二十三载，代宗广德元年十月，吐蕃入寇泾州，又寇奉天、武功，并陷长安，代宗狼狈幸陕。永泰元年九月，又有仆固怀恩诱吐蕃、回纥、吐谷浑、党项、奴剌等数十万，分别从奉天（今陕西乾县）、同州（今陕西大荔县）、盩厔（今陕西周至县）等方向入寇，仆固怀恩以朔方兵自后继之，威胁长安，京师戒严。前一次吐蕃入寇，代宗命郭子仪出镇咸阳以御之，而“子仪闲废日久，部曲离散，至是召募，得二十骑而行，至咸阳，吐蕃帅吐谷浑、党项、氐、羌二十余万众，弥漫数十里，已自司竹园渡渭，循山而东”。后一次寇犯长安，郭子仪使人入奏，谓“虏皆骑兵，其来如飞，不可易也。请使诸道节度使凤翔李抱玉、滑濮李光庭、邠宁白孝德、镇西马璘、河南郝庭玉、淮西李忠臣各出兵以扼其冲要”。当时寇患之深，竟至长安，巡防守御，乃在泾渭。如此局面，无怪诗人要以“将军且莫破愁颜”警戒之。

【集评】

［清］吴瞻泰《杜诗提要》卷十二：“寓责备于警戒之中，而立意在吞吐之外。有此一结，通首雪亮，此文家善于蓄势者。”

［清］浦起龙《读杜心解》卷四之二：“此为备吐蕃者告也。吐蕃于广德元年，一陷京师。上年永泰元年，再逼京师。最为迩年近患，故首及之。”

［清］杨伦《杜诗镜铨》卷十三：“上四援往事以惕之也。吐蕃之祸至于辱及陵寝，为臣子者能自安乎？下四言京畿之间，近复告警，虽暂行退去，而出没不常，守御者正当时时警戒，未可一日安枕也。”

其　二

韩公本意筑三城，拟绝天骄拔汉旌〔1〕。

岂谓尽烦回纥马，翻然远救朔方兵〔2〕。

胡来不觉潼关隘[3]，龙起犹闻晋水清[4]。

独使至尊忧社稷，诸君何以答升平[5]？

【注释】

〔1〕“韩公”二句：谓张仁愿当年筑三受降城，意在阻绝突厥南来寇略之路。韩公，即张仁愿。《旧唐书·张仁愿传》载：中宗景龙二年（708），仁愿拜左卫大将军、同中书门下三品，累封韩国公。又，神龙三年（707），张仁愿趁突厥默啜尽众西击突骑施娑葛，乘虚夺取漠南之地，于河北筑三受降城，首尾相应。自是突厥不得度山放牧，朔方无复寇掠，减镇兵数万人。天骄，匈奴自称“天之骄子”，后因为匈奴的代称，此指突厥。

〔2〕“岂谓”二句：没料到还要借回纥的兵马，远道来救助朔方这样的官兵主力。岂谓，犹言岂料。尽烦回纥马，指借兵回纥。安史之乱爆发后，回纥称愿助唐平叛，因发兵协助收复两京。永泰元年，郭子仪又于泾阳与回纥结盟，借其力以退吐蕃。“尽烦”云云即谓此。翻然，反而。朔方兵，即朔方军。唐置朔方节度使，治所在今宁夏灵武西南。天宝后期，郭子仪为朔方节度使。肃宗即位于灵武后，郭子仪与李光弼率朔方军五万赴肃宗行在，肃宗倚为根本。唐军平叛，郭子仪前后用兵皆借助回纥之力，故云。

〔3〕胡：指安史乱军。不觉潼关隘：谓潼关不再为险隘。潼关，古称桃林塞，故址在今陕西潼关县东北，处今陕西、山西、河南三省要冲之地，素以险要称。天宝十五载（756）六月，安史叛军攻陷潼关，故诗中有此语。

〔4〕龙起：指唐高祖李渊起兵太原。晋水：水名，为汾水的支流，源出晋阳县西悬瓮山，又东过县南，入于汾水。清：古人以水变清为祥瑞。据载，李渊晋阳起兵后，次龙门县，河水变清。此以李渊起兵逐鹿群雄而终统一区域，与今日反要借兵平叛做对比。

〔5〕“独使”二句：谓只让皇帝一人为社稷而忧，则诸将何以报答太平盛世。至尊，指皇帝。社稷，代指国家。诸君，指诸将。

【评说】

关于此诗的主旨，诸家解说多有分歧。或以为乃批评肃宗借兵回纥之非。如清人何焯即云：“俯仰感慨，无限曲折，剧言借助回纥之非。当时禄山已死，安庆绪本庸奴，负弑父之罪。苟以计间其下，未有肯为之用者也。朔方诸军以顺讨逆，灭贼固在旦夕，何必借助回纥乎？……回纥但利中国子女玉帛，何尝肯与贼血战乎？《新书》谓太宗能用突厥者，谓但用其虚声，且使之不扰汾晋，可无内顾之忧，是为得策。肃宗之于回纥，用之协力，以翦同罗叛胡，使阿史那从礼不能扰朔方军之后足矣，乃听其倾国而至，竭中国膏血以奉之，异于曩日之用突厥矣。《新书》正谓假回纥之助以复两京为非，注家自失其旨也。”（《义门读书记·杜工部集》）而钱谦益则以为其旨乃在“劝勉河北诸将，不应无韩公之老谋，以贼遗君父也”（《钱注杜诗》卷十五）。今观诗题为《诸将》，则诗乃就当时之诸将而作。借兵回纥而遗后患，正乃诸将之不得力所造成的结果。再结合首联之赞美韩公，其寄希望于诸将如张仁愿那样老成而谋，并竭力报国，以免除主君社稷之忧，当为此诗之意旨所在。由此而言，钱笺或近是。

【集评】

［清］钱谦益《钱注杜诗》卷十五：“当景龙之时，张仁愿筑城虏腹中，制其南牧，犹以狼居瀚海绝幕未空为恨。不及百年，而羯胡作逆，回纥助顺，堂堂中夏，借力犬羊，以资匡复。国势之寖衰如此，边事之倒置如此，不亦伤乎！是以悲潼关之失隘，思唐尧之一旅，劝勉河北诸将，不应无韩公之老谋，而以贼遗君父也。往余沿袭旧闻，谓责诸将不应借助于回纥。当盗发幽陵，天子西走，汾阳提朔方孤军，转战逐北，香积之翦伏，西岭之却回，非回纥协力奋击，或出其背，或出其后，胜负未决，两都之收复未可知也。当此之时，能预料其怙恩肆掠，逆而拒之乎？魏勃曰：失火之家，当先白大人后救火乎？此切谕也。故吾谓‘岂谓尽烦’云云，乃俯仰感叹之词，非以是为谋国不臧而有所弹刺也。有言末二句，属劝勉汾阳之词。汾阳自相州罢归，部曲离散，承诏日，麾下才数十骑，仅免于朝恩、元振交口訾啮。少陵于此诗，惜之可也，讼之可也，又何庸执三寸之管，把其短长乎？《新书》亦谓太宗能用突厥，而肃宗不能用回纥。兔园书生，不识世务，钞略论断，妄谈兵事，如此类者，皆可以一笑也。”

其　三

洛阳宫殿化为烽[1]，休道秦关百二重[2]。
沧海未全归禹贡，蓟门何处尽尧封[3]。
朝廷衮职谁争补[4]？天下军储不自供[5]。
稍喜临边王相国，肯销金甲事春农[6]。

【注释】

〔1〕“洛阳”句：指洛阳的宫殿遭受安史乱军的焚毁。史载，天宝十四载（755）十二月，洛阳的宫殿毁于安禄山之手，乾元二年（759）九月，再毁于史思明之手。

〔2〕休道：不要说，休要夸说。秦关：指潼关。百二：《史记·高祖本纪》：“（田肯）因说高祖曰：‘陛下得韩信，又治秦中。秦，形胜之国，带河山之险，悬隔千里，持戟百万，秦得百二焉。”司马贞索隐引虞喜曰：“言诸侯持戟百万，秦地险固，一倍于天下，故云得百二焉，言倍之也，盖言秦兵当二百万也。”百二重，言险固有加也。重，倍也。

〔3〕“沧海”二句：谓藩镇尚跋扈割据，国家尚未完全统一。沧海，本为东海之别称，此泛指淄青一带（今属山东）。禹贡，《尚书》中的一篇，记述各地山川分布、交通、物产与贡赋等级等。蓟门，见前《后出塞》其一注〔3〕。这里以“蓟门”代指河北一带。尧封，《尚书·尧典》谓尧“肇十有二州，封十有二山，濬川”，后遂以尧封指中国之疆域。尽，一作“见”。

〔4〕衮职：指三公之职位，亦指三公。谁争补，一作“虽多预”。按，“虽多预”义胜。当时诸节度使多加中书令、平章事等衔，故云“多预”。预，参预。

〔5〕“天下”句：责当时诸将虽预闻衮职，却不能屯田备军储，以纾国用。军储，军粮。不自供，不能自我供应。按，《资治通鉴》卷二百一十载：“置河西节度、支度、营田等使，领凉、甘、肃、伊、瓜、沙、西七州，治凉州。”胡三省注：“唐制，凡天下边军，皆有支度使，以计军资粮仗之用。节度不兼支度者，支度自为一司；其兼支度者，则节度使自支度。凡边防镇守转运不给，则开置屯田以益军储，于是有营田使。”据此，朝廷于边军转运不给时，节度使则开置屯田以补充军储。

〔6〕“稍喜”二句：谓稍觉可喜的是临近边地的王缙相国，能够劝励士兵行屯田之事。稍喜，差可欣慰。王相国，谓王缙。据《旧唐书·王缙传》载，缙于广德二年（764）拜黄门侍郎、同平章事，复以侍中、持节都统河南、淮西、山南东道诸节度行营事。岁余，迁河南副元帅，请减军资四十万贯，修东都殿宇。临边，指王缙出任河南副帅。河南本非边地，但以其所任以防河北诸将之反覆，故云。肯销，愿意销毁。金甲，铁甲，此指兵器。事春农，从事耕种，此指从事屯田以供军用。

【评说】

此诗之主旨，乃在责诸将不能屯田自供军储，以纾国之艰困。经八年战乱，州县凋残，生民疲敝，当此大乱初平之时，诸将既衮职多预，自当理会国用之艰，屯田积谷，为朝廷分忧，使沧海全归禹贡，蓟门重归尧封。今诸将既不明晓此理，则其“多预”衮职，岂不愧哉！诗的前四句乃述当时之形势。经安、史蹂躏，洛阳宫殿残破，虽秦关百二，然险不可恃，复以河北骄悍，提封未复，当此之际，自当务其根本。诸将若能屯田自供，宽赋以纾民之困，则国本可固，而负怙之强藩可平也。故后四句承此意以责诸将不晓此理，空预衮职，复以王缙修营屯田以供军用之事，使诸将感而愧之。

【集评】

［清］何焯《义门读书记·杜工部集》：“诸侯不贡而畿内赋敛益急，根本方拨，何暇收复蓟门？屯田积谷，农战兼修，则府兵可复。居重驭轻，安史余孽削平可待矣。”

［清］杨伦《杜诗镜铨》卷十三：“此责诸将坐视河北沦弃，不修屯营之制，而姑举王缙以愧励诸藩也。按是时藩镇各治兵完城，自署将吏，为腹心之患。关辅河淮等处，皆须顿宿重兵，自非经理屯种，为持久之计不可，亦见公远识过人处。”

其　四

回首扶桑铜柱标〔1〕，冥冥氛祲未全销〔2〕。
越裳翡翠无消息，南海明珠久寂寥〔3〕。
殊锡曾为大司马〔4〕，总戎皆插侍中貂〔5〕。
炎风朔雪天王地，只在忠臣翊圣朝〔6〕。

【注释】

〔1〕扶桑：古国名，见前《壮游》注〔18〕。铜柱标：即作为边界标记的铜质柱桩。《后汉书·马援传》：“援将楼船大小二千余艘，战士二万余人，进击九真贼征侧余党都羊等，自无功至居风，斩获五千余人，峤南悉平。”李贤注引晋

顾微《广州记》曰:“援到交阯,立铜柱,为汉之极界也。”又,《新唐书·南蛮传上》:天宝七载(748),“玄宗诏特进何履光以兵定南诏境,取安宁城及井,复立马援铜柱”。标,标志,标记。

〔2〕“冥冥”句:冥冥,昏暗貌。氛祲,妖气。时南诏背唐与吐蕃交结,又广德元年(763)广州市舶使宦官吕太一逐广南节度使,故云“氛祲未全销”。未,一作“不”。

〔3〕“越裳”二句:谓南方诸郡的朝贡断绝已久。越裳,古南海国名。《后汉书·南蛮传》:“交阯之南有越裳国。周公居摄六年,制礼作乐,天下和平,越裳以三象重译而献白雉。”唐有越裳县,在岭南道驩州(见《旧唐书·地理志》),治所在今越南河静省干禄县附近。南海,唐属岭南道岭南节度使广州属县。《元和郡县图志》卷三十四“岭南道·广州·南海”:“南海县,本汉番禺县之地也,属南海郡,隋开皇十年分其地置南海县,属广州。”翡翠、明珠,为越裳、南海之贡物,此代指其朝贡。无消息、久寂寥,谓朝贡久已不达。

〔4〕殊锡:非常的宠赐。大司马:《周礼·夏官司马》有大司马,掌邦政。汉设太尉,武帝时尝罢太尉,置大司马。此指太尉。唐以太尉、司徒、司空为三公,皆正一品(见《旧唐书·职官志一》)。在唐中兴诸将中,唯郭子仪、李光弼曾进位太尉,故诗称“殊锡”。

〔5〕总戎:统帅,唐人亦称节度使为总戎,此指节度使。侍中貂:杜佑《通典·职官三》:“汉侍中冠武弁大冠,亦曰‘惠文冠’,加金珰,附蝉为文,貂尾为饰。”唐门下省设侍中二人。时诸节度使都加侍中衔,故诗云“总戎皆插侍中貂”。

〔6〕“炎风”二句:勉励诸将忠心辅佐君王,报效国家,以复旧壤,再兴大业。炎风,热风,此代指南方之地。朔雪,北方的雪,此代指北方之地。天王地,即“普天之下,莫非王土”之意。天王,春秋时期对周天子的称呼。后世亦称帝王为天王。翊,辅佐,护卫。臣,一作“良”。

【评说】

关于此诗主旨,诸家解说不一。清钱谦益曰:“此深戒朝廷不当使中官出将也。杨思勖讨安南五溪,残酷好杀,故越裳不贡。吕太一收珠南海,阻兵作乱,故南海不靖。李辅国以中官拜大司马,所谓‘殊锡’也。鱼朝恩等以中官为观军容使,所谓‘总戎’也。炎风、朔雪皆天王之地,只当精求忠良,以翊圣朝。安得偏信一二中人据将帅之重任,自取溃偾乎!肃、代间,国势衰弱,不复再振,其根本胥在于此。斯岂非忠规切谏救世之针药与?”(《钱注杜诗》卷十五)以为此诗乃为重用中人而发。而陈廷敬则曰："杨思勖虽残酷，安南、五溪之变实在先，以越裳不贡责之，思勖服乎？吕太一事近之，然杜诗云：'自平宫中吕太一，收珠南海千余日。近供生犀翡翠稀，复恐征戍干戈密。'岂非太一既平之后，明珠暂至又绝乎！……辅国为兵部尚书，未尝为大司马。古今官职沿革，名同实异者多。今人溷称兵部尚书为大司马，不知唐之兵部尚书不可称大司马也。唐《百官志》：兵部尚书正三品。辅国册进司空，兼中书令，进封博陆郡王，三品之官何足异乎！以鱼朝恩曾为观军容使，故谓之总戎。'总戎'二字杜诗常用：'总戎楚蜀应全未'、'共说总戎云鸟阵'。高适、严武亦皆观军容使邪？"故其以为此诗"盖责藩镇兼宰相之诸将也。上章举内地削，责其徒烦输挽。此章举远人畔，责其不能镇抚"（《杜律诗话》卷下）。驳钱说甚有理。按，此诗之旨关键在"殊锡曾为大司马，总戎皆插侍中貂"一联。朝廷既赐诸将大司马之职位，诸将又"皆插侍中貂"，则其乃总理国之军政也。杜佑云："大唐侍中、中书令是真宰相。"（《通典·职官三》）今回首南顾，氛祲未销，越裳、南海朝贡久绝，为宰相者，岂可不筹谋擘画，恢复汉封，再兴大唐！诗末"只在忠臣翊圣朝"，正所以劝勉之也。

【集评】

［清］黄生《杜诗说》卷十二："前三首皆道两京之事，此首则道南中之事。以'回首'二字发端，则前三首皆翘首北顾而言可知。他人诗皆从纸出，惟公诗从胸中流出、口中道出，而且道时之神情面目，俨然可想，所以千载犹有生气也。"

［清］浦起龙《读杜心解》卷四之二："此为怀远徼者告也。南诏阁罗凤，自天宝中，以鲜于仲通不还俘掠，叛附吐蕃。广南自广德初，以中使吕太一之扰，蛮酋亦寖不顺命。然荒远略轻，故次四。"又云："大意又与诸首不同，只要抚绥而安辑之，此怀远之善术也。此诗之解，钱笺以'殊锡'贴李辅国，'总戎'贴鱼朝恩，两人并未南征，有何交涉？他解又谓南荒镇帅，名位既崇，当思扫荡。不知公意正谓羁縻之地，不当专示武威也。"

其　五

锦江春色逐人来，巫峡清秋万壑哀[1]。
正忆往时严仆射[2]，共迎中使望乡台[3]。
主恩前后三持节[4]，军令分明数举杯[5]。

西蜀地形天下险，安危须仗出群材〔6〕。

【注释】

〔1〕“锦江”二句：谓往昔在成都时，锦江春色逐人而来；如今居夔州，巫峡清秋一片萧瑟，令人悲哀。锦江，岷江的分支之一，在今四川成都平原。其自成都市郫都区之西岷江分出，至成都市南与岷江分支郫江相会。相传蜀人织锦，濯于此则色鲜艳，濯于他水则色暗淡，因称。此代指成都。巫峡，长江三峡之一，西起四川巫山县大溪，东至湖北巴东县官渡口，因巫山而得名。其两岸为绝壁，船行极险。杜甫在成都时，得严武照顾，又曾入其幕府，故以成都春景喻其与严武关系之相得。而写此诗时，居于夔州，巫峡在夔州东，因以巫峡清秋萧瑟之景喻严武死后其心情之悲哀。

〔2〕严仆射：指严武。严武，字季鹰，华州华阴（今陕西华阴）人。以荫调太原府参军事，累迁殿中侍御史。后历成都尹、剑南节度使等，卒赠尚书左仆射。

〔3〕“共迎”句：追忆曾与严武在成都望乡台共迎朝廷使臣之事。中使，自内廷派出的使者，多由宦者担任。望乡台，在四川华阳县（今属四川成都）北。

〔4〕“主恩”句：谓严武曾受皇帝之恩命，三次出任节度使。主恩，皇帝的恩典。三持节，严武在肃宗上元元年（760）任绵州刺史，迁剑南东川节度使；上元二年（761）十月，迁剑南西川节度使，兼成都尹；代宗广德二年（764），又被任命为成都尹、剑南节度使。所谓“三持节”即指此。节，符节，古代使者所持的信物，此指节度使之印信。

〔5〕“军令”句：谓严武治军严明又从容不迫，与同僚宴饮尽欢而不废军务，有儒将之风。数，屡次。

〔6〕“西蜀”二句：谓蜀之地形险要，关涉国家之安危，必得有出众之才如严武者，方堪负其重任。其意乃以严武镇蜀之将略，慨叹今蜀中之将帅非材。按，据史载，宝应元年（762）严武初镇蜀而罢，后高适代之，而先后有徐知道之乱与松、维、保三州之陷。永泰元年（765）严武卒于镇蜀任上，郭英乂代之，未几有崔旰之乱，郭英乂被杀。柏茂琳、杨子琳等讨崔旰，蜀中大乱。杜鸿渐受命以宰相兼成都尹，充山南西道、剑南东川等道副元帅镇蜀，而不能裁制，姑息养乱，致使蜀无宁日，其有愧严武多矣。

【评说】

此首以严武的将才武略为吟咏之重心，兼忆二人绸缪相得之情，并对严武之早逝而致国失将才深致叹惋。写严武，一写其“军令分明”，二写其“数举杯”。前者见其为将之威严与才略，后者则见其平日之从容儒雅，寥寥七字，严武之形象呼之欲出。而末两句则从严武推开，以蜀地之险要归结到镇将之重要，突出了“诸将”之主题。清浦起龙谓：“结就严公推开说，而‘西蜀地形’句，补笔千钧，将蜀中无数扰攘，尽包在七字中。如无此句，只成忆严诗，不是诸将诗矣。故须推开唱叹，颂严正以策后也。”（《读杜心解》卷四之二）所论甚是。

【集评】

［清］仇兆鳌《杜诗详注》卷十六：“此章为镇蜀失人，而思严武之将略。通首逐句递下，此流水格也。细玩文气，‘望乡台’与‘锦江’相应，‘出群材’与‘军令’相应。仍于四句作截。大历元年，公自云安下夔州。其云‘锦江春色’者，从上流而言，正想到台前迎使也，触景生哀，伤及严公。仆射，乃卒后赠官。迎使，是幕僚同事。三持节，言朝廷倚重。数举杯，言军中整暇。地险易乱，故须异才出镇，惜乎继起无人耳。《旧唐书》：武初以御史中丞出为绵州刺史，迁东川节度使，再拜成都尹，仍为剑南节度使。所谓先后三持节也。顾注：只军令分明一句，便见折冲樽俎中，具有多少韬略。频数举杯，如《严公厅宴》及《晚秋摩诃池》之类是也。或因《八哀》诗有‘忧国只细倾’句，遂云但数次举杯，失其旨矣。细倾，言饮不至醉耳，非谓停止宴会也。设三镇蜀中，只几次举酒，反觉仓皇窘迫，不似雅歌投壶气象。西蜀地险，外则吐蕃见侵，内则奸雄窃据也。安危须仗，所谓‘公来雪山重，公去雪山轻’也。”

【总评】

［清］仇兆鳌《杜诗详注》卷十六引明郝敬语：“此以诗当纪传，议论时事，非吟风弄月，登眺游览，可任兴漫作也。必有子美忧时之真心，又有其识学笔力，乃能斟酌裁补，合度如律。其各首纵横开合，宛是一章奏议、一篇训诰，与《三百篇》并存可也。”又曰：“五首，慷慨蕴藉，反覆唱叹，忧君爱国，绸缪之意，殷勤笃至。至末及蜀事，深属意于严武，盖已尝与共事，而勋业未竟，特致惋惜，亦有感于国士之遇耳。”

［清］吴瞻泰《杜诗提要》卷十二：“五诗叙事之体，而间以议论，如读《小雅·十月之交》，呼皇父、家伯而告以一老之不憖遗焉。其纡谋筹国之忧，敦厚温柔之旨，岂有唐诗人所能齐其项背？”

［清］沈德潜《杜诗偶评》卷四：“五章议论时事，感慨淋漓，而辞气仍出以丁宁反覆，所云‘言者无罪，闻者足戒’。”

四

咏史与怀古

咏史怀古是中国古代诗歌的重要主题，也是重要的题材类型。咏史与怀古常相连并称，实则各有侧重。咏史诗是诗人在阅读历史文献时对具体的历史事件、人物事迹或历史现象有所感触，因以诗抒写其独特之见解，其突出的是诗人的史识以及由此生发的精彩议论；怀古诗则是诗人在某种背景下因瞻仰、凭吊古迹，或缅怀古人的业绩、遭遇而产生心理共鸣以抒其感慨，故其多触景生情之作。但无论是咏史还是怀古，都与历史上的人事相关，因而其内容不免亦时有含摄。二者连为一类，盖缘于此。

优秀的咏史怀古之作，应能表现出诗人对历史上人或事的深刻理解与深切感受，也即诗人能从历史上的相关人事中有所发现，并通过诗歌的艺术表现，给予读者以智慧的启迪或情感的熏陶。

李白与杜甫的咏史怀古之作，在思想与艺术上可说都达到了很高的境界。

李白

登舟望秋月，空忆谢将军

古风五十九首

其 三

秦王扫六合[1]，虎视何雄哉[2]！
挥剑决浮云[3]，诸侯尽西来[4]。
明断自天启[5]，大略驾群才。
收兵铸金人[6]，函谷正东开[7]。
铭功会稽岭，骋望琅邪台[8]。
刑徒七十万，起土骊山隈[9]。
尚采不死药[10]，茫然使心哀[11]。
连弩射海鱼，长鲸正崔嵬[12]。
额鼻象五岳，扬波喷云雷。
鬐鬣蔽青天[13]，何由睹蓬莱。
徐市载秦女，楼船几时回[14]。
但见三泉下，金棺葬寒灰[15]。

【注释】

〔1〕六合：见前《后出塞五首》其三注〔3〕。

〔2〕虎视：《后汉书·班固传》录班固《两都赋》，其“周以龙兴，秦以虎视”句，李贤注云：“龙兴虎视，喻盛强也。”

〔3〕“挥剑”句：《庄子·说剑》：“此剑直之无前，举之无上，案之无下，运

之无旁，上决浮云，下绝地纪。此剑一用，匡诸侯，天下服矣。此天子之剑也。”决，断。

〔4〕“诸侯”句：谓使六国尽西来臣服于秦。

〔5〕“明断”句：鲍照《代放歌行》中有“明虑自天断”句，当为李白此句之所本。意谓秦始皇聪睿明断出于其天生之禀赋。又，句一作“雄图发英断”。

〔6〕“收兵”句：《史记·秦始皇本纪》载，始皇二十六年（前 221），“收天下兵，聚之咸阳，销以为钟鐻，金人十二，重各千石，置廷宫中”。

〔7〕“函谷”句：谓六国已灭，天下统一，故函谷关打开。函谷，函谷关，在今河南灵宝南，为秦之东关。其东自崤山，西至潼津，深险若函，故名。

〔8〕“铭功”二句：指秦始皇巡游天下，刻石纪功事。《史记·秦始皇本纪》：始皇三十七年（前 210），“上会稽，祭大禹，望于南海，而立石刻颂秦德”。会稽岭，在今浙江绍兴南。始皇二十八年（前 219），“南登琅邪，大乐之，留三月。乃徙黔首三万户琅邪台下，复十二岁。作琅邪台，立石刻，颂秦德，明得意”。琅邪台，在今山东诸城东南的琅邪山上。

〔9〕“刑徒”二句：指秦始皇大举民力建造宫殿与陵墓事。《史记·秦始皇本纪》：“三十五年……隐宫徒刑者七十余万人，乃分作阿房宫，或作丽山。发北山石椁，乃写蜀、荆地材皆至。”隈，山之弯曲处。

〔10〕不死药：指秦始皇派人求仙药事。《史记·秦始皇本纪》：“三十二年……因使韩终、侯公、石生求仙人不死之药。”

〔11〕心：一作“人”。

〔12〕“连弩”二句：《史记·秦始皇本纪》：“维二十八年……齐人徐市等上书，言海中有三神山，名曰蓬莱、方丈、瀛州，仙人居之。请得斋戒，与童男女求之。于是遣徐市发童男女数千人，入海求仙人。……三十七年……方士徐市等入海求神药，数岁不得，费多，恐谴，乃诈曰：‘蓬莱药可得，然常为大鲛鱼所苦，故不得至，愿请善射与俱，见则以连弩射之。’始皇梦与海神战，如人状。问占梦，博士曰：‘水神不可见，以大鱼蛟龙为候。今上祷祠备谨，而有此恶神，当除去，而善神可致。’乃令入海者赍捕巨鱼具，而自以连弩候大鱼出射之。自琅邪北至荣成山，弗见。至之罘，见巨鱼，射杀一鱼。遂并海西。”崔嵬，高大貌。

〔13〕鬐鬣：鱼脊与颔上之鳍须。

〔14〕“徐市”二句：谓徐市以船所载之求药秦女未见回还。

〔15〕“但见”二句：谓秦始皇终不免一死。《史记·秦始皇本纪》：“（三十七年）九月，葬始皇郦山。始皇初即位，穿治郦山，及并天下，天下徒送诣七十余

万人，穿三泉，下铜而致椁，宫观百官奇器珍怪徙臧满之。”张守节正义：“颜师古云：‘三重之泉，言至水也。’”

【评说】

此诗咏秦始皇，前半段极写秦始皇平定海内、统一天下之雄才与威势，后半段转写其骄奢淫侈与妄想长生因而寻求不死之药的荒唐，前叙写甚有气势，后反跌而语调冷峻。前段为宾，后段为主，先扬后抑，不唯见诗人之卓识，亦见诗之艺术特点。自开头至“骋望琅邪台”十句，极力渲染秦始皇平定海内、统一天下之赫赫声威，一扬再扬，将秦始皇之雄才、英断、功业叙述至于极致；“刑徒”以下，则笔意转折，写其骄奢、荒唐、利令智昏，最终不免一死的可笑可悲。诗为咏史，但其中或当有讽谕之意。《资治通鉴》卷二百一十六载，玄宗“尊道教，慕长生，故所在争言符瑞，群臣表贺无虚月”。李白之咏始皇，亦可能为此而发。

【集评】

［清］乾隆《御选唐宋诗醇》卷一：“极写其盛，正为中间转笔作地。‘茫然使心哀’五字，多少包含，借秦以讽，意深旨远。”

其　十

齐有倜傥生〔1〕，鲁连特高妙〔2〕。
明月出海底〔3〕，一朝开光曜〔4〕。
却秦振英声，后世仰末照〔5〕。
意轻千金赠，顾向平原笑〔6〕。
吾亦澹荡人〔7〕，拂衣可同调〔8〕。

【注释】

〔1〕倜傥：洒脱不羁，卓然不群。

〔2〕鲁连：即鲁仲连，战国时期齐之高士。见前《赠从兄襄阳少府皓》注〔3〕。

〔3〕明月：夜光珠。《史记·龟策列传》：“明月之珠出于江海，藏于蚌中，蚗龙伏之。”

〔4〕一朝：一旦。开光曜：光芒四射。

〔5〕“却秦”二句：却，退。英声，美名。仰，仰观，言极为钦敬。末照，余晖。

〔6〕顾：但。平原：平原君赵胜。赵胜为赵国贵族，赵武灵王之子，赵惠文王之弟，因贤能闻名。封于平原（约今山东德州市中南部及齐河县），故号平原君，为战国四公子之一。

〔7〕澹荡：谓胸怀淡泊，行为不羁。

〔8〕拂衣：潇洒而去的样子。同调：同声，志趣相合。

【评说】

李白诗中写及的历史人物颇多，鲁仲连是其平生所推尊、仰慕者之一。鲁仲连为人，一是好奇伟倜傥之画策而不肯仕，二是为人排患释难解纷而无所取，此皆显示出其人独特的个性与品格。李白仰慕鲁仲连亦主要在此。诗中所咏，为鲁仲连却秦辞赏事，充满追慕之意与赞赏之情。此诗对鲁仲连之叹赏，情感真挚而笔墨简练，与史传对读，尤能感受其笔墨之妙。

【集评】

旧题［宋］严羽《评点李太白诗集》：“‘倜傥’与‘澹荡’，绝不相类，而看作一致，始知有意倜傥者，非真倜傥也。惟澹荡人乃可与同耳。”

经下邳圯桥怀张子房〔1〕

子房未虎啸，破产不为家。
沧海得壮士，椎秦博浪沙。
报韩虽不成，天地皆振动。
潜匿游下邳，岂曰非智勇〔2〕？
我来圯桥上，怀古钦英风。
唯见碧流水，曾无黄石公。

叹息此人去，萧条徐、泗空[3]。

【注释】

〔1〕下邳：据《旧唐书·地理志》载，贞观时下邳为河南道泗州属县，元和中改属徐州，故址在今江苏邳州市。圯桥，在古下邳城郊沂水上，相传为张良遇黄石公处。张子房，即张良。

〔2〕“子房”八句：咏张良事。张良事迹，见前《猛虎行》注〔9〕。

〔3〕“叹息”二句：慨叹时无黄石公，隐以张良自喻。徐、泗，即徐州、泗州，二州相邻，为当年张良与黄石公相遇之故地。

【评说】

张良亦为李白仰慕的历史人物之一。关于此诗作年，诸家说法不一，安旗主编《李白全集编年笺注》认为作于开元二十六年（738）李白游江淮时，郁贤皓《李太白全集校注》认为作于天宝五载（746）李白由东鲁南下会稽途经下邳时。从总体上看，此诗为李白吊古咏怀之作。前八句以叙写张良为韩报仇而刺秦始皇及游圯桥遇黄石公事为重心，突出其“智勇”。后六句咏怀，在表达对张良钦敬的同时，慨叹时无黄石公，则隐然以张良自喻。此诗于张良少壮时事，写得尤传神而有生气。

【集评】

［明］陆时雍《唐诗镜》卷十七：“奇杰，似与古人把臂披豁，不徒为歔欷凭吊之辞。”

［清］沈德潜《唐诗别裁集》卷二：“为子房生色，‘智勇’二字可补世家赞语。”

［清］翁方纲《石洲诗话》卷一：“入手‘虎啸’二字，空中发越，不知其势到何等矣，乃却以‘未’字缩住。下三句又皆实事，无一字装他门面。及至说破‘报韩’，又用‘虽’字一勒，真乃逼到无可奈何，然后发泄出‘天地皆振动’五个字来，所以其声大而远也。”

乌栖曲[1]

姑苏台上乌栖时，吴王宫里醉西施[2]。
吴歌楚舞欢未毕，青山欲衔半边日。
银箭金壶漏水多，起看秋月坠江波[3]。
东方渐高奈乐何[4]！

【注释】

〔1〕乌栖曲：乐府古题，属清商曲辞西曲歌。南朝梁简文帝、元帝、萧子显，以及陈徐陵、岑之敬皆有同题之作，大致以男女欢爱为内容。李白此诗承古题之意，当是李白游姑苏览古有感而作。

〔2〕“姑苏”二句：写吴王与西施在姑苏台上沉醉于宴饮。姑苏台，见前《壮游》注〔15〕。《述异记》卷上云：“吴王夫差筑姑苏之台，三年乃成。周旋诘屈，横亘五里。崇饰土木，殚耗人力，宫妓数千人。上别立春宵宫，为长夜之饮，造千石酒钟。夫差作天池，池中造青龙舟，舟中盛陈妓乐，日与西施为水嬉。”乌栖时，黄昏时分。吴王，指春秋时期吴王夫差。夫差，吴王阖闾子，曾大败越王勾践。相传勾践献美女西施以诱引夫差耽于享乐，遂亡其国。西施，越之美女。

〔3〕“吴歌”四句：写吴王夫差夜以继日，宴乐无度。青山衔日，指白昼将尽。银箭金壶，古代计时之器。壶中盛水，水中插箭，箭上有刻度，水下滴则箭上刻度下移。漏水多，谓长夜将尽。秋月坠江，谓月将落而日将出，指天将拂晓。银箭金壶，一作“金壶丁丁”。

〔4〕“东方”句：东方渐高，指天将亮。高，通“皓”，明亮貌。奈乐何，犹言吴王寻欢作乐，即使天亮对他来说又能怎么样呢？乐，一作“尔”。

【评说】

《乌栖曲》为乐府古题，自南朝至唐多有创作者，大都不外写男女欢爱。李白此诗虽用古题，却通过对题材的精心处理，使主题更加鲜明，即由前人泛写男女欢爱，而集中于描摹吴王之荒宴无度，既不违古题本意而又别出机杼。在章法上，前六句极写吴王耽于宴乐；末句语含讥刺，却又委婉蕴藉。

【集评】

［元］萧士赟《分类补注李太白诗》卷三："此诗虽只乐府，然深得国风刺诗之体。盛言其美而不美者自见，观者其毋忽诸。"

［清］沈德潜《唐诗别裁集》卷六："末句为乐难久也。缀一单句，格奇。"

［清］乾隆《御选唐宋诗醇》卷二："乐极悲生之意写得微婉。荒宴未几而麋鹿游于姑苏矣，全不说破，可谓兴寄深微者。胡应麟以杜之《七哀》隽永深厚，法律森然，谓此篇斤两稍轻，咏叹不足，真意为谤伤，未足与议也。末缀一单句，有不尽之妙。"

越中览古

越王勾践破吴归[1]，义士还家尽锦衣[2]。
宫女如花满春殿，只今惟有鹧鸪飞[3]。

【注释】

〔1〕"越王"句：写春秋时期越王勾践复仇打败吴国事。勾践，夏禹之后，越王允常之子，春秋时期越国的国君。勾践尝败于吴王夫差，因卧薪尝胆，休养生息，以图复仇，谋之二十余年，最终灭吴，称霸于诸侯。事见《史记·吴太伯世家》及《史记·越王勾践世家》。

〔2〕义士：战士。家：一作"乡"。

〔3〕"宫女"二句：以越宫昔日之繁华与今日之荒凉相对照，抒写历史兴亡之慨。鹧鸪，中国南方的留鸟，古人谐其鸣声为"行不得也哥哥"，诗文中常以之表现思念故乡。《文选·左思〈吴都赋〉》："鹧鸪南翥而中留，孔雀綷羽以翱翔。"刘渊林注："鹧鸪，如鸡，黑色，其鸣自呼。或言此鸟常南飞不北。豫章已

南诸郡处处有之。”飞，一作“啼”。

【评说】

此诗为怀古之作。春秋时期吴越争霸，互有胜败。越王勾践败于吴而卧薪尝胆，发奋复仇，其事颇为后世所传诵。诗却以灭吴后勾践之骄矜奢华，与今日越宫旧迹之萧条、荒冷做对比，于冷静叙事中启人深思。诗之结构亦颇具特色。七绝一般第三句意转，此诗则三句写盛，末句陡转写衰，章法独特。

【集评】

［清］沈德潜《唐诗别裁集》卷二十：“三句说盛，一句说衰，其格独创。”

俞陛云《诗境浅说续编》：“咏勾践平吴事，振笔疾书，其异于平铺直叙者，以真有古茂之致，且末句以‘惟有’二字，力缩全篇，诗格尤高。前三句言平吴归后，越王固粉黛三千，宫花春满，战士亦功成解甲，昼锦荣归。曾几何时，而霸业烟消，所余者惟三两鹧鸪，飞鸣原野，与夕阳相映耳。彼前胥后种，悲其往事，犹怒涌江潮，果何为耶？”

夜泊牛渚怀古

牛渚西江夜〔1〕，青天无片云。
登舟望秋月，空忆谢将军〔2〕。
余亦能高咏，斯人不可闻〔3〕。
明朝挂帆席〔4〕，枫叶落纷纷〔5〕。

【注释】

〔1〕“牛渚”句：牛渚，山名。《元和郡县图志》卷二十八“江南道·宣州·当涂”：“牛渚山，在县北三十五里。山突出江中，谓之牛渚圻，津渡处也。”牛渚山在今安徽马鞍山当涂西北，其山脚突入长江的部分名采石矶。西江，长江自南京以西至江西境内的一段，古称西江。

〔2〕“登舟”二句：《世说新语·文学》：“袁虎少贫（虎，袁宏小字也），尝为人佣载运租。谢镇西（尚）经船行，其夜清风朗月，闻江渚间估客船上有咏诗声，甚有情致。所诵五言，又其所未尝闻，叹美不能已。即遣委曲讯问，乃是袁自咏其所作《咏史》诗。因此相要，大相赏得。”刘孝标注：“《续晋阳秋》曰：虎少有逸才，文章绝丽，曾为《咏史》诗，是其风情所寄。少孤而贫，以运租为业。镇西谢尚，时镇牛渚，乘秋佳风月，率尔与左右微服泛江。会虎在运租船中讽咏，声既清会，辞文藻拔。非尚所曾闻，遂住听之，乃遣问讯。答曰：‘是袁临汝（按，袁宏父勖，临汝令）郎诵诗，即其《咏史》之作也。’尚佳其率有胜致，即遣要迎，谈话申旦。自此名誉日茂。”谢将军，即谢尚。《晋书·谢尚传》载：谢尚，字仁祖，谢鲲之子。幼有至性，神悟夙成。及长，开率颖秀，辨悟绝伦，脱略细行，不为流俗之事。累官至建武将军，进号安西将军。后又进号镇西将军。袁宏后为谢尚引为幕府参军。

〔3〕“余亦”二句：谓自己也有和袁宏一样的才能，但却无谢尚那样的人赏识。斯人，指谢尚。

〔4〕挂帆席：谓扬帆起行。《文选·木华〈海赋〉》：“维长绡，挂帆席。”李善注：“刘熙《释名》曰：随风张幔曰帆，或以席为之，故曰帆席。”席，一作“去”。挂帆席，一作“洞庭去”。

〔5〕落：一作“正”。

【评说】

按，此诗题下原有注云：“此地即谢尚闻袁宏咏史处。”

此诗借怀古以写诗人不遇知音之叹，笔致轻盈冲淡，境界空灵，语意高妙。前四句怀古，后四句咏怀。首二句写景，境界开阔而浩渺。三、四二句转入怀古，由所在之地与所见之景，引发对此地六朝韵事的追忆。五、六二句转入咏怀，生出不逢知音之叹。末尾二句尤为出色，将寂寞情怀与惆怅心绪，散于纷纷而落的枫叶中，使人回味无穷。清人王士祯论诗标榜神韵，尝取此诗以为典型。

【集评】

［清］王士祯《带经堂诗话》卷三：“或问‘不著一字，尽得风流’之说。答曰：太白诗：‘牛渚西江夜，青天无片云。登高望秋月，空忆谢将军。余亦能高咏，斯人不可闻。明朝挂帆去，枫叶落纷纷。’……诗至此，色相俱空，政如羚

羊挂角，无迹可求，画家所谓逸品是也。”

［清］王尧衢《古唐诗合解》卷十一：“前解是牛渚怀古，后解自况袁宏，正写怀古之情。此诗以古行律，不拘对偶，盖情胜于词者。”

杜甫

诸葛大名垂宇宙，宗臣遗像肃清高

蜀 相

丞相祠堂何处寻？锦官城外柏森森〔1〕。
映阶碧草自春色，隔叶黄鹂空好音〔2〕。
三顾频繁天下计〔3〕，两朝开济老臣心〔4〕。
出师未捷身先死，长使英雄泪满襟〔5〕。

【注释】

〔1〕丞相祠堂：今名武侯祠，在四川成都南郊，西晋李雄在成都称王时所建。锦官城：成都的别名。成都旧有大城、少城，其少城古为掌管织锦的官员之官署，称锦官城，后成为成都的别名。丞，一作“蜀”。

〔2〕“映阶”二句：写祠内景物，已含吊古之情。“自春色”“空好音”，暗示英雄已矣而春草自绿，莺声徒好，自己却无心赏玩春景。空，一作“多”。

〔3〕三顾：指刘备三顾诸葛亮于隆中草堂事。《三国志·蜀书·诸葛亮传》载，诸葛亮初隐隆中（在今湖北襄阳境内）时，刘备尝三次造访，恳请其出山辅佐。诸葛亮感其诚意，遂为之分析天下大势，定三分之计。此句明写刘备，实则突出的是诸葛亮的经纶之才。频繁：连续。天下计：即《隆中对》中东结孙权、西取西川、北抗曹操以三分天下之策略。繁，一作“烦”。

〔4〕两朝开济：指诸葛亮先帮助刘备创立政权，后又辅佐刘禅保守蜀汉基业。开济，谓开创基业，匡济危局。老臣心：老臣报国的忠心。《三国志·蜀书·诸葛亮传》载：“先主（刘备）于永安病笃，召亮于成都，属以后事，谓亮曰：‘君才十倍曹丕，必能安国，终定大事。若嗣子可辅，辅之；如其不才，君可自取。’亮涕泣曰：‘臣敢竭股肱之力，效忠贞之节，继之以死！’”又载：“初，

亮自表后主曰：'……若臣死之日，不使内有余帛，外有赢财，以负陛下。'及卒，如其所言。”

〔5〕“出师”二句：谓诸葛亮一生志业未及实现，便中道病逝，因使后代有相同怀抱者不禁潸然泪下。出师，指出兵北伐。身先死，据《三国志·蜀书·诸葛亮传》载，诸葛亮于蜀汉建兴十二年（234）伐魏，据五丈原，与魏军隔渭水相持百余日，胜负未定，诸葛亮却于八月病死于军中。捷，一作“用”。

【评说】

肃宗上元元年（760）春，杜甫至成都后不久即拜谒武侯祠，此诗乃此时所作。诸葛亮是世人心目中“贤相”的典范，也是杜甫极为仰慕推崇的历史人物。诗以“蜀相”为题，于凭吊中赞扬了诸葛亮杰出的政治才能及其济危扶困的报国忠心，而深叹其功业未成身先死的不幸。末尾一联，感慨深沉，凝练精警，尤具感染力。

【集评】

［明］王嗣奭《杜臆》卷四：“此诗起兴于‘森柏’，而草芳春色，鸟报好音，乌知予心之悲？追思先主三顾之频，计在天下，非止欲偏安而已。论老臣之心，直欲追光武之中兴，恢高祖之鸿业，如两朝之开济而后已；乃以伊、吕之具，出师未捷，身已先死，所以流千古英雄之泪者也。盖不止为诸葛悲之，而千古英雄有才无命者，皆括于此，言有尽而意无穷也。”

［清］浦起龙《读杜心解》卷四之一：“因谒庙而感武侯，故题止云《蜀相》。一、二，叙事老境。三、四，‘堂’‘柏’分承。此特一诗之缘起也。五、六，实拈，句法如兼金铸成，其贴切武侯，亦如镕金浑化。七、八，慷慨涕泗，武侯精爽，定闻此哭声。”

咏怀古迹五首

其　一

支离东北风尘际，漂泊西南天地间[1]。
三峡楼台淹日月[2]，五溪衣服共云山[3]。
羯胡事主终无赖[4]，词客哀时且未还[5]。
庾信生平最萧瑟，暮年诗赋动江关[6]。

【注释】

〔1〕“支离”二句：概述诗人自安史之乱后流离中原至漂泊西南的遭际。支离，流离，流浪。东北，指中原地区。时诗人在夔州，中原在其东北，故云。风尘，指战乱，此谓安史之乱。西南天地间，诗人于乾元二年（759）末自同谷至成都，后又因蜀中之乱漂泊于梓州、阆州等地，所谓“西南天地间”即指此而言。

〔2〕三峡：古所指不一。《蜀都赋》刘渊林注：“巴东永安县有高山相对，相去可二十丈左右。崖甚高，人谓之峡，江水过其中。”王琦《李太白全集》注云：“书记或以西峡、巫峡、归峡为三峡，或以广溪峡、巫峡、西陵峡为三峡，或以巫峡、巴峡、明月峡为三峡，……盖川河之中峡谷甚多，然据古歌‘巴东三峡巫峡长’一语推之，知古之所称三峡者皆在巴东，大抵起自夔州府奉节、巫山二县之东，达于归州夷陵州之西，连山叠嶂，隐天蔽日，凡六七百里，水极险迅。在巫山下者为巫峡，巫峡之上为广溪峡，巫峡之下为西陵峡，过西陵峡则水漫为平流而险始平矣。或以瞿塘为三峡之门，或以瞿塘即西陵峡，或以明月峡即广溪峡，纷纭传指，难可凭依矣。”按，今所谓三峡，指瞿塘峡、巫峡、西陵峡。楼台：或以为指白帝城之属，或以为指杜甫在夔州所居之白阁，或以为泛指当地之民居。结合下句“五溪衣服”语，指当地之民居或近是。杜甫有诗句“闾阎缭绕接山巅”（《夔州歌》）、“峡人鸟兽居，其室附层颠”（《赠李十五丈别》），皆可见当地民居之特点。淹日月，谓漂泊日久。

〔3〕五溪衣服：五溪，《水经注》卷三十七“沅水”：“武陵有五溪，谓雄溪、樠溪、无溪、酉溪，辰溪其一焉。夹溪悉是蛮左所居，故谓此蛮五溪蛮也。”一说指雄溪、蒲溪、酉溪、沅溪、辰溪。其地在今湖南西部与贵州东部。衣服，《后汉书·南蛮西南夷传》述武陵蛮事，谓其“织绩木皮，染以草实，好五色衣服，制裁皆有尾形”。共云山，谓与五溪蛮共处其云山，乃自伤滞留之久，兼有难以居处之叹。

〔4〕羯胡：旧时指来自北方的外族，此指安禄山。《旧唐书·安禄山传》：“安禄山，营州柳城杂种胡人也。”事主：谓侍奉玄宗。无赖：狡诈，不可靠。扬雄《方言》卷十：“央亡、嚜杘、姡，狯也。江湘之间或谓之无赖。”《资治通鉴》卷二百一十九载，张兴被俘，尝谓史思明曰：“主上待禄山，恩如父子，群臣莫及，不知报德，乃兴兵指阙，涂炭生人。”“事主无赖”谓此。

〔5〕词客：杜甫自谓。清仇兆鳌云：“五六，宾主双关，盖禄山叛唐，犹侯景叛梁，公思故国，犹信《哀江南》。末应词客哀时。”（《杜诗详注》卷十七）

〔6〕“庾信”二句：是对庾信晚年创作特点的概括，亦含有诗人对自己晚年境遇的慨叹。庾信，字子山，南阳新野（今属河南）人，一生历梁、西魏、北周。梁时与父庾肩吾皆以文才见宠，与徐摛、徐陵父子齐名，其诗文时号“徐庾体”。后出使西魏，羁留不得归，西魏亡而入北周，前后滞留北方二十七年而卒。庾信早年诗文绮艳，晚年则多乡关之思，故杜甫云“暮年诗赋动江关”。又，杜甫晚年流离于西南，不能北归中原，境况有类庾信，故二句明咏庾信，暗亦自咏也。

【评说】

《咏怀古迹五首》作于大历元年（766），时杜甫寓居夔州。五首所关涉之人物，分别为庾信、宋玉、王昭君、刘备及诸葛亮。诗乃借古迹或古人事迹抒其怀抱。清杨伦说：“此五章乃借古迹以咏怀也。庾信避难，由建康至江陵，虽非蜀地，然曾居宋玉之宅，公之飘泊类是，故借以发端。次咏宋玉，以文章同调相怜；咏明妃，为高才不遇寄慨；先主、武侯，则有感于君臣之际焉。或疑首章与古迹不合，欲割取另为一章，何其固也。”（《杜诗镜铨》卷十三）甚是。

此为第一首，咏庾信。前六句自叙诗人自身的遭际，至末二句方及庾信，正见其“咏怀”之本意。清浦起龙云：“此‘咏怀’也，与‘古迹’无涉，与下四首，亦无关会。通首以‘漂泊西南’为主句，首句，追言其由，三、四，正咏‘漂泊’。五、六，流水，乃首尾关键。‘终无赖’，申‘支离’。‘且未还’，起‘萧瑟'。末以庾信之怀况己怀也。即子山，即子美。"(《读杜心解》卷四之二）所论可参。

【集评】

［清］仇兆鳌《杜诗详注》卷十七："首章拈庾信，从自叙带言之耳。或因信曾居江陵宋玉故宅，遂通首指信。按子山自梁使周，被留不返，三峡五溪，踪迹未到，不当傅会。"

［清］石闾居士《藏云山房杜律详解》"七律"卷下："此诗从流离困苦中写出傲岸不群之概，是公之本色语，非倔强语。如此始当得'悲壮'二字，至哉文乎！"

其　二

摇落深知宋玉悲〔1〕，风流儒雅亦吾师〔2〕。
怅望千秋一洒泪，萧条异代不同时〔3〕。
江山故宅空文藻〔4〕，云雨荒台岂梦思〔5〕？
最是楚宫俱泯灭，舟人指点到今疑〔6〕。

【注释】

〔1〕"摇落"句：谓面对木叶之凋落，因而深知当年宋玉的悲秋之情。摇落，凋残，零落。宋玉，战国时楚国辞赋家。宋玉《九辩》中有"悲哉，秋之为气也！萧瑟兮草木摇落而变衰"句，诗句本此。宋玉，一作"为主"。

〔2〕风流儒雅：指宋玉文采出众，学识渊博。亦吾师：谓可以慕效而为师。

〔3〕"怅望"二句：言与宋玉遥隔千载，虽异代不同时，然身世之萧条却同，故不禁怅望而洒泪也。千秋，言时间久远。

〔4〕故宅：指宋玉的旧宅。宋玉之旧宅传有两处，一在归州（今湖北宜昌秭归县），一在荆州（今属湖北）。杜甫写此诗时在夔州，故诗中所云当为归州故宅。空文藻：空有文采流传。

〔5〕云雨：指宋玉《高唐赋》中所记楚怀王与巫山神女遇合事。《高唐赋》云："昔者先王尝游高唐，怠而昼寝，梦见一妇人曰：'妾巫山之女也，为高唐之客。闻君游高唐，愿荐枕席。'王因幸之。去而辞曰：'妾在巫山之阳，高丘之

岨，旦为朝云，暮为行雨，朝朝暮暮，阳台之下。'”荒台：指《高唐赋》中所称之阳台，在巫山上。岂梦思：岂是梦中情思。意谓宋玉所赋非真有其梦，乃托梦以讽谏。

〔6〕“最是”二句：谓楚宫与高唐阳台之迹俱已泯灭，今舟人行于其下指点其处而犹疑之（反倒是宋玉故宅犹岿然独存）。楚宫，楚王宫，遗址在今重庆市巫山县。《太平寰宇记·山南东道七》：“楚宫，在（巫山）县西北二百步，在阳台古城内。即襄王所游之地。”“阳云台，高一百二十丈，南枕长江。”

【评说】

此首咏宋玉，乃因宋玉故宅（归州故宅）而咏及之。其中值得注意者有三：一是诗人自觉其深知宋玉，故托为宋玉之异代知音；二是推赏宋玉之风流儒雅，以为堪为师法；三是阐发宋玉赋神女托梦思之深意，盛赞其文学之价值。

【集评】

［明］张綖《杜律本义》卷三：“宋玉赋称先王梦神女，盖以怀王之亡国警其君也。世人相传，遂以其事为真，殆痴人前不得说梦，故公之咏如此。公又有诗云：‘楚宫久已灭，幽佩为谁哀。……冥冥翠龙驾，多自巫山台。’皆此意。唐之明皇既以贵妃乱政，肃宗复于张后而不能制，此其与楚事不同者无几。而公之远播江湖，又与屈原之遭谗放逐极相似，此所以当摇落而深知宋玉之悲也。其所感者深矣，岂徒古迹之咏云乎哉！”

［清］杨伦《杜诗镜铨》卷十三引蒋绍孟语：“此因宋玉而有感于平生著述之情也。盖谓自古作者用意之深，类非俗人所解。今思宋玉摇落之感，具有深悲，惜未得与同时一为倾写耳。乃云雨荒台，本为讽谏，而至今行舟指点，徒结念于神女襄王，玉之心将有不白于千秋异代者。公诗凡若此者多矣，故特于宋玉三致意焉。”

［清］浦起龙《读杜心解》卷四之二：“因宅而咏‘宋玉’，亲‘风雅’也。四人中，独宋玉文章，与公相似，通古今为气类，故以‘摇落知悲’起兴，而以‘风雅吾师’推之。三四，空写，申‘知悲’。五六，实拈，申‘吾师’。言宅已故而犹传者，以‘文藻’增华，对‘江山’而感叹也。岂徒以‘云雨台’存，劳吾‘梦思’已乎！结以‘楚宫泯灭’，与‘故宅’相形，神致吞吐，抬托愈高。昔人题子陵台云：‘严陵有钓台，光武无寸土。’与此意同。”

其　三

群山万壑赴荆门，生长明妃尚有村[1]。
一去紫台连朔漠[2]，独留青塚向黄昏[3]。
画图省识春风面，环佩空归夜月魂[4]。
千载琵琶作胡语，分明怨恨曲中论[5]。

【注释】

〔1〕“群山”二句：荆门，在今湖北宜都市西北，长江南岸，与北岸之虎牙山相对。此地江流湍急，山势险峻，古为巴蜀与荆吴之间的要塞。明妃，即王昭君。昭君名嫱，字昭君，晋时避司马昭讳，称明君，后人因称明妃。汉元帝竟宁元年（前33），匈奴呼韩邪单于来朝，求美人为阏氏以和亲，昭君嫁入匈奴。入匈奴后，号宁胡阏氏，生一男。呼韩邪死，前阏氏子代立。昭君求归，成帝命其从胡俗，昭君复为后单于阏氏，生二女。后卒于匈奴。尚有村，《大清一统志》卷二百七十三“宜昌府·古迹”：“昭君村在兴山县南，有昭君院。开宝元年，移兴山治于此。又有昭君台。《寰宇记》：汉王嫱即此邑之人，故曰昭君之县。村连巫峡。”唐时其地或有昭君遗迹存在，故云“尚有村”。

〔2〕紫台：紫宫，汉未央宫的别称。朔漠：北方的沙漠。

〔3〕青塚：即昭君墓，在今内蒙古呼和浩特南。相传其地多白草，而塚上草独青，故云。

〔4〕“画图”二句：意谓汉元帝仅凭画图认识昭君，而未得见昭君之春风真面，致使她远嫁匈奴，不能返乡，而有魂魄月夜空归之恨。画图省识，晋葛洪《西京杂记》卷二云：“元帝后宫既多，不得常见，乃使画工图形，案图召幸之。诸宫人皆赂画工，……独王嫱不肯，遂不得见。匈奴入朝，求美人为阏氏，于是上案图，以昭君行。及去，召见，貌为后宫第一，善应对，举止闲雅。帝悔之，而名籍已定。帝重信于外国，故不复更人。乃穷案其事，画工皆弃市。”省识，犹觉识、认识。春风面，指面容美丽。环佩，女子所佩的玉质饰品，这里代指王昭君。

〔5〕“千载”二句：谓千余年来，琵琶弹奏的仍是胡地风格的音乐，曲中分明还可听到怨恨之音。作胡语，即作胡音。相传昭君在匈奴，恨帝始不遇见，乃作怨思之歌，后人题为《昭君怨》，“怨恨曲中论”谓此。载，一作“岁”。怨，

一作“愁”。

【评说】

此首咏王昭君。昭君之悲，在其遭遇：有貌而不遇于元帝，出塞远嫁卒于异乡，人虽亡殁，魂魄仍眷恋故土。昭君之不幸，与历代才士之不偶颇类似，而诗人亦因直言谏诤见弃于君王，时又正漂泊殊方，沉沦寂寥，故咏昭君兼有自悲之意。

【集评】

［明］王嗣奭《杜臆》卷八：“因昭君村而悲其人。昭有国色，而入宫见妒；公亦国士，而入朝见嫉。正相似也，悲昭以自悲也。”

［清］刘濬《杜诗集评》卷十一引李因笃语：“序事如天马行空，光采焕发，而毫无形迹，可称神化之篇。只序明妃始终，无一语涉议论，然意俱包括在内，诸家总不能及。细阅公此篇，凡代明妃作怨望思归者，犹堕议论，未离小家数。”

［清］乾隆《御选唐宋诗醇》卷十七：“破空而来，势如天骥下坂、明珠走盘。咏明妃者，此为第一。”

其　四

蜀主窥吴幸三峡，崩年亦在永安宫〔1〕。
翠华想像空山里〔2〕，玉殿虚无野寺中〔3〕。
古庙杉松巢水鹤〔4〕，岁时伏腊走村翁〔5〕。
武侯祠屋长邻近〔6〕，一体君臣祭祀同〔7〕。

【注释】

〔1〕“蜀主”二句：概述刘备伐吴及其失败与崩殂事。蜀主，指刘备。史称刘备为先主，此因史而称之。窥吴，指伐吴。窥，伺机图谋，觊觎。幸，旧称帝王亲临为幸。永安宫，刘备所建之宫殿，故址在今重庆市奉节县境内。《水经注》卷三十三“江水”：“江水又东迳南乡峡，东迳永安宫南，刘备终于此。诸葛亮受遗处也。”按，《三国志·蜀书·先主传》载：“章武元年夏四月，大赦，改年。

……初，先主忿孙权之袭关羽，将东征，秋七月，遂帅诸军伐吴。”“二年夏六月，……陆议大破先主军于猇亭，将军冯习、张南等皆没。先主自猇亭还秭归，收合离散兵，遂弃船舫，由步道还鱼复，改鱼复县曰永安。”“三年春二月，丞相亮自成都到永安。……夏四月癸巳，先主殂于永安宫，时年六十三。”二句所述即此。

〔2〕“翠华”句：谓在空山里犹可想象刘备当年之盛大仪仗。翠华，天子仪仗中以翠羽为饰的旗帜或车盖。空，一作“寒”。

〔3〕“玉殿”句：谓只能在野寺中想象永安宫的景象。玉殿，指永安宫的宫殿。殿已无存，唯有野寺，故云“虚无”。寺，当指卧龙寺。别本有：“公自注：殿今为寺，庙在宫东。”“山有卧龙寺，先主祠在焉。”可为诗句做补充。

〔4〕巢水鹤：谓水鹤筑巢而栖，状古庙之荒凉。

〔5〕伏腊：古代夏、冬之季的两种祭祀，“伏”在夏季伏日，“腊”在冬季十二月。亦泛指四时之节日，如杨恽《报孙会宗书》中所云“田家作苦，岁时伏腊，烹羊炮羔，斗酒自劳”。此取后一义。走村翁，谓村民勤于致祭。走，此谓趋奉。村翁，村中长者，此泛指村民。

〔6〕武侯祠：指夔州武侯祠。祠在先主庙之西，故云“长邻近”。长，一作“常”。

〔7〕“一体”句：谓君臣同心同德，同为百姓所祭祀。一体君臣，王褒《四子讲德论》：“盖君为元首，臣为股肱，明其一体，相待而成。”

【评说】

此首咏蜀主与孔明君臣祠庙之古迹，并及蜀主伐吴失利崩殂于永安宫及后世祠祀事。首联写蜀主伐吴失利，崩于永安宫，写明立庙之因。颔联上下句，一虚一实，虚则想象仪仗之盛，实则写宫殿不存，对比中含唏嘘之叹。颈联伤祠庙之荒凉，感祭祀而不有时。末联“一体君臣”是其措意所在。诗人暮年漂泊，流离异乡，于君臣之际遇感慨至深，故思及蜀主蜀相君臣一体，而慨然于其平生之君臣遇合也。

【集评】

［清］佚名《杜诗言志》卷十：“此一首是咏蜀主，而己怀之所系，则在于‘一体君臣’四字中。盖少陵生平，只是君臣义重，所恨不能如先主、武侯之明良相际耳。”

［清］何焯《义门读书记·杜工部集》：“先主失计，莫过窥吴，丧败涂地，

崩殂随之。汉室不可复兴，遂以蜀主终矣。所赖托孤诸葛，心神不二，犹得支数十年之祚耳。此篇叙中有断，言婉而辩，非公不能。”

其 五

诸葛大名垂宇宙〔1〕，宗臣遗像肃清高〔2〕。
三分割据纡筹策，万古云霄一羽毛〔3〕。
伯仲之间见伊吕〔4〕，指挥若定失萧曹〔5〕。
运移汉祚终难复〔6〕，志决身歼军务劳〔7〕。

【注释】

〔1〕诸葛：谓诸葛亮。亮字孔明，号卧龙，琅琊阳都（今山东沂南县）人。早年隐居隆中，后辅佐刘备建立蜀汉政权，为丞相。刘备死后，又辅佐后主刘禅，封武乡侯，领益州牧。曾北伐中原，数出祁山，皆无功而返。因积劳成疾，死于军中，谥忠武。事迹见《三国志·蜀书·诸葛亮传》。垂：流传。宇宙：天地。《淮南子·原道训》：“神托于秋毫之末，而大宇宙之总。”高诱注：“宇宙，喻天地。”

〔2〕宗臣：后世所宗仰的名臣。《汉书·萧何曹参传》：“赞曰：……唯何、参擅功名，位冠群臣，声施后世，为一代之宗臣，庆流苗裔，盛矣哉！”颜师古注：“言为后世之所尊仰，故曰宗臣也。”肃清高：谓风节清高，令人敬仰。肃，恭敬。《尚书·洪范》：“恭作肃，从作乂，明作哲，聪作谋，睿作圣。”孔《传》：“心敬。”

〔3〕“三分”二句：谓诸葛亮于魏、蜀、吴三分天下割据鼎立之际，尽心力于筹谋规划，所树立之功德万古独绝。三分，谓魏、蜀、吴三分天下而鼎立。纡，曲折，此指诸葛亮筹谋画策之曲尽心力。筹策，谋划，筹算。羽毛，代指飞鸟。此以鸟之高飞为喻，谓诸葛亮之品德、才能独绝，如鸾凤高翥于云霄，万古仰之而不可及。

〔4〕“伯仲”句：谓诸葛亮辅佐刘备建立蜀汉，其才能堪比伊尹与吕尚。伯仲，兄弟次第，亦喻指兄弟，引申为品第人物、事物之等第。伊吕，伊尹与吕尚。伊尹，名伊，尹为官名，为商汤之辅弼大臣。吕尚，周初人，姜姓，名子牙，亦称太公望，曾辅佐武王灭商，后封于齐。

〔5〕指挥若定：谓胸有韬略，从容调度，稳操胜算。失萧曹：谓使萧何、曹参相形见绌。失，失去，此谓无，言诸葛亮的才能胜过萧、曹。萧曹，指萧何、曹参，二人皆辅佐刘邦建立汉朝。

〔6〕运移汉祚：谓汉运已尽，终难恢复。祚，帝位，国统。运，一作"福"。终难复，一作"难恢复"。

〔7〕"志决"句：谓诸葛亮壮志未酬而身死，皆因军务辛劳。《三国志·蜀书·诸葛亮传》裴松之注引《魏氏春秋》："亮使至，问其寝食及其事之烦简，不问戎事。使对曰：'诸葛公夙兴夜寐，罚二十以上，皆亲览焉；所噉食不至数升。'宣王曰：'亮将死矣。'"

【评说】

此首因诸葛亮庙而咏诸葛亮之才德，表达诗人的崇仰之情。杜甫崇仰诸葛亮，诗中屡有咏及，此首以推尊诸葛亮之才德为重心。"纡筹策""军务劳""见伊吕""失萧曹"，皆写诸葛亮之才德；"宗臣遗像肃清高""万古云霄一羽毛"，则见诗人的敬仰与推尊之意。诗以议论为主，可作诸葛亮之传赞读。

【集评】

［明］王嗣奭《杜臆》卷八："通篇一气呵成，宛转呼应，五十六字多少曲折，有太史公笔力。薄宋诗者谓其带议论，此诗非议论乎？公自许稷、契，而莫为用之，盖自况也。"

［清］沈德潜《杜诗偶评》卷四："'云霄羽毛'，犹鸾凤高翔，状其才品之不可及也。文中子谓诸葛武侯不死，礼乐其有兴乎，即'失萧曹'之旨。此议论之最高者。后人谓诗不必著议论，非通言也。"

八阵图〔1〕

功盖三分国〔2〕，名成八阵图〔3〕。

江流石不转〔4〕，遗恨失吞吴〔5〕。

【注释】

〔1〕八阵：古代用兵作战的阵法。关于八阵的名称，说法不一。《文选·班固〈封燕然山铭〉》："勒以八阵，莅以威神。"李善注引《杂兵书》："八阵者，一曰方阵，二曰圆阵，三曰牝阵，四曰牡阵，五曰冲阵，六曰轮阵，七曰浮沮阵，八曰雁行阵。"唐李筌《神机制敌太白阴经·阵图》谓指天、地、风、云、龙、虎、鸟、蛇八阵。宋王应麟《小学绀珠·制度·八阵》谓："八阵：洞当、中黄、龙腾、鸟飞、折冲、虎翼、握机、衡。"八阵图：《三国志·蜀书·诸葛亮传》："推演兵法，作八阵图。"诸葛亮所布八阵图的遗迹有多处，一在今陕西勉县东南诸葛亮墓东，一在今四川成都弥牟镇，一在今重庆市奉节县南江边（即鱼腹平沙）。诗中所咏乃奉节江边之八阵图。

〔2〕"功盖"句：魏、蜀、吴三国中，曹操挟天子以令诸侯，孙权据有江东六郡，皆有所凭借，唯诸葛亮辅佐刘备建立蜀汉政权，从无到有，创业最为艰难，故云"功盖三分国"。

〔3〕"名成"句：谓诸葛亮因八阵图而扬名后世。

〔4〕石不转：指八阵图聚石为阵的阵形遗迹历久不改，不被汹涌的江流冲毁。《诗经·邶风·柏舟》有"我心匪石，不可转也"句，杜诗或化用之。

〔5〕"遗恨"句：关于此句，解说纷纷，有以未能吞吴为恨、以失策吞吴为恨、以不能制刘备之东行而自以为恨及以不能用阵法而致吞吴失师为恨等解。似以失策吞吴为解近之。清沈德潜云："吴、蜀唇齿，不应相仇。'失吞吴'，失策于吞吴，非谓恨未曾吞吴也。隆中初见时，已云'东连孙吴，北拒曹操'矣。"（《唐诗别裁集》卷十九）

【评说】

此诗作于代宗大历元年（766）夏杜甫初抵夔州时，为咏怀古迹之作。就八阵图而概括诸葛亮一生的功业与遗憾，笔墨简洁而含蕴无穷。首二句，写尽诸葛亮平生之"功名"。三句以"石不转"，赞其功业永存而不可磨灭。末句则转写其平生之遗憾。全诗感情沉挚，语短而意深。

【集评】

［清］仇兆鳌《杜诗详注》卷十五："江流石不转，此阵图之垂名千载者。所

恨吞吴失计，以致三分功业，中遭跌挫耳。下二句，用分应。《东坡志林》：尝梦子美谓仆：‘世人多误会吾《八阵图》诗，以为先主武侯欲与关公报仇，故恨不能灭吴，非也。吾意本谓吴蜀唇齿之国，不当相图。晋之能取蜀者，以蜀有吞吴之志，以此为恨耳。’朱注：史：昭烈败秭归，诸葛亮曰：‘法孝直若在，必能制主上东行。就使东行，必不倾危。’观此，则征吴非孔明意也。子美此诗，正谓孔明不能止征吴之举，致秭归挫辱，为生平遗恨。东坡之说殊非。刘逴曰：孔明以盖世奇才，制为江上阵图，至今不磨。使先主能用其阵法，何至连营七百里，败绩于猇亭哉！欲吞吴而不知阵法，是则当时之遗恨也。今按下句有四说：以不能灭吴为恨，此旧说也。以先主之征吴为恨，此东坡说也。不能制主上东行，而自以为恨，此《杜臆》、朱注说也。以不能用阵法，而致吞吴失师，此刘氏之说也。”

［清］浦起龙《读杜心解》卷六之上：“说是诗者，言人人殊。大率皆以吞吴失计之恨，与武侯失于谏止之恨，坐煞武侯心上着解。抛却‘石不转’三字，致全诗走作。岂知‘遗恨’从‘石不转’生出耶？盖阵图正当控扼东吴之口，故假石以寄其惋惜。云此石不为江水所转，天若欲为千载留遗此恨迹耳。如此才是咏阵图之诗。彼纷纷推测者，皆不免脱母。”

［清］李锳《诗法易简录》：“‘失吞吴’，东坡谓失在吞吴之举，此确解也。前题《武侯庙》，故写出武侯全部精神，此题《八阵图》，故只就阵图一节写其遗恨，作诗切题之法有如是。”

五

爱情与友情

自古以来，爱情与友情即是文学作品表现的重要主题。中国古代文学表现爱情与友情的诗歌源远流长，而唐诗则可谓是其高峰。唐人的情感生活丰富细腻，浪漫热烈，而诗歌至唐又臻于极盛，故而出现了众多抒写爱情与友情的佳作，千余年来脍炙人口。李白与杜甫作为诗坛的圣手，他们的这类诗歌自然也多感人至深的经典之作。

当然，爱情与友情的内涵是有所不同的。友情体现的是社会生活中人际交往的情感，因此，它往往与诗人的社交活动密切相关。而爱情则是男女两性之间的情感，其突出的特点是独占性与专一性。无论是友情、爱情，都以真诚为基础，以永恒为可贵。李白、杜甫交游广泛，友情诗中佳作甚多；而其爱情诗，除了泛咏男女之爱者外，抒写夫妻情爱之作，亦别有特色与价值。

李白

早晚下三巴，预将书报家

长干行二首[1]

其　一

妾发初覆额[2]，折花门前剧[3]。
郎骑竹马来[4]，绕床弄青梅[5]。
同居长干里，两小无嫌猜。
十四为君妇，羞颜未尝开。
低头向暗壁，千唤不一回。
十五始展眉[6]，愿同尘与灰。
常存抱柱信，岂上望夫台[7]。
十六君远行，瞿塘滟滪堆[8]。
五月不可触，猿声天上哀[9]。
门前迟行迹，一一生绿苔[10]。
苔深不能扫，落叶秋风早。
八月胡蝶来[11]，双飞西园草。
感此伤妾心，坐愁红颜老[12]。
早晚下三巴[13]，预将书报家。
相迎不道远[14]，直至长风沙[15]。

【注释】

〔1〕长干行：乐府古题有《长干曲》，属杂曲歌辞。古辞云：“逆浪故相邀，菱舟不怕摇。妾家扬子住，便弄广陵潮。”或以为《长干行》为李白拟《长干曲》而为之，而明人胡震亨则云：“长干在金陵，贾客所聚。篇中长风沙在池阳，金陵上流地也。清商吴声《长干曲》，乃男女弄潮往来之词，而此咏贾人妇望夫情，其源自出清商四曲，与吴声《长干曲》不同。”长干，古建康里巷名，故址在今江苏南京市南。《文选·左思〈吴都赋〉》：“长干延属，飞甍舛互。”刘渊林注：“江东谓山冈间为‘干’。……中有大长干、小长干，皆相属。”又，宋王象之《舆地纪胜》卷十七：“长干是秣陵县东里巷名，江东谓山陇之间曰干。”

〔2〕初覆额：头发刚刚覆盖前额，谓年纪还小。古代女子十五岁束发，为成年之标志。《礼记·内则》：“(女子)十有五年而笄。”郑玄注：“谓应年许嫁者。女子许嫁，笄而字之。其未许嫁，二十则笄。”

〔3〕剧：戏。

〔4〕竹马：儿童玩游戏，骑竹竿于胯下当马。

〔5〕床：井栏。

〔6〕展眉：因喜悦而眉开，此指女子因婚姻幸福而流露的表情。

〔7〕“常存”二句：谓对爱情忠贞不渝。抱柱信，《庄子·盗跖》：“尾生与女子期于梁下，女子不来，水至不去，抱梁柱而死。”望夫台，《初学记》卷五引刘义庆《幽明录》：“武昌北山上有望夫石，状若人立。古传云：昔有贞妇，其夫从役，远赴国难，携弱子饯送此山，立望夫而化为立石。”望夫石、望夫山，各地多有。今辽宁兴城西南、宁夏隆德西南、江西分宜昌山峡水中、贵州贵阳北谷顶坝、广东清远，皆有望夫石。望夫台亦此类。皆以女子望夫归来，表现其坚贞之爱情。岂，一作“耻”。

〔8〕滟滪堆：长江瞿塘峡峡口之巨礁(今已被炸除)。《太平寰宇记》卷一百四十八“山南道·夔州”：“滟滪堆，周回二十丈，在州西南二百步，蜀江中心，瞿塘峡口。冬水浅，屹然露百余尺，夏水涨，没数十丈，其状如马，舟人不敢进。……谚曰：‘滟滪大如襆，瞿塘不可触；滟滪大如马，瞿塘不可下；滟滪大如鳖，瞿塘行舟绝；滟滪大如龟，瞿塘不可窥。’”

〔9〕“猿声”句：三峡多猿，鸣声哀绝，故云。《水经注》卷三十四“江水”引渔者歌曰：“巴东三峡巫峡长，猿鸣三声泪沾裳。”

〔10〕“门前”二句：谓女子久待而不见男子归来。迟，音“直”，等待。迟，

一作“旧”。旧行迹，谓男子过去留下的行迹。生绿苔，谓男子的足迹处已长满绿苔，言其历久不归。绿，一作“苍”。

〔11〕胡蝶来：来，一作“黄”。杨慎《升庵诗话》卷十：“胡蝶或白或黑，或五彩皆具。惟黄色一种，至秋乃多，盖感金气也。李白诗‘八月胡蝶黄’，深中物理。今本改‘黄’为‘来’，何其浅也！”则“黄”较“来”义胜。

〔12〕坐：因，由于。

〔13〕早晚：何时。三巴：巴郡、巴东、巴西的合称，约相当于今四川嘉陵江和重庆綦江以东的大部分地区。晋常璩《华阳国志·巴志》：“献帝初平元年，征东中郎将安汉赵颖建议分巴为二郡。颖欲得巴旧名，故白益州牧刘璋，以垫江以上为巴郡，江南庞羲为太守，治安汉；以江州至临江为永宁郡，朐忍至鱼复为固陵郡。巴遂分矣。建安六年，鱼复蹇胤白璋，争巴名，璋乃改永宁为巴郡，以固陵为巴东，徙羲为巴西太守，是为三巴。”

〔14〕不道：不管，不顾。

〔15〕长风沙：在今安徽安庆市东长江中，现已并入长江北岸。《太平寰宇记》卷一百二十五“淮南道·舒州·怀宁县”：“长风沙，在县东一百九十里。置在江界，以防寇盗。元和四年入图经。李白《长干行》云：‘相迎不道远，直至长风沙。’即其处也。”陆游《入蜀记》卷三：“又太白《长干行》云：‘早晚下三巴，预将书报家。相迎不道远，直至长风沙。’盖自金陵至此七百里，而室家来迎其夫，甚言其远也。地属舒州，旧最号湍险。”

【评说】

南朝乐府有《长干曲》，《长干行》应是李白游金陵时因南朝乐府民歌而拟作，但在艺术上又有出蓝之胜：一是南朝乐府民歌篇幅短小，多五言四句，以抒情为主，而李白之作则篇幅加长，叙写了一个女子的爱情婚姻故事，以叙事见长；二是对女子的心理，特别是爱情心理变化的描写，委曲细致，体贴入微，生动传神；三是描写女子爱情的热烈忠贞，感人至深。全诗写男女爱情，虽仿自南朝乐府，却又有所创新。

【集评】

［清］乾隆《御选唐宋诗醇》卷三：“儿女子情事，直从胸臆间流出，萦迂回折，一往情深。尝爱司空图所云：‘道不自器，与之圆方。’为深得委曲之妙，此篇庶几近之。”

［清］章燮《唐诗三百首注疏》："首六句，从少时叙起。'十四'四句，言初嫁也。'十五'四句，叙合卺时满望偕老也。'十六'四句，言送别也。'门前'八句，言久别感伤也。末四句，妄想归音，使其迎夫有日，路虽远亦不辞其劳苦也。"

秋浦寄内〔1〕

我今寻阳去，辞家千里余〔2〕。
结荷见水宿，却寄大雷书〔3〕。
虽不同辛苦，怆离各自居〔4〕。
我自入秋浦，三年北信疏。
红颜愁落尽，白发不能除。
有客自梁苑〔5〕，手携五色鱼〔6〕，
开鱼得锦字，归问我何如〔7〕。
江山虽道阻，意合不为殊〔8〕。

【注释】

〔1〕秋浦：唐江南西道宣州属县，后又归池州，其地今属安徽池州市。内：妻室之代称。此诗是诗人自秋浦写给妻子宗氏的，故云"寄内"。

〔2〕"我今"二句：谓与妻宗氏相距遥远。寻阳，亦作浔阳，唐时曾为浔阳郡，属江南西道，后改称江州。浔阳县为江州属县，是州治所在，即今江西九江市。李白于天宝十二载（753）游宣州（今安徽宣城），时妻子宗氏在宋州（今河南商丘），故云"辞家千里余"。

〔3〕"结荷"二句：结荷水宿，谓以荷叶为屋，眠船而宿。鲍照《登大雷岸与妹书》云："吾自发寒雨，全行日少。加秋潦浩汗，山溪猥至，渡溯无边，险径游历，栈石星饭，结荷水宿，旅客贫辛，波路壮阔，始以今日食时，仅及大雷。途登千里，日逾十晨，严霜惨节，悲风断肌，去亲为客，如何如何。"李白

用其语。大雷，古地名，在今安徽望江县境内。“却寄大雷书”，亦用鲍照《登大雷岸与妹书》典。

〔4〕“虽不”二句：谓妻子虽不曾与自己同受道途奔波之辛苦，但两人之别离异居也是令人极为怆痛的。

〔5〕梁苑：即梁园，此指唐宋州，时宗氏居此。

〔6〕五色鱼：书信的代称。

〔7〕“开鱼”二句：汉乐府《饮马长城窟行》：“客从远方来，遗我双鲤鱼。呼儿烹鲤鱼，中有尺素书。长跪读素书，书中竟何如？上言加餐饭，下言长相忆。”此化用之。

〔8〕“江山”二句：谓你我之间虽有山水之阻，但相合之情意不会因此而有所不同。殊，不同，差异。

【评说】

此诗为天宝十四载（755）李白在秋浦寄赠妻子宗氏之作。李白与宗氏恩爱情深，别离三年，念之甚苦。由此诗亦可见李白深于情、笃于爱之个性。“江山虽道阻，意合不为殊”，忠贞之情，尤为感人。

【集评】

詹锳《李白诗文系年》：“诗云：‘我自入秋浦，三年北信疏。’按白有《自梁园至敬亭山见会公谈陵阳山水兼期同游因有此赠》诗，知白自梁园来宣城在天宝十二载，今云‘三年北信疏’，其时当在至德元载。又起句云：‘我今寻阳去，辞家千里余。’盖太白由金陵去寻阳途经秋浦所作。”

安旗主编《李白全集编年笺注》：“诗云：‘我自入秋浦，三年北信疏。’白自天宝十二载游皖南，至是年秋，合首尾计之恰三年。”

杜甫

何时倚虚幌，双照泪痕干

月　夜

今夜鄜州月，闺中只独看[1]。
遥怜小儿女，未解忆长安[2]。
香雾云鬟湿，清辉玉臂寒[3]。
何时倚虚幌，双照泪痕干[4]？

【注释】

〔1〕闺中：闺中人，这里代指妻子。

〔2〕“遥怜”二句：紧承上句“只独看”，儿女之“未解忆”，正见出妻子之“独看”“独忆”。未解忆，含义有二：一谓儿女年龄小，尚不懂想念身陷长安的父亲；一谓儿女年幼无知，还不能理解母亲望月怀人的心事。

〔3〕“香雾”二句：写想象中妻子在月夜怀念自己时的形象。因思念深，故望月久，以至鬟鬓沾湿，玉臂生寒。香雾，鬟鬓散发的香气在月夜的雾气中弥漫。云鬟，指鬟鬓稠密、蓬松，犹如云雾。

〔4〕虚幌：薄而透光的帷幔。时，一作“当”。

【评说】

玄宗天宝十五载（756，是年改元，即肃宗至德元载）六月，安史叛军陷长安。杜甫于战乱中携家逃难，移家至鄜州（今陕西富县）。七月，肃宗于灵武（故址在今宁夏灵武西北）即位。杜甫闻听后欲投奔肃宗，途中为叛军掳至长安。此诗即诗人困居长安时因望月触怀、思念居鄜的妻子而作。本是诗人思念妻子，但首、颈二联却写妻子月下思念自己，以颔联小儿女之“未解忆”做陪衬，从对面着笔，笔法新奇。颈联乃诗人想象中妻子月下怀人的形象，对妻子形象之描摹见出诗人之爱怜。末联则表达相聚之冀望。全诗字句锤炼，含蕴丰富。清黄生云："言不忆见忆，是句中藏句法。言干见不干，是言外见意法。'照'字应'月'字，'双'字应'独'字，语意玲珑，章法紧密，五律至此无忝称圣矣。"（《杜诗说》卷四）诚然。

【集评】

［清］浦起龙《读杜心解》卷三之一："心已驰神到彼，诗从对面飞来。悲婉微至，精丽绝伦，又妙在无一字不从月色照出也。"

［清］沈德潜《唐诗别裁集》卷十："'只独看'，正忆长安，儿女无知，未解忆长安者苦衷也。反复曲折，寻味不尽。""五六语丽情悲，非寻常秾艳。"

李白

思君若汶水，浩荡寄南征

赠孟浩然[1]

吾爱孟夫子[2]，风流天下闻。
红颜弃轩冕[3]，白首卧松云。
醉月频中圣[4]，迷花不事君。
高山安可仰[5]，徒此揖清芬[6]。

【注释】

〔1〕孟浩然，字浩然，襄州襄阳（今湖北襄阳）人，以山水田园诗著称。与王维齐名，并称“王孟”。两《唐书》有传。李白开元二十六年（738）出游南阳，过襄阳，尝与孟浩然交往，诗当作于此时。

〔2〕孟夫子：对孟浩然的敬称。

〔3〕红颜：谓少年。轩冕：指古代官员的车乘与冕服，后亦指官位爵禄。

〔4〕中圣：《三国志·魏书·徐邈传》：“徐邈字景山，燕国蓟人也。……魏国初建，为尚书郎。时科禁酒，而邈私饮至于沉醉。校事赵达问以曹事，邈曰：‘中圣人。’达白之太祖，太祖甚怒。度辽将军鲜于辅进曰：‘平日醉客谓酒清者为圣人，浊者为贤人。邈性修慎，偶醉言耳。’”后以“中圣”为醉酒的隐语。“中圣”之“中”本去声，此协律，当读作平声。

〔5〕“高山”句：谓孟浩然品德高尚，无可企及。高山，《诗经·小雅·车辖》：“高山仰止，景行行止。”语本此。

〔6〕徒：仅，只。清芬：喻指高洁的品行。《文选·陆机〈文赋〉》：“咏世德之骏烈，诵先人之清芬。”李善注：“有清美芬芳之德而诵勉。”

【评说】

孟浩然为人品德高尚，诗风清新淡雅，唐王士源曾赞其“骨貌淑清，风神散朗，救患释纷，以立义表；灌蔬艺竹，以全高尚。交游之中，通脱倾盖，机警无匿，学不为儒，务掇菁藻；文不按古，匠心独妙。五言诗天下称其尽美矣”（《孟浩然集序》）。李白在此诗中，对孟浩然淡泊名利、热爱自然、好酒尚隐的品格推仰之至。首联总写孟之声名影响与其对孟之倾慕，中间二联概括孟之品德，末联再申钦仰。李白一生交游甚广，而对孟尽敬如此，可见孟在他心中的地位。

【集评】

［宋］刘克庄《后村诗话》续集卷一：“世谓谪仙眼空四海，然《赠孟浩然》云：‘吾爱孟夫子。’……则尽尊宿之敬。”

吴闿生《古今诗范》卷十五：“一气舒卷，用孟体也，而其质健豪迈，自是太白手段，孟不能及。”

沙丘城下寄杜甫〔1〕

我来竟何事，高卧沙丘城。
城边有古树，日夕连秋声。
鲁酒不可醉〔2〕，齐歌空复情〔3〕。
思君若汶水，浩荡寄南征〔4〕。

【注释】

〔1〕沙丘城：兖州（鲁郡）州治瑕丘之别称，时李白寓家于沙丘城下。（安旗主编《李白全集编年笺注》）又，（乾隆）《兖州府志》卷十九：“沙丘，在城东二里黑风口西。”

〔2〕“鲁酒”句：言鲁酒味薄，不能使其醉而忘别离之愁。《庄子·胠箧》：“鲁酒薄而邯郸围。”

〔3〕“齐歌”句：谓齐女之歌舞亦空自多情，不能取乐以忘别也。空复情，犹言徒然多情。

〔4〕“思君”二句：谓思念友人之情犹如汶水，浩浩荡荡向西南流去，无有穷尽。汶水，水名，即大汶河。唐时其源出山东莱芜县东北原山，至兖州北境之泰安县东合牟汶水、嬴汶水而向西南流，终入巨野泽。南征，指汶水向西南而流。

【评说】

此诗作于天宝五载（746），是李白在兖州与杜甫分别后忆念杜甫之作。杜甫与李白在天宝三载（744）初遇于洛阳，一见倾心，嗣后同游梁、宋，登临怀古，把酒论文，相得甚欢。次年秋复重逢于鲁郡，又携手同游。鲁郡别后，二人再未相逢。杜集中忆李白之作有十余首，李白赠杜甫者今仅四首，世或以此疑李白。观此诗，可知李白对于杜甫，其情实深挚之至。前六句叙事、写景与议论兼之，末二句点明思念之情。诗写得朴素自然，而真情、真气蕴于其中。

【集评】

［明］钟惺、谭元春《唐诗归》卷十六钟惺云：“一片真气，自是李白寄杜甫之作，工拙不必论也。”

［清］乾隆《御选唐宋诗醇》卷六：“白与杜甫相知最深，‘饭颗山头’一绝，《本事诗》及《酉阳杂俎》载之，盖流俗传闻之说，白集无是也。鲍、庾、阴、何，词流所重，李杜实尝宗之，特所成就者大，不寄其篱下耳。安得以为讥议之辞乎？甫诗及白者十余见，白诗亦屡及甫，即此结语，情亦不薄矣。世俗轻诬古人，往往类是，尚论者当知之。”

哭晁卿衡〔1〕

日本晁卿辞帝都〔2〕，征帆一片绕蓬壶〔3〕。

明月不归沉碧海〔4〕，白云愁色满苍梧〔5〕。

【注释】

〔1〕晁衡，又作朝衡，字巨卿，日本国人，原名阿倍仲麻吕，唐时译作朝臣仲满。开元五年（717）作为遣唐留学生来长安，易名晁衡，学于国子监太学。学成后留唐，历任左补阙、秘书监等职。天宝初，与李白在长安结为挚友。天宝十二载（753）冬，晁衡表请随遣唐使船归国，玄宗许之，且命其为聘贺使。归船至琉球遇大风，与他船失散，漂流至安南驩州沿岸，遇盗，同船死者百七十余人，晁衡幸免于难。后辗转返长安，复仕于唐。代宗大历五年（770）卒。初，归船海上遇难，误传晁衡船沉身亡，李白闻之，因作此诗以悼之。

〔2〕帝都：指长安。

〔3〕蓬壶：海上仙山蓬莱、方壶。《列子·汤问》："渤海之东，不知几亿万里……其中有五山焉，一曰岱舆，二曰员峤，三曰方壶，四曰瀛洲，五曰蓬莱。……所居之人，皆仙圣之种。"此代指日本。

〔4〕明月：指明月珠。《楚辞·九章·涉江》："被明月兮佩宝璐。"王逸注："言己背被明月之珠。"此代指晁衡。

〔5〕苍梧：本指九嶷山。但传说东海有郁州，郁州有郁山，言是山自苍梧徙来。此即指此山，代指晁衡遇难处。

【评说】

此诗为天宝十三载（754）因伤悼日本友人晁衡而作。

唐代国力强盛，文化繁荣，遣唐来华之留学生人数甚众，乃有留唐而仕宦者，晁衡为其代表。晁衡学习唐文化既久，交游亦广泛，当其归国时，玄宗、王维、包佶等皆有诗赠别。而李白此诗，乃因误传其归船覆没遇难而作，与其他赠行之作有别。诗以"明月"喻衡，是赏爱其才也；以"沉碧海"喻其罹难，是伤其亡殁也；而至末句之"白云愁色满苍梧"，则觉满纸都是凄凉悲伤之情。

【集评】

［日］近藤元粹《李太白诗醇》卷五："是闻安（阿）倍仲麻吕覆没讹传时之诗也。而诗词绝调，惨然之情，溢于楮表。"

杜甫

三夜频梦君，情亲见君意

梦李白二首

其　一

死别已吞声，生别常恻恻[1]。
江南瘴疠地[2]，逐客无消息[3]。
故人入我梦，明我长相忆[4]。
君今在罗网，何以有羽翼[5]。
恐非平生魂，路远不可测[6]。
魂来枫林青，魂返关塞黑[7]。
落月满屋梁，犹疑照颜色[8]。
水深波浪阔，无使蛟龙得[9]。

【注释】

〔1〕“死别”二句：谓生别比死别还要痛苦，死别止于吞声而已，生别则牵挂不尽。吞声，即饮泣，哭而不出声。恻恻，悲痛。

〔2〕“江南”句：南方气候湿热蒸郁，山林间多瘴气，旧时因称江南为瘴疠地。

〔3〕逐客：被放逐之人，此指李白。逐，一作“远”。

〔4〕“故人”二句：谓故人进入我的梦境，正说明长久以来我对他思念很深。长，一作“常”。

〔5〕“君今”二句：清仇兆鳌《杜诗详注》云：“‘君今’二句，旧在‘关塞黑’之下，今从黄生本（按，即《杜诗说》）移在此处，于两段语气方顺。”君，指李白。李白获罪而失去自由，如鸟在罗网。以，一作“似”。

〔6〕“恐非”二句：疑心李白已遭遇不测，故有此语。远，一作“迷”。

〔7〕“魂来”二句：谓李白之魂自江南青色枫林中而来，又从秦州关塞黑暗阴影中而返。枫，即枫香树。江南多枫林，《楚辞·招魂》：“湛湛江水兮上有枫，目极千里兮伤春心。魂兮归来，哀江南。”此处化用《招魂》之意，以枫林代李白所在的江南地区。关塞，代指自己所在的秦州。林，一作“叶”。魂，一作“梦”。

〔8〕“落月”二句：写梦醒后恍惚迷离的情态。颜色，指李白的容颜面貌。照，一作“见”。

〔9〕“水深”二句：是祝福并告诫李白的话。蛟龙，古代传说中的动物，居深水中，能发洪水。此处语义双关，要李白多加小心，勿为恶人所陷害。

【评说】

此诗作于肃宗乾元二年（759）秋，时杜甫流寓秦州。肃宗至德二载（757），李白因入永王璘军幕系浔阳狱，乾元元年（758）又被判长流夜郎（今贵州桐梓一带），乾元二年春遇赦得还。但秦州僻远，杜甫可能当时尚未知李白遇赦的消息，忧念成梦，因有此二诗。此首写故人入其梦寐，于恍惚疑是之间，见其对故人忆念之深与关爱之殷。前四句写入梦之因。中八句写梦境所见，从其来而至其去，专从其“魂”写，迷离中若见梦中之“魂”。末四句写梦觉后的所感所想。“落月满屋梁，犹疑照颜色”，似真见其人在；“水深波浪阔，无使蛟龙得”，若对面叮嘱，关爱之殷见于言外。

【集评】

［明］胡应麟《诗薮》内编卷二：“‘明月照高楼，想见余光辉。’李陵逸诗也。子建‘明月照高楼，流光正徘徊’，全用此句而不用其意，遂为建安绝唱。少陵‘落月满屋梁，犹疑照颜色’，正用其意而少变其句，亦为唐古峥嵘。今学者第知曹、杜二句之妙，而不知其出于汉也。”

［清］刘濬《杜诗集评》卷五引查慎行语：“全从《招魂》意点缀入情，亦从江南逐客生出也。”

［清］浦起龙《读杜心解》卷一之二：“人之相知，贵相知心。公当日文章契交，太白一人而已。二诗传出形离精感心事，笔笔神来。”又曰：“首章处处翻写。起四，反势也。说梦先说离，此是定法。中八，正面也。却纯用疑阵。句句喜其见，句句疑其非。末四，觉后也。梦中人杳然矣，偏说其神犹在，偏与叮咛

嘱咐，此皆意外出奇。”又曰：“从来说别离者，或以死别宽生别，或以死别况生别。此反云‘死’则‘已’矣，‘生常恻恻’，亦是翻法。‘入梦’，我忆彼也。此竟云彼‘魂来’，亦是翻法。”

其 二

浮云终日行，游子久不至[1]。
三夜频梦君，情亲见君意[2]。
告归常局促[3]，苦道来不易[4]。
江湖多风波，舟楫恐失坠[5]。
出门搔白首，若负平生志[6]。
冠盖满京华[7]，斯人独憔悴[8]。
孰云网恢恢，将老身反累[9]。
千秋万岁名，寂寞身后事[10]。

【注释】

〔1〕“浮云”二句：《古诗十九首》中有“浮云蔽白日，游子不顾返”句，此化用其意。游子，此指李白。

〔2〕“三夜”二句：谓你虽身不见来，魂却一连三夜频繁地入我梦境，可见你对我的情意之深厚。

〔3〕“告归”以下六句：写梦中的情景。告归，告辞。局促，不安貌。

〔4〕苦道：再三地说。“来不易”至“舟楫恐失坠”数句，是其“苦道”的话。

〔5〕恐失坠：谓担心翻船落水。

〔6〕若：一作“苦”。

〔7〕冠盖：冠冕与车盖，代指达官贵人。

〔8〕斯人：此人，指李白。憔悴：困顿。

〔9〕“孰云”二句：是反语。意谓谁说天道公平，像你这样名满天下的人，怎么到老了反受牵累呢！网恢恢，“天网恢恢”的省语。恢恢，广大貌。《老子》第七十三章：“天网恢恢，疏而不失。”原意是说天网广大，网孔虽稀，但却从不疏失。这是天道至为公正之意。此处出以反语，是谴责天道不公，为李白鸣不

平。身，一作“才”。

〔10〕“千秋”二句：谓李白必定会享有不朽的声誉，但那是他生前寂寞之身亡殁之后的事，意谓其终究无补于生前遭遇之寂寞。寂寞，指李白晚年之遭遇。

【评说】

由忆而梦，乃事之常；三夜频梦，则不仅因“情亲见君意”，实也与“我念君情切”相关。此首承上一首，仍写梦中忆念之情景。前首自故人“魂”来入梦，写至其“魂”之离去，因梦而疑非其“平生魂”；此首写故人别离之形神，虽在梦中而若真见其人。“告归”以下六句，从别语到举止刻画形象，画工犹有不及。“冠盖”以下六句，既是同情友人遭际之悲痛语，亦为诗人一生之写照，非知音不能道。

【集评】

［清］仇兆鳌《杜诗详注》卷七：“此因频梦而作，故诗语更进一层。前云明我忆，是白知公；此云见君意，是公知白。前云波浪蛟龙，是公为白忧；此云江湖舟楫，是白又自为虑。前章说梦处，多涉疑词；此章说梦处，宛如目击。形愈疏而情愈笃，千古交情，惟此为至。然非公至性，不能有此至情。非公至文，亦不能写此至性。”

［清］浦起龙《读杜心解》卷一之二：“次章，纯是迁谪之慨。为彼耶？为我耶？同声一哭。”又曰：“始于梦前之凄恻，卒于梦后之感慨，此以两篇为起讫也。‘入梦’，明我忆。‘频梦’，见君意。前写梦境迷离，后写梦语亲切。此以两篇为层次也。”

赠卫八处士

人生不相见，动如参与商〔1〕。
今夕复何夕，共此灯烛光〔2〕。

少壮能几时，鬓发各已苍。
访旧半为鬼[3]，惊呼热中肠[4]。
焉知二十载，重上君子堂。
昔别君未婚，男女忽成行[5]。
怡然敬父执[6]，问我来何方。
问答未及已，驱儿罗酒浆[7]。
夜雨剪春韭，新炊间黄粱[8]。
主称会面难[9]，一举累十觞[10]。
十觞亦不醉[11]，感子故意长。
明日隔山岳，世事两茫茫。

【注释】

〔1〕动：动辄，往往。参与商：参星和商星。二星东西相对，此起彼没，永不相见。

〔2〕今：一作“此”。共此灯烛光：一作“共宿此灯光”。

〔3〕“访旧”句：谓寻访故旧亲朋，半数都已死去。旧，一作“问”。

〔4〕惊：一作“呜”。热中肠：谓内心激动。

〔5〕男：一作“儿”。成行：谓儿女众多。

〔6〕怡然：和悦貌。父执：父亲的朋友。《礼记·曲礼上》：“见父之执，不谓之进，不敢进；不谓之退，不敢退；不问，不敢对。”孔颖达疏：“见父之执，谓执友与父同志者也。”

〔7〕未及已：一作“乃未已”。驱儿：一作“儿女”。罗酒浆：指摆设酒筵。

〔8〕新：一作“晨”。间：一作“闻”。黄粱：黄小米。

〔9〕主：主人，此指卫八处士。

〔10〕累：一作“蒙”。

〔11〕十：一作“百”。醉：一作“辞”。“十”承上句；“辞”承“百觞”，为辞让、推辞之义，皆通。

【评说】

此诗作于肃宗乾元二年（759）春，时杜甫任华州（今陕西渭南华州区）司功参军。此年杜甫曾回洛阳访旧，诗的写作地或在洛阳，或在由洛阳返华州途中。处士，即隐居不仕者。卫八其人，名字不详，“八”乃其排行。一说唐蒲州有隐士卫大经，疑卫八乃其族子；一说是卫宾。均未能得确据。诗人与老友卫八相逢，蒙其热情款待，抚今追昔，感慨万千。“少壮”以下八句，是老友相见话家常之语，感慨人生，发自肺腑。“怡然”以下十句，写卫八与家人之相待，尤见其情之真挚与醇厚。“驱儿罗酒浆”，“驱”字传神。“明日隔山岳，世事两茫茫”，写别去，余味悠长。此诗所写最精彩者，一是别易会难之感，朴实而动人；二是人世沧桑，叩人心扉。其真情真意，扑面而来，古朴自然，韵味醇厚。

【集评】

［明］王嗣奭《杜臆》卷一：“信手写去，意尽而止，空灵宛畅，曲尽其妙。”

［清］浦起龙《读杜心解》卷一之二：“古趣盎然，少陵别调。一路皆属叙事，情真、景真，莫乙其处。只起四句是总提，结两句是去路。”

醉时歌

诸公衮衮登台省〔1〕，广文先生官独冷〔2〕。
甲第纷纷厌粱肉〔3〕，广文先生饭不足。
先生有道出羲皇〔4〕，先生有才过屈宋〔5〕。
德尊一代常坎轲〔6〕，名垂万古知何用。
杜陵野客人更嗤〔7〕，被褐短窄鬓如丝〔8〕。
日籴太仓五升米〔9〕，时赴郑老同襟期〔10〕。
得钱即相觅，沽酒不复疑〔11〕。

忘形到尔汝[12]，痛饮真吾师[13]。
清夜沉沉动春酌，灯前细雨檐花落[14]。
但觉高歌有鬼神，焉知饿死填沟壑[15]。
相如逸才亲涤器[16]，子云识字终投阁[17]。
先生早赋归去来，石田茅屋荒苍苔[18]。
儒术于我何有哉，孔丘盗跖俱尘埃[19]。
不须闻此意惨怆，生前相遇且衔杯[20]。

【注释】

〔1〕衮衮：众多貌。台省：唐代中央最重要的机构，台指御史台，省指中书省、门下省、尚书省。台，一作“华”。

〔2〕广文先生：即郑虔。广文，广文馆，唐代七学之一。《新唐书·百官志》：“（祭酒、司业）掌儒学训导之政，总国子、太学、广文、四门、律、书、算凡七学。”广文馆乃玄宗时置。《旧唐书·玄宗本纪》载，天宝九载（750）“秋七月己亥，国子监置广文馆，领生徒为进士业者”。官独冷：谓其官曹清冷。《新唐书·郑虔传》：“玄宗爱其才，欲置左右，以不事事，更为置广文馆，以虔为博士。虔闻命，不知广文曹司何在，诉宰相，宰相曰：‘上增国学，置广文馆，以居贤者，令后世言广文博士自君始，不亦美乎？’虔乃就职。久之，雨坏庑舍，有司不复修完，寓治国子馆，自是遂废。”

〔3〕甲第：头等宅第，此指豪门贵族。厌：饱。

〔4〕出：超出。羲皇：即伏羲氏。

〔5〕屈宋：屈原、宋玉。郑虔诗、书、画兼擅，才气过人。《新唐书·郑虔传》：“虔善图山水，好书，……尝自写其诗并画以献，帝大署其尾曰：‘郑虔三绝。’”才：一作“文”。

〔6〕“德尊”句：谓郑虔道德高尚，却仕宦不顺。德尊，犹言德高。坎轲，车行不利，喻指人不得志。轲，一作“壈”。

〔7〕杜陵野客：杜甫自称。更：一作“见”。

〔8〕窄：一作“穴”。

〔9〕籴（dí）：买入谷物。太仓：京师所设米仓。

〔10〕郑老：郑虔。郑虔大杜甫二十余岁，故杜甫有此称。同襟期：谓怀抱、

志趣相投。襟，一作“衾”。

〔11〕不复疑：毫不迟疑。谓得钱即买酒，不考虑其他。

〔12〕“忘形”句：谓不拘少长形迹。尔汝，彼此亲昵地称呼而不拘客套。张隐《文士传》：“(祢衡）少与孔融作尔汝之交，时衡未满二十，融已五十。”

〔13〕“痛饮”句：谓但能痛饮者即为吾师。真，一作“直”。

〔14〕“清夜”二句：写其饮酒时的情景。檐花，指檐前细雨，因灯光映射，闪烁如花。灯前，一作“檐前”。檐花，一作“灯花”。

〔15〕“但觉”二句：谓只觉放声高歌似有鬼神相助，哪管他饿死之后填于沟壑。焉知，哪知。这两句是愤激牢骚语。有，一作“感”。

〔16〕“相如”句：谓相如虽有逸才，却曾亲自洗涤酒器。《史记·司马相如列传》载，司马相如与卓文君私奔后，曾开酒店，“文君当垆。相如身自著犊鼻裈，与保庸杂作，涤器于市中”。

〔17〕“子云”句：谓扬雄虽识古文奇字，却差点投阁摔死。《汉书·扬雄传》载，王莽时，刘棻以献符命获罪，扬雄因曾教刘棻作奇字而被连及。使者来收雄，时雄校书天禄阁上，从阁上跳下，差点摔死。

〔18〕“先生”二句：是劝郑虔早点弃官回家。归去来，陶渊明弃官归隐，曾赋《归去来兮辞》。石田，沙石之田，也即贫瘠的田地。

〔19〕“儒术”二句：是说儒术对我有何用呢？饶你德如孔丘，也和盗跖一样化为尘埃。此亦酒后愤激语。何有，何用。盗跖，春秋时期鲁国的大盗。

〔20〕“不须”句：谓不必因听到我上面的醉话而悲伤凄怆，趁我们尚健在，还是痛快地喝酒吧。且衔杯，犹言还是喝酒吧。

【评说】

此诗作于天宝十四载（755）春。诗题下原注：“赠广文馆博士郑虔。”郑虔诗、书、画兼擅，虽曾见赏于玄宗，却仕宦冷落，晚年复远谪台州，竟卒于官舍。作此诗时，杜甫旅食京华已近十载，求仕不成，生计困顿，而郑虔怀才抱德，亦宦途蹭蹬，二人往来，遂成莫逆。此诗既是为郑虔之有才德却沉沦落魄抱屈，亦是为自己遭时不偶而致慨，满肚皮牢骚，借痛饮醉歌而发泄。“德尊一代常坎轲，名垂万古知何用”“但觉高歌有鬼神，焉知饿死填沟壑”“儒术于我何有哉，孔丘盗跖俱尘埃”，皆醉后愤激之语，亦极沉痛之语。“清夜沉沉动春酌，灯前细雨檐花落”，仿佛见郑、杜二人春夜对酌之情景。

【集评】

［明］王嗣奭《杜臆》卷一："此篇总是不平之鸣，无可奈何之词，非真谓垂名无用，非真薄儒术，非真齐孔、跖，亦非真以酒为乐也。杜诗'沉醉聊自遣，放歌破愁绝'，即此诗之解，而他诗可以旁通。自发苦情，故以《醉时歌》命题。"

［明］卢世㴶《杜诗胥钞余论·论七言古诗》："《醉时歌》纯是天纵，不知其然而然，允矣'高歌有鬼神'也。开手复无端波及台省诸公，'世人皆欲杀'，恐不独在青莲矣！"

六

思乡与思亲

在中国古代，因漫游、仕宦、迁谪、羁旅、行役、征戍等原因，士人常离家远行，又往往因路途遥远、交通不便，别离之后，团聚不易，由此，乡愁离思就成为古人作品的重要主题。唐人诗歌中，思乡、思亲之作，不仅数量多，而且在艺术上也颇为精彩。“独在异乡为异客，每逢佳节倍思亲”“不知何处吹芦管，一夜征人尽望乡”“若为化得身千亿，散上峰头望故乡”“人生岂得长无谓，怀古思乡共白头”，皆脍炙人口。正由于此，宋人严羽曾说：“唐人好诗，多是征戍、迁谪、行旅、离别之作，往往能感动激发人意。”（《沧浪诗话·诗评》）

唐诗中传诵最广的思乡、思亲名句，要数李白的“举头望明月，低头思故乡”“此夜曲中闻《折柳》，何人不起故园情”，杜甫的“露从今夜白，月是故乡明”“白日放歌须纵酒，青春作伴好还乡”等，由此亦可见李白、杜甫此类诗歌的影响。

李白

此夜曲中闻《折柳》，何人不起故园情

峨眉山月歌

峨眉山月半轮秋，影入平羌江水流[1]。
夜发清溪向三峡[2]，思君不见下渝州[3]。

【注释】

〔1〕“峨眉”二句：写月夜江上行舟所见。峨眉山，在今四川峨眉山市境内。据载，峨眉山有大、中、小山。《元和郡县图志》卷三十一“嘉州·绥山县”：“峨眉山，在县西南三十六里。小峨眉山，在县南六里。”又，“嘉州·峨眉县”：“峨眉大山，在县西七里。……中峨眉山，在县东南二十里。”半轮，即半月。平羌江，今名青衣江，其源出今四川芦山县，向东南流经雅安、洪雅、夹江等地，至乐山市汇入大渡河。

〔2〕清溪：指清溪驿，在嘉州犍为县（今四川犍为）岷江边上。三峡，见前《咏怀古迹五首》其一注〔2〕。

〔3〕君：指峨眉山月。渝州，唐属剑南道。《元和郡县图志》卷三十三：“《禹贡》梁州之域。古之巴国也。……始皇置三十六郡，巴即一焉。……武帝又置犍为郡。……梁武陵王萧纪于巴郡置楚州，后魏改为巴州，周闵帝又改为楚州。隋开皇九年，改楚州为渝州，因渝水为名。”故地即今重庆市。

【评说】

此诗作于开元十二年（724），时李白将去蜀远游。李白曾云：“士生则桑弧蓬矢，射乎四方，故知大丈夫必有四方之志。乃仗剑去国，辞亲远游。”（《上安州裴长史书》）可知其年轻时憧憬未来，充满豪情，但当别离故乡之际，仍不免

生依依惜别之情。“峨眉山月”代指故乡，当其初发峨眉，月随平羌江流，似对诗人恋恋不舍，至再发清溪，身入三峡，则月已不见，真觉与故乡别矣，思奇而语妙。诗中所写乃江行，融纪行、写景与抒情为一体，水乳交融；而又于二十八字中串联起峨眉、平羌江、清溪、三峡、渝州等数地名，不见斧凿之痕。

【集评】

［明］王世贞《艺苑卮言》卷四：“此是太白佳境，然二十八字中，有峨眉山、平羌江、清溪、三峡、渝州，使后人为之，不胜痕迹矣。益见此老炉锤之妙。”

［明］唐汝询《唐诗解》卷二十五：“君者，指月而言。清溪、三峡之间，天狭如线，即半轮亦不复可睹矣。”

［清］乾隆《御选唐宋诗醇》卷五：“但觉其工，然妙处不传。”

渡荆门送别

渡远荆门外〔1〕，来从楚国游〔2〕。
山随平野尽，江入大荒流〔3〕。
月下飞天镜〔4〕，云生结海楼〔5〕。
仍怜故乡水，万里送行舟〔6〕。

【注释】

〔1〕荆门：见前《咏怀古迹五首》其三注〔1〕。

〔2〕从：至，向。楚国：荆州在春秋战国时期属楚地，故云。

〔3〕“山随”二句：谓行舟出峡入楚，进入江汉平原，两岸的连山叠嶂消失，眼界顿时开阔，只见江水流向无际之原野。平野，平原之旷野。大荒，原指荒远之地，此指原野之开阔无边。

〔4〕天镜：指月。《玉台新咏》卷十《古绝句四首》其一：“藁砧今何在？山上复有山。何当大刀头，破镜飞上天？”许顗《彦周诗话》：“‘藁砧今何在’，言夫也。‘山上复有山’，言出也。‘何当大刀头，破镜飞上天’，言月半当还也。”

〔5〕“云生”句：谓月光照耀下之云海变幻如海市蜃楼。海楼，《史记·天官书》：“海旁蜄气象楼台，广野气成宫阙然。云气各象其山川人民所聚积。”海旁蜄气象楼台，即海市蜃楼。

〔6〕“仍怜”二句：谓感念江水多情，送行舟于万里外。明唐汝询云：“白本蜀人，故落句有水送行舟之语。”（《唐诗解》卷二十五）

【评说】

郦道元《水经注》卷三十四“江水”中说：“自三峡七百里中，两岸连山，略无阙处。重岩叠嶂，隐天蔽日，自非停午夜分，不见曦月。”舟行其中，行人的感受可知。然至荆门之外，山嶂消失，江流平野，行人之心胸、眼界顿觉开阔。首联叙事，出语自然。颔、颈二联写景，所写之景开阔且妙丽。颔联写昼景，颈联写夜景；颔联开阔壮伟，颈联思奇语妙。两联写景，可感受到诗人对眼前新世界之惊奇、憧憬与希冀。末联以江水之多情相送，照应题目送别之意。“山随平野尽，江入大荒流”，与杜甫“星垂平野阔，月涌大江流”（《旅夜书怀》），皆见壮阔之美，然李白所写为昼景，杜甫所写乃夜景，同中见异，细味可知。

【集评】

［明］胡应麟《诗薮》内编卷四：“‘山随平野尽，江入大荒流’，太白壮语也。杜‘星垂平野阔，月涌大江流’，骨力过之。”

［明］王夫之《唐诗评选》：“明丽果如初日。结二语得象外于圜中。飘然思不穷，唯此当之。”

静夜思〔1〕

床前看月光〔2〕，疑是地上霜。

举头望山月〔3〕，低头思故乡。

【注释】

〔1〕静夜思：李白自创的乐府新辞。明朱谏曰：“《静夜思》，亦乐府之曲名也。静夜见月而思故乡情也。乐府之所谓‘思’者，不知何事？李白则以思乡言之。旧注不存其题意，今则无所考矣。”

〔2〕看月光：詹锳主编《李白全集校注汇释集评》校曰：“各本李集均作看月光。王士祯《唐人万首绝句选》、沈德潜《唐诗别裁集》及《李诗直解》作明月光。”

〔3〕山月：詹锳主编《李白全集校注汇释集评》校曰：“各本李集均作山月，萧注引《古诗》‘明月何皎皎’，又引魏文帝诗‘仰看明月光’，似萧氏以山月为明月，但刊本仍作山月。《李诗直解》及《唐宋诗醇》作明月。”

【评说】

此为李白流传最广且最为人所熟悉的一首诗。诗仅二十字，却脍炙人口，妙绝千古。此诗之妙，一在自然平易，明白如话。床前月光洒地，疑是白霜，因疑而望月，因月而思及故乡，全不着力，而景象若在目前；二在含蓄，一“举”一“低”之间，写出旅人情思，却点到即止，余味无穷；三是思乡之情借助山月与月光映衬，虽轻淡却又无所不在，其扣人心扉，触人情思，恰似小夜曲之低回婉转。四是思乡之情乃最具有普遍性的人类情感之一，此诗之抒写，将情事背景淡化、模糊化，直接诉诸人的感受，故能引起广泛的共鸣。

此诗第一句之“看月光”与第三句之“望山月”，在传播过程中被改成“明月光”与“望明月”，并成为今之通行传本。此种不同，反映了作品在流传过程中的读者选择。

【集评】

［明］李攀龙《唐诗训解》：“矢口唱出，自然清绝。”

［明］唐汝询《唐诗解》卷二十一：“摹写静夜之景，字字真率，正济南所谓不用意得之者。”

［明］胡应麟《诗薮》内编卷六：“太白五言，如《静夜思》《玉阶怨》等，妙绝古今，然亦齐、梁体格。”

［清］徐增《而庵说唐诗》卷七：“见床前光是无意，望月是有心。……因疑

则望，因望则思，并无他念，真静夜思也。”

［清］沈德潜《唐诗别裁集》卷十九：“旅中情思，虽明说却不说尽。”

春夜洛城闻笛

谁家玉笛暗飞声，散入春风满洛城[1]。
此夜曲中闻《折柳》[2]，何人不起故园情。

【注释】

〔1〕洛城：即洛阳城，唐时为东都。

〔2〕折柳：乐府曲《折杨柳》之简称。相传汉张骞自西域传入《摩诃兜勒》曲，李延年因之作新声二十八解，以为武乐。魏晋时古辞亡佚。《乐府诗集》卷二十二“横吹曲辞”梁元帝《折杨柳》下云：“《唐书·乐志》曰：‘梁乐府有胡吹歌云：“上马不捉鞭，反拗杨柳枝。下马吹横笛，愁杀行客儿。”此歌辞元出北国，即鼓角横吹曲《折杨柳枝》是也。’《宋书·五行志》曰：‘晋太康末，京洛为折杨柳之歌，其曲有兵革苦辛之辞。’按古乐府又有《小折杨柳》，相和大曲有《折杨柳行》，清商四曲有《月节折杨柳歌》十三曲，与此不同。”今传南朝梁、陈及唐人之作多伤春别离之思，而怀念征人者尤多。

【评说】

此诗开元二十三年（735）作于洛阳。首二句写春夜闻笛，觉其音声弥漫四空，而又不知何人为之、何处而起，故用“暗”字。“飞声”“散入”，描摹笛声悠扬，袅袅不绝，颇生动传神，亦见春夜之幽静。本为客居，却闻《折杨柳》曲，游子起思乡之情，不其然乎？“何人不起故园情”，写出笛声感人之深。“何人不起”者，即人人闻之皆起；而感此之深者，或正是诗人自己。

【集评】

［明］唐汝询《唐诗解》卷二十五：“不见其人而闻其声，故曰‘暗’。‘满洛

城’者，声之远也。折柳所以赠别，今于笛中闻之，则想及故园而伤别矣。”

［清］黄叔灿《唐诗笺注》：“‘散入’二字妙，领得下二句起。通首总言笛声之动人。‘何人不起故园情’，含着自己在内。”

俞陛云《诗境浅说续编》：“春宵人静，闻笛韵悠扬，已引人幽绪。及聆其曲调，为阳关折柳，不禁黯然动乡国之思。昔柳依依送客，为唱阳关三叠。翠袖支颐，红牙按拍，觉怨入落花。当其境者，固辄唤奈何；闻其声者，亦不胜离思也。释贯休《闻笛》诗云：‘霜月夜徘徊，楼中羌笛催。晓风吹不尽，江上落残梅。’同是风前闻笛，太白诗有磊落之气，贯休诗得蕴藉之神。大家名家之别，正在虚处会之。”

［日］近藤元粹《李太白诗醇》卷五：“潘稼堂曰：此与黄鹤楼诗（按指《与史郎中钦听黄鹤楼上吹笛》诗）异。黄鹤楼是思归而闻笛，此是闻笛而始思归也。因笛中有折柳之曲，忽忆此时柳真堪折，春而未归，能不念故园也？”

宣城见杜鹃花

蜀国曾闻子规鸟〔1〕，宣城还见杜鹃花〔2〕。
一叫一回肠一断，三春三月忆三巴〔3〕。

【注释】

〔1〕蜀国：古蜀国在今四川西部一带，相传最早的首领为蚕丛，称蜀王。此泛指蜀地。子规：又名杜鹃、杜宇，相传为蜀王杜宇之魂所化，暮春常昼夜啼，声哀切，似曰“不如归去”，颇动游子之思。

〔2〕宣城：唐属江南西道，治所在今安徽宣城市宣州区。杜鹃花：亦名映山红，常绿或落叶灌木。春季开花，花冠呈漏斗形，红色。

〔3〕三巴：巴郡、巴东、巴西的合称。见前《长干行二首》其一注〔13〕。

【评说】

此诗《全唐诗》卷一百八十四题下注云：“一作杜牧诗，题云《子规》。”杜牧平生未尝至蜀，与诗中“蜀国曾闻子规鸟”句不合，当非杜牧所作，古今学人皆有辩。又有以“一叫一回肠一断，三春三月忆三巴”为“宋元以下卑弱之辞”，不类白作（明朱谏语），亦出于臆断。詹锳《李白诗文系年》系此诗作于天宝十四载（755）李白居宣城时，安旗主编《李白全集编年笺注》则以为此诗乃宝应二年（763）李白居宣城时作。以其思乡之强烈，或当以暮年作为近是。由宣城之杜鹃花而联想及蜀之子规鸟，盖杜鹃、子规，其为鸟，名异而实一也；且传本为蜀王之魂所化，乃蜀之标志物，故首二句以其为思乡之导引，自然入妙。后二句确如谣谚，然其融精妙于天然，则人所不及。

【集评】

［清］乾隆《御选唐宋诗醇》卷八：“如谚如谣，却是绝句本色，效之则痴矣。或以为杜牧作，亦不类也。”

杜甫

露从今夜白，月是故乡明

月夜忆舍弟

戍鼓断人行[1]，边秋一雁声[2]。
露从今夜白，月是故乡明[3]。
有弟皆分散，无家问死生[4]。
寄书长不达，况乃未休兵[5]。

【注释】

〔1〕戍鼓：戍楼上的更鼓。

〔2〕边秋：一作“秋边”。

〔3〕“露从”二句：上句自节候的角度言，诗或作于白露夜晚；下句写心理幻觉，月本无处不明，谓“是故乡明”者，以突出对故乡的强烈思念。

〔4〕“有弟”二句：上句说弟兄离散，天各一方；下句说家已不存，生死难卜。据史载，乾元二年（759）九月，史思明从范阳引兵南下，攻陷汴州、洛阳，齐、汝、郑、滑等州都陷入战乱中。杜甫的四个弟弟，除杜占随侍杜甫身边外，颖、观、丰都在东方，彼此不通消息，故有此句。分散，一作“羁旅”。

〔5〕“寄书”二句：承上二句，抒发不得舍弟消息的忧愁。谓因“无家”，所以寄书不达，更何况当此战乱不休之时。也可解作因为“无家”，寄书又常不达，何况是战乱不已的时候，更感到生死茫茫，难以逆料。况乃，更何况。达，一作“避”。

【评说】

此诗乾元二年秋作于秦州。诗以月夜为背景，写战乱中不得舍弟消息的忧念。首联写边地戍鼓戒行、长空雁叫，见得一片寥落冷寂。如此秋夜，自然易触客居者之怀乡情思。颔联承上，写节候之变与思乡之情。“月是故乡明”，是诗人痴恋故乡之语，极有感染力，故成抒写乡愁之名句。颈联转忆舍弟，突出兄弟分散、家人渺茫之痛伤。末联写干戈扰攘，寄书不达，则其思乡怀人之情，盖不徒然也。

【集评】

［明］单复《读杜诗愚得》卷五：“此诗前四句言月夜，后四句忆舍弟。盖以严儆之际，行人断绝，所闻见者雁声月露耳。于是念诸弟之分散，而存亡不知，况兵戈未定而寄书不达，其何以为怀哉！”

［清］吴瞻泰《杜诗提要》卷七：“前半写月夜，暗藏‘忆’字；后半明写忆弟，又隐却夜月。‘戍鼓’‘休兵’，起结呼应。未落笔以前，含蓄许多兵戈扰攘语在句先，故不觉提笔直书曰‘戍鼓断人行’。既歇笔之时，又蓄无限道途阻隔意在句后，故倒拖一句曰‘况乃未休兵’。语若进一笔，其实是缴一笔，章法与《送高三十五书记》古诗同。此情至之诗，而起承转结，八面玲珑，则又法无不备，莫目为公率易之篇，未经锤炼也。”

［清］浦起龙《读杜心解》卷三之二：“上四，突然而来，若不为弟者，精神乃字字忆弟，句里有魂也。”

闻官军收河南河北

剑外忽传收蓟北〔1〕，初闻涕泪满衣裳。
却看妻子愁何在？漫卷诗书喜欲狂〔2〕。
白首放歌须纵酒，青春作伴好还乡〔3〕。
即从巴峡穿巫峡，便下襄阳向洛阳〔4〕。

【注释】

〔1〕剑外：即剑阁以南的地区，代指蜀中。蓟北：今河北北部地区，当时为

安史叛军老巢所在。

〔2〕“却看”二句：却看，再看。漫卷，随便卷起。

〔3〕“白首”二句：首，一作“日”。青春作伴，谓春天景色明媚，正可助旅途之兴。青春，指春天。

〔4〕“即从”二句：是预拟返乡的路线。巴峡，《太平御览》卷六十五引《三巴记》曰：“阆、白二水合流，自汉中至始宁城下入武胜，曲折三曲有如巴字，亦曰巴江，经峻峡中，谓之巴峡。”（参见林庚主编《中国历代诗歌选》）巫峡，在今重庆巫山县以东，为长江三峡之一。又，末句下有“原注：余田园在东京”。

【评说】

诗题一作《闻官军收两河》。此诗作于代宗广德元年（763）春，时杜甫漂泊于梓州（今四川三台）。自宝应元年（762）十月起，唐王朝各路大军对安史叛军展开了反攻，再度收复洛阳，依次平定河南诸郡县，并进军河北。叛军将领薛嵩、李宝臣（原名张忠志）、田承嗣、李怀仙等相继投降。广德元年正月，史朝义兵败，自缢身亡，至此，延续七年多的安史之乱即将被彻底平定。诗即缘此而作。前四句重在写一“喜”字，后四句重在写一“归”字。写“喜”者，正因乱平即可归乡也，而写“归”又无不含有“喜”气与“喜”意。总之，一篇之中，喜意盎然，喜气弥漫，是杜甫难得的快意之作。

【集评】

［明］王嗣奭《杜臆》卷五：“说喜者云喜跃，此诗无一字非喜，无一字不跃。其喜在‘还乡’，而最妙在束语直写还乡之路，他人决不敢道。”

［清］仇兆鳌《杜诗详注》卷十一：“上四，闻收复而喜。下思急还故乡也。初闻而涕，痛忆乱离。破愁而喜，归家有日也。纵酒，承狂喜。还乡，承妻子。末乃还乡所经之路。”

李白

南风吹归心，飞堕酒楼前

寄东鲁二稚子[1]

吴地桑叶绿[2]，吴蚕已三眠[3]。
我家寄东鲁，谁种龟阴田[4]。
春事已不及[5]，江行复茫然。
南风吹归心，飞堕酒楼前[6]。
楼东一株桃，枝叶拂青烟。
此树我所种，别来向三年[7]。
桃今与楼齐，我行尚未旋[8]。
娇女字平阳，折花倚桃边。
折花不见我，泪下如流泉。
小儿名伯禽，与姐亦齐肩。
双行桃树下，抚背复谁怜。
念此失次第[9]，肝肠日忧煎。
裂素写远意[10]，因之汶阳川[11]。

【注释】

〔1〕东鲁：原指春秋时期的鲁国，此指兖州。二稚子：李白的女儿平阳与儿子伯禽。魏颢《李翰林集序》："白始娶于许，生一女一男，曰明月奴，女既嫁而卒。"或以为伯禽即明月奴，平阳即此女，皆许氏夫人所生。

〔2〕吴地：此指金陵，时诗人旅居于此。

〔3〕三眠：王琦《李太白全集》注云："蚕将蜕，辄卧不食，古人谓之俯。荀卿《蚕赋》'三俯三起，事乃大已'是也。后人谓之眠。《本草》'蚕三眠三起，二十七日而老'是也。"

〔4〕龟阴田：《左传·定公十年》："齐人来归郓、讙、龟阴田。"龟阴田即龟山北之田。龟山，在今山东泰安市东南。此以龟阴田代指诗人在东鲁的田产。

〔5〕春事：农事。

〔6〕酒楼：李白"赐金放还"后，在东鲁曾筑酒楼，诗中所云酒楼或指此。

〔7〕三年：李白于天宝五载（746）离开东鲁南游，至此（天宝八载）已历三载，故云。

〔8〕旋：还，归。《诗经·小雅·黄鸟》："言旋言归，复我邦族。"朱熹《诗集传》："旋，回。"

〔9〕失次第：谓心绪烦乱不宁。次第，常态。刘桢《赠徐干》："起坐失次第，一日三四迁。"

〔10〕素：生帛，色白，古人用以书写。此以"素"代指纸张。

〔11〕汶阳川：即汶水。汶水流经兖州北境，此因以代指其在东鲁兖州瑕丘寓居之地。汶水的源流及所经，见前《沙丘城下寄杜甫》注〔4〕。

【评说】

舐犊之情，感人至深。诗中所言之平阳、伯禽姊弟，出李白之许氏夫人。许氏故去后，李白移家东鲁，曾合于一刘姓女，终诀离之。后李白娶宗氏，而平阳、伯禽则留东鲁，与父异居。娇女稚子，骨肉相连，三年不见，其谁能堪？"南风吹归心，飞堕酒楼前"，诗人之心已驰于儿女身边。"楼东"以下十四句，拟想楼前桃下姐弟的情态，慈父柔肠寸断，亦令人下凄怆之泪。诗极朴素自然，动人之处，唯在情真。

【集评】

［清］沈德潜《唐诗别裁集》卷二："家常语琐琐屑屑，弥见其真。得《东山》诗意。"

杜甫

傥归免相失，见日敢辞迟

遣　兴

骥子好男儿，前年学语时[1]。
问知人客姓[2]，诵得老夫诗。
世乱怜渠小，家贫仰母慈[3]。
鹿门携不遂[4]，雁足系难期[5]。
天地军麾满，山河战角悲。
傥归免相失，见日敢辞迟[6]。

【注释】

〔1〕骥子：杜甫幼子宗武的小名。学语时：谓其年幼方学说话。陶渊明《和郭主簿二首》其一：“弱子戏我侧，学语未成音。”

〔2〕人客：即客人、宾客。

〔3〕“世乱”二句：时杜甫在被安史叛军占领的长安，而妻儿则在鄜州，故有此句。渠，他。

〔4〕“鹿门”句：《后汉书·逸民传》：“庞公者，南郡襄阳人也。居岘山之南，未尝入城府。夫妻相敬如宾。荆州刺史刘表数延请，不能屈，……后遂携其妻子登鹿门山，因采药不反。”此用庞公事，谓其不能携妻子同避乱而反相隔绝也。

〔5〕“雁足”句：《汉书·苏武传》载，匈奴留苏武，使牧北海。后汉与匈奴和亲，求苏武，匈奴诡言武已死。后汉使者复至匈奴，常惠与之见单于，“教使者谓单于，言天子射上林中，得雁，足有系帛书，言武等在某泽中”。此用其事，

谓其与家人隔绝，欲通信息而难期。

〔6〕“傥归”二句：谓若能归而相见，已属万幸，岂敢以迟为辞。傥，倘若，假若。傥，一作“东”。日，一作“尔”。

【评说】

此诗作于肃宗至德二载（757），时杜甫陷于为安史叛军所占领的长安。杜甫此期有《月夜》一诗，写对妻子的思念；此诗则写对幼子的牵挂，见诗人爱子之情。首四句赞幼子宗武之聪明伶俐，语语皆见诗人的自豪与爱赏。“世乱”四句，既见父爱之笃，又见其于乱世中无能护持幼子家人之歉疚与无奈。末四句写战乱方殷，幸愿家人父子早日团聚。非身经乱离，不能有此语。

【集评】

［清］张溍《读书堂杜工部诗集注解》卷三：“排体如此，真切尤难。‘见日敢辞迟’及‘家书抵万金’，皆是经乱真切语，想不得，说不出。”

［清］刘濬《杜诗集评》卷十二引李因笃语：“题为‘遣兴’，自不得概作苦词，此法唯古人得之。”

得家书

去凭游客寄，来为附家书〔1〕。
今日知消息，他乡且旧居〔2〕。
熊儿幸无恙，骥子最怜渠〔3〕。
临老羁孤极，伤时会合疏。
二毛趋帐殿〔4〕，一命侍鸾舆〔5〕。
北阙妖氛满〔6〕，西郊白露初〔7〕。
凉风新过雁，秋雨欲生鱼。
农事空山里，眷言终荷锄〔8〕。

【注释】

〔1〕“去凭”二句：杜甫自长安逃奔至肃宗凤翔行在后，曾因人寄书于家人，今又得人带家书至，故云。

〔2〕“他乡”句：谓妻子等寄居于异乡鄜州，得信知其幸未因战乱而流离他去，尚在旧居。

〔3〕“熊儿”二句：述家人信中信息。熊儿，杜甫子宗文的小名。无恙，无忧。《尔雅·释诂》：“恙，忧也。”又，《风俗通》：“噬虫曰恙。古者人多野宿，为恙所啮，故早相见必劳问曰：无恙乎？”骥子，杜甫幼子宗武小名。渠，他。

〔4〕二毛：鬓发斑白。《左传·僖公二十二年》：“君子不重伤，不禽二毛。”杜预注：“二毛，头白有二色者也。”帐殿：此指肃宗凤翔行在。《唐六典·殿中省》：“尚书奉御……凡大驾行幸，预设三部帐幕。”言天子行幸所在，以帐为殿也。

〔5〕一命：《礼记·王制》：“大国之卿，不过三命，下卿再命。小国之卿与下大夫，一命。”后指微末官职。銮舆：皇帝的车驾。

〔6〕北阙：帝阙，此代指京城。妖氛：不祥之气氛，喻指灾乱之象。

〔7〕白露初：指孟秋之初。《礼记·月令》：“孟秋之月，……凉风至，白露降。”

〔8〕“农事”二句：期望得归乡里，于山中荷锄耕种而终老。眷言，回顾貌。言，助词。眷言终，一作“终篇言”。

【评说】

至德元载（756）五月杜甫自长安至肃宗凤翔行在后，时值安史叛军正猖獗，因而对避居鄜州的家人颇为担忧：“比闻同罹祸，杀戮到鸡狗。山中漏茅屋，谁复依户牖。摧颓苍松根，地冷骨未朽。几人全性命，尽室岂相偶。”（《述怀》）故曾有书寄家人，却久未得回音，不免忐忑不安：“自寄一封书，今已十月后。反畏消息来，寸心亦何有。”（《述怀》）此诗乃得家人平安家书后作，既见得平安消息之欣慰，亦见伤时念乱之感慨，既见爱君恋阙之忠悃，复见渴望家人团聚之心愿。“今日知消息”四句，转述家书信息，琐细写来而真切动人。

【集评】

［清］刘濬《杜诗集评》卷十二引李因笃语："直序亦赋体也。真气溢于行间，然不难其真，而难其雅。"

七

登临与赠别

中国古代素有登临与赠别的习尚，故二者也因而成为诗文表现的重要主题与内容。

登高而望，常使人心胸开阔，兴高采烈。所谓“登山则情满于山，观海则意溢于海”（刘勰《文心雕龙·神思》），因此，登高也是文学创作灵感的触媒。中国诗歌多登高之作，与此也不无关系。

中国古代也特别重别离，而临别赠人以言，则为古贤所尚。老子曾云：“仁人者送人以言。”（《史记·孔子世家》）荀子亦称：“赠人以言，重于金石珠玉。”（《荀子·非相》）故赋诗赠别，与中国古代的文化传统也有着密切的联系。

中国诗歌中登临与赠别之作，数量众多，佳篇如林，而名家圣手尤多精金美玉。读李白、杜甫的登临与赠别之作，如登五岳而赏峰峦，泛江河因睹波涛，观止矣！

李白

总为浮云能蔽日，长安不见使人愁

登太白峰〔1〕

西上太白峰，夕阳穷登攀〔2〕。
太白与我语〔3〕，为我开天关〔4〕。
愿乘泠风去〔5〕，直出浮云间。
举手可近月，前行若无山〔6〕。
一别武功去〔7〕，何时复更还〔8〕？

【注释】

〔1〕太白峰：即太白山之主峰。太白山，亦名终南山、太一山、中南山。为秦岭山脉的最高峰。《水经注》卷十八“渭水”：“地理志曰：县有太一山，古文以为终南，杜预以为中南也。亦曰太白山，在武功县南，去长安二百里，不知其高几何。俗云：‘武功、太白，去天三百。’”又，《元和郡县图志》卷二“关内道·凤翔府·郿县”：“太白山，在县东南五十里。”其主体位于今太白县、眉县及周至县境内。

〔2〕“夕阳”句：谓自山之西坡登上山顶。夕阳，山之西坡。《尔雅·释山》：“山西曰夕阳，山东曰朝阳。”邢昺疏：“日，即阳也，夕始得阳，故名夕阳。”穷，尽。

〔3〕太白：太白星，即金星，亦名启明星。《史记·天官书》：“察日行以处位太白。”张守节正义：“天官占云：太白者，西方金之精，白帝之子。”《古微书》卷二十五引《录异记》：“金星之精坠于终南圭峰之西，因号为太白山。其精化为白石，状如美玉，时有紫气覆之。”

〔4〕天关：天门。

〔5〕泠风：小风，和风。《庄子·逍遥游》："夫列子御风而行，泠然善也。"郭象注："泠然，轻妙之貌。"《吕氏春秋·任地》："子能使子之野尽为泠风乎？"高诱注："泠风，和风，所以成谷也。"

〔6〕"举手"二句：谓其登于高处，若已升入天际。

〔7〕武功：山名，在太白山之南。《水经注》卷十八"渭水"："杜彦达曰：太白山南连武功山，于诸山最为秀杰，冬夏积雪，望之皓然。"

〔8〕更：一作"见"。

【评说】

此诗登临与游仙结合，多奇思奇语。首二句叙事，平平道来。"太白"以下六句所写，则恍然若入仙境。李白之出生，"惊姜之夕，长庚入梦，故生而名白，以太白字之。世称太白之精得之矣"（李阳冰《草堂集序》），故"太白与我语，为我开天关"二句，不唯思奇，亦别有妙趣。"举手可近月，前行若无山"，若见诗人已身登仙界，读者亦不觉随之而入仙境。末二句则自想象回到现实，见诗人别去时之恋恋不舍。

【集评】

［清］乾隆《御选唐宋诗醇》卷七："亦率胸臆而出，形容峰势之高，奇语独造。"

［日］近藤元粹《李太白诗醇》："与《望松寥山》同一奇想奇语，非谪仙决不能言。"

登金陵凤凰台〔1〕

凤凰台上凤凰游，凤去台空江自流〔2〕。
吴宫花草埋幽径，晋代衣冠成古丘〔3〕。
三山半落青天外〔4〕，一水中分白鹭洲〔5〕。
总为浮云能蔽日，长安不见使人愁〔6〕。

【注释】

〔1〕金陵：战国时楚灭越国后，于楚威王七年（前333）置金陵邑，秦改名秣陵，三国时称建业，南朝时称建康，唐为江南东道升州上元县，又改称江宁县。唐人诗文中习称为金陵。在今江苏南京市。凤凰台，在今南京市内。《太平寰宇记》卷九十“江南东道·升州·江宁县”：“凤台山，在县北一里。周回连三井冈，迤逦至死马涧。宋元嘉十六年，有三鸟翔集此山，状如孔雀，文彩五色，音声谐和，众鸟群集，乃置凤凰里，起台于山，号凤台山。”又，宋张表臣《珊瑚钩诗话》卷一：“金陵凤凰台，在城之东南，四顾江山，下窥井邑，古题咏惟谪仙为绝唱。”

〔2〕“凤凰”二句：以昔日凤凰翔集于此，而今凤去台空，抒写世事变迁之慨。

〔3〕“吴宫”二句：昔日东吴之宫殿已埋没于荒草，东晋的衣冠风流也已成为陈迹。按，金陵自东吴、东晋至宋齐梁陈，为南朝之都城，此以“吴宫”“晋代衣冠”代指南朝。衣冠，指士大夫，此代指六朝之世族。宫，一作“时”。代，一作“国”。

〔4〕三山：《元和郡县图志》卷二十五“江南道·润州·上元县”：“三山，在县西南五十里。晋王濬伐吴，宿于牛渚，部分明日前至三山，即此也。”《景定建康志》卷十七“山川志”：“三山在城西南三十七里，周回四里，高二十九丈。”三山在今南京市西南长江东岸，以南北相连，三峰并列，故名。半落，只见山色之一半，状其为云雾笼罩的朦胧景象。

〔5〕“一水”句：一，一作“二”。王琦《李太白全集》注云：“史正志《二水亭记》：秦淮源出句容、溧水两山，自方山合流，至建业贯城中而西，以达于江。有洲横截其间，李太白所谓‘二水中分白鹭洲’是也。”自源讲，“二”为是；自秦淮河言，则“一”为是。诗云“中分”，则“二”为佳。白鹭洲，《方舆胜览》卷十四“江东路·建康府”：“白鹭洲，《丹阳记》：在江中心南边，新林浦西边。上多白鹭，故名。”

〔6〕“总为”二句：由眼前之景而极目遥远的长安，表达对玄宗的思念以及对朝政的系念。浮云，喻朝中之奸佞小人。日，代指玄宗。

【评说】

此诗由登临而兴怀古之思，又于俯仰之际而生思君恋阙之情，诗思虽有转换，而承转自然。首联写登临凤凰台，三用“凤”，两见“台”，却无重复之嫌，反有流转和谐之妙。颔联转入怀古，叹吴宫殿之荒落，悲晋衣冠之无存，实则以吴、晋总括六朝，抒写历史沧桑之感，见登临怀古之意。颈联所写乃俯仰所见，仰则睹三山之高，朦胧于云雾之中；俯则见二水分流，白鹭洲居于其间。一山二水，一仰一俯，对仗工整而自然。末联则以浮云蔽日喻谗邪蔽君，生逐客恋君之愁情。由怀古而伤今，思致自高。

此诗因与崔颢《黄鹤楼》诗之句、意有相近处，遂为诗坛月旦裁量之话头。或以此为李白与崔颢较量之作，而堪称敌手，不分轩轾，宋刘克庄（《后村先生大全集》卷一百七十三）、元方回（《瀛奎律髓》卷一）、明王夫之（《唐诗评选》卷四）、清乾隆（《御选唐宋诗醇》卷七）、清赵臣瑗（《山满楼笺注唐诗七言律》）尝有论之。或以为白诗胜于崔诗，宋刘辰翁（《唐诗品汇》卷八十三引）、明瞿佑（《归田诗话》卷上）即持此说。或以为白诗不及崔诗，明王世懋（《艺圃撷余》）、清吴昌祺（《删订唐诗解》卷十九）、清徐文弼（《诗法度针》）皆有此论。亦有以为二诗偶然相似，既非较量之作，亦无模拟之意，清沈德潜（《唐诗别裁集》卷十三）尝论之。平心而论，就结末而言，崔诗由登楼而怀古，由临眺所见而生乡关愁思，思致自然；白诗之结处，生发忧国恋君之意，境界为高。

【集评】

［元］方回《瀛奎律髓》卷一："太白此诗与崔颢《黄鹤楼》相似，格律气势未易甲乙。此诗以凤凰台为名，而咏凤凰台不过起语两句已尽之矣，下六句乃登台而观望之景也。三、四怀古人之不见也，五、六、七、八咏今日之景而慨帝都之不可见也。登台而望，所感深矣。"

［明］胡应麟《诗薮》内编卷五："崔颢《黄鹤楼》、李白《凤凰台》，但略点题面，未尝题黄鹤、凤凰也。……故古人之作，往往神韵超然，绝去斧凿。"

［明］王夫之《唐诗评选》卷四："浮云蔽日，长安不见，借晋明帝语影出浮云，以悲江左无人，中原沦陷。'使人愁'三字总结幽径古丘之感，与崔颢《黄鹤楼》落句语同意别。宋人不解此，乃以疵其不及颢作。觌面不识而强加长短，何有哉！太白诗是通首混收，颢诗是扣尾掉收；太白诗自《十九首》来，颢诗则纯为唐音矣。"

［清］沈德潜《唐诗别裁集》卷十三："从心所造，偶然相似，必谓摹仿司勋，恐属未然。"

［清］乾隆《御选唐宋诗醇》卷七："传者以为拟崔而作，理或有之。崔诗直举胸情，气体高浑。白诗寓目山河，别有怀抱，其言皆从心而发，即景

而成，意象偶同，胜境各擅。论者不举其高情远意，而沾沾吹索于字句之间，固已蔽矣。至谓白实拟之以较胜负，并谬为捶碎鹤楼等诗，鄙陋之谈，不值一噱也。”

杜甫

自非旷士怀，登兹翻百忧

同诸公登慈恩寺塔[1]

高标跨苍穹，烈风无时休。
自非旷士怀，登兹翻百忧[2]。
方知象教力，足可追冥搜[3]。
仰穿龙蛇窟，始出枝撑幽[4]。
七星在北户，河汉声西流[5]。
羲和鞭白日，少昊行清秋[6]。
秦山忽破碎，泾渭不可求。
俯视但一气，焉能辨皇州[7]。
回首叫虞舜，苍梧云正愁[8]。
惜哉瑶池饮，日晏昆仑丘[9]。
黄鹄去不息，哀鸣何所投。
君看随阳雁，各有稻粱谋[10]。

【注释】

〔1〕同：和。诸公：指高适、岑参、储光羲、薛据诸人。题下原注：“时高适、薛据先有作。”时同登塔诸人皆有诗（薛据诗今不存）。慈恩寺：贞观二十二年（648）高宗为太子时，为其母文德皇后所立，故以“慈恩”为名。寺西为慈恩寺塔院。寺及塔院俱在唐长安晋昌坊（今陕西西安市东南）。慈恩寺塔，又名大雁塔，永徽三年（652）玄奘建，五层，高三百尺。武周长安间改建，增为七层。

〔2〕“高标”四句：写塔之高与登塔远眺时复杂的心绪。高标，塔尖，此代指塔。标，物之顶端。跨苍穹，高出天表。苍穹，苍天。自非，若非。旷士，豁达之人。百忧，很多忧愁。穹，一作“天”。旷，一作“壮”。

〔3〕“方知”二句：谓由此可知佛教力量之广大，由于有它才汇集了众多的人力、财力，产生了这雄伟的寺塔，也才足以使人穷幽探微。象教，指佛教。佛教以设形象教化人，故称。冥搜，暗中摸索。清黄生曰：“冥搜，犹言探幽也。登塔则足不至而目能至之，故曰‘追’。”（《杜诗说》卷一）足，一作“立”。

〔4〕“仰穿”二句：写登塔的情状。上句谓循着塔内磴道盘曲而上，犹如穿越龙蛇之洞窟。下句说塔下数级皆枝撑幽暗，出此之后始觉明亮起来。龙蛇窟，指塔内磴道蜿蜒盘曲，犹如龙蛇之窟。枝撑，塔内的斜柱。

〔5〕“七星”二句：七星，即北斗七星。河汉，银河。按，七星非白昼所可望见，河汉也没有声音，两句皆极力形容塔之高。北户，一作“户北”。

〔6〕“羲和”二句：羲和，太阳的御者。古代神话传说中，羲和每日赶着六龙驾的车子，载着太阳自东向西而行。鞭，加鞭使之快行，指时间过得很快。少昊，传说为黄帝之子，号金天氏，为掌管秋天的神。以上四句皆写塔上远眺所见所闻。

〔7〕“秦山”四句：写自塔上俯视所见。谓向下眺望，终南山大小错落，犹如破碎了一样；泾水、渭水一片模糊，很难再分清其孰清孰浊。俯瞰长安城，只见其笼罩在一片云气中，哪还能分得清其模样。秦山，指终南诸山。泾渭，泾水和渭水。二水一清一浊，自高处望之，分不清其清浊，故云“不可求”。皇州，指长安。

〔8〕“回首”二句：是对远古明君虞舜的缅怀。慈恩寺塔位于长安东南，上句写向西北俯视长安，下句写南望苍梧，故云“回首”。虞舜，传说中的远古帝王。苍梧，即苍梧山，又名九嶷山，在今湖南宁远东南。相传舜南巡至九嶷而不返，死而葬于其地。一说，以虞舜暗喻太宗，以苍梧比拟昭陵，二句寄托了诗人对唐太宗的怀念，是追想国初明君治国政治休明的意思。

〔9〕“惜哉”二句：借用神话故事讽刺唐玄宗与杨贵妃耽于享乐。瑶池饮，用西王母与周穆王宴饮事。《穆天子传》载，周穆王宾于西王母，觞于瑶池之上，西王母以诗赠穆王曰：“将子无死，尚复能来。”《列子·周穆王》亦载，周穆王宿于昆仑之阿，赤水之阳，“遂宾于西王母，觞于瑶池之上”。瑶池，传说在昆仑山上。《史记·大宛列传》：“昆仑其高二千五百余里，日月所相避隐为光明也。其上有醴泉、瑶池。”日晏，天色已晚。天宝后期，玄宗与贵妃杨玉环游宴骊山，

沉湎于享乐，无有虚日，事有相类，故借瑶池宴饮事以讽之。饮，一作“燕”。晏，一作“宴”。

〔10〕“黄鹄”四句：是对自己身世遭际的感慨。黄鹄，鸟名，亦用以比喻贤能之士。《文选·屈原〈卜居〉》：“宁与黄鹄比翼乎？将与鸡鹜争食乎？”刘良注：“黄鹄，喻逸士也。”这里杜甫也有用以自比之意。随阳雁，雁为候鸟，秋日由北而南，春日由南而北，赶着温暖而飞，故称。这里以之比喻趋炎附势的小人。稻粱谋，指谋求衣食。上二句言贤士都被排斥，因而高飞远举；下二句谓那些趋炎附势、自私自利的小人都在为自己营求打算。这里诗人谓自己不能如随阳雁一类的小人那样趋炎附势，因不得温饱而有不知“何所投”的慨叹。

【评说】

此诗天宝十一载（752）秋作于长安。同时登塔者高适、岑参、储光羲、薛据，皆与杜甫同辈之盛唐著名诗人，除薛据诗不存外，其余诸人之作皆传于世。合诸作并观，皆未及杜作之思致深刻沉厚。杜作既抒写登塔所见，又有个人身世之感，更借登塔感怀，敏锐地感知国势之危机，对当时的现实有所讽谕，使一篇登临之作意蕴丰厚。“高标”四句领起。“方知”四句写登塔。“七星”以下八句，写登塔所见，叙写中兼有比兴。“回首”以下至末尾，写登塔所感，追怀圣君，致慨目前，兼有身世之叹。

【集评】

［清］钱谦益《钱注杜诗》卷一：“高标烈风，登兹百忧，岌岌乎有漂摇崩析之恐，正起兴也。‘泾渭不可求’，长安不可辨，所以回首而思叫虞舜。‘苍梧云正愁’，犹太白云‘长安不见使人愁’也。唐人多以王母喻贵妃，瑶池日晏，言天下将乱，而宴乐之不可以为常也。”

［清］浦起龙《读杜心解》卷一之一：“诗本用四句领势，次段言登塔所见，后段言登塔所感也。然乱源已兆，忧患填胸，触境即动。只一凭眺间，觉山河无恙，尘昏满目。于是追想国初政治之隆，预忧日后荒淫之祸，而有高举远患之思焉。顾此诗之作，犹在升平京阙间也。”

［清］杨伦《杜诗镜铨》卷一：“前半写尽穷高极远，可喜可愕之趣，入后尤觉对此茫茫，百端交集。所谓‘浑涵汪茫，千汇万状’者，于此见之。”

登岳阳楼

昔闻洞庭水[1]，今上岳阳楼。
吴楚东南坼，乾坤日夜浮[2]。
亲朋无一字，老病有孤舟[3]。
戎马关山北[4]，凭轩涕泗流[5]。

【注释】

〔1〕洞庭水：《水经注》卷三十八“湘水”：“（洞庭）湖水广圆五百余里，日月若出没于其中。”

〔2〕“吴楚”二句：写登楼所见，极言洞庭湖的雄伟壮阔。吴、楚，战国时期吴国和楚国，其境约为当今长江中下游湖北、湖南、安徽、江西、江苏、浙江等地。坼，裂开。言洞庭湖似从中将吴、楚两国坼裂开来。

〔3〕“老病”句：杜甫时年已五十九岁，健康不佳，除患有肺病外，还患有风痹、耳聋、右臂偏枯等疾病；出峡以来，沿途漂泊，又多居舟上，故云。

〔4〕“戎马”句：言北方战事犹未停息。《资治通鉴》卷二百二十四载：“（大历三年）八月，壬戌，吐蕃十万众寇灵武。丁卯，吐蕃尚赞摩二万众寇邠州，京师戒严；邠宁节度使马璘击破之。九月，壬申，命郭子仪将兵五万屯奉天以备吐蕃。……壬午，朔方骑将白元光击吐蕃，破之。壬辰，元光又破吐蕃二万众于灵武。……吐蕃闻之，释灵州之围而去。戊戌，京师解严。……十一月……郭子仪还河中。元载以吐蕃连岁入寇，马璘以四镇兵屯邠宁，力不能拒，……而使子仪以朔方兵镇邠州。”

〔5〕凭轩：倚窗。涕泗：眼泪、鼻涕。阮籍《咏怀》其三十二：“齐景升丘山，涕泗纷交流。”

【评说】

岳阳楼，在巴陵（今湖南岳阳）城西门上，唐开元四年（716）张说守岳阳时筑，下临洞庭湖，为登览胜地。此诗为代宗大历三年（768）冬诗人至岳州后登临岳阳楼所作。首联语似平易，而实宜深味之。清佚名《杜诗言志》卷十二谓：“洞庭为宇内第一巨浸，岳阳楼为天下莫大奇观。今以少陵巨手作此诗，不知当用何等笔法。乃今观其写来，只用‘昔闻’‘今上’四个虚字，使他人所欲极力铺张而犹恐不及者，他却早已轻轻和盘托出。盖‘昔闻’者，乃是听得人人称说此湖之大，先已惊天动地，而今日得上此楼，乃知人所传说确是无差。是此四字，写洞庭之大，从人口中，落到自己眼中，真能全体活现。”“从人口中，落到自己眼中”，概括生动，发人省思。颔联素为人所称赏，以其写景开阔而壮伟，笔势劲健，力能扛鼎。颈联转写身世之寥落，是由登楼临眺而生出的心思。末联写及国事，乃由俯仰身世而追思其故而来。全诗景、情相衬，阔、狭相形，层转层深，意蕴深厚，五律似此，难可企及。

【集评】

［宋］胡仔《苕溪渔隐丛话》前集卷九引《西清诗话》：“洞庭天下壮观，自昔骚人墨客，题之者众矣，如‘水涵天影阔，山拔地形高’‘四顾疑无地，中流忽有山。鸟飞应畏堕，帆远却如闲’，皆见称于世；然未若孟浩然‘气蒸云梦泽，波动岳阳城’，则洞庭空旷无际气象，雄张如在目前。至读子美诗，则又不然，‘吴楚东南坼，乾坤日夜浮’，不知少陵胸中吞几云梦也。”

［明］胡应麟《诗薮》内编卷四：“‘气蒸云梦泽，波撼岳阳城’，浩然壮语也。杜‘吴楚东南坼，乾坤日夜浮’，气象过之。”

［明］王嗣奭《杜臆》卷十：“只‘吴楚’二句，已尽大观，后来诗人，何处措手！后面四句只写情，才是自家诗，所谓诗本性情者也。”

［清］仇兆鳌《杜诗详注》卷二十二引黄生语曰：“前半写景，如此阔大，五六自叙，如此落寞，诗境阔狭顿异。结语凑泊极难，转出‘戎马关山北’五字，胸襟气象，一等相称，宜使后人搁笔也。”

［清］吴文溥《南野堂笔记》卷一：“‘昔闻洞庭水，今上岳阳楼’，两扇破题。‘吴楚东南坼’，岳阳形胜也；‘乾坤日夜浮’，洞庭气象也。混茫包举，以下更无从措手矣。忽接‘亲朋无一字’，则因登高望远而思家；‘老病有孤舟’，仍在洞庭湖畔也。又接‘戎马关山北’，则因身废时危而忧国；‘凭轩涕泗流’，仍在岳阳楼中也。此等开阖排奡，掷之万里之外，收之指掌之间，乃少陵所独结构，用意还是一层深一层。学杜者自能领悟。”

登 楼

花近高楼伤客心，万方多难此登临〔1〕。
锦江春色来天地，玉垒浮云变古今〔2〕。
北极朝廷终不改，西山寇盗莫相侵〔3〕。
可怜后主还祠庙〔4〕，日暮聊为《梁父吟》〔5〕。

【注释】

〔1〕“花近”二句：谓花近高楼，无心欣赏，反引起无限伤心，乃因正当万方多难之时。此二句用倒装手法，起势突兀。

〔2〕“锦江”二句：写登临所见之景。上句写俯视江流，下句写仰观山色。锦江，见前《诸将五首》其五注〔1〕。玉垒，即玉垒山，在今四川都江堰市北。色来，一作“水流”。

〔3〕“北极”二句：承“万方多难”而来，转写当前时事。北极，北极星。《晋书·天文上》：“北极，北辰最尊者也，……天运无穷，三光迭耀，而极星不移，故曰‘居其所而众星共之’。”此以北极喻唐王朝。终不改，以北极星在天空的不移动比喻唐王朝的稳固。据史载，广德元年（763）十月，吐蕃入长安，立广武王承宏为帝，改元，置百官。代宗奔陕（今河南三门峡市）。十二月，代宗自陕返长安，承宏逃匿草野，赦不诛，放之于华州。因吐蕃曾一度立帝，而代宗终返京师，故曰“终不改”。西山寇盗，指吐蕃。《资治通鉴》卷二百二十三载，广德元年十二月，“吐蕃陷松、维、保三州及云山新筑二城，西川节度使高适不能救，于是剑南西山诸州亦入于吐蕃矣”。

〔4〕“可怜”句：谓蜀后主刘禅犹享祭祀，但他原是亡国之君，实为可怜。蜀先主（刘备）庙在成都锦官门外，西边为武侯（诸葛亮）祠，东边为后主祠。还，仍。这里是借眼前古迹，慨叹刘禅任用黄皓而亡国，暗讽唐代宗宠信宦官程元振、鱼朝恩等而招致万方多难、寇盗相侵的局面。

〔5〕“日暮”句：是自伤寂寞之语。《梁父吟》，亦称《梁甫吟》。《三国志·蜀

书·诸葛亮传》："亮躬耕陇亩，好为《梁父吟》。" 杜甫因后主祠而联想到诸葛亮，又由诸葛亮联想到《梁父吟》，自伤不用之意蕴于其中。聊为，是不甘心而又不得不如此的意思。这里所谓《梁父吟》即《登楼》诗。

【评说】

此诗作于代宗广德二年（764）春。是年正月，杜甫携家由梓州（今四川三台县）再赴阆州（今四川阆中），拟离蜀东游。二月，闻严武再为成都尹兼剑南节度使，严武又有信邀之，遂还成都。诗作于返成都之后。全诗气象雄伟，情感深沉，于忧愤时事中见沉郁苍凉之致，为杜甫七律名篇。首联逆起，花近高楼，登临反伤心，以万方多难故也。而言"万方多难"，则知"多难"非"一方"，见所忧之深广。颔联写登楼所见，俯视则锦江春色自天地而奔来，仰观则玉垒浮云亘古今而变幻，雄丽壮阔中又含多少沧桑感慨，诚所谓"气象雄伟，笼盖宇宙"（沈德潜《唐诗别裁集》卷十三）。前人曾谓："终不改，则曾改可知。莫相侵，则相侵可知。""盖以臣子言本朝祸乱，不得不为回护，不得不为谨词，不得不为缓语，不得不为希冀，故不曰'改'而曰'不改'，不曰'见侵'而曰'莫相侵'耳。"（清沈涵光语）则用语之深微谨严可知。末联以后主尚祠庙，则益信本朝"北极朝廷终不改"之无疑，然朝臣惜无如诸葛之才者，致使寇盗相侵，万方多难。日暮低回，既为朝廷伤心，亦以自伤其身之不用也。

【集评】

［明］王嗣奭《杜臆》卷六："此诗妙在突然而起，情理反常，令人错愕，而伤心之故，至末始尽发之，而竟不使人知，此作诗者之苦心也。"

［清］刘濬《杜诗集评》卷十一引吴农祥语："一起骇叹，唐人无能为此言者。接二语壮阔，而时趋世变，亦全包于此。结语另有寄托，自是奇警。"

［清］沈德潜《唐诗别裁集》卷十三："气象雄伟，笼盖宇宙，此杜诗之最上者。"

登　高

风急天高猿啸哀[1]，渚清沙白鸟飞回[2]。
无边落木萧萧下[3]，不尽长江滚滚来[4]。
万里悲秋常作客[5]，百年多病独登台[6]。
艰难苦恨繁霜鬓，潦倒新亭浊酒杯[7]。

【注释】

〔1〕猿啸哀：三峡多猿，啼声甚哀。郦道元《水经注》卷三十四“江水”：“每至晴初霜旦，林寒涧肃，常有高猿长啸，属引凄异，空谷传响，哀转久绝。故渔者歌曰：‘巴东三峡巫峡长，猿鸣三声泪沾裳。’”

〔2〕渚：水中小洲。鸟飞回：鸟在空中回旋飞翔。

〔3〕落木：落叶。萧萧：叶落声。

〔4〕滚滚：一作“衮衮”。

〔5〕“万里”句：杜甫自肃宗乾元二年（759）秋从华州弃官奔秦州后，一直在外漂泊，未曾回过中原故乡，故有此叹。

〔6〕百年：犹言一生。

〔7〕“艰难”二句：写晚年之潦倒、衰颓与愁恨。苦恨，犹言极恨。繁霜鬓，谓鬓发苍苍，犹如霜雪。亭，与“停”通。杜甫时因肺病而戒酒，故云。

【评说】

此诗代宗大历二年（767）秋作于夔州，是杜甫晚年七律之作中最负盛名者。诗将浑灏泱茫的江边秋景与诗人迟暮漂泊的悲怆情怀相映衬，构成了悲壮苍凉、顿挫沉郁的格调，而属对之精切、字句之凝练及章法之严整，更臻于炉火纯青之境。前四句写登高所见之江边秋景，“风急”二字乃为关键；“惟风急故猿啸哀绝，鸟飞却回，落木为之萧萧，长江为之滚滚，此传神法”。后四句抒客居他乡之暮年悲慨，而句意接转，尤见功力：“‘艰难’应‘作客’，霜鬓则又年老，何堪萍转！‘潦倒’应‘多病’，止酒倍加寂寞，何以消愁！此进步法。”（清朱瀚、李燧《杜诗解意七言律》）。又，惟是“登高”所见，故乃觉“落木”之“无边”，而始感“长江”之“不尽”，用字之工可知。七律中间两联对仗，而此诗八句皆对，何等魄力！前人推许此诗为古今七律第一，盖不徒然也。

【集评】

［宋］罗大经《鹤林玉露》卷五：“杜陵诗云：‘万里悲秋常作客，百年多病独登台。’盖万里，地之远也。秋，时之惨凄也。作客，羁旅也。常作客，久旅也。百年，齿暮也。多病，衰疾也。台，高迥处也。独登台，无亲朋也。十四字之间，含八意，而对偶又精确。”

［明］胡应麟《诗薮》内编卷五：“杜‘风急天高’一章五十六字，如海底珊瑚，瘦劲难名，沉深莫测，而精光万丈，力量万钧。通章章法、句法、字法，前无昔人，后无来学。微有说者，是杜诗，非唐诗耳。然此诗自当为古今七言律第一，不必为唐人七言律第一也。元人评此诗云：‘一篇之内，句句皆奇；一句之中，字字皆奇。’亦有识者。”

［清］施补华《岘佣说诗》：“《登高》一首，起二‘风急天高猿啸哀，渚清沙白鸟飞回’，收二‘艰难苦恨繁霜鬓，潦倒新停浊酒杯’，通首作对而不嫌其笨者；三、四‘无边落木’二句，有疏宕之气；五、六‘万里悲秋’二句，有顿挫之神耳。又首句妙在押韵，押韵则声长，不押韵则局板。”

李白

请君试问东流水，别意与之谁短长

金陵酒肆留别[1]

风吹柳花满店香[2]，吴姬压酒唤客尝[3]。
金陵子弟来相送[4]，欲行不行各尽觞[5]。
请君试问东流水，别意与之谁短长[6]。

【注释】

〔1〕酒肆：酒店。

〔2〕“风吹”句：柳花，指柳絮。或以为柳花无香，此“满店香”乃以柳花为酒之酒香。徐文靖《管城硕记》：“按：《唐书·南蛮传》：‘诃陵国以柳花椰子为酒，饮之辄醉。’太白‘风吹柳花满店香’，亦以酒言。”而杨慎《升庵诗话》卷七“柳花香”条则谓：“李太白诗：‘风吹柳花满店香。’温庭筠《咏柳》诗：‘香随静婉歌尘起，影伴娇娆舞袖垂。’传奇诗：‘莫唱踏春阳，令人离肠结。郎行久不归，柳自飘香雪。’其实柳花亦有微香，诗人之言非诬也。”风吹，一作“白门”。满，一作“酒”。

〔3〕吴姬：吴地的美女。金陵旧属吴地，故称。此指酒店的侍酒女子。压酒：压槽取酒。古时以米酿酒，酒熟汁滓盛在囊中，饮时置于槽中，以重物压之而取用。唤：一作“使”，一作“劝”。

〔4〕子弟：年轻一辈。

〔5〕欲行不行：欲行，指诗人。不行，指金陵子弟。或以为指将行未行时，亦通。各尽觞：各尽杯中酒。觞，酒杯。

〔6〕“请君”二句：诗人对送别者的赠语，谓离别之情意比东流之水更长。试问，一作“问取”。

【评说】

前二句写景叙事，点明时间、地点；次二句写出留别之氛围；末二句见留别之情。诗写得清新、俊逸、情深。结末二句，言有尽而意无穷，尽显太白风调，他人不能学，学亦不能及。前人论此诗，或以“压酒”二字为他人所不能，或论柳花香之有无，皆甚琐细。整体上看，前四句写留别的环境气氛，喜乐之气盈溢；妙处尤在末二句，以流水喻别情，化抽象为具体，语意含蓄，耐人寻味。

【集评】

［明］谢榛《四溟诗话》卷三：“太白《金陵留别》诗：‘请君试问东流水，别意与之谁短长。’妙在结语，使坐客同赋，谁更擅场？谢宣城《夜发新林》诗：‘大江流日夜，客心悲未央。’阴常侍《晓发新亭》诗：‘大江一浩荡，悲离足几重。’二作突然而起，造语雄深，六朝亦不多见。太白能变化为结，令人叵测，奇哉！”

［清］沈德潜《唐诗别裁集》卷六：“语不必深，写情已足。”

［清］乾隆《御选唐宋诗醇》卷六：“言有尽而意无穷，味在酸咸之外。”

送友人入蜀

见说蚕丛路[1]，崎岖不易行。
山从人面起，云傍马头生。
芳树笼秦栈，春流绕蜀城[2]。
升沉应已定，不必问君平[3]。

【注释】

〔1〕见说：犹亲见人说。蚕丛路：由秦入蜀之路。蚕丛，传为蜀之古先王。《艺文类聚》卷六引扬雄《蜀本纪》：“蜀始王曰蚕丛，次曰伯雍，次曰鱼凫。”

〔2〕“芳树”二句：上句言秦，下句谓蜀。秦栈，自秦入蜀的栈道。王琦《李

太白全集》注云："入蜀之道，山路悬险，不容坦行。架木而度，名曰栈道。以其自秦入蜀之道，故曰秦栈。"春流，指流经成都的江水。《水经注》卷三十三"江水"："(成都)县有二江，双流郡下，故扬子云《蜀都赋》曰：两江珥其前者也。"

〔3〕"升沉"二句：谓功名不可强求。升沉，谓仕进得失。君平，即蜀人严遵。严遵，字君平，不仕，卖卜于市，得百钱即止。《汉书·王贡两龚鲍传》载："蜀有严君平，……君平卜筮于成都市，以为'卜筮者贱业，而可以惠众人。……各因势导之以善，从吾言者，已过半矣。'裁日阅数人，得百钱足自养，则闭肆下帘而授《老子》。博览亡不通，依老子、严周之指著书十余万言。"

【评说】

古时秦、蜀之间交通艰难，乐府因有《蜀道难》咏歌之。至唐，虽驿路发达，而入蜀仍多险阻，李白《蜀道难》堪称咏蜀道之绝唱。此为送友人入蜀之作，或以为其主旨与《蜀道难》同。然自写法言，《蜀道难》夸饰铺排，纵放恣肆；此诗则紧扣题意，章法井然。首联总说蜀道不易行，语平调缓。颔、颈二联则刻画蜀道的特点，抑扬跌宕。颔联状蜀道之险阻，奇语惊人，虽为诗语而生动若画。颈联则以"芳树""春流"，变险阻为可娱，与颔联形成反差。颔联所以戒之，颈联盖以慰之。末联则用严君平事，既切蜀地，又以勉友人。唐人入蜀纪行诗甚众，而此诗尤特出。

【集评】

［清］沈德潜《唐诗别裁集》卷十："奇语传出不易行意。'笼秦栈'，'绕蜀城'，以所经言之。结用蜀人恰好。"

［清］乾隆《御选唐宋诗醇》卷七："此五律正宗也。李梦阳曰：'叠景者意必二，阔大者半必细。'极得诗家微指。此诗颔联承接次句，语意奇险，五六则秾纤矣。颔联极言蜀道之难，五六又见风景可乐，以慰征夫，此两意也。一结翻案，更饶胜致。"

李庆甲《瀛奎律髓汇评》卷二十四引纪昀语："一片神骨，而锋芒不露。"

杜甫

便与先生应永诀，九重泉路尽交期

送郑十八虔贬台州司户伤其临老陷贼之故阙为面别情见于诗〔1〕

郑公樗散鬓成丝〔2〕，酒后常称老画师〔3〕。
万里伤心严谴日〔4〕，百年垂死中兴时〔5〕。
苍惶已就长途往〔6〕，邂逅无端出饯迟〔7〕。
便与先生应永诀，九重泉路尽交期〔8〕。

【注释】

〔1〕郑十八虔：即郑虔，十八为其排行。郑虔事迹见前《醉时歌》注〔2〕及注〔5〕。司户：即司户参军。唐县有司户，州有司户参军，府称户曹参军，掌户口帐籍等事。临老陷贼：郑虔陷于安史叛军，时年六十六，故云。阙为面别：指郑虔被贬，离开长安，未能面别，送其远行。

〔2〕樗散：《庄子·逍遥游》："吾有大树，人谓之樗。其大本拥肿而不中绳墨，其小枝卷曲而不中规矩。立之涂，匠者不顾。"又《庄子·人间世》："匠石之齐，至乎曲辕，见栎社树。其大蔽数千牛……""是不材之木也，无所可用。"此以谓郑虔才大而不为世所用，因被置于散地。鬓成丝：谓其年老。成：一作"如"。

〔3〕老画师：是郑虔之自嘲语。《旧唐书·阎立本传》载，阎立本善画，工写真，"太宗尝与侍臣学士泛舟于春苑，池中有异鸟随波容与，太宗击赏数四，诏座者为咏，召立本令写焉。时阁外传呼云：'画师阎立本。'时已为主爵郎中，奔走流汗，俯伏池侧，手挥丹粉，瞻望座宾，不胜愧赧。退诫其子曰：'吾少好

读书，幸免墙面，缘情染翰，颇及侪流。唯以丹青见知，躬厮役之务，辱莫大焉！汝宜深诫，勿习此末伎。'" 又，《唐诗纪事》卷七十一载，孙鲂有能诗声，其父为画工，"王彻为中书舍人，草鲂诰词云：'李陵桥上，不吟取次之诗；顾凯笔头，岂画寻常之物。'鲂终身恨之"。可知唐代绘工画师甚低贱，士大夫羞称之。

〔4〕万里：言其被贬之远。按，郑虔被贬台州，据《元和郡县图志》卷二十六"江南道·台州"，其"西北至上都四千五百里。西北至东都三千一百四十五里"。严谴：谓受到严厉的谴责。郑虔因陷贼署伪官而受到远贬台州的惩处，故云。

〔5〕百年垂死：即暮年。百年，犹一生。垂死，近死。中兴：王朝由衰落而重新走向兴盛。此指唐王朝收复长安与平定安史之乱。

〔6〕"苍惶"句：唐代被贬谪之官员不得稽留迟延，故有"苍惶"之语。苍惶，一作"伶俜"。

〔7〕邂逅：不期而遇。无端：无缘无故，此指意外。

〔8〕"便与"二句：谓这次与郑虔应是永别，平生交情只能于泉台尽之了。泉路，指地下、阴间。九重泉路，极言其幽深。路，一作"下"。

【评说】

郑虔是杜甫的好友。天宝年间，杜甫困守长安，其所作《醉时歌》中称与郑虔之关系是"忘形到尔汝"，晚年流寓夔州作《八哀诗》，又专为一篇立诗传，可见二人关系之密切、相知之深厚。郑虔才名甚高，得玄宗赐诗、书、画"三绝"之誉，然一生落魄，晚年复以受安禄山所署伪职而遭严谴，诚为不幸。此诗当作于至德二载（757）十二月，时朝廷对陷贼官以六等罪论，郑虔被远贬台州，而杜甫因故未能面别送行，故以此表达对郑虔遭遇之同情与诀别之哀伤。首联伤其才大而不为世用，至老而犹卑贱。"酒后常称老画师"，中间含多少辛酸。颔联悲其垂暮之遭际，方国家中兴之际，其人却遭严谴远贬，益见人生际遇之悲。颈联交代不能面别之原因。末则感伤此别即为永诀，语极惨凄沉痛。杜甫颇重交道，笃于友情，此诗堪为典型。

【集评】

［明］卢世潅《杜诗胥钞余论·论七言律诗》："既伤其临老陷贼，又阙为面别，故篇中彷徨特至。如云：'万里伤心严谴日，百年垂死中兴时。仓皇已就长途往，邂逅无端出饯迟。'万转千回，清空一气，纯是泪点，都无墨痕。诗至此，

直可使暑日雪飞，午时鬼泣，在七律中尤难。末径云：‘便与先生应永诀，九重泉路尽交期。’乃知诗到真处，不嫌其直，不妨于尽。”

［清］刘濬《杜诗集评》卷十一引朱彝尊语：“交情朴挚，发乎至性，声与泪俱，古人交道之厚如此。”

八

咏物与抒怀

客观外物对于诗歌创作而言，具有十分重要的意义。物之感人，既可引发诗兴，如钟嵘所谓“若乃春风春鸟，秋月秋蝉，夏云暑雨，冬月祁寒，斯四候之感诸诗者也”(《诗品序》)；也可作为描写、歌咏的对象，如刘勰所云“写气图貌，既随物以宛转；属采附声，亦与心而徘徊”(《文心雕龙·物色》)。而咏物诗，则是以具体特定之物为对象，通过摹写与咏歌来寄托诗人的情志，表达独特的感受与情怀。由于中国古代诗歌特别重视物我关系，故咏物之作不仅源远流长，且数量亦夥。唐诗中这类优秀之作，亦颇令人瞩目。

除了咏物以言志外，因物而感兴也是中国古代诗歌创作的传统。唐诗中此类篇什尤众。无论是咏物言志，还是因物感兴，都以立意不俗、境界高远为上。而咏物之作，更应做到主客融合，不粘不离，不隔不泥。

李白、杜甫的咏物诗，虽数量不等，却都颇有特色；而感兴抒怀，则更是佳篇纷呈，若云蒸霞蔚。

李白

能言终见弃，还向陇西飞

初出金门寻王侍御不遇，咏壁上鹦鹉[1]

落羽辞金殿[2]，孤鸣托绣衣[3]。
能言终见弃[4]，还向陇西飞[5]。

【注释】

〔1〕金门：金马门之省称。《史记·滑稽列传》："武帝时，齐人有东方生名朔。……酒酣，据地歌曰：'陆沉于俗，避世金马门。宫殿中可以避世全身，何必深山之中，蒿庐之下。'金马门者，宦〔者〕署门也，门傍有铜马，故谓之'金马门'。"此代指翰林院。按，此诗题一作《敕放归山，留别陆侍御不遇，咏鹦鹉》。

〔2〕落羽：此以鹦鹉羽毛脱落隐喻其仕途遭受挫折。辞金殿：指离开朝廷。

〔3〕绣衣：亦称绣衣直指。《汉书·百官公卿表》："侍御史有绣衣直指，出讨奸猾，治大狱，武帝所制，不常置。"颜师古注："衣以绣者，尊宠之也。"此指王侍御。

〔4〕能言：指鹦鹉能学人说话。《礼记·曲礼上》："鹦鹉能言，不离飞鸟。"

〔5〕陇西：一作"陇山"。《文选·祢衡〈鹦鹉赋〉》："惟西域之灵鸟兮，挺自然之奇姿。"李善注："西域，谓陇坻，出此鸟也。"陇坻，即陇山。又，王琦《李太白全集》注："张华《禽经注》：鹦鹉，出陇西，能言鸟也。"

【评说】

此诗作于玄宗天宝三载（744）李白被"赐金放还"初出宫时。李白之放还，李阳冰说是"丑正同列，害能成谤，格言不入，帝用疏之"（《草堂集序》），魏颢谓是"(玄宗）许中书舍人。以张垍谗逐"（《李翰林集序》），知其离京，乃因遭谗被遣。而范传正则说："既而上疏请还旧山，玄宗甚爱其才，或虑乘醉出入省中，不能不言温室树，恐掇后患，惜而逐之。"（《唐左拾遗翰林学士李公新墓碑并序》）则其遭谗很可能与酒后言语不谨有关。当其辞归之际，偶见王侍御壁上之鹦鹉画，不禁触动戚戚之感。首二句既是写王侍御壁上之鹦鹉，又与诗人之遭际和此时寻访王侍御之情境契合。鹦鹉羽毛美丽，却以"落羽"而出宫，正与诗人之有才却遭谗放逐同。鹦鹉之特点，在于其"能言"，故后二句抓住这一特点，紧切诗人因言被遣之遭际，主、客之间，如水乳之交融。诗虽是咏鹦鹉，而处处关合诗人之遭际，看似率然成咏，却臻于咏物之妙境。

【集评】

［明］唐汝询《唐诗解》卷二十一："此以鹦鹉自喻也。辞君而去，有如落羽；寻友不逢，譬之孤鸣。……既以怀才见弃，便当高举以还故居，畴能复恋金门乎？'绣衣'指侍御，解以为鹦鹉羽毛者，非。"

咏邻女东窗海石榴〔1〕

鲁女东窗下，海榴世所稀。
珊瑚映绿水〔2〕，未足比光辉。
清香随风发〔3〕，落日好鸟归。
愿为东南枝，低举拂罗衣。
无由一攀折〔4〕，引领望金扉〔5〕。

【注释】

〔1〕海石榴：即石榴，因来自海外，故名。

〔2〕"珊瑚"句：潘岳《河阳庭前安石榴赋》："似长离之栖邓林，若珊瑚之映绿水。"此句化用之。

〔3〕随风发：《古诗十九首》："清商随风发。"

〔4〕一：一作"共"。

〔5〕“引领”句：形容其企盼望见之态。引领，伸长脖颈。潘岳《河阳县作》：“引领望京室。”金扉，华贵的门户。王延寿《鲁灵光殿赋》：“遂排金扉而北入，宵蔼蔼而晻暧。”扉，门扇。

【评说】

魏颢《李翰林集序》中说：“白始娶于许，生一女一男，曰明月奴，女既嫁而卒。又合于刘。刘诀，次合于鲁一妇人，生子曰颇黎，终娶于宋。”此诗所咏为鲁女东窗之海石榴，则此鲁女岂李白所合之“鲁一妇人”乎？若如此，则当是李白初恋鲁女之作。前六句咏邻女东窗之海石榴，赞其光彩照人，清香弥散，引众鸟来归，实则是借海石榴以喻其所爱慕之邻女。后四句则表达其渴望亲近之意。此诗既可作咏物诗读，亦可作爱情诗看。

【集评】

安旗主编《李白全集编年笺注》卷四：“此诗显系爱屋及乌之意，借海石榴以抒爱慕邻女之情。”

杜甫

所向无空阔，真堪托死生

房兵曹胡马

胡马大宛名[1]，锋棱瘦骨成。
竹批双耳峻[2]，风入四蹄轻[3]。
所向无空阔，真堪托死生[4]。
骁腾有如此，万里可横行[5]。

【注释】

〔1〕大宛（yuān）：汉代西域国名，约在今中亚费尔干纳盆地，其地产名马。《史记·大宛列传》："大宛在匈奴西南……多善马，马汗血，其先天马子也。"

〔2〕"竹批"句：写马的双耳如削竹一样尖锐。批，削。贾思勰《齐民要术》卷六："（马）耳欲得小而促，状如斩竹筒。"

〔3〕"风入"句：谓马奔走轻快，四蹄生风。

〔4〕"所向"二句：写马的精神与品质。无空阔，不知有空阔之地，极言马之善走。托死生，可将生死托付给此马，言其能使人脱离险境。

〔5〕"骁腾"二句：期望房兵曹胡马能够立功名于万里之外。骁腾，骁勇快捷。

【评说】

此诗约作于开元二十四年（736）至二十九年（741）间，是现存的杜诗中最早的一首咏马诗。房兵曹其人不详，"兵曹"是"兵曹参军事"的省称，唐代的诸卫州府皆有兵曹参军事。胡马，泛指西北少数民族地区所产的马，此言大宛马，则当为汗血马。诗咏马，不仅写出马的神采与精神，同时也寄寓了人的抱负与志趣。前四句交代马之产地与骨相特点，重在传其神采与能力之不凡。后四句则重在表现其德：其“真堪托死生”，能救人出离险境；又“万里可横行”，能助人建立功名。诗虽咏马，而其意既在马中，又在马外。

【集评】

［明］张綖《杜工部诗通》卷一：“前表其相之异，后状其用之神，四十字间，其种其相，其才其德，无所不备，而形容痛快，凡笔望一字不可得。”

［清］刘濬《杜诗集评》卷七引查慎行语：“壮心如见，老杜许多马诗，此为最警。前半只说骨相，后半并及性情，何等章法！”

［清］邓献璋《艺兰书屋精选杜诗评注》卷一：“虽是写马，而意都在言外。句句峭拔，笔笔腾空，曰‘真堪’，曰‘有如此’，隐然逸群长嘶，伏枥悲鸣，纸上飒飒有声。”

画　鹰

素练风霜起，苍鹰画作殊〔1〕。
㧐身思狡兔，侧目似愁胡〔2〕。
绦镟光堪摘，轩楹势可呼〔3〕。
何当击凡鸟，毛血洒平芜〔4〕。

【注释】

〔1〕“素练”二句：写画鹰之风姿不同寻常。素练，指画鹰所在的白色丝绢。风霜，形容画鹰威猛凛然，若风霜之凋木叶，使人感到有肃杀之气。殊，特出，出色。风，一作“如”。此二句用倒插之法。

〔2〕“㧐身”二句：刻画画鹰之动作与神态。㧐身，挺身，纵身。㧐（sǒng），挺，耸。愁胡，形容鹰眼之态。孙楚《鹰赋》：“深目蛾眉，状似愁胡。”魏澹《鹰赋》：“立如植木，望似愁胡。”

〔3〕“绦镟”二句：上句写鹰之饰物，下句写鹰之所处。绦镟，绦为丝线，用以系鹰；镟为转轴，将系鹰之绦结系于其上。光堪摘，谓绦镟之鲜明漂亮。轩

楹，本义为堂前廊柱，此指画鹰之所在。势可呼，喻画鹰之神若可呼以出猎。

〔4〕“何当”二句：借画鹰以颂扬勇猛搏击、疾恶如仇之精神。何当，犹言何时。“当”之义即“时”，为汉魏六朝习用语。平芜，草木丛生的原野。元赵汸云：“(末联）言安得获搏击之用，有嫉恶意。”(《杜工部五言赵注》)

【评说】

此诗所咏乃画中之鹰，故名“画鹰”。首联写画鹰之逼真，高妙非凡，是整体感受。颔联则从细部抓住其特点以传其神。“㧐身”“侧目”，以动作传神；“思狡兔”“似愁胡”，描摹处见生动。颈联交代其处所，知其乃豢养狩猎之鹰，而非野鹰。末联以画鹰之气概寄寓疾恶如仇之精神，有言外不尽之意。

【集评】

［清］金圣叹《唱经堂杜诗解》卷一：“句句是鹰，句句是画，犹是家常所讲。至于起句之未是画，已先是鹰，此真庄生所云鬼工矣！末句不知其指谁，然亦何必问其指谁。自当日以至于今，但是凡鸟坏人事者，谁不为其所指？”

［清］黄生《杜诗说》卷六：“题画似真，不异人意，在公便思及不畏强御之士，自非忠鲠素具，不能随处见到耳。”

［清］浦起龙《读杜心解》卷三之一：“起作惊疑问答之势。言此素练也，而风霜忽起，何哉？由来苍鹰画作，殊绝动人也，是倒插法，又是裁对法，‘㧐身’‘侧目’，此以真鹰拟画，又是贴身写。‘堪摘’‘可呼’，此从画鹰见真，又是饰色写。结则竟以真鹰气概期之。乘风思奋之心，疾恶如仇之志，一齐揭出。”

李白

天生我材必有用，千金散尽还复来

长相思[1]

长相思，在长安。
络纬秋啼金井阑[2]，微霜凄凄簟色寒[3]。
孤灯不明思欲绝[4]，卷帷望月空长叹。
美人如花隔云端[5]，上有青冥之高天[6]，
下有渌水之波澜。
天长路远魂飞苦，梦魂不到关山难。
长相思，摧心肝。

【注释】

〔1〕长相思：乐府古题。《乐府诗集》卷六十九列“杂曲歌辞”，云：“古诗曰：‘客从远方来，遗我一书札。上言长相思，下言久离别。’李陵诗曰：‘行人难久留，各言长相思。’苏武诗曰：‘生当复来归，死当长相思。’长者久远之辞，言行人久戍，寄书以遗所思也。古诗又曰：‘客从远方来，遗我一端绮。文彩双鸳鸯，裁为合欢被。著以长相思，缘以结不解。’谓被中著绵以致相思绵绵之意，故曰长相思也。又有《千里思》，与此相类。”南朝文人多有同题之作，内容不离男女离别相思之情。李白此诗虽用旧题，却别有寄托。

〔2〕络纬：即莎鸡，俗称络丝娘、纺织娘。崔豹《古今注》卷中：“莎鸡一名促织，一名络纬，一名蟋蟀。促织谓其鸣声如急织，络纬谓其鸣声如纺绩也。”王琦《李太白全集》注：“今之所谓络纬，似蚱蜢而大，翅作声，绝类纺绩。秋夜露凉风冷，鸣尤凄紧，俗谓之纺绩娘，非蟋蟀也。或古今称谓不同与？”金井

阑：井上的栏杆。言金井阑者，盖饰其贵美，古乐府中多用之。

〔3〕微：一作“凝”。簟：供坐卧铺垫的苇席或竹席。《诗经·小雅·斯干》：“下莞上簟，乃安斯寝。”郑玄笺：“竹苇曰簟。”

〔4〕明：一作“眠”，一作“寐”。

〔5〕“美人”句：美人，喻指国君。《楚辞·离骚》：“惟草木之零落兮，恐美人之迟暮。”王逸注：“美人，谓怀王也。”又，《古诗·兰若生春阳》有句“美人在云端，天路隔无期”。此借美人喻君王，并借以表达君门九重与君王难近的慨叹。美人如花，一作“佳期迢迢”。

〔6〕高：一作“长”。

【评说】

此诗以《长相思》为题，表面看似是抒写对长安美人的苦苦思恋，实则是借美人以喻君王，以思恋美人却因路途险远不能相见，表现君门九重君王难近的政治痛苦，当是玄宗开元十八年至十九年（730—731）李白第一次入长安时所作。李白入长安，本为实现其政治抱负。但至长安后，虽历抵卿相，遍干诸侯，却未遇知己。诗乃以比兴手法抒怀。首句点明思念者之所在，“络纬”四句写秋夜相思之苦，渲染气氛，颇见凄清寂寞。“美人”以下五句，写关山远阻，遥望美人而不可即，比兴托喻，语意含蓄。“美人如花隔云端”，诗句若明珠在冠，尤见光彩；“长相思，摧心肝”，则将动人之苦情推至高峰。

【集评】

［明］王夫之《唐诗评选》卷一：“题中偏不欲显，象外偏令有余。一以为风度，一以为淋漓。呜呼，观止矣！”

［明］梅鼎祚《李诗钞》：“缀景幽绝，如泣如诉，怨而不诽。”

［清］乾隆《御选唐宋诗醇》卷二：“络纬秋啼，时将晚矣。曹植云：‘盛年处房室，中夜起长叹。’其寓兴则同。然植意以礼义自守，此则不胜沦落之感。《卫风》（按，当作《邶风·简兮》）曰：‘云谁之思，西方美人。’《楚辞》曰：‘恐美人之迟暮。’贤者穷于不遇，而不敢忘君，斯忠厚之旨也。辞清意婉，妙于言情。”

梁甫吟[1]

长啸《梁甫吟》，何时见阳春[2]。
君不见朝歌屠叟辞棘津，八十西来钓渭滨。
宁羞白发照清水，逢时壮气思经纶。
广张三千六百钩，风期暗与文王亲[3]。
大贤虎变愚不测[4]，当年颇似寻常人。
君不见高阳酒徒起草中，长揖山东隆准公。
入门不拜骋雄辩，两女辍洗来趋风。
东下齐城七十二，指挥楚汉如旋蓬[5]。
狂客落魄尚如此[6]，何况壮士当群雄。
我欲攀龙见明主[7]，雷公砰訇震天鼓[8]。
帝旁投壶多玉女[9]，三时大笑开电光，
倏烁晦冥起风雨[10]。
阊阖九门不可通，以额扣关阍者怒[11]。
白日不照吾精诚，杞国无事忧天倾[12]。
猰貐磨牙竞人肉[13]，驺虞不折生草茎[14]。
手接飞猱搏雕虎，侧足焦原未言苦[15]。
智者可卷愚者豪，世人见我轻鸿毛[16]。
力排南山三壮士，齐相杀之费二桃[17]。
吴、楚弄兵无剧孟，亚夫咍尔为徒劳[18]。
《梁甫吟》，声正悲。
张公两龙剑，神物合有时[19]。

风云感会起屠钓[20]，大人蚬屼当安之[21]。

【注释】

〔1〕梁甫吟：乐府古题。见前《冬夜醉宿龙门，觉起言志》注〔7〕。

〔2〕阳春：春天。宋玉《九辩》："无衣裘以御冬兮，恐溘死而不得见乎阳春。"此指得到君王的赏识与垂顾。

〔3〕"君不见朝歌"六句：咏吕尚遇文王受重用而发迹事。吕尚，因文王称"吾太公望子久矣"，又称太公望，后世亦称吕望。《韩诗外传》卷七云："吕望行年五十，卖食棘津，年七十屠于朝歌，九十乃为天子师，则遇文王也。"又卷八："太公望少为人婿，老而见去，屠牛朝歌，赁于棘津，钓于磻溪，文王举而用之，封于齐。"朝歌，殷末迁都于此，春秋时期为卫国的都城，故址在今河南淇县。棘津，古代黄河津渡名，在今河南滑县西南古黄河上。《水经注》卷五"河水"："河水又迳东燕县故城北，河水于是有棘津之名，亦谓之石济津，故南津也。"经纶，指筹划治理国家之事。《周易·屯》："云雷屯，君子以经纶。"孔颖达疏："经谓经纬，纶谓纲纶，言君子法此屯象有为之时，以经纶天下，约束于物。"三千六百钩，钩，一作"钓"。按，作"钓"近是。吕尚垂钓于渭滨十年，十年为三千六百余日，每日而钓，故曰"三千六百钓"（见萧士赟《分类补注李太白诗》）。一说地有三千六百轴，故其意乃合天下而钓之也，也即《鞠歌行》"虎变磻溪中，一举钓六合"之意（见吴昌祺《删订唐诗解》），亦通。风期，风度品格。清，一作"渌"。壮，一作"吐"。

〔4〕虎变：指非常之人的出处、行动变化出人意料。《周易·革》："九五，大人虎变，未占有孚。象曰：大人虎变，其文炳也。"

〔5〕"君不见高阳"六句：咏秦末汉初策士郦食其事。《史记·郦生陆贾列传》载："郦生食其者，陈留高阳人也。好读书，家贫落魄，无以为衣食业，为里监门吏。然县中贤豪不敢役，县中皆谓之狂生。……沛公至高阳传舍，使人召郦生。郦生至，入谒，沛公方倨床使两女子洗足，而见郦生。郦生入，则长揖不拜，曰：'足下欲助秦攻诸侯乎？且欲率诸侯破秦也？'沛公骂曰：'竖儒！夫天下同苦秦久矣，故诸侯相率而攻秦，何谓助秦攻诸侯乎？'郦生曰：'必聚徒合义兵诛无道秦，不宜倨见长者。'于是沛公辍洗，起摄衣，延郦生上坐，谢之。"又："汉三年秋，项羽击汉，拔荥阳，汉兵遁保巩、洛。……郦生因曰：'……方今燕、赵已定，唯齐未下。……臣请得奉明诏说齐王，使为汉而称东藩。'上曰：

‘善。’乃从其画，复守敖仓，而使郦生说齐王……田广以为然，乃听郦生，罢历下兵守战备，与郦生日纵酒。淮阴侯闻郦生伏轼下齐七十余城，乃夜度兵平原袭齐。”又：“初，沛公引兵过陈留，郦生踵军门上谒……使者入通，沛公方洗，问使者曰：‘何如人也？’使者对曰：‘状貌类大儒，衣儒衣，冠侧注。’沛公曰：‘为我谢之，言我方以天下为事，未暇见儒人也。’使者出谢……郦生瞋目案剑叱使者曰：‘走！复入言沛公，吾高阳酒徒也，非儒人也。’”高阳酒徒，即郦食其。长揖，相见拱手自上而下为礼，是身份平等者相见之礼。山东，古指崤山或华山以东地区。隆准公，指刘邦。《汉书·高帝纪》：“高祖为人，隆准而龙颜。”应劭注：“隆，高也。准，頞权准也。”李斐注：“准，鼻也。”准，音“拙（zhuó）”。趋风，疾行至下风，表示恭敬。此指到近前来迎。旋蓬，随风旋转的蓬草，此喻指极易得。入门不拜，一作“入门开说”，一作“一开游说”。挥，一作“麾”。

〔6〕客：一作“生”。魄：一作“拓”。

〔7〕攀龙：追随帝王。《后汉书·光武帝纪》：“天下士大夫捐亲戚，弃土壤，从大王于矢石之间者，其计固望其攀龙鳞，附凤翼，以成其所志耳。”明主：此指唐玄宗。

〔8〕雷公：神话中所谓雷神。王充《论衡·雷虚》：“图画之工，图雷之状，累累如连鼓之形。又图一人，若力士之容，谓之雷公。使之左手引连鼓，右手推椎，若击之状。”砰訇：象声词，形容迅雷发出的声音。天鼓：天神所击之鼓。传说天鼓震则有雷声。《史记·天官书》：“天鼓，有音如雷非雷，音在地而下及地。”《云仙杂记》引葛洪《抱朴子》：“雷曰天鼓，雷神曰雷公。”

〔9〕“帝旁”三句：《神异经·东荒经》：“东王公居焉。……恒与一玉女投壶，每投千二百矫（矢跃出也）。设有入不出者，天为之噏嘘（开口笑）；矫出而脱误不接者，天为之笑。”事本此。投壶，古时的一种游戏。玉女，此代指君王身边的幸臣。

〔10〕“三时”二句：三时，谓早、中、晚。大笑，指天笑。天不雨而有电光，谓之天笑。倏烁，此形容电光闪烁之貌。晦冥，昏暗，阴沉。此二句以天气雷电交加与阴雨变化无常，隐喻朝廷政令之多变与君王恩威之难测。

〔11〕“阊阖”二句：喻自己虽有报国之志，却被谗人壅蔽而不效。《楚辞·离骚》：“吾令帝阍开关兮，倚阊阖而望予。”此句化用之。阊阖，天门。阍，看守天门的人。

〔12〕“白日”二句：意谓君王不察自己的一片忠心，因而自己忧心国事岂非如杞人忧天一样徒费心力！白日，指君王。“杞国”句用“杞人忧天”事。《列

子·天瑞》："杞国有人忧天地崩坠，身亡所寄，废寝食者。"

〔13〕猰貐：亦作"猰貐"，传说中的食人怪兽。《尔雅·释兽》："猰貐，类貙，虎爪，食人，迅走。"任昉《述异记》卷上："猰貐，兽中最大者，龙头马尾虎爪，长四百尺，善走，以人为食。遇有道君即隐藏，无道君即出食人。"这里以猰貐喻指恶人。

〔14〕驺虞：传说中的义兽。《诗经·召南·驺虞》："彼茁者葭，壹发伍豝，于嗟乎驺虞。"毛传："驺虞，义兽也，白虎黑文，不食生物，有至信之德则应之。"此以之为施以仁德之理想政治的象征。

〔15〕"手接"二句：接飞猱，《文选·曹植〈白马篇〉》："仰手接飞猱。"李善注："凡物飞，迎前射之曰接。猱，猨属也。"搏雕虎、侧足焦原，《文选·张衡〈思玄赋〉》："执雕虎而试象兮，阽焦原而跟趾。"李善注："雕虎、象，兽名也。《尸子》，中黄伯曰：余左执太行之獶，而右搏雕虎，唯象之未与，吾心试焉。有力者则又愿为牛，欲与象斗以自试。今二三子以为义矣，将恶乎试之？夫贫穷，太行之獶也；疏贱，义之雕虎也。而吾日遇之，亦足以试矣。……《尸子》又曰：莒国有石焦原者，广五十步，临百仞之溪，莒国莫敢近也。有以勇见莒子者，独却行齐踵焉，所以称于世。夫义之为焦原也亦高矣，贤者之于义，必且齐踵，此所以服一时也。善曰：雕虎以喻贫，试象以喻竭力，焦原以喻义。言己以执雕虎之贫穷，愿竭试象之力，而守焦原之义。"此二句意谓自己善射且有勇力，不惧贫穷、疏贱，而尽力以行义。

〔16〕"智者"二句：谓智者视世道之治乱而卷舒，愚者则一味逞其豪，世人不辨，因而对我颇为轻视。《论语·卫灵公》："君子哉蘧伯玉！邦有道，则仕；邦无道，则可卷而怀之。"此即所谓智者。

〔17〕"力排"二句：用齐相晏子"二桃杀三士"事。齐国有三壮士——公孙接、田开疆、古冶子事齐景公，以勇力搏虎闻。晏子过而趋，三子不起。晏子因请齐景公使人馈之二桃，使计功而食。三子论功争桃，后皆自杀，同归于尽。事见《晏子春秋·内篇谏下》。按，此三壮士即上句所谓逞豪之愚者。

〔18〕"吴楚"二句：言治国须重视人才。《史记·游侠列传》："吴楚反时，条侯（按，即周亚夫）为太尉，乘传车将至河南，得剧孟，喜曰：'吴楚举大事而不求孟，吾知其无能为已矣。'天下骚动，宰相得之若得一敌国云。"此借剧孟以自比。剧孟，西汉洛阳人，以侠著称。亚夫，即周亚夫，西汉沛县人，绛侯周勃次子，景帝时名将。吴、楚等七国反，景帝任周亚夫为太尉，平定叛乱。乱平，为丞相。后因忤景帝而治罪，绝食而死。咍，嗤笑。

〔19〕“张公”二句：张公，即张华。张华，字茂先，范阳方城（今河北固安）人。初，华见斗牛之间常有紫气，问豫章雷焕。焕告之乃宝剑之精上彻于天，并谓在豫章丰城，华因补焕为丰城令。焕至县，掘狱屋基，得双剑，曰龙泉、太阿，乃一送华，一自佩。华得剑，宝爱之，而报焕书曰：“详观剑文，乃干将也，莫邪何复不至？虽然，天生神物，终当合耳。”后华诛，失剑所在。焕卒，其子华持剑行经延平津，剑忽于腰间跃出堕水。使人没水取之，不见剑，但见两龙各长数丈，蟠萦有文章，须臾光彩照水。事见《晋书·张华传》。此用两剑会合有时，表达对未来君臣遇合之信心。

〔20〕风云感会：谓君臣感应遇合。《后汉书·朱景王杜马刘傅坚马传》：“论曰：中兴二十八将，前世以为上应二十八宿，未之详也。然咸能感会风云，奋其智勇，称为佐命，亦各志能之士也。”语本之。屠钓：指吕尚。

〔21〕大人：谓志向高远的人。岘屼：不安貌。

【评说】

此诗应是开元十八年至十九年李白一入长安期间所作。首二句以长啸《梁甫吟》，未能见阳春起，为全诗定下了基调，即渴望君臣遇合。以下以两个“君不见”领起“大贤”吕尚与“狂客”郦食其事迹，以二人虽曾落魄而终被用并得以成就一番事业，说明自己亦必能君臣遇合，实现理想与抱负。“我欲攀龙见明主”至“驺虞不折生草茎”数句，是有慨于今时政治之昏暗不明，而写法上则继承并借鉴《楚辞》中的比兴手法，写得迷离惝恍。“手接”六句，谓自己当为国出力，刺奸击邪，不惮辛劳与艰苦，而又因世情如此，唯当韬光卷智，不做愚者之豪；虽世人不知，谓为真愚，己亦当不改其行，不然就会若古之三士，一忤齐相，而被用计杀害。“吴楚”以下数句，连用数事，而深自慰解，谓当国者终须得人以用，则己之遇合亦必有时；虽遭时不利，且安时以待命，终必有风云感会之日。

俊逸奔放，是李白诗最突出的特点，此诗纯以气胜，若疾风骤雨，最能见其特色。又，李白之为人，自信自负，乐观豪迈，此诗亦可见其个性。

【集评】

［明］陆时雍《唐诗镜》卷十八：“气魄驰骤，如风雨凭陵，惊起四座。”

［明］王夫之《唐诗评选》卷一：“长篇不失古意，此极难。将诸葛旧词‘二桃三士’搀入夹点，局阵奇绝。”

［清］沈德潜《唐诗别裁集》卷六：“后半拉杂使事，而不见其迹，以气胜

也。若无太白本领，不易追逐。”

玉壶吟

烈士击玉壶，壮心惜暮年[1]。
三杯拂剑舞秋月，忽然高咏涕泗涟[2]。
凤凰初下紫泥诏[3]，谒帝称觞登御筵[4]。
揄扬九重万乘主[5]，谑浪赤墀青琐贤[6]。
朝天数换飞龙马[7]，敕赐珊瑚白玉鞭[8]。
世人不识东方朔，大隐金门是谪仙[9]。
西施宜笑复宜颦，丑女效之徒累身[10]。
君王虽爱蛾眉好，无奈宫中妒杀人[11]。

【注释】

〔1〕“烈士”二句：《世说新语·豪爽》：“王处仲（敦）每酒后辄咏‘老骥伏枥，志在千里。烈士暮年，壮心不已。’以如意打唾壶，壶口尽缺。”二句本此。“老骥伏枥”四句，是曹操《步出夏门行》中的诗句。烈士，有气节与壮志的人。

〔2〕“三杯”二句：一作“三杯拂剑舞，秋月忽高悬”。

〔3〕“凤凰”句：凤凰初下，《初学记》卷三十引晋陆翙《邺中记》云：“石季龙皇后在观上，有诏书五色纸，著凤口中。凤既衔诏，侍人放数百丈绯绳，辘轳回转，凤皇飞下。凤以木作之，五色漆画，咮脚皆用金。”紫泥诏，汉代以紫泥封诏书，因称。东汉卫宏《汉官旧仪》卷上：“皇帝六玺……皆以武都紫泥封。”此句指玄宗下诏征其入京事。

〔4〕称觞：举杯。觞，酒器。

〔5〕揄扬：称颂，宣扬。九重万乘主：指帝王。古谓天子之门九重。宋玉《九辩》：“君之门以九重。”

〔6〕谑浪：戏谑。赤墀：皇宫的台阶，以丹漆涂饰，故称。墀，台阶。青

琐：皇宫中刻成连锁花纹之门窗，以青色涂饰。贤：指朝中大臣。

〔7〕飞龙马：飞龙厩的马。翰林学士得乘皇帝飞龙厩的御马。见前《驾去温泉宫后赠杨山人》注〔7〕。

〔8〕珊瑚白玉鞭：以珊瑚、白玉所饰之马鞭。元萧士赟《分类补注李太白诗》："《凉州记》：'咸宁二年，发张骏陵，得鞭，饰以珊瑚。"又，唐苏鹗《杜阳杂编》卷上："上（代宗）尝幸兴庆宫，于复壁间得宝匣，匣中获玉鞭。鞭末有文，曰软玉鞭，即天宝中异国所献。"

〔9〕"世人"二句：东方朔，字曼倩，平原郡厌次县（今山东德州陵城区神头镇）人，武帝近臣，诙谐滑稽，然时观察颜色以切谏，好事者以其为谪仙。武帝初，其上书自荐，高自称誉，上令待诏公车，久之，使待诏金马门。金马门，省称金门。见前《初出金门寻王侍御不遇，咏壁上鹦鹉》注〔1〕。谪仙，谪降于世间的仙人。相传东方朔乃岁星谪降于人间（见《太平广记》卷六"东方朔"）。此二句乃以东方朔自喻，谓自己亦是谪仙。

〔10〕"西施"二句：《庄子·天运》："故西施病心而矉其里，其里之丑人见而美之，归亦捧心而矉其里。其里之富人见之，坚闭门而不出；贫人见之，挈妻子而去之走。"宜笑复宜嚬，梁简文帝《鸳鸯赋》："亦有佳丽自如神，宜羞宜笑复宜嚬。"嚬，同"颦"。此以西施自比，以丑女比宫中权贵与佞幸。

〔11〕"君王"二句：《楚辞·离骚》："众女嫉余之蛾眉兮，谣诼谓余以善淫。"蛾眉，代指美貌或美人。此二句乃谓自己在朝遭人嫉妒谗毁。宫中，代指朝中谗佞之徒。

【评说】

安旗主编《李白全集编年笺注》、郁贤皓《李太白全集校注》皆系此诗作于天宝二年（743）。元萧士赟谓："此诗乃太白自述其知遇始末之辞也。观太白传及前后诗集序，其意自见矣。"李白于天宝元年（742）秋至长安，受帝命待诏翰林，初承恩顾，然未久即遭谗毁，此当为谗言初起而君恩未歇时作。诗中慷慨悲歌，壮怀激烈，既抒写了矫首扬眉之恩荣，又嘲讽了群小妒谗之丑态，愤激中见其豪壮之个性。"烈士"四句，既写其欲有所作为之壮志，复见其内心之悲愤痛苦。"击玉壶""惜暮年""舞秋月""涕泗涟"，可见其激昂悲伤之形象。"凤凰"以下八句，回顾入翰林院以来的经历，既感君王恩遇，又自负其才华，充满豪迈之气。"西施"以下四句，则愤激于群小之妒贤害能，投以轻蔑之嘲讽，而于君王则微有回护，又用"香草美人"之比兴手法，语意含蓄而蕴藉。

【集评】

［明］陆时雍《唐诗镜》卷十八：“步骤之奇，歌颂之妙。”

［清］吴乔《围炉诗话》卷二：“太白云：‘君王虽爱蛾眉好，无奈宫中妒杀人。’无余味。”

［清］余成教《石园诗话》卷一：“太白《梁父》《玉壶》两吟，隐寓当时受知明主、见愠群小之事于其内，读之者但赏其神俊，未觉其自为写照也。”

［清］曾国藩《求阙斋读书录》卷七：“‘凤凰’以下八句，皆自赞之辞。‘西施’四句，伤不遇也。”

将进酒〔1〕

君不见黄河之水天上来，奔流到海不复回。
君不见高堂明镜悲白发，朝如青丝暮成雪〔2〕。
人生得意须尽欢，莫使金樽空对月。
天生我材必有用〔3〕，千金散尽还复来〔4〕。
烹羊宰牛且为乐，会须一饮三百杯〔5〕。
岑夫子，丹丘生〔6〕，进酒君莫停〔7〕。
与君歌一曲，请君为我倾耳听〔8〕。
钟鼓馔玉不足贵〔9〕，但愿长醉不用醒〔10〕。
古来圣贤皆寂寞〔11〕，惟有饮者留其名。
陈王昔时宴平乐，斗酒十千恣欢谑〔12〕。
主人何为言少钱，径须沽取对君酌〔13〕。
五花马，千金裘〔14〕，呼儿将出换美酒〔15〕，
与尔同销万古愁。

【注释】

〔1〕将进酒：乐府古题，属鼓吹曲辞，汉鼓吹铙歌曲之一。《乐府诗集》卷十六《将进酒》："古词曰：'将进酒，乘大白。'大略以饮酒放歌为言。宋何承天《将进酒篇》曰：'将进酒，庆三朝。备繁礼，荐嘉肴。'则言朝会进酒，且以濡首荒志为戒。若梁昭明太子云'洛阳轻薄子'，但叙游乐饮酒而已。"将（qiāng），愿，请。

〔2〕如：一作"成"。

〔3〕"天生"句：一作"天生我身必有财"，一作"天生吾徒有俊材"。

〔4〕千：一作"黄"。

〔5〕会须：应当，应该。

〔6〕岑夫子：即岑勋。丹丘生：即元丹丘。二人皆为李白之好友。

〔7〕"进酒"句：一作"将进酒，杯莫停"。

〔8〕倾：一作"侧"。

〔9〕钟鼓馔玉：钟鼓，乐器。旧时富贵人家鸣钟列鼎而食。馔玉，至美之食物，如玉之贵。形容富贵豪华的生活。

〔10〕用：一作"复"，一作"愿"。

〔11〕寂寞：一作"死尽"。

〔12〕"陈王"二句：陈王，即曹植，曹植曾封陈王。曹植《名都篇》有句"归来宴平乐，美酒斗十千"，二句由此而来。平乐，即平乐观，汉明帝造，在洛阳西门外。谑，欢乐。时，一作"日"。

〔13〕"径须"句：一作"且须沽酒共君酌"。

〔14〕五花马：一说谓马之毛色为五花纹者，如杜甫《高都护骢马行》之"五花散作云满身"。一说指剪马鬣为五瓣者。王琦《李太白全集》注："据《图画见闻志》云：唐开元、天宝之间，承平日久，世尚轻肥，三花饰马。旧有家藏韩干画《贵戚阅马图》，中有三花马，兼曾见苏大参家有韩干画三花御马，晏元献家张萱画《虢国出行图》中有三花马。三花者，剪鬣为三瓣。白乐天诗云：'凤笺裁五色，马鬣剪三花。'乃知所谓五花者，亦是剪马鬣为五瓣耳。"千金裘，裘之华贵者。《史记·孟尝君列传》："孟尝君有一狐白裘，直千金，天下无双。"

〔15〕将：持，拿。

【评说】

李白一入长安求仕失败，出长安后曾至洛阳、襄阳，又北游太原。开元二十四年至嵩山，与友人岑勋、元丹丘于嵩山颍阳山居置酒高会，此诗即作于此时。此为李白传颂最广、影响最大的作品之一，诗中抒发了时光倏忽、华年易逝以及因功业未就产生的人生感慨。其中既有对自己才能的自信，亦有因人生失意而发的牢骚。因自信，故能豪迈放纵；因失意，故欲求快意人生。然总因人生不得意，故于豪迈中隐约见悲。诗写纵酒之快意最突出，乃至使其成为一曲痛快淋漓的“酒歌”。全诗气势奔放，阵局开合，隐悲愁于豪纵，最见诗人之个性与才气。而就此诗之特色看，尤为突出者，一是两个“君不见”领起，最见气势，具有惊心动魄之力量；二是自信自负之意的抒发，“天生我材必有用”，成为最动人的诗句；三是自“岑夫子”以下，以现场感极强的情景描写抒写纵酒之快意，堪称并世无双。

【集评】

［明］周珽《唐诗选脉会通评林》：“首以‘黄河’起兴，见人之年貌倏改，有如河流莫返。一篇主意全在‘人生得意须尽欢，莫使金樽空对月’两句。”

［清］徐增《而庵说唐诗》卷四：“君不见，是点醒人语。太白此歌，最为豪放，才气千古无双。”

［清］王尧衢《唐诗合解》卷三：“此篇用长短句为章法，篇首用两个‘君不见’领起，亦一局也。”

［日］近藤元粹《李太白诗醇》卷一：“一起奇想，亦自天外来。”又云：“慷慨淋漓，有老骥伏枥之感。外间选本，多不载此首，盖以为任达放浪之言耳，未足以伺作者言外之旨意也。”

杜甫

夔府孤城落日斜，每依北斗望京华

秋兴八首

其　一

玉露凋伤枫树林[1]，巫山巫峡气萧森[2]。
江间波浪兼天涌，塞上风云接地阴[3]。
丛菊两开他日泪，孤舟一系故园心[4]。
寒衣处处催刀尺，白帝城高急暮砧[5]。

【注释】

〔1〕玉露：白露。凋伤：草木经霜而凋谢。

〔2〕巫山巫峡：巫山，在巫山县东，绵延百六十里，夹江壁立，中即巫峡。郦道元《水经注》卷三十四“江水”：“江水历峡东径新崩滩……其下十余里有大巫山，非惟三峡所无，乃当抗峰岷、峨，偕岭衡、疑……其间首尾百六十里，谓之巫峡，盖因山为名也。”

〔3〕塞上：指西部关塞。接地阴：谓天地相接，一片阴沉。接，迫近。

〔4〕“丛菊”二句：写怀乡思归之情与身世飘零之感。丛菊两开，杜甫自代宗永泰元年（765）夏离开成都草堂，本欲乘舟出峡，返归中原故乡，却因兵乱与多病，秋至云安滞留，次年秋至夔州，又滞留不行，凡经两秋。孤舟一系，谓船长系于江边，总是不能开出。故园心，指回故乡的愿望。两，一作“重”。

〔5〕“寒衣”二句：写夔州秋日之气氛，衬托游子思乡之情。催刀尺，指赶制冬衣。急暮砧，谓黄昏时分捣衣声更加急迫。砧，捣衣石，将衣料置于其上捶打，以使平展。

【评说】

《秋兴八首》是代宗大历元年（766）秋杜甫流寓夔州时所作的七律组诗。因秋而发兴，故名曰“秋兴”。组诗前后呼应，脉络贯通，构成了一个完整的整体，以诗人流落夔府，身居江峡而缅怀长安、感慨今昔为主要内容，抒写漂泊异乡的身世之感。组诗格律严整，对仗精工，音节铿锵，意境悲壮，是作者晚年七律的代表作。此为第一首，是组诗的总起，写诗人因目睹夔府江边的萧飒秋景而引发的故国之思。“故园心”是此首之核心，亦是八首之重心。

【集评】

［明］王嗣奭《杜臆》卷八：“第一首乃后来七首之发端，乃《三百篇》之所谓兴也。秋景可悲，尽于萧森；而萧森起于凋伤，凋伤则巫山、巫峡皆萧森矣。但见巫峡江间，波浪则兼天而涌；巫山塞上，风云则接地皆阴。塞乎天地，皆萧森之气矣。乃山上则丛菊两开，而他日之泪，至今不干也；江中则孤舟一系，而故园之心，结而不解也。前联言景，后联言情；而情不可极，后七首皆胞孕于两言中也。又约言之，则‘故园心’三字尽之矣。况秋风戒寒，衣须早备，刀尺催而砧声急，耳之所闻，合于目之所见，而故园之思弥切矣。”

［明］王夫之《唐诗评选》卷四：“笼盖包举，一切皆在。‘丛菊两开’句联上景语，就中带出情事，乐之如贯珠者，拍板与句不为终始也。”

其　二

夔府孤城落日斜，每依北斗望京华〔1〕。
听猿实下三声泪〔2〕，奉使虚随八月槎〔3〕。
画省香炉违伏枕〔4〕，山楼粉堞隐悲笳〔5〕。
请看石上藤萝月，已映洲前芦荻花〔6〕。

【注释】

〔1〕“每依”句：每依，谓每夜如此，见其频也。京华，指长安。北斗，清仇兆鳌云：“赵蔡两注俱云，秦城上直北斗，长安在夔州之北，故瞻依北斗而望之。”（《杜诗详注》卷十七）故此句大致谓以北斗方位而想望长安。北，一作“南”。

〔2〕“听猿”句：谓因想望京华，闻猿啼而下泪。三峡多猿，啼声凄切。见前《登高》注〔1〕。

〔3〕“奉使”句：八月槎，张华《博物志》卷十：“旧说云天河与海通。近世有人居海渚者，年年八月有浮槎去来，不失期。人有奇志……乘槎而去。……去十余日，奄至一处，有城郭状，屋舍甚严。遥望宫中多织妇，见一丈夫牵牛渚次饮之。……问此是何处，答曰：‘君还至蜀郡访严君平则知之。’……后至蜀，问君平，曰：‘某年月日，有客星犯牵牛宿。’计年月，正是此人到天河时也。”又，梁宗懔《荆楚岁时记》载：“汉武帝令张骞使大夏寻河源，乘槎经月而去。至一处，见城郭如官府，室内有一女织，又见一丈夫牵牛饮河。”此句合此二事典用之，喻诗人自己参严武幕府事。其意乃以张骞比严武，以至天河喻还朝廷。严武为剑南西川节度使，表杜甫为检校工部员外郎参谋幕府，故曰“奉使”。杜甫原拟随严武还朝，但严武于永泰元年（765）夏死于成都，其还朝之打算落空，故云“虚随”。

〔4〕“画省”句：慨叹自己因卧病峡中，未能回长安并寓值尚书省。画省，指尚书省。应劭《汉官仪》卷上：尚书省更直，“给尚书史二人，女侍史二人，皆选端正。从直女侍执香炉烧薰从入台”，“省皆胡粉涂画古贤人烈女”。后尚书省因别称“画省”。违伏枕，谓自己因卧病而违离朝廷。伏枕，指卧病。一说，“伏枕”乃指在尚书省寓值。“画省违伏枕”，意在慨叹自己徒有尚书员外郎的虚衔，却不能回到长安，在尚书省真正寓值。

〔5〕“山楼”句：谓悲凉的笳声在夔州城头萦回。乃是兵戈未止之意。山楼，指夔州城楼。粉堞，用白垩涂饰的女墙。悲笳，悲凉的笳声。笳，古代军中号角，其声悲壮。

〔6〕“请看”二句：谓照在山石藤萝上的月光，不知不觉已移映于江边沙洲前的芦荻花上了。见其因思念之切而伫望之久。洲，江边沙洲。芦荻花，即芦花。

【评说】

此首承第一首之“故园心”而来，而以“望京华”为篇旨之所在。首联点明身之所处在夔府，而心之所念在京华。颔联写其本欲重返京城，奈何愿望成空，则闻猿声而下伤心之泪，非仅为悲秋也。于句法上则为逆起。颈联写滞留未归之因与身处异乡之悲。末联言月移光转，见其伫立之久，与首联中“落日斜”“望京华”相照应。

【集评】

［清］佚名《杜诗言志》卷十一：“通首重‘望京华’三字，盖望京华者，乃少陵之至性所钟，生平命脉，皆在于此，所谓与身而俱来，寝食不忘者也。”

［清］浦起龙《读杜心解》卷四之二：“二章，乃是八首提掇处。提‘望京华’本旨，以申明‘他日泪’之所由，正所谓‘故园心’也，如八股之有承题然。”又曰：“此章大意，言留南望北，身远无依，当此高秋，讵堪回首！正为前后筋脉。”

其　三

千家山郭静朝晖〔1〕，日日江楼坐翠微〔2〕。
信宿渔人还泛泛，清秋燕子故飞飞〔3〕。
匡衡抗疏功名薄，刘向传经心事违〔4〕。
同学少年多不贱，五陵衣马自轻肥〔5〕。

【注释】

〔1〕山郭：山城，山村，此指夔州城。朝晖：早晨的阳光。

〔2〕“日日”句：谓每日于江楼上坐对翠微。翠微，青翠掩映的山腰幽深处。《尔雅·释山》：“未及上，翠微。”郝懿行《尔雅义疏》：“翠微者……盖未及山顶，孱颜之间，葱郁葐蒀，望之谸谸青翠，气如微也。”

〔3〕“信宿”二句：写每日于江楼上之所见。渔舟已再宿而还泛于江中，清秋燕子当归，而仍飞于山郭。还泛泛，以渔人自适而意有所羡；故飞飞，则以燕当归而不归，似有意嘲诗人有家不归。信宿，连宿两夜。信，再宿曰信。故，还，仍然，此兼有故意之义。

〔4〕“匡衡”二句：写江楼独坐时心中所想心事。匡衡，汉元帝时人，字稚圭，东海郡承县（今山东枣庄市峄城区）人。元帝初即位时，有日蚀、地震灾变，上问以政治得失，衡上疏，上悦其言，迁衡为光禄大夫、太子少傅。后丞相韦玄成病逝，衡代为丞相，封乐安侯，辅佐皇帝，总理全国政务。杜甫为左拾遗，尝上疏救房琯，故以匡衡自比，却因抗疏遭贬斥，故云“功名薄”。刘向，原名更生，字子政，祖籍沛郡丰邑（今江苏丰县），汉高祖刘邦异母弟刘交之后。

宣帝时选为儒俊才，官至散骑、谏大夫、给事中。元帝时因上书弹劾宦官外戚，曾两度下狱，免为庶人。成帝即位后，迁光禄大夫，官至中垒校尉，诏领校中五经秘书。杜甫家素业儒，故以刘向自比，却漂泊异乡，不能如刘向诏领典校五经，故云“心事违”。

〔5〕“同学”二句：谓当年之同学少年，今多已富贵，然其不过志在衣马轻肥而已。同学少年，谓小时同学之辈。五陵，西汉五位帝王之陵，均在渭水北岸今陕西咸阳附近。《文选·班固〈西都赋〉》：“则南望杜、霸，北眺五陵。”刘良注：“宣帝杜陵、文帝霸陵在南，高、惠、景、武、昭帝此五陵皆在北。”元帝以前，每立陵墓，辄迁徙四方富豪及外戚于此居住，故五陵为豪侠之所居。轻肥，《论语·公冶长》：“子路曰：‘愿车马衣轻裘，与朋友共，敝之而无憾。”衣马，即裘马。清黄生云：“自”与“共”相反。“衣马轻肥，反取‘与朋友共’意，言长安知旧，不惟不相援引，并周急恤友之意亦无之矣。”（《杜诗说》卷八）

【评说】

此首承上一首之“望京华”，写其江楼独坐所忆。首联写其朝起即至江楼，而日日坐对翠微，正见其思念之殷。颔联写江楼所见，引出长安心事。颈联与尾联是中心所在，追忆往事，感慨身世，虽含愤懑不平，而语意委婉。

【集评】

［清］钱谦益《钱注杜诗》卷十五：“第三章正申《秋兴》名篇之意，古人所谓文之心也。”

［清］浦起龙《读杜心解》卷四之二：“三章，申明‘望京华’之故，主意在五、六逗出，文章家原题法也。”又曰：“前二首‘故园’‘京华’，虽已提出，尚未明言其所以。至是说出事与愿违衷曲来，是吾所谓‘望’之故，钱氏所谓文之心也。”

［日］津阪孝绰《杜律详解》卷下：“以上三首就夔府言，以下就长安言，此八首分界处，而末句‘五陵’逗起长安矣。盖身居巫峡，心思京华为八首大旨。前三首专叙身之所处，而慨心之所思；后五首专写心之所思而伤身之所处，是八诗中线索也。”

其　四

闻道长安似弈棋[1]，百年世事不胜悲[2]。
王侯第宅皆新主，文武衣冠异昔时[3]。
直北关山金鼓震[4]，征西车马羽书驰[5]。
鱼龙寂寞秋江冷[6]，故国平居有所思[7]。

【注释】

〔1〕似弈棋：形容长安政局如棋局之互相争斗，此消彼长，变幻不定。

〔2〕百年世事：犹一生所历。此是杜甫自谓其平生经历。一说，泛指近百年来的政局变化。恐非是。胜，一作“堪”。

〔3〕“王侯”二句：承“似弈棋”而来，言长安政局变化之大，语含愤激与慨叹。清钱谦益曰：“王侯第宅，指误国之人，如林甫、国忠辈也。玄宗宠任蕃将，而肃宗信向中官，俾居朝右，文武衣冠皆异于昔时也。所谓‘百年世事’者如此。”（《钱注杜诗》卷十五）异昔时，不同于往日。

〔4〕“直北”句：谓北面边塞一带金鼓震天，回纥时常入侵。金鼓，即钲，军中击之以进退军旅。《汉书·司马相如传》：“纵金鼓，吹鸣籁。”颜师古注：“金鼓谓钲也。”王先谦补注：“钲，铙也。其形似鼓，故名金鼓。”震，一作“振”。

〔5〕“征西”句：谓西面吐蕃入侵，军情紧急。征西车马，指征讨西面吐蕃入侵的军队。羽书驰，谓快马传递文书，交驰于道，见军情之危急也。羽书，军中紧急文书，插羽于书，以示紧急。马，一作“骑”。驰，一作“迟”。

〔6〕“鱼龙”句：点明秋景，兼有自喻。谓当此万方多难之时，自己却如同蛰栖之鱼龙，于寂寞之秋夜一筹莫展，唯有日坐江楼，独望京华而已。鱼龙寂寞，陆佃《埤雅》卷一：“郦元《水经》曰：‘鱼龙以秋日为夜。’按，龙秋分而降，则蛰寝于渊。龙以秋日为夜，岂谓是乎？”

〔7〕“故国”句：故国，指长安。平居，平日所居。杜甫曾在长安居住十余年。

【评说】

此首为第四首，居八首之中，于“故园心”中专写长安政局之变幻，是八首中唯一正面涉及国事政局之篇。首联写长安政局变幻若弈棋，而冠以“闻道”，含蓄中隐有多少愤激与悲慨。清徐增云：“‘闻道’二字，可感可泣。一则不忍言亲见，乃托之耳闻；一则去国已远，不欲实说也。”（《而庵说唐诗》卷十七）颔联、颈联写朝中人事变迁与国事危机。颔联写朝中，偏于内；颈联写边徼，偏于外。内外如此，则国事面目已非昔日，乃有末联诗人于寂寞秋夜而“有所思”昔日长安之“平居”。末尾一句，结上启下，引出以下四首对长安盛时旧事之忆。

【集评】

［宋］刘克庄《后村先生大全集》卷一百八十二：“公诗叙离乱多至百韵，或五十韵，或三四十韵，惟此篇最简而切也。”

［清］陈廷敬《杜律诗话》卷下：“八章中前三章详夔州，略长安，后五章详长安，略夔州。此章末句可以结本章，可以起下章，可以总起下四章，‘故国平居有所思’，犹‘历历开元事，分明在眼前’。”

［清］黄生《杜诗说》卷八：“八句结本章而起下四章之义，下四章不过长言之以舒其悲耳。或谓寓讥明皇神仙游宴武功之事，是犹其人方痛哭流涕，而诬其嬉笑怒骂，岂情也哉！”

其　五

蓬莱高阙对南山，承露金茎霄汉间〔1〕。
西望瑶池降王母〔2〕，东来紫气满函关〔3〕。
云移雉尾开宫扇，日绕龙鳞识圣颜〔4〕。
一卧沧江惊岁晚，几回青琐点朝班〔5〕。

【注释】

〔1〕“蓬莱”二句：状写长安宫殿之巍峨壮盛。蓬莱，即大明宫，初名永安宫，又称含元宫。南山，即终南山，在长安南，一名太一山，又名中南山。宋宋敏求《长安志》卷六“宫室四”：“东内大明宫，在禁苑之东南，南接京城之北面，西接宫城之东北隅。南北五里，东西三里。贞观八年，置为永安宫。明年，改曰大明宫，以备太上皇清暑。百官献资财以助役。龙朔三年，大加兴造，号曰蓬莱宫。咸亨元年，改曰含元宫。”“北据高原，南望爽垲，每天晴日朗，南望终南山，如指掌，京城坊市街陌，俯视如在槛内，盖其高爽也。”承露，承露盘。佚名《三辅故事》：“建章宫承露盘高二十丈，大七围，以铜为之，上有仙人掌承

露，和玉屑饮之。”金茎，铜柱。《文选·班固〈西都赋〉》：“抗仙掌以承露，擢双立之金茎。”李善注：“金茎，铜柱也。”按，建章宫、承露盘、金茎，皆汉宫殿与建筑，此借汉以代唐。高，一作“宫”，又作“仙”。

〔2〕瑶池：传说中昆仑山上之池，为西王母所居。《史记·大宛列传》：“昆仑其高二千五百余里，日月所相避隐为光明也。其上有醴泉、瑶池。”《穆天子传》卷三：“乙丑，天子觞西王母于瑶池之上。西王母为天子谣……”王母：即西王母，古代传说中的女仙人，俗以其为长生不老的象征。《山海经·西山经》：“西王母，其状如人，豹尾虎齿而善啸。”

〔3〕“东来”句：用老子过函谷关事。《艺文类聚》卷七十八引《关令内传》：“关令登楼四望，见东极有紫气西迈，喜曰：‘夫阳气尽九，星宿值合，岁月并王，复九十日之外，法应有圣人经过京邑。’至期，乃斋戒，其日果见老子。”函关，即函谷关。

〔4〕“云移”二句：追忆往日长安宫中的朝省经历。云移，形容宫扇移去如云之流动。雉尾，即雉尾扇，为古代帝王的仪仗用具。晋崔豹《古今注·舆服》：“雉尾扇，起于殷世。高宗时有雊雉之祥，服章多用翟羽。周制以为王、后、夫人之车服，舆车有翣，即缉雉羽为扇翣，以障翳风尘也。汉朝乘舆服之，后以赐梁孝王。魏晋以来用为常，准诸王皆得用之。”开宫扇，《唐会要》卷二十四：“开元中，萧嵩奏：‘每月朔望，皇帝受朝于宣政殿，先列仗卫，及文武四品以下于庭，侍中进外办，上乃步自序西门出，升御座。朝罢，又自御座起，步入东序门，然后放仗散。臣以为宸仪肃穆，升降俯仰，众人不合得而见之。乃请备羽扇于殿两厢，上将出，所司承旨索扇，扇合，上座定，乃去扇。给事中奏无事，将退，又索扇如初。’令以常式。”龙鳞，天子衮衣上的龙纹图案。圣颜，天子的面容。

〔5〕“一卧”二句：惊叹时光流逝而迟暮漂泊，因思及长安之朝班传点，何其倏忽短暂。一卧沧江，指因病而寓居夔州。因夔州近江，故云。又，“一卧”有一蹶不振意。岁晚，岁暮。自兼有自伤老大意。青琐，见前《玉壶吟》注〔6〕。点，传点。早朝时传呼点名，官员依次入朝。朝班，即上朝时依职级、品位高低排列的次序。点，一作“照”。

【评说】

此首乃追忆长安宫中的朝省经历。首联以蓬莱宫与终南山对举，以“承露”“金茎”做衬托，见其巍峨壮观。颔联旧解或以“瑶池降王母”“紫气满函关”比附杨太真为女道士、玄宗好道求仙，有讽刺意，恐求之过深。二句不过以“西望”“东来”做空间上的铺陈，以渲染长安宫阙之壮盛，即“不睹皇居壮，安知天子尊”之意也。颈联多解作杜甫献赋蓬莱，初识玄宗龙颜事，恐亦泥。“云移雉尾”不过写朝省仪式，似不必以此作杜甫初识玄宗龙颜解。况杜甫诗尝云“忆献三赋蓬莱宫，自怪一日声烜赫。集贤学士如堵墙，观我落笔中书堂”（《莫相疑行》），其时乃玄宗命宰相试文章，杜甫未尝于殿上见玄宗。末联感慨极深，一叹自离开长安，从此暌违朝堂，异乡漂泊，不觉岁月倏忽，而忽惊岁晚迟暮；二叹昔日早朝传点，青琐面圣，能有几回，而今回忆，真恍若梦中。

前六句宏昌壮丽，末二句低回凄凉，今昔之慨，于对比中见之。

【集评】

［清］钱谦益《钱注杜诗》卷十五：“此诗追思长安全盛，叙述其宫阙崇丽，朝省尊严，而感伤则见于末句。盖自灵武回銮，放逐蜀郡旧臣，自此中官窃柄，开元、天宝之盛世，不可复见。而公坐此移官，沧江岁晚，能无三叹于今昔乎！‘几回青琐’，追数其近侍奉引，时日无几也。嗟乎！‘西望瑶池’以下，开、宝之长安也。‘王侯第宅’以下，肃宗之长安也。徘徊感叹，亦所谓重章而共述也。”

［清］黄生《杜诗说》卷八：“赋长安景事，自当以宫阙为首。‘不睹皇居壮，安知天子尊’，正是此诗立局之意。‘西望’‘东来’，不过铺张皇居门户之广大耳。以为讥明皇之好仙，真小儿强作解事。”

［清］佚名《杜诗言志》卷十一：“通首博大昌明，铿铉绮丽，举初、盛早朝应制诸篇，一齐尽出其下，真杰作也。”

其　六

瞿唐峡口曲江头，万里风烟接素秋〔1〕。
花萼夹城通御气〔2〕，芙蓉小苑入边愁〔3〕。
珠帘绣柱围黄鹄，锦缆牙樯起白鸥〔4〕。
回首可怜歌舞地，秦中自古帝王州〔5〕。

【注释】

〔1〕“瞿唐”二句：将身所处之瞿塘峡与心所系之曲江相接，引起对曲江昔日胜景的追忆。瞿唐峡，即瞿塘峡，为长江三峡之一，西起四川奉节白帝城，东至巫山大溪，两岸悬崖壁立，山势险峻，水流湍急，为西蜀之门户。瞿塘峡口，杜甫所在之夔州白帝城东即瞿塘峡之西口。曲江头，曲江边。曲江，在长安城东南，为著名的风景名胜区。见前《丽人行》注〔2〕。风烟，风尘、烟雾弥漫的景象。素秋，即秋天。秋当西方，属金，色白，故称。

〔2〕“花萼”句：谓天子之气自花萼楼通过夹城至曲江。花萼，即花萼相辉楼，在长安城兴庆宫内。《旧唐书·让皇帝宪传》：“玄宗于兴庆宫西南置楼，西面题曰花萼相辉之楼，南面题曰勤政务本之楼。”夹城，两边筑有高墙的通道。《旧唐书·玄宗本纪》：“(开元二十年六月)遣范安及于长安广花萼楼，筑夹城至芙蓉园。”长安城东边的城墙共两道，中为复道（即夹城），由北至南，达于曲江，供皇帝、后妃专用。御气，天子之气。

〔3〕“芙蓉”句：将芙蓉园与边愁相接，隐含玄宗因耽于享乐而招致安禄山叛乱之意。清钱谦益曰：“禄山反报至，帝欲迁幸，登兴庆宫花萼楼置酒，四顾凄怆，此所谓‘小苑入边愁’也。”(《钱注杜诗》卷十五）芙蓉小苑，即芙蓉园，在曲江。唐刘悚《隋唐嘉话》卷上：“京城南隅芙蓉园者，本名曲江园，隋文帝以曲名不正，诏改之。”

〔4〕“珠帘”二句：描绘曲江昔日繁华之景象。上句写曲江宫殿之繁华，言珠帘绣柱，宫殿林立，黄鹄之举若围于其中；下句写曲江舟楫之众多，谓缆摇樯立，四面喧阗，白鸥之游亦为之惊起。锦缆，游船上用锦做的缆绳。牙樯，以象牙为饰的桅杆。鹄，一作“鹤”。

〔5〕“回首”二句：谓回想曲江当初的繁华，不能不使人感慨于今日的荒芜冷落。一说，此二句意在回首秦中自古之盛，寄寓复兴之望。秦中，即关中地区。帝王州，自西周以降，秦、西汉、北周、隋、唐皆都长安，故云。

【评说】

此首以曲江为中心，追忆往昔盛世帝王游乐之胜事，抒发盛衰之感，蕴含警戒之意，旨深意远，感慨深沉。首联将身之所处与心之所念，以“瞿唐峡”“曲江头”两地名连接，而接以“素秋”之“万里风烟”，则驰神追思之际，已有不胜茫然之感。颔联于盛世胜景中寓盛衰之慨，意涵深厚。清杨伦云：“二句，言以御气所通，即为边愁所入，正见奢靡为亡国之阶，耽乐乃危身之本。”（《杜诗镜铨》卷十三）颈联写昔日之繁华与佚乐，上句重在表现宫殿之奢丽，下句专写舟楫之众多，而奢侈耽乐之景象可见。末联承上之意，言昔日歌舞之地，孰料而为荒凉落寞之景，秦中帝王之州，一朝则成戎马之郊，可不警戒哉！

【集评】

［清］陈廷敬《杜律诗话》卷下：“上章（按，指其五‘蓬莱高阙对南山’）长安宫阙，此下三章长安城外池苑，此章曲江也。上下四章，皆前六句长安，后及夔州。此章在中，首二句便以瞿唐、曲江合言，亦章法变换处。然已下只言曲江，不言瞿唐，以详于首章故也。”又：“曲江与乐游园、杏园、慈恩寺等相近，地本秦汉遗迹，唐开元中疏凿更为胜境，故曰‘回首可怜歌舞地，秦中自古帝王州’，由衰忆盛，感慨无穷。”

［清］浦起龙《读杜心解》卷四之二：“六章，就‘曲江头’写‘望京华’。次池苑也，为所思之二。此诗开口即带夔州，法变。‘瞿峡’‘曲江’，相悬万里，次句钩锁有力，趁便嵌入‘秋’字，何等筋节。中四，乃申写‘曲江’之事变景象。末以嗟叹束之，总是一片身亲意想之神，亦不必如俗解说衰说盛之纷纷也。”

其　七

昆明池水汉时功，武帝旌旗在眼中〔1〕。
织女机丝虚夜月，石鲸鳞甲动秋风〔2〕。
波漂菰米沉云黑，露冷莲房坠粉红〔3〕。
关塞极天唯鸟道，江湖满地一渔翁〔4〕。

【注释】

〔1〕“昆明”二句：谓汉武帝昔日凿昆明池以习水战，旧迹仍在，其旌旗之盛，仿佛犹在眼中。昆明池，在今西安城西沣水、潏水之间（今西安西南之斗门东南），汉武帝自上林苑引沣水而筑，以为习战之用。佚名《三辅黄图》卷四：“汉昆明池，武帝元狩三年穿，在长安西南，周回四十里。《西南夷传》曰：‘天子遣使求身毒国市竹，而为昆明所闭。天子欲伐之，越巂昆明国有滇池，方三百里，故作昆明池以象之，以习水战，因名曰昆明池。”又引《三辅旧事》曰：“昆

明池地三百三十二顷，中有戈船各数十，楼船百艘，船上建戈矛，四角悉垂幡旄葆麾盖，照烛涯涘。”在眼中，意谓从前看过，今犹在眼前，言印象之深。

〔2〕“织女”二句：摹写昆明池之牛郎织女石像与石鲸等景致。织女、石鲸，皆当时所造之物。佚名《三辅旧事》：“池中有豫章台及石鲸。刻石为鲸鱼，长三丈，每至雷雨常鸣吼，鬣尾皆动。立石牵牛、织女于池之东，以象天汉。”虚夜月，谓夜月虽明，织女却不织布，见其闲静也。动秋风，谓石鲸之鳞甲在秋风中跃动，状其生动也。夜月，一作“月夜”。

〔3〕“波漂”二句：状池中秋日植物之景。菰米，菰之实，亦称雕胡米，为古代六谷之一。李时珍《本草纲目·谷二·菰米》集解引苏颂曰：“菰生水中……至秋结实，乃雕胡米也。古人以为美馔。今饥岁，人犹采以当粮。”菰，多年生草本植物，生于池沼中，地下茎膨大，色白，又称茭白。沉云黑，状菰米之繁盛，一望若云之黑。“黑”有繁盛义。莲房，即莲蓬，莲花开过后的花托，倒圆锥形，有许多小孔，各孔分隔如房，故名。露冷莲房，叶嘉莹云：“不曰‘露冷莲花’，而曰‘露冷莲房’者，正见露冷之凄寒深切直入于花之深处耳。”（《杜甫秋兴八首集说》）

〔4〕“关塞”二句：感慨关山险阻，播迁绝域，只身漂泊，直如流落江湖之渔翁。关塞，或以为指白帝城之塞，或谓指剑阁秦塞，或称指出蜀入秦之路。确指则泥，实则乃泛言道路艰阻。鸟道，险峻狭窄之路，唯飞鸟可过，极言道路之高险。

【评说】

此首追忆长安昆明池盛事，因其为当年长安游历之所，故亦自“望京华”“故园心”而来。首联自昆明池之开凿写起，古今相接，突出昆明池之壮盛。颔、颈两联，具体写昆明池之景致，摹景状物，备极生动，而盛衰之感亦蕴含其中。末联以道路险阻，北归为难，慨叹流离漂泊，若江湖渔翁，不胜故国旧臣之悲。前三联写长安往事，末联则回到眼前。写长安往事极其壮盛，写眼前则极为凄凉，前后相衬，突出身世之悲。

【集评】

［清］黄生《杜诗说》卷八：“说者多以汉武指明皇，然自‘蓬莱宫阙’以后，并叙己平居游历之地，以伸故国之思耳，何必首首牵入人主？况昆明以下诸处，皆前代之迹，诗已明言‘自古帝王州’矣。后人都不细绎，故其知者则以为

思明皇，其不知者遂以为讥明皇荒淫失国，肤见小生，强作解事，竟使杜公冤沉地下。‘文章千古事，得失寸心知。’公盖已预料后人不能窥其潭奥矣，噫！或曰：五言《宿昔》《能画》《斗鸡》诸作，固皆指切明皇，子何所见而谓《秋兴》必无讥乎？曰：凡说诗，当审其命意所在，而后不以文害辞，不以辞害志。如望京华、思故国，乃《秋兴》之本意也。以此意逆之，自然丝丝入扣，叶叶归根。若云讥及明皇，支离已甚，其害辞害志岂细乎？而谓与《宿昔》诸诗可同日而语乎？”

［清］吴瞻泰《杜诗提要》卷十二：“汉武凿昆明池，有何功而曰‘汉时功’者？浚池原以习战也，而池中有戈船楼船，船上建戈矛，四角悉垂幡旄旍葆麾盖之类，所谓‘旌旗在眼中’也。又有‘织女’‘石鲸’‘菰米’‘莲房’点缀池上，并在眼中，月上如见织女之机丝，风来若有石鲸之鳞甲，波中菰米则如云之黑，露下莲房则若粉之红，铺张秾丽，盛已极矣。而全以练字取胜。首练一‘功’字，无功也；次练一‘在’字，不在也；三、四、五、六练‘虚’字、‘动’字、‘漂’字、‘沉’字、‘冷’字、‘坠’字，则荒烟蔓草，一片荒凉，可见昆明旧迹，与今何异。一结及自己，所以伤之也。练‘极天’字、‘满地’字、‘唯’字、‘一’字，俨然天地甚窄，无处可容身也，回抱上六句，一线穿成。其用意沉郁，良由练字响亮也；唯其练字响亮，故用意愈沉郁。”

其　八

昆吾御宿自逶迤，紫阁峰阴入渼陂〔1〕。
香稻啄残鹦鹉粒，碧梧栖老凤凰枝〔2〕。
佳人拾翠春相问，仙侣同舟晚更移〔3〕。
彩笔昔曾干气象〔4〕，白头今望苦低垂〔5〕。

【注释】

〔1〕“昆吾”二句：回忆往日渼陂旧游乐事，写其当初赴渼陂所经及到渼陂所见。昆吾、御宿，地名，俱在长安南，其地皆属汉之上林苑。《汉书·扬雄传》：“武帝广开上林，南至宜春、鼎湖、御宿、昆吾。”晋灼曰：“昆吾，地名也，有亭。”颜师古曰：“御宿在樊川西也。”《文选·扬雄〈羽猎赋〉》中有“御宿、昆吾”，李善注引《三秦记》：“樊川，一名御宿。”《三辅黄图·苑囿》：“御宿苑，

在长安城南御宿川中。汉武帝为离宫别馆，禁御人不得入。往来游观，止宿其中，故曰御宿。”逶迤，曲折绵延貌。紫阁峰，长安城南终南山山峰之一，在今陕西西安鄠邑区境内。渼陂，在京兆鄠县（今陕西西安鄠邑区）西五里，后干涸不存。渼陂在紫阁峰北，故云“峰阴入渼陂”。“昆吾”句，一本在次句下。

〔2〕“香稻”二句：乃倒装句，意即香稻乃鹦鹉啄余之粒，碧梧乃凤凰栖老之枝。香稻，一作“红豆”，一作“红稻”，一作“红饭”。残，一作“余”。

〔3〕“佳人”二句：写士女游观之盛。拾翠，拾翠羽。曹植《洛神赋》：“或采明珠，或拾翠羽。”后成为女子游春之代称。相问，互相赠送礼物。仙侣，志同道合的朋友。《后汉书·郭太传》：“林宗唯与李膺同舟而济，众宾望之，以为神仙焉。”杜甫曾与岑参兄弟游渼陂，《渼陂行》诗有句“船舷暝戛云际寺，水面月出蓝田关”，即此“仙侣同舟晚更移”之谓也。晚更移，谓移棹夜游，流连忘返。

〔4〕“彩笔”句：指天宝末年在长安献赋事。清钱谦益曰：“公诗《奉留赠集贤院崔于二学士》云：‘气冲星象表，词感帝王尊。’所谓‘彩笔昔曾干气象’也。”（《钱注杜诗》卷十五）一说，指早年曾以彩笔描绘过这一带的美好景色，即与岑参兄弟游渼陂而赋有《渼陂行》事。干气象，上冲云霄天象，谓诗文气格道劲宏壮。曾，一作“游”。

〔5〕“白头”句：今，一作“吟”。作“吟”似义胜。吟望，谓吟诗而遥望。苦低垂，忧伤愁苦地低垂着头。

【评说】

此首追忆昔日长安胜游与胜事，而以昆吾、御宿、紫阁、渼陂之游乐为中心。首联连用四地名，而间以“自逶迤”三字，则自长安迤逦而行至于渼陂，沿途之经历与游览之兴致俱可感也。“香稻”一联，以倒装成句，不唯句奇，更见盛世丰年之景。“佳人”二句，将当日娱游之乐写得既富风韵，又极动人。末联写昔日献赋，蒙受天子恩遇，而今日滞留他乡，不知归期，抚今追昔，其心何如，吟望低垂之间，苦不能尽也。

【集评】

［清］徐增《而庵说唐诗》卷十七：“子美以布衣献赋，受天子之恩遇，岂非荣显大畅怀之事！故曰‘干气象’。干，求也，又犯也，干动天子之气象。子美嶙峋处，至今使人咄咄。然子美非自夸张，总要反衬出‘白头吟望苦低垂’七字

来也。昔少年，今白头矣。吟，吟此秋兴也。望，望归长安。今羁栖夔府，那得便归！即此便是苦，头只管低下去，泪只管垂出来，低垂是写苦之状也。吾读至此，亦有两袖老泪。八首中，独此一句苦，若非此首上七句追来，亦不见此句之苦也。此句又是先生自画秋兴小像也。”

【总评】

［明］张綖《杜工部诗通》卷十三：“《秋兴八首》皆雄浑丰丽，沉着痛快。其有感于长安者，但极言其盛，而所感自寓于中。徐而味之，则凡怀乡恋阙之情，慨往伤今之意，与夫夷狄乱华、小人病国，风俗之非旧，盛衰之相寻，所谓不胜其悲者，固已不出乎言意之表矣。卓哉一家之言，敻然百世之上，此杜子所以为诗人之宗仰也。”

［明］王嗣奭《杜臆》卷八：“《秋兴八首》以第一首起兴，而后七首俱发中怀；或承上，或起下，或互相发，或遥相应，总是一篇文字，拆去一章不得，单选一章不得。”又曰：“余谓‘故园心’三字为八首之纲，诚不易之论；然与久客思归者不同。身本部郎，效忠有地，盖欲归朝宣力，以救世之乱。故第四首说到‘弈棋’‘金鼓’，世乱堪悲，固以同学少年酿成之，亦借他人之过，以明已之志也。故诸诗中如‘画省香炉’‘抗疏传经’‘青琐朝班’‘彩笔干时’，皆发隐衷。即‘萝月’之惜光阴，‘渔翁’之叹漂泊，无非此虑，而人不觉也。”又曰：“起来发兴数语，便影时事，见丧乱凋残景象。‘故园心’三字固是八首之纲，至第四章‘故国平居有所思’，读者当另著眼；‘故国思’即‘故园心’而换一‘国’字，见所思非家也，国也，其意甚远，故以‘平居’二字该之，而后面四章，皆包括于其中。如：人主之荒淫，盛衰之倚伏，景物之繁华，人情之逸豫，皆足以召乱；而平居思之，已非一日，故当时彩笔上干，已有忧盛危明之思，欲为持盈保治之计，志不得遂，而漂泊于此，人已白头，匡时无策，止有‘吟望低垂’而已。此中情事，不忍明言，不能尽言，人当自得于言外也。”

［清］钱谦益《钱注杜诗》卷十五：“此诗一事叠为八章，章虽有八，重重钩摄，有无量楼阁门在，今人都理会不到。但少分理会，便恐随逐穿穴，如鼷鼠入牛角中耳。”

［清］杨伦《杜诗镜铨》卷十三引俞玚语：“身居巫峡，心忆京华，为八诗大旨。曰巫峡，曰夔府，曰瞿塘，曰江楼、沧江、关塞，皆言身之所处；曰故国，曰京华、长安、蓬莱、昆明、曲江、紫阁，皆言心之所思。此八诗中线索。”

［清］陈廷敬《杜律诗话》卷下：“杜此八首，命意练句之妙，不必论，以章

法论，章各有法，合则首尾如一章，兵家常山阵庶几似之。人皆云李如《史记》，杜如《汉书》，予独谓不然，杜合子长、孟坚为一手者也。或八章择取一二者，非。又杜此诗古今独绝，妄儗者尤非。”

旅夜书怀

细草微风岸，危樯独夜舟[1]。
星垂平野阔，月涌大江流[2]。
名岂文章著，官应老病休[3]。
飘飘何所似，天地一沙鸥[4]。

【注释】

〔1〕危樯：舟中桅杆。危，高貌。

〔2〕“星垂”二句：写舟中所见夜景。平野广阔，天地相接，故遥望星辰如垂于地面；大江流动，月似从江中涌出。垂，一作“随”。

〔3〕“名岂”二句：是牢骚不平语。谓自己的名声岂应因文章而远扬，而官的确是因老病而休。杜甫一生志在兼济，并不满足于做诗人，晚年则与朝廷疏离，境遇不佳。代宗广德元年（763）召补京兆功曹参军，未应诏；广德二年（764），被友人严武表荐为节度参谋、检校工部员外郎，不足一年即辞去。二句乃因回想平生，心有所激而言。应，一作“因”。

〔4〕“飘飘”二句：以沙鸥自况，写漂泊不定之境遇。飘飘，一作“飘零”。地，一作“外”。

【评说】

代宗永泰元年（765）四月，剑南节度使兼成都尹严武卒。五月，杜甫携家离蜀东下，沿途经嘉州（今四川乐山）、戎州（今四川宜宾）、渝州（今重庆）、忠州（今重庆忠县）数地，至九月因病不得不于云安（今重庆云阳）暂住。此诗作于其舟行途中，写旅途月夜之所见所感。上四句写月夜所见，岸边与江上兼写，景物如画。微风细草，星垂平野，是岸上之景；独夜危樯，月涌大江，为舟中所见。细草、危樯、平野、大江，幽细与阔大相形，倍见孤寂之感。“星垂平野阔”，着一“垂”字，则显野旷；“月涌大江流”，加一“涌”字，则化静为动。下四句抒怀，情感激越而悲凉。“名岂”二句，满腹不平，而以反语出之。“飘飘”二句，以天地之大对沙鸥之小，漂泊之苦见于词外。清黄生云：“‘一沙鸥’，何其渺，‘天地’字，何其大，合而言之，曰‘天地一沙鸥’，作者吞声，读者失笑。”（《杜诗说》卷五）

【集评】

［明］胡应麟《诗薮》内编卷四：“‘山随平野尽，江入大荒流’，太白壮语也。杜‘星垂平野阔，月涌大江流’，骨力过之。”

［清］仇兆鳌《杜诗详注》卷十四：“上四旅夜，下四书怀。微风岸边，夜舟独系，两句串说。岸上星垂，舟前月涌，两句分承。五属自谦，六乃自解，末则对鸥而自伤飘泊也。”

［清］沈德潜《唐诗别裁集》卷十：“胸怀经济，故云名岂以文章而著；官以论事罢，而云老病应休。立言之妙如此。”

九

诗论与品题

李白与杜甫不是理论家，不过却都有其明确的创作主张与追求。他们曾以诗歌的形式表达文学观与创作观，其中之真知灼见，亦堪称中国诗歌理论中的宝贵遗产。

作为诗人，他们还创作了大量品鉴书画、描摹音乐等类题材的诗歌。这些作品，不仅有很高的艺术成就，而且总结艺术规律，表达对艺术问题的独到见解，也对丰富中国古代的艺术理论做出了重要的贡献。

读李白、杜甫的此类作品，我们可以感受到：李、杜不仅是伟大的诗人，也是感受敏锐、素养全面的伟大的艺术家。

李白

自从建安来，绮丽不足珍

古风五十九首

其一

《大雅》久不作[1]，吾衰竟谁陈[2]。
《王风》委蔓草，战国多荆榛[3]。
龙虎相啖食[4]，兵戈逮狂秦[5]。
正声何微茫，哀怨起骚人[6]。
扬、马激颓波，开流荡无垠[7]。
废兴虽万变，宪章亦已沦[8]。
自从建安来，绮丽不足珍[9]。
圣代复元古，垂衣贵清真[10]。
群才属休明，乘运共跃鳞。
文质相炳焕，众星罗秋旻[11]。
我志在删述，垂辉映千春[12]。
希圣如有立，绝笔于获麟[13]。

【注释】

〔1〕《大雅》：指《诗经》中的《大雅》诗。《诗经》中《雅》分为《大雅》与《小雅》。《大雅》多为西周时的作品，被视为“正声”。《诗大序》：“雅者，正也，言王政之所由废兴也。政有小大，故有《小雅》焉，有《大雅》焉。”按，此处《大雅》，实兼《雅》《颂》而言。作：兴。

〔2〕“吾衰”句：吾衰，《论语·述而》：“子曰：‘甚矣吾衰也！久矣吾不复梦见周公！’”竟谁陈，谓向谁陈说呢。按，周公所处的西周时期是产生《大雅》的时代，不复梦见周公，即产生《大雅》的西周时代已不可企及。句意乃谓《诗经》的《大雅》诗风，因久已不传，故今已难遇知音而向之陈述了。

〔3〕“《王风》”二句：描述春秋战国时期诗歌的委顿衰颓，不复有《大雅》之风。《王风》，《诗经》十五国风之一，为周室东迁洛邑以后的诗歌，此亦代指春秋时期的诗歌。委蔓草，委顿若荒草。委，同“萎”，衰败。多荆榛，谓一片荒芜。按，战国时期多战乱，诗歌创作更趋荒落，故云。

〔4〕龙虎：指战国七雄齐、楚、燕、韩、赵、魏、秦。相啖食：比喻七雄之间相互攻伐与吞并。啖，吃。

〔5〕“兵戈”句：谓七雄最终被秦以武力统一。狂秦，犹言暴秦。狂，凶猛，凶暴。

〔6〕“正声”二句：谓以《大雅》为代表的诗歌雅正之音此时已成绝响，以楚骚为代表的哀怨之音开始出现。正声，指以《大雅》为代表的平和雅正之诗风。骚人，指以屈原为代表的楚辞作者。《史记·屈原贾生列传》：“屈平之作《离骚》，盖自怨生也。”

〔7〕“扬、马”二句：是针对以扬雄、司马相如为代表的汉赋作家及其创作的评论。扬、马，指扬雄、司马相如。激颓波，一说指扬雄、司马相如的赋作闳衍奢丽而无讽谏之意，故而发展了自春秋以降诗歌疏离正声的颓势。激，意谓激扬。一说“激”义为阻遏、遏制，故其意为扬、马二人的赋作遏制了诗歌日益走向凋敝的颓势。开流，指开创了汉赋这种新的文学样式。荡无垠，犹言广大无边际。或以为是对扬、马大赋特点的概括，与李白《大猎赋序》中所谓“赋者，古诗之流，辞欲壮丽，义归博远”的意思相近。

〔8〕“废兴”二句：谓自西周以降至两汉，诗、骚、赋的发展虽经变化，但《大雅》那样的诗歌正声法度却终归沦丧。宪章，此指诗歌的法度。沦，坠落，沉沦。

〔9〕“自从”二句：谓自建安以来，诗歌逐渐走上追求辞藻华丽之路，已不足珍贵。建安，汉献帝年号。建安时期出现了以曹氏父子以及建安七子为代表的诗人，诗歌形成了慷慨多气的建安风骨，但同时亦出现了追求辞藻与对仗之美的倾向，影响了后来绮丽诗风的发展，故云“不足珍”。自从，一作“蹉跎”。

〔10〕“圣代”二句：是对唐代政治与诗歌特点的称赏。圣代，对自己所处时代的称呼。复元古，谓恢复了西周盛世的大治局面。垂衣，垂衣而治，也即清静

无为。《周易·系辞下》:“黄帝、尧、舜垂衣裳而天下治。”清真，朴素纯真。

〔11〕“群才”四句：是对当时诗坛盛况的称赞。谓至大唐时期，诗人恰逢清明盛世，乘时而起，如鱼龙腾跃，各呈其才，其创作文质彬彬，交相辉映，恰如秋夜之满天繁星。属，恰逢，正值。休明，谓政治清明的盛世。乘运，际会明时。跃鳞，即《诗经·大雅·旱麓》之“鱼跃于渊”之义，比喻施展才能。文质，《论语·雍也》:“质胜文则野，文胜质则史。文质彬彬，然后君子。”这里兼有诗人之修养境界与作品之文辞内容之意。炳焕，交相辉映。罗秋旻，布满秋夜的天空。旻，天空。

〔12〕“我志”二句：意谓欲效法孔子之删诗，编订一部类似《诗三百》的诗集，使当代《大雅》之辉光流传后世。删述，谓删订、记述。《史记·孔子世家》记载，孔子曾删诗，将古之三千余首诗删订为后世所传之《诗三百》。述，阐述前人成说。《论语·述而》:“述而不作，信而好古，窃比于我老彭。”皇侃疏：“述者，传于旧章也。”此指对诗歌文献进行加工整理。映千春，谓光彩照耀后世。

〔13〕“希圣”二句：谓倘能踵武先圣而有所树立，即便如孔子那样有绝笔之时，也将无憾。希圣，追慕圣人，此即效法孔子之意。有立，有所树立。绝笔，搁笔。获麟，《春秋》:“十有四年春，西狩获麟。”《公羊传》云：“西狩获麟，孔子曰：‘吾道穷矣。’”杜预《春秋经传集解》:“麟者，仁兽，圣王之嘉瑞也。时无明王，出而遇获。仲尼伤周道之不兴，感嘉瑞之无应，故因《鲁春秋》而修中兴之教，绝笔于获麟之一句，所感而作，固所以为终也。”

【评说】

此为李白《古风五十九首》之第一首，是李白表达其文学观的重要的诗篇之一，亦被看作是李白的一篇诗论。诗中李白标榜《大雅》，并通过对西周至盛唐诗歌流变的描述，表达了他对自西周以降诗歌发展演变的认识与看法，以及欲效法先圣，删订盛世诗歌以垂于后世的愿望。此诗向来备受关注，而对其旨意之理解，则又多有分歧。或以为其意在论诗，宗旨是复古，而以《大雅》为尚（宋杨齐贤，见元萧士赟《分类补注李太白诗》卷二）。或以为其“虽说文学、诗歌，却不限于文学、诗歌”，“是借了文学的变迁来说出作者对政治批判的企图”（俞平伯《李白〈古风〉第一首解析》，载《文学遗产增刊七辑》）。或以为其所论，重点在政治与诗歌或文学的关系（袁行霈《李白〈古风〉（其一）再探讨》，载《文学评论》2004 年第 1 期，林继中《大雅正声——“盛世文学”的支点》，载《文艺理论研究》2006 年第 5 期）。或以为其意在以“圣代”拟西周，以诗歌在当代的振兴拟为《大雅》之重现，是“对大唐盛世从诗歌（文学）与政治两方面的赞美与期待”（薛天纬《圣代复元古　大雅振新声——李白〈古风〉（其一）再解读》，载《江淮论坛》2012年第1期）。解说的分歧，源于对诗中语典的理解。无论如何，此诗于了解李白对诗歌（文学）的见解，至为重要。

【集评】

［明］胡震亨《李诗通》：“统论前古诗源，志在删诗垂后，以此发端，自负不浅。”

［清］乾隆《御选唐宋诗醇》卷一：“《古风》诗多比兴，此篇全用赋体，括风雅之源流，明著作之意旨，一起一结，有山立波回之势。……指归《大雅》，志在删述。上溯风骚，俯观六代，以绮丽为贱，清真为贵，论诗之义，昭然明矣。举笔直书所见，气体实足以副之。阳冰称其‘驰驱屈、宋，鞭挞扬、马，千载独步，唯公一人’，洵非阿好。其纂《草堂集》，以《古风》列于卷首，又以此篇弁之，可谓有卓见者。枕上授简，同不朽矣。”

其三十五

丑女来效颦，还家惊四邻〔1〕。
寿陵失本步，笑杀邯郸人〔2〕。
一曲斐然子〔3〕，雕虫丧天真〔4〕。
棘刺造沐猴，三年费精神。
功成无所用，楚楚且华身〔5〕。
《大雅》思文王，颂声久崩沦〔6〕。
安得郢中质，一挥成风斤〔7〕。

【注释】

〔1〕“丑女”二句：用《庄子·天运》“丑女效颦”典。见前《玉壶吟》注〔10〕。二句以丑女效颦讽刺诗歌创作上不晓自然之美，徒好绮丽，其机械模仿反令人生厌的不良习气。

〔2〕“寿陵”二句：《庄子·秋水》：“且子独不闻夫寿陵余子之学行于邯郸

与？未得国能，又失其故行矣，直匍匐而归耳。”成玄英疏：“寿陵，燕之邑；邯郸，赵之都。弱龄未壮谓之余子。赵都之地，其俗能行，故燕国少年远来学步。既乖本性，未得赵国之能；舍己效人，更失寿陵之故；是以用手据地，匍匐而还也。”此二句之意与前二句略同，亦讽刺创作上无自主之见，徒好学他人，既不能得其精髓，反而失去了自身的特点。

〔3〕“一曲”句：此句之意，今有两解。一说，一曲，犹言一偏，即偏于一端。斐然，文采显著貌。一说，斐然子似为乐曲名，汉《郊祀歌》：“九歌毕奏斐然殊，鸣琴竽瑟会轩朱。”一曲，一作“东西”。

〔4〕雕虫：扬雄《法言》卷二《吾子》：“或问：‘吾子少而好赋？’曰：‘然。童子雕虫篆刻。’俄而曰：‘壮夫不为也。’”雕虫篆刻，虫与刻原为两种书体，后以‘雕虫篆刻’喻指文章末技。这里“雕虫”指风格雕琢的诗文技巧。天真：天然或本来的面貌，此指诗文的天然本色。

〔5〕“棘刺”四句：《韩非子·外储说左上》：“燕王征巧术人，卫人请以棘刺之端为母猴。燕王说之，养之以五乘之奉。王曰：‘吾试观客为棘刺之母猴。’客曰：‘人主欲观之，必半岁不入宫，不饮酒食肉，雨霁日出，视之晏阴之间，而棘刺之母猴乃可见也。’燕王因养卫人，不能观其母猴。郑有台下之冶者谓燕王曰：‘臣为削者也，诸微物必以削削之，而所削必大于削。今棘刺之端不容削锋，难以治棘刺之端。王试观客之削，能与不能可知也。’王曰：‘善。’谓卫人曰：‘客为棘削之？’曰：‘以削。’王曰：‘吾欲观见之。’客曰：‘臣请之舍取之。’因逃。”棘刺，荆棘的芒刺。沐猴，猕猴。三年，言时间之长。费精神，花费心力。楚楚，鲜明貌。四句谓写作诗文，雕章琢句，追求文采，犹如在棘刺之端雕刻沐猴，费尽精力，而徒劳无功，毫无价值，只不过是以其漂亮的外表邀取个人的功名富贵罢了。华，一作“荣”。

〔6〕“《大雅》”二句：《大雅》，《诗经》雅诗之一，《文王》为《大雅》之首篇。颂声，歌颂赞美之声。崩沦，衰落。句意谓，想到《大雅》之《文王》篇中对周文王的歌咏，便感叹今日《大雅》正声的衰落。

〔7〕“安得”二句：《庄子·徐无鬼》：“庄子送葬，过惠子之墓，顾谓从者曰：郢人垩漫其鼻端若蝇翼，使匠石斫之。匠石运斤成风，听而斫之，尽垩而鼻不伤，郢人立不失容。宋元君闻之，召匠石曰：‘尝试为寡人为之。’匠石曰：‘臣则尝能斫之。虽然，臣之质死久矣。自夫子之死也，吾无以为质矣，吾无与言之矣。’”句谓自己犹如运斤的匠石，虽有恢复大雅之风的才能，但却缺少像郢人那样的知己，致使自己的愿望无法实现。一挥成风斤，一作“成风以运斤”，又作

“一挥成斧斤”。

【评说】

自《古风五十九首》其一看，李白论诗标榜《大雅》，反对绮丽之风。此篇与《古风五十九首》其一所表达的文学观是一致的，这一点自诗末“《大雅》思文王，颂声久崩沦”二句即可见。而其改革诗风、恢复《大雅》的愿望，在两诗中也是前后一致的。“《大雅》久不作，吾衰竟谁陈”与“安得郢中质，一挥成风斤”，可谓同一感慨叹息。只是前篇以描述诗歌的发展流变来表达对《大雅》理想的崇尚，此篇则主要通过对寓言典故的运用，表达对当时诗歌创作不良倾向的不满。两诗虽侧重点不同，意旨却并无二致。

【集评】

［明］朱谏《李诗选注》：“此白论当时之为诗者不能复古也。”

［清］沈德潜《唐诗别裁集》卷二：“讥世之文章无补风教，而因追思《大雅》也。”

［清］曾国藩《求阙斋读书录》卷七：“此首刺当时文士之以雕饰夺天真者，即第一首‘绮丽不足珍’之意。”

杜甫

别裁伪体亲风雅，转益多师是汝师

戏为六绝句

其　一

庾信文章老更成[1]，凌云健笔意纵横[2]。
今人嗤点流传赋[3]，不觉前贤畏后生[4]。

其　二

杨王卢骆当时体[5]，轻薄为文哂未休[6]。
尔曹身与名俱灭[7]，不废江河万古流[8]。

其　三

纵使卢王操翰墨，劣于汉魏近风骚[9]。
龙文虎脊皆君驭[10]，历块过都见尔曹[11]。

其　四

才力应难跨数公[12]，凡今谁是出群雄。
或看翡翠兰苕上，未掣鲸鱼碧海中[13]。

其 五

不薄今人爱古人[14]，清词丽句必为邻[15]。
窃攀屈宋宜方驾，恐与齐梁作后尘[16]。

其 六

未及前贤更勿疑[17]，递相祖述复先谁[18]。
别裁伪体亲风雅[19]，转益多师是汝师[20]。

【注释】

〔1〕庾信：见前《咏怀古迹五首》其一注〔6〕。老更成：谓至暮年更为成熟。老，晚年。

〔2〕凌云健笔：谓笔力雄健，有凌云之气势。意纵横：谓文思奔放而无有所碍。

〔3〕今人：指与杜甫同时代的人，即后诗所言之“后生”“尔曹”。嗤点：嘲笑，指摘。《周书·庾信传》：“然则子山之文，发源于宋末，盛行于梁季。其体以淫放为本，其词以轻险为宗。故能夸目侈于红紫，荡心逾于郑、卫。昔扬子云有言：‘诗人之赋，丽以则；词人之赋，丽以淫。’若以庾氏方之，斯又词赋之罪人也。”则自初唐以来即已有贬抑庾信之言论。流传赋：流传于世的诗赋，此指庾信的作品。

〔4〕“不觉”句：不觉得前贤会畏惧后生，也即是说今人的水平尚未及前贤。《论语·子罕》：“后生可畏，焉知来者之不如今也？”此反用其意。前贤，指庾信。后生，即今人，也即嗤点者。

〔5〕杨王卢骆：即杨炯、王勃、卢照邻、骆宾王四位齐名的诗人，时号“四杰”。《旧唐书·文苑传》：“炯与王勃、卢照邻、骆宾王以文词齐名，海内称为王杨卢骆，亦号为‘四杰’。炯闻之，谓人曰：‘吾愧在卢前，耻居王后。’当时议者，亦以为然。”杨王卢骆，据《旧唐书》，当时或作“王杨卢骆”。当时体：指当时流行的带有六朝骈俪之风的文体。宋洪迈云：“王勃等四子之文，皆精切有本原。其用骈俪作记序碑碣，盖一时体格如此，而后来颇议之。杜诗云：‘王杨卢骆当时体……不废江河万古流。’正谓此耳。”（《容斋随笔·容斋四笔》卷五）

郭绍虞云："考杜《偶题》诗云：'后贤兼旧制，历代各清规。'所谓'历代各清规'者，正是'当时体'之绝妙解释。则所谓'当时体'者，初无贬抑之意。"(《杜甫〈戏为六绝句〉集解》)

〔6〕"轻薄"句：对此句后世解说多歧，或谓杜甫讥四子轻薄为文，哂之未休；或谓后生讥讽四子为文轻薄而哂之未休；或谓指后生为轻薄之人，讥笑四子。郭绍虞云："谓子美笑王杨卢骆文体轻薄者妄也。然谓杜推尊四子，而以轻薄为文指后生嗤点之辈，则亦未当。赵注据《玉泉子》称'时人之议杨好用古人姓名谓之点鬼薄，骆好用数对谓之算博士'，此正时人讥哂之证。唐史载裴行俭语称'勃等虽有文才，而浮躁浅露'，此又四子立身为文不免轻薄之证。故'轻薄为文'四字确为讥哂四子之语。但此非出于杜，而出于时人。故杜于四子，初无贬抑之意，而于时人之妄肆雌黄者，反不以为然也。"(《杜甫〈戏为六绝句〉集解》)

〔7〕尔曹：你们，你辈，此指哂笑者。

〔8〕"不废"句：谓对四杰的哂笑无伤于其名之万古流传。不废，不止。此犹言无伤害。江河，喻指四杰。

〔9〕"纵使"二句：此二句承上。谓即使四子如尔曹所讥哂的，不如汉魏之近于风骚。劣于，乃后生讥哂四子之语。"劣于"二字读断，"汉魏近风骚"五字连读。

〔10〕龙文虎脊：皆骏马名，此喻四杰。龙文，《汉书·西域传》："蒲梢、龙文、鱼目、汗血之马充于黄门。"颜师古注引孟康曰："四骏马名也。"虎脊，本谓马之毛色如虎，后以为骏马名。《汉书·礼乐志》："天马徕，出泉水，虎脊两，化若鬼。"颜师古注引应劭曰："马毛色如虎脊〔者〕有两也。"君驭：为君王所驭，言见重于君王。

〔11〕"历块"句：谓若论越过都城像过土块一样的本领，自可显出尔曹辈之薄劣。块，土块。《文选·王褒〈圣主得贤臣颂〉》："过都越国，蹶如历块。"吕延济注："言过都国，急如行一小块之间。"见，犹言自可显出。

〔12〕"才力"句：谓数公才力不凡，后人应是难以超越的。跨，超过。跨，或作"夸"。数公，指庾信及王、杨、卢、骆四子。

〔13〕"或看"二句：谓今人之作文采鲜丽，或有可观，但若论雄拔壮伟，则有所不及。翡翠，鸟名。《楚辞·招魂》："翡翠珠被，烂齐光些。"王逸注："雄曰翡，雌曰翠。"洪兴祖补注："翡，赤羽雀；翠，青羽雀。《异物志》云：翠鸟形如燕，赤而雄曰翡，青而雌曰翠。"兰苕，兰花。郭璞《游仙诗》："翡翠戏兰

茗，容色更相鲜。”李善注：“兰茗，兰秀也。”此以翡翠、兰茗之交相辉映，喻文采之鲜艳美丽。掣，牵引。鲸鱼，俗称鲸，水生哺乳纲动物，体形长大，似鱼。碧海，传说中的海名，此谓大海。此以掣鲸鱼出碧海喻指雄拔壮伟之作品。

〔14〕“不薄”句：谓自己既不轻视当代作家，同时也很喜爱古之作者。这是杜甫针对当时讥议前贤而表示的态度。薄，菲薄，轻视。

〔15〕“清词”句：谓对清词丽句也必有所习效。邻，接近，引申为学习。按，此句之意，或谓是今人爱慕古人之清词丽句，必与为邻（清仇兆鳌《杜诗详注》卷十一）；或以为清词丽句不必指今人，亦不必指古人，只是杜甫论史的宗旨而已（郭绍虞《杜甫〈戏为六绝句〉集解》）。

〔16〕“窃攀”二句：谓你们追攀屈原、宋玉，意欲与之并驾齐驱，这是不错的；但若不能学其实质，仅学其清词丽句，则难免不步齐梁之后尘。窃攀，私心追攀。屈宋，屈原、宋玉。方驾，并驾。

〔17〕“未及”句：谓今人不及前贤是不用怀疑的。前贤，泛指前代有成就的优秀作家。

〔18〕“递相”句：意谓既然今人不及前贤，那么前贤都有可学习、师法之处，何必誉此嗤彼，强分先后呢！递，接续。祖述，效法，仿效。

〔19〕“别裁”句：清钱谦益曰：“‘别’者，区别之谓；‘裁’者，裁而去之也。果能别裁伪体，则近于风雅矣。”（《钱注杜诗》卷十二）伪体，此指背离《风》《雅》规范的作品或风格不纯正的作品。风雅，《诗经》之《国风》与《大雅》《小雅》。

〔20〕“转益”句：谓辗转多方学习，老师就会越来越多。其皆为老师，不必专守一家。转益多师，谓多方学习、师法。汝，指尔曹，一说杜自指。

【评说】

杜诗中多有谈及创作问题的诗篇与诗句，然以组诗的形式发表其对文学创作的见解，此“六绝句”最为集中。“六绝句”盖有激而言，故题曰“戏”，实则是严肃之论。清钱谦益曰：“作诗以论文，而题曰《戏为六绝句》，盖寓言以自况也。韩退之之诗曰：‘李杜文章在，光焰万丈长。不知群儿愚，那用故谤伤。蚍蜉撼大树，可笑不自量。’然则当公之世，群儿之谤伤者或不少矣，故借庾信、四子以发其意。”（《钱注杜诗》卷十二）因是有激之作，故先从时人围绕庾信、四子的议论着笔，对当时文坛之好高骛远、轻诋前贤的风气提出批评。次则由对前贤、今人的批评，提出如何对待以及如何学习前代文学遗产的问题，特别是如何处理与屈、宋及六朝诗人关系的问题。三则就广泛学习与批判吸收的创作态度及方法提出自己的看法。《戏为六绝句》不仅较集中地反映了杜甫的文学观，而且在诗学批评中影响深远。一是其开创了绝句论诗之先河，后世如金人元好问、清人王士祯等多有仿效。二是议论中肯而精警。如“庾信文章老更成，凌云健笔意纵横”“不薄今人爱古人，清词丽句必为邻”“别裁伪体亲风雅，转益多师是汝师”，皆启人良多，遂为警策之句。

【集评】

［清］黄生《杜诗说》卷十：“诸章备见公论文之旨，盖因当时后生轻薄前贤，特发此论，大旨在篇末‘转益多师’一句：言博取自益，乃为善学；嗤点前贤，徒伤轻薄耳。”又曰：“以上数诗，反复较论，以明前贤之不可及；而终之曰‘别裁伪体’‘转益多师’。以此质前贤，亦当心服；以此折后生，定自气平。公殆以身说法者。盖其所作，上自骚雅，下迄齐梁，无不采获而酝酿之，以成一家之言。是故实大声宏，渊涵岳峙，戏兰苕而掣碧海，殆兼有之。其才力之雄，洵足跨越数公矣，而公顾兢兢推重不置也。海以善下，终称谷王，其斯之谓欤！”

［清］吴冯栻《青城说杜》：“六首一气，刀割不断，而顿挫曲折、轻重低昂之旨自见。庾信宗屈、宋之遗，杨、王、卢、骆又宗庾信之遗，风雅有自来矣。若令今人所为翡翠兰苕，则皆与齐梁作后尘之伪体也。非扬彼抑此，自是公评。读‘别裁伪体亲风雅’一语，觉杜陵自有皮里春秋。”

［清］乾隆《御选唐宋诗醇》卷十五：“以诗论文，于绝句中，又属创体。此元好问《论诗绝句》之滥觞也。”

江上值水如海势聊短述

为人性僻耽佳句，语不惊人死不休〔1〕。
老去诗篇浑漫与〔2〕，春来花鸟莫深愁〔3〕。
新添水槛供垂钓〔4〕，故著浮槎替入舟〔5〕。
焉得思如陶谢手，令渠述作与同游〔6〕。

【注释】

〔1〕“为人”二句：是杜甫自道其作诗的态度与经验。为人，意即平生。性僻，性情有所偏，乃杜甫自谦之辞。耽，酷嗜。惊人，打动人。死不休，死不罢手，极言用力求工。

〔2〕“老去”句：是说如今年老，作诗已不像往日那样刻苦锤炼。漫与，随意付与。按，杜甫晚年作诗并不轻率，只是由于功力转深，他自己觉得似乎不像过去那样刻意追琢了。

〔3〕“春来”句：此句承上，谓（自己作诗不再刻意琢磨）所以春天的花鸟也不必愁惧了。这是诗人调笑花鸟之语。深愁，深深地愁惧。

〔4〕新添：新制成。水槛：近水的木栏。

〔5〕故著：因此设置。浮槎：木筏。替入舟：代替船。

〔6〕“焉得”二句：乃追缅陶渊明、谢灵运之语，希望在创作上能够追攀他们。焉得，如何得到。陶谢，指陶渊明与谢灵运。二人为六朝著名诗人，故杜甫想及他们。渠，他们。述作，创作。

【评说】

此诗作于肃宗上元二年（761）杜甫居成都时。江上水涨，浩瀚如海，诗人目睹奇景，可能原本想写一长篇，以未有奇句，只好“短述”之。诗中所写内容，似与诗题“江上值水如海势”不甚相关，实则是借观江上水势而谈为诗之道，概括其苦心为诗的创作经验。“语不惊人死不休”，乃诗人创作上的夫子自道，语极精警，今已成为对诗文创作锐意求工之代语。

【集评】

［清］朱瀚、李燧《杜诗解意七言律》卷二：“大意谓平生著述，无不从苦心得者，若率尔应酬，则有所不为，如李将军射不中不发，发即应弦倒也。少陵对锦江而袖手，青莲对黄鹤楼而搁笔，其警悟后学不浅。然玩颔联，亦有渐老渐熟之意，故字学借对法。”

［清］刘濬《杜诗集评》卷十引查慎行语：“此篇借题以寓作诗之法，观起结可知。”

［清］浦起龙《读杜心解》卷四之一：“八句滚下甚紧，言句喜‘惊人’，固

其本性，乃忽然手涩，聊尔付与。彼‘花鸟’不须‘愁’得，吾亦不耐雕镂矣。即如此番水势，‘添槛’‘著槎’，大可放笔为长篇者，今安得如陶、谢之澜翻述作乎？以上四作案，下四作证。”

偶　题

文章千古事，得失寸心知〔1〕。
作者皆殊列，名声岂浪垂〔2〕。
骚人嗟不见〔3〕，汉道盛于斯〔4〕。
前辈飞腾入〔5〕，余波绮丽为〔6〕。
后贤兼旧制，历代各清规〔7〕。
法自儒家有〔8〕，心从弱岁疲〔9〕。
永怀江左逸〔10〕，多病邺中奇〔11〕。
騄骥皆良马〔12〕，骐驎带好儿〔13〕。
车轮徒已斫，堂构惜仍亏〔14〕。
漫作《潜夫论》〔15〕，虚传幼妇碑〔16〕。
缘情慰漂荡，抱疾屡迁移〔17〕。
经济惭长策〔18〕，飞栖假一枝〔19〕。
尘沙傍蜂虿，江峡绕蛟螭〔20〕。
萧瑟唐虞远，联翩楚汉危〔21〕。
圣朝兼盗贼〔22〕，异俗更喧卑〔23〕。
郁郁星辰剑〔24〕，苍苍云雨池〔25〕。
两都开幕府，万寓插军麾〔26〕。
南海残铜柱〔27〕，东风避月支〔28〕。
音书恨乌鹊〔29〕，号怒怪熊罴〔30〕。

稼穑分诗兴，柴荆学土宜[31]。
故山迷白阁，秋水忆黄陂[32]。
不敢要佳句，愁来赋别离[33]。

【注释】

〔1〕“文章”二句：乃诗人自道创作甘苦之言。文章，这里主要指诗歌。千古事，犹言不朽之事。曹丕《典论·论文》：“盖文章经国之大业，不朽之盛事。”句或本之。得失，犹言成败。寸心，即心。旧以为心之大小在方寸之间，故云。

〔2〕“作者”二句：意谓前代诗人有其独到之处，其声名能流传后世，并非徒然。作者，此指前代诗人。殊列，特殊的地位，此指有独到之处。浪，徒然，白白地。垂，谓流传后世。

〔3〕骚人：骚体诗的作者，即战国时期的屈原、宋玉等。不见，看不到，此指已远逝。

〔4〕汉道：谓汉代的诗道，此指五言诗。斯，此，指五言诗。

〔5〕前辈：指汉魏诗人。飞腾入：谓其以刚健有力的作品进入诗坛。

〔6〕余波：谓末流，此指齐梁诗人。绮丽：华美艳丽。为：语末助词，表示感叹。

〔7〕“后贤”二句：谓后人继承前人创造的各种体制，博采众长，因而使每个时代都形成了各自可供遵循的文学规范。后贤，后世的贤士。旧制，前代的规制，这里指前代的文学体式及风格。清规，供后人遵循的规范。制，一作“例”。

〔8〕“法自”句：乃诗人言诗法之本源，谓诗之一道，本儒所有，诗法乃出于儒。

〔9〕“心从”句：谓其自少年时即耽于诗歌创作。弱岁，男子弱冠之岁，此指少年、青年时期。疲，此指穷心尽力于创作。杜甫《壮游》云：“往昔十四五，出游翰墨场。斯文崔魏徒，以我似班扬。七龄思即壮，开口咏凤皇。”

〔10〕江左：指长江中下游地区，此指建立于此的南朝政权。逸：指南朝诗人的飘逸诗风。

〔11〕“多病”句：谓惭愧于不及曹魏时期邺中诗人之瑰奇。病，心有所欠。“病”一作“谢”。“谢”之义为逊谢，即不及，不能。邺中，即邺城（在今河北临漳西南），是三国时的魏都。汉末曹操封魏王，以邺为王城。曹氏父子好文学，时孔融、陈琳、王粲、徐干、阮瑀、应玚、刘桢等聚集于邺下，称“邺中七子”，

后亦称“建安七子”。曹丕称帝后，邺城仍为五都之一。

〔12〕騄骥：骏马名，此代指建安诗人。曹丕《典论·论文》：“今之文人，鲁国孔融文举、广陵陈琳孔璋、山阳王粲仲宣、北海徐干伟长、陈留阮瑀元瑜、汝南应玚德琏、东平刘祯公干，斯七子者，于学无所遗，于辞无所假，咸自以骋騄骥于千里，仰齐足而并驰。”

〔13〕“骐驎”句：骐，一作“麒”。南朝诗人徐摛有名于当时，其子徐陵名更著，号称“一代文宗”。徐陵年数岁，僧人宝志见之，手摩其顶，称之为“天上石麒麟”（《南史·徐陵传》）。按，这里“骐（麒）驎”与“騄骥”，皆代指前代之著名诗人。带好儿，指以文学著称的父子作家。曹操有子曹丕、曹植，阮瑀有子阮籍，徐摛、庾肩吾有子徐陵、庾信，皆是。

〔14〕“车轮”二句：谓自己虽在创作上已有心得，但却感言传为难，儿子亦未能继承父业，创作上有所不足。车轮，《庄子·天道》载，轮扁语齐桓公云：“斫轮，徐则甘而不固，疾则苦而不入。不徐不疾，得之于手而应于心，口不能言，有数存焉于其间。臣不能以喻臣之子，臣之子亦不能受之于臣，是以行年七十而老斫轮。”此以轮扁斫轮之事喻诗歌创作。堂构，《尚书·大诰》：“若考作室，既底法，厥子乃弗肯堂，矧肯构？”孔《传》：“以作室喻治政也。父已致法，子乃不肯为堂基，况肯构立屋乎？”此借以喻儿子不能承继父之诗法。亏，欠缺，不足。惜，一作“肯”。

〔15〕“漫作”句：谓自己如王符作《潜夫论》讥刺时政，仕宦不得意。漫，随意。《潜夫论》，东汉王符作。王符，字节信，安定临泾（今甘肃镇原）人，著书“以讥当时失得，不欲章显其名”，故题作《潜夫论》。其为人不苟于俗，不求引荐，故游宦不得升迁，于是隐居著书，终身不仕。

〔16〕“虚传”句：乃谦语，谓自己虚得文名。幼妇碑，即曹娥碑，曹魏时邯郸淳作。汉少女曹娥寻父遗体不得，投江而亡，时人于其投江处立碑纪念，事见《后汉书·列女传·孝女曹娥》。幼妇，蔡邕评《曹娥碑》之隐语。《世说新语·捷悟》：“魏武尝过曹娥碑下，杨修从。碑背上见题作‘黄绢幼妇，外孙齑臼’八字。……修曰：‘黄绢，色丝也，于字为“绝”；幼妇，少女也，于字为“妙”；外孙，女子也，于字为“好”；齑臼，受辛也，于字为“辞”。所谓“绝妙好辞”也’。”

〔17〕“缘情”二句：谓自己的诗文之作乃缘情而生，以为飘荡之慰藉，因自己年来生涯，乃是抱病不断、流离迁徙。缘情，循情之所至。陆机《文赋》：“诗缘情而绮靡。”慰漂荡，慰藉自己的飘荡之苦。抱疾，抱病。杜甫晚年患有消渴、肺病、风疾等疾病。屡迁移，多次迁居。杜甫晚年多漂泊，屡屡徙居，故云。慰，

一作“苦”。

〔18〕“经济”句：《晋书·石苞传》：“(景)帝答曰：‘苞虽细行不足，而有经国才略。夫贞廉之士，未必能经济世务。”经济，经邦济世。惭长策，惭愧无良策。

〔19〕飞栖：以鸟之栖息为喻，谓其漂泊也。假一枝：《庄子·逍遥游》：“鹪鹩巢于深林，不过一枝。”此指其寓居夔州。

〔20〕“尘沙”二句：言所居环境险恶。蜂虿、蛟螭，皆长江峡谷中之物，借以喻指邪恶势力。虿，蝎子一类的毒虫。蛟螭，即蛟龙，传说中龙一类的动物。

〔21〕“萧瑟”二句：叹息远古唐虞治世不复可见，而感秦汉之战乱不宁。萧瑟，凋零，冷落，这里意为渺茫。唐虞，即唐尧、虞舜，被认为是上古时代理想的君王。联翩，连续不断。楚汉，指秦末之项羽、刘邦。

〔22〕圣朝：谓唐朝。兼盗贼：谓盗贼屡起。兼，同时具有，不止一种或一方面。

〔23〕“异俗”句：谓所寓居之夔州风俗殊异，喧闹而卑下。杜甫诗中亦尝谓夔州“形胜有余风土恶”(《峡中览物》)。

〔24〕郁郁：幽暗貌。星辰剑：用《晋书·张华传》之豫章丰城宝剑事，见前《梁甫吟》注〔19〕。

〔25〕苍苍：迷茫貌。云雨池：《三国志·吴书·周瑜传》：“恐蛟龙得云雨，终非池中物也。”按，以上二句，以星辰剑之幽暗、云雨池之迷茫，喻己之不遇于时。

〔26〕“两都”二句：写战乱未靖，四方仍在用兵。两都，即西京长安与东都洛阳。幕府，节度使等军政长官的衙署，此盖谓京城武人当政。万寓，即万宇，万方，天下。军麾，军旗。

〔27〕南海：此泛指南方边地。残铜柱：谓岭南有乱，影响边地安定。铜柱，东汉马援征交趾时所立，为汉极南疆域之标志。

〔28〕“东风”句：指吐蕃在西陲之侵扰。东风，代指唐。月支，亦作“月氏”，古族名，曾于西域建国。其族游牧于敦煌、祁连山间，汉文帝时，遭匈奴攻击，西迁塞种故地（今新疆西部伊犁河流域及其迤西一带），称大月氏。而少数未西迁入南山（祁连山）者，与羌人杂居，称小月氏。此以之代指吐蕃。

〔29〕“音书”句：谓因战乱而家书难通，心中怅恨。音书，书信，此指家书。乌鹊，喜鹊。晋葛洪《西京杂记》卷三载陆贾语：“乾鹊噪而行人至。”传鹊啼报喜，今以乌鹊空啼，而家书未至，故云“恨乌鹊”。

〔30〕“号怒”句：谓厌闻夔州荒野中野兽之嚎叫声。罴，俗称人熊或马熊。

〔31〕“稼穑”二句：上句谓农作少闲暇而影响诗兴，下句谓宜适应夔州之风俗习惯而居于简陋的居室。稼穑，指从事农事活动。分，分散。柴荆，用柴荆做的简陋门户，此指简陋的居室。土宜，原义是指各地不同性质的土壤对不同生物之所宜，此指当地的风土习俗。

〔32〕“故山”二句：写对家乡景物的追忆。白阁，即白阁峰，在长安南之终南山。黄陂，即皇子陂，在长安南韦曲东。《太平寰宇记》“关西道一·万年县”：“皇子陂，在启夏门南三十里。陂北原上有秦皇子冢，因以名之。”忆，一作“隐”。

〔33〕“不敢”二句：谓流离异乡，不敢期望作诗有什么佳句，只是用以赋别离寄哀愁而已。要，通“邀”，期望。

【评说】

此诗作于大历元年（766），时诗人寓居夔州。暮年的杜甫，身多疾病，每有大命将至之忧，故诗多追思忆旧与回顾总结之作。此诗乃是对其创作思想及晚年创作的总结，涉及对古代诗歌发展演变的认识、创作上之继承与创新的关系、对诗人自己创作的体认、晚年的生活与创作等问题，是杜甫阐述诗歌创作问题的重要作品。“文章千古事，得失寸心知”“后贤兼旧制，历代各清规”“永怀江左逸，多病邺中奇”，或谈创作甘苦，或论创作经验，或述前贤创作的特点，皆概括精警。

【集评】

［明］王嗣奭《杜臆》卷八：“此公一生精力，用之文章，始成一部《杜诗》，而此篇乃其自序也。《诗三百篇》各自有序；而此篇又一部《杜诗》之总序也。”

［清］杨伦《杜诗镜铨》卷十五引蒋弱六语：“前半说文章，后半说境遇，得失甘苦，皆寸心知者。前语少而意括，后语详而情绵，公一生心迹尽是矣。”

李白

十月吴山晓，《梅花》落敬亭

当涂赵炎少府粉图山水歌[1]

峨眉高出西极天[2]，罗浮直与南溟连[3]。
名工绎思挥彩笔[4]，驱山走海置眼前。
满堂空翠如可扫[5]，赤城霞气苍梧烟[6]。
洞庭潇湘意渺绵[7]，三江七泽情洄沿[8]。
惊涛汹涌向何处？孤舟一去迷归年。
征帆不动亦不旋，飘如随风落天边。
心摇目断兴难尽[9]，几时可到三山巅[10]？
西峰峥嵘喷流泉，横石蹙水波潺湲[11]。
东崖合沓蔽轻雾[12]，深林杂树空芊绵[13]。
此中冥昧失昼夜，隐几寂听无鸣蝉[14]。
长松之下列羽客，对座不语南昌仙[15]。
南昌仙人赵夫子[16]，妙年历落青云士[17]。
讼庭无事罗众宾，杳然如在丹青里[18]。
五色粉图安足珍，真山可以全吾身。
若待功成拂衣去，武陵桃花笑杀人[19]。

【注释】

〔1〕当涂：县名，唐属江南西道宣州，今为安徽马鞍山市属县。赵炎：当涂

县尉，余不详。少府：唐人对县尉的别称。宋周煇《清波杂志》卷十：“古治百里之邑，令拊其俗，尉督其奸。故令曰‘明府’，尉曰‘少府’。”粉图：画于粉墙上的图画。

〔2〕峨眉：山名，见前《峨眉山月歌》注〔1〕。西极：谓西边极远之地。

〔3〕罗浮：山名，在今广东博罗县西北。《元和郡县图志》卷三十四“岭南道·循州·博罗县”：“罗浮山，在县西北二十八里。罗山之西有浮山，盖蓬莱之一阜，浮海而至，与罗山并体，故曰罗浮。高三百六十丈，周回三百二十七里，峻天之峰，四百三十有二焉。”南溟：即南冥，《庄子·逍遥游》：“南冥者，天池也。”此指南海。

〔4〕绎思：推究思考。此谓作画之构思。工：一作“公”。

〔5〕空翠：指绿叶。

〔6〕赤城：山名，在今浙江天台县西北。《元和郡县图志》卷二十六“江南道·台州·唐兴县”：“赤城山，在县北六里。实为东南之名山。”（嘉定）《赤城志》卷二十一：“赤城山，在县北六里。一名烧山，又名消山。石皆霞色，望之如雉堞，因以为名。”苍梧：山名，在今湖南宁远县境内。《元和郡县图志》卷二十九“江南道·道州·延唐县”：“九疑山，在县东南一百里。舜所葬也。九山相似，行者疑惑，故为名。舜庙在山下。”

〔7〕洞庭：见前《登岳阳楼》注〔1〕。潇湘：潇水与湘水之合称。潇水源出湖南宁远南之九嶷山，至湖南永州西北入湘水。湘水源出广西灵川东海洋山西麓，东北流贯湖南东部，经衡阳、湘潭、长沙等地，至湘阴芦林潭入洞庭，为湖南境内最大的河流。渺绵：悠远，连绵不断貌。

〔8〕三江七泽：王琦《李太白全集》注：“三江之名不一，以岷山之江为中江，嶓冢之江为北江，豫章之江为南江，此说《禹贡》之三江也。或以松江、钱塘江、浦阳江为三江，或以松江、东江、娄江为三江，此说吴越之三江也。或以岷江为西江，澧江为中江，湘江为南江，此说岳阳之三江也。此诗从画意泛说，不必定指一处。《子虚赋》：楚有七泽。后只称云梦一泽，其六皆未详所在。”洄沿：《文选·谢灵运〈过始宁墅〉》：“山行穷登顿，水涉尽洄沿。”李善注：“《尔雅》曰：逆流而上曰溯洄。孔安国《尚书传》曰：顺流而下曰沿。”

〔9〕心摇：谓心情激动。目断：一直望到看不见。

〔10〕三山：传说中海上三仙山。晋王嘉《拾遗记·高辛》：“三壶，则海中三山也。一曰方壶，则方丈也；二曰蓬壶，则蓬莱也；三曰瀛壶，则瀛洲也。”

〔11〕蹙水：水受石阻遏而流不畅貌。潺湲：水流动貌。

〔12〕合沓：重叠、攒聚貌。

〔13〕芊绵：草木茂盛貌。

〔14〕隐几寂听：伏在几案上静听。

〔15〕“长松”二句：写图画中的仙人对坐于长松之下。羽客，仙人。庾信《邛竹杖赋》：“和轮人之不重，待羽客以相贻。”倪璠注：“羽客，羽人也。《山海经》有‘羽人之国’‘不死之民’。”南昌仙，指汉代梅福。《汉书·梅福传》：“梅福字子真，九江寿春人也。少学长安，明《尚书》《穀梁春秋》，为郡文学，补南昌尉。后去官归寿春，数因县道上言变事，……至元始中，王莽颛政，福一朝弃妻子，去九江，至今传以为仙。”

〔16〕赵夫子：指赵炎。赵炎亦为县尉，故此以南昌尉梅福拟之。

〔17〕妙年：少壮之岁。历落：磊落。青云士：本指位高名显者，此指志向远大者。

〔18〕杳然：此指心情悠然。青，一作“宵”。

〔19〕“若待”二句：谓功成后身退已晚，劝赵炎及早归隐。功成，《老子》：“功遂身退，天之道也。”武陵桃花，用陶渊明《桃花源记》事，谓宜早日归隐。

【评说】

此为题画诗，以描述画中山水为主，赞画工之技艺，传观画之感受，而末尾则表达及早归隐，远祸全身之旨，生出新意。首四句点明所观赏之山水，乃名工所为之山水粉图。“满堂”以下十八句，述画中之山水，以诗传画，备细写来，间以惊愕之发问，杂以即时之观感，使人恍然若入画里。“南昌”四句，写画外之主人，却又幻化其若在丹青中，是以真入画，画里与画外融合。末四句则谓粉图虽好，终不及遁隐之可贵，规劝主人及早归隐；若功成拂衣，则年岁已老，徒为武陵桃花所笑。全诗之妙处，在于以诗摹写画中之境，将广阔、浩渺、旷远、深邃、繁富、幽微之景描绘得极为传神。画中有奇境，诗亦多奇语。

【集评】

［清］沈德潜《唐诗别裁集》卷六评“峨眉”四句：“画笔如真。”评“南昌”四句：“真景如画。”

［清］乾隆《御选唐宋诗醇》卷五：“写画似真，亦遂驱山走海，奔辏腕下。‘杳然如在丹青里’，又以真为画，各有奇趣。康乐之模山范水，从此另开生面。”

听蜀僧濬弹琴[1]

蜀僧抱绿绮[2]，西下峨眉峰[3]。
为我一挥手，如听万壑松[4]。
客心洗流水[5]，遗响入霜钟[6]。
不觉碧山暮，秋云暗几重。

【注释】

〔1〕蜀僧：指俗家在蜀地的僧人，濬为蜀僧之名，疑当与《赠宣州灵源寺仲濬公》中之仲濬公为同一人。

〔2〕绿绮：琴名。傅玄《琴赋序》："齐桓公有鸣琴曰号钟，楚庄有鸣琴曰绕梁，中世司马相如有琴曰绿绮，蔡邕有琴曰焦尾，皆名器也。"

〔3〕"西下"句：指蜀僧自蜀至此。

〔4〕"为我"二句：写蜀僧琴技之精妙。挥手，指弹琴。万壑松，古琴曲有《风入松》，此既用比喻，又暗谐古琴曲名。

〔5〕"客心"句：谓蜀僧弹琴技艺高超，使自己的客居之情为之一洗。客，诗人自谓。流水，《列子·汤问》："伯牙善鼓琴，钟子期善听。伯牙鼓琴，志在登高山，钟子期曰：'善哉！峨峨兮若泰山！'志在流水，钟子期曰：'善哉！洋洋兮若江河！'伯牙所念，钟子期必得之。"这里暗用《列子》之典，以喻琴声。

〔6〕霜钟：《山海经·中山经》："丰山……有九钟焉，是知霜鸣。"郭璞注："霜降则钟鸣，故言知也。物有自然感应而不可为也。"此指钟声。

【评说】

此为咏弹琴诗。写琴声之妙，多从听琴者的感受着笔，又多用比喻与渲染，生动传神。首联写人与琴，点出弹琴人之身份、来历与琴之名贵不凡，语精练而自然。"下"字尤传神，令人恍然若见蜀僧不凡之气宇。颔联写弹琴，"一挥手"见技艺之高，"万壑松"既写琴声之清越，亦隐以《风入松》曲做衬托。颈联正面赋听琴。“洗流水”写听琴之心理感受，亦双关“流水知音”之典。“入霜钟”则写琴声既同钟声之清迥，亦与之相和谐。末联写琴声弥散于暮山秋云，而听者沉迷心醉，不觉时光之移易，可见琴声之美妙。

【集评】

［明］朱谏《李诗选注》：“按此听琴之诗，可入清商之调，使善音者奏之于乐音而被之于徽弦之内，则当与《白雪》《阳春》同一律矣。”

［清］乾隆《御选唐宋诗醇》卷八：“累累如贯珠，泠泠如叩玉，斯为雅奏清音。”

俞陛云《诗境浅说》：“此诗前半首，质言之，惟蜀僧为弹琴一语耳。学作诗者，仅此一语，欲化作四句好诗，几不知从何下笔。试观其起句，言蜀僧抱古琴自峨眉而下，已有‘入门下马气如虹’之概。紧接三、四句，如河出龙门，一泻千里，以松涛喻琴声之清越，以‘万壑松’喻琴声之宏远，句法动荡有势。五句言琴之高妙，闻者如流水洗心，乃赋听琴之正面。六句以‘霜钟’喻琴，同此清迥，不以俗物为譬，乃赋听琴之尾声。收句听琴心醉，不觉山暮云深，如闻韶忘肉味矣。”

观胡人吹笛

胡人吹玉笛，一半是秦声。
十月吴山晓〔1〕，《梅花》落敬亭〔2〕。
愁闻《出塞》曲〔3〕，泪满逐臣缨〔4〕。
却望长安道，空怀恋主情〔5〕。

【注释】

〔1〕吴山：吴地之山，此指宣州（今安徽宣城）之敬亭山。

〔2〕《梅花》：汉乐府有《梅花落》，属横吹曲辞，为笛曲。敬亭，即敬亭山。《元和郡县图志》卷二十八“江南道·宣州·宣城县”：“敬亭山，州北十二里。

即谢朓赋诗之所。”在今安徽宣城。

〔3〕《出塞》：汉乐府横吹曲辞笛曲名。

〔4〕逐臣：诗人自谓。李白天宝三载（744）自京为玄宗“赐金放还”，故有此称。

〔5〕“却望”二句：写诗人对玄宗的眷恋之情。却望，回望。

【评说】

此诗写诗人观胡人吹笛而闻秦声，触动逐客情思，因生忆念长安、怀恋君王之情。诗意由笛曲声而至逐客情，叙写自然。“十月吴山晓，《梅花》落敬亭”二句尤妙。十月之吴山本无梅花，然胡人吹《梅花》笛曲，便觉敬亭山上处处梅花飘落，笛曲境界全出。李白多有写笛声之作，如“一为迁客去长沙，西望长安不见家。黄鹤楼中吹玉笛，江城五月落《梅花》”（《与史郎中钦听黄鹤楼上吹笛》），与此意略同。“谁家玉笛暗飞声，散入春风满洛城。此夜曲中闻《折柳》，何人不起故园情”（《春夜洛城闻笛》），由笛声而触动思乡之情，亦甚精妙。至若《金陵听韩侍御吹笛》：“韩公吹玉笛，倜傥流英音。风吹绕钟山，万壑皆龙吟。王子停凤管，师襄掩瑶琴。余韵渡江去，天涯安可寻。”虽叙写渲染，显韩侍御吹笛之妙，却不及上述数作流传之广。

【集评】

［明］胡应麟《诗薮》内编卷六：“杜之律，李之绝，皆天授神诣。……李以绝为律，如‘十月吴山晓，《梅花》落敬亭’等句，本五言绝妙境，而以为律诗，则骈拇枝指类也。”

［明］陆时雍《唐诗镜》卷二十：“三、四愁绪，片片欲堕。初唐以律行古，局蹐不伸。盛唐以古行律，其体遂败。良马之妙，在折旋蚁封；豪士之奇，在规矩妙应。若恃才一往，非善之善也。《对酒忆贺监》《宿五松山下荀媪家》《宿巫山下》《夜泊牛渚怀古》，清音秀骨，夫岂不佳？第非律体所宜耳。”

［日］近藤元粹《李太白诗醇》卷五：“谢云：《梅花》，是曲名也。太白放逐之余，睠睠宗国之念，随寓而发，观诸此诗可概见矣。”

杜甫

尤工远势古莫比，咫尺应须论万里

奉先刘少府新画山水障歌[1]

堂上不合生枫树，怪底江山起烟雾[2]。
闻君扫却赤县图[3]，乘兴遣画沧洲趣[4]。
画师亦无数，好手不可遇。
对此融心神[5]，知君重毫素[6]。
岂但祁岳与郑虔，笔迹远过杨契丹[7]。
得非玄圃裂[8]？无乃潇湘翻[9]？
悄然坐我天姥下，耳边已似闻清猿[10]。
反思前夜风雨急，乃是蒲城鬼神入。
元气淋漓障犹湿，真宰上诉天应泣[11]。
野亭春还杂花远，渔翁暝踏孤舟立。
沧浪水深青溟阔，欹岸侧岛秋毫末。
不见湘妃鼓瑟时，至今斑竹临江活[12]。
刘侯天机精[13]，爱画入骨髓。
自有两儿郎，挥洒亦莫比[14]。
大儿聪明到[15]，能添老树巅崖里。
小儿心孔开[16]，貌得山僧及童子[17]。
若耶溪[18]，云门寺[19]，
吾独胡为在泥滓，青鞋布袜从此始[20]。

【注释】

〔1〕奉先：唐县名。《新唐书·地理志》“同州冯翊郡”：“奉先，本次赤。故蒲城，开元四年更名，隶京兆府。”即今陕西蒲城。刘少府：即刘单。少府为县尉之别称。刘单天宝二年（743）中进士，天宝六载（747）任安西节度使高仙芝的幕府判官，代宗时官至礼部侍郎。据此诗，则刘单亦擅画。山水障：画有山水的屏风。障，屏障，屏风。

〔2〕“堂上”二句：谓枫树怎么会生长于堂上，室内何以会有山水云雾。这是赞叹山水障的逼真生动。不合，不应，不该。底，何，因何，何以。上，一作“中”。江山，一作“山川”。

〔3〕扫却：画出，画成。扫，有一挥而就之义。赤县：唐县分为赤、次赤、畿、次畿、望、紧等不同等级，奉先归京兆府所辖，属次赤，故称赤县。

〔4〕“乘兴”句：是说刘少府画完本县山水后，乘兴自遣，又来画这充满隐逸之趣的山水屏风。沧洲趣，即山水之趣，此指图画山水。沧洲，滨水之地，诗文中常用以指隐士的居处。清仇兆鳌注：“赤县图，别是一幅。沧洲趣，指屏中山水。”（《杜诗详注》卷四）

〔5〕融心神：即心与神交融，犹言陶醉。

〔6〕毫素：代指绘画艺术。毫，毛笔。素，绢帛。

〔7〕“岂但”二句：谓刘少府画艺高超，不用说画家祁岳、郑虔了，就是与画家杨契丹相比，他的笔法技艺也已有所超越。祁岳，一作祁乐，行四，河东（今山西永济）人，盛唐画家，工山水。郑虔，见前《醉时歌》注〔2〕。杨契丹，隋朝著名画家。唐张彦远《历代名画记》卷八：“（隋）杨契丹，上品中。官至上仪同。僧悰云：‘六法备该，甚有骨气，山东体制，允属伊人。在阎立本下。’”

〔8〕得非：莫不是。下句“无乃”义近，表示委婉的语气。玄圃：即悬圃，传说中昆仑山顶神仙的居处。“玄”与“悬”通。《淮南子·坠形训》：“昆仑之丘，或上倍之，是谓凉风之山，登之而不死。或上倍之，是谓悬圃，登之乃灵。”又，郦道元《水经注》卷一“河水”：“昆仑之山三级，下曰樊桐，一名板桐；二曰玄圃，一名阆风；上曰层城，一名天庭。是为太帝之居。”裂，一作“坼”。

〔9〕潇湘翻：谓画中的波浪犹如潇湘之水翻腾流动。

〔10〕“悄然”二句：谓不知不觉中使我坐于天姥山下，我的耳边似已听到山中猿啼之声。悄然，犹言不觉然。天姥山，山名，见前《壮游》注〔34〕。

〔11〕“反思”四句：回想前夜城中之疾风迅雨，原来是鬼神进入了蒲城。看

那画障元气淋漓、生动逼真，其上似还有水湿之痕，那应是因真宰上诉于天而天神感动哭泣之故吧。此四句乃夸张渲染，谓刘少府的画能致鬼神、感天帝。蒲城，即奉先。乃，一作“恐”。蒲，一作“满”。

〔12〕“野亭”六句：是对画面中景物的描述。沧浪，古水名，此泛指江河。青溟，沧海。欹岸侧岛，谓画中河岸、小岛的倾斜之态。秋毫末，言极为细微。《孟子·梁惠王上》：“明足以察秋毫之末。”朱熹注：“秋毫之末，毛至秋而末锐，小而难见也。”(《四书章句集注》)不见，犹言岂不见。湘妃鼓瑟，《楚辞·远游》：“使湘灵鼓瑟兮，令海若舞冯夷。”王逸注：“湘灵，娥皇、女英也。”湘妃即湘灵，传为尧之二女，为舜之妃。斑竹，相传舜南巡时崩于九嶷，娥皇、女英追至湘水，啼，以泪挥竹，竹尽斑。事见张华《博物志》。欹岸侧岛，一作“欹峰侧岸”。

〔13〕天机精：谓天资聪悟。天机，犹灵性。《庄子·大宗师》：“其耆欲深者，其天机浅。”

〔14〕挥洒：此指绘画。

〔15〕聪明到：犹言极为聪明。到，至，极。

〔16〕心孔：心窍。

〔17〕貌：音“莫”，描绘。

〔18〕若耶溪：溪水名，在今浙江绍兴境内。《太平寰宇记》“江南东道·越州·会稽县”：“若耶溪，在县东南二十八里。”

〔19〕云门寺：佛寺名，在今浙江绍兴。《舆地纪胜》卷十“绍兴景物下”：“云门山，在会稽南三十一里，有雍熙寺，为州之伟观。昔王子敬居此，有五色祥云，诏建寺，号云门。”

〔20〕青鞋布袜：指平民之装束。胡：一作“何”。

【评说】

此诗作于天宝十三载（754）杜甫携家安置于奉先县时。刘单为奉先县尉，擅画，此诗因观刘单为山水画障而作。首二句，突兀惊人，骤然如见真山水。三、四句方点明是刘单所作山水画。“画师”以下六句，称赏刘单之画技，赞其洵为当代高手。“得非”以下八句，写观画的感受，夸张、渲染、议论并用，极赞其惊风雨、泣鬼神的魅力。“野亭”以下六句，摹写画中景物，而笔墨集中于画中之山水。“此备写山水中景物。亭花、岸岛，属山。渔舟、沧溟，属水。湘竹临江，又兼映山水。”（仇兆鳌《杜诗详注》卷四）“刘侯”以下八句，称赞刘单天赋过人，又赞其两儿能嗣其画艺而配合作画。末尾四句，则写因观画而动遐思，生出离俗尘而寻游名山胜水之念，别有韵致。全诗跳跃变化，手法多样，似真若幻，缥缈灵动，诚为题画之神品。

【集评】

［明］王嗣奭《杜臆》卷一：“画有六法，‘气韵生动’第一，‘骨法用笔’次之。杜以画法为诗法，通篇字字跳跃，天机盎然，见其气韵。乃‘堂上不合生枫树’，突然而起，从天而下，已而忽入‘前夜风雨急’，已而忽入‘两儿挥洒’，突兀顿挫，不知所自来，见其骨法。至末因貌山僧，转云门、若耶，青鞋布袜，阕然而止，总得画法经营位置之妙。而篇中最得画家三昧，尤在‘元气淋漓障犹湿’一语，试一想像，此画至今在目，真是下笔有神；而诗中之画，令顾、陆奔走笔端。”

［清］吴瞻泰《杜诗提要》卷五：“一起突然而来，一结攸然而逝，皆不可以绳尺求者。来时以真入画，逝时以画入真，灵变生动，云烟缥缈，亦正与画法相似。”

［清］沈德潜《唐诗别裁集》卷六：“题画诗开出异境，后人往往宗之。”

［清］杨伦《杜诗镜铨》卷三：“字字飞腾跳跃，篇中无数山水境地人物，纵横出没，几莫测其端倪。”

戏题王宰画山水图歌〔1〕

十日画一水，五日画一石。
能事不受相促迫〔2〕，王宰始肯留真迹。
壮哉昆仑方壶图，挂君高堂之素壁〔3〕。
巴陵洞庭日本东〔4〕，赤岸水与银河通〔5〕，
中有云气随飞龙〔6〕。
舟人渔子入浦溆〔7〕，山木尽亚洪涛风〔8〕。
尤工远势古莫比〔9〕，咫尺应须论万里〔10〕。

焉得并州快剪刀，剪取吴松半江水〔11〕。

【注释】

〔1〕王宰：唐代画家。唐张彦远《历代名画记》卷十：“王宰，蜀中人，多画蜀山，玲珑窳窆，巉嵯巧峭。”山水图：山水画。

〔2〕能事：所擅长之事，此指绘画。促迫：催促，催逼。

〔3〕“壮哉”二句：谓王宰将所画的极壮观阔远之山水画悬挂于其大厅之白粉墙上。昆仑，山名，在今西藏、新疆之间，西接帕米尔高原，东入青海境内，为我国西部著名的山脉。方壶，神话传说中海上三神山之一，见前《哭晁卿衡》注〔3〕。按，昆仑在西，方壶在东，二者相距遥远，此形容王宰所画山水图极工远势。明王嗣奭云：“昆仑方壶，举极西极东以状其远景，非真画此两山也。”(《杜臆》卷四)。君，指王宰。素壁，白色的粉墙。壶，一作“丈”。

〔4〕巴陵：山名，在今湖南岳阳西南，滨洞庭湖。《元和郡县图志》卷二十七：“昔羿屠巴蛇于洞庭，其骨若陵，故曰巴陵。”日本：即今日本国。

〔5〕赤岸：一说即今江苏南京六合东南之赤岸山；一说旧在今甘肃临夏黄河南岸，刘家峡水库建成后没入库区。后说所云赤岸，距黄河源头较近，于义为长。赤，一作“南”。

〔6〕“中有”句：形容画中云气流动，波涛汹涌，似有飞龙跃动。

〔7〕浦溆：水边。

〔8〕“山木”句：谓风势使洪涛涌动，山木尽为之低垂。亚，低垂。亚，一作“带”。

〔9〕尤工：特别擅长。远势：远景。

〔10〕“咫尺”句：谓王宰之画能在咫尺之间表现出极壮阔的万里山水之景观。咫尺，形容极小的空间。周制，八寸为咫。论，一作“千”，一作“行”。

〔11〕“焉得”二句：赞叹王宰所画之山水极为逼真，恨不得用并州所出之快剪刀将其剪下来以收藏。焉得，从何可得。并州，唐属河东道，在今山西太原一带。其地所出之剪刀以锋利著称，故云“并州快剪刀”。松，一作“淞”。疑“淞”是。吴淞，又称淞江、吴江，俗称苏州河，源出江苏苏州太湖瓜径口，东流至上海市外白渡桥入黄浦江。清朱鹤龄云：“公少时尝游吴地，思之不忘，故末因题画而及之。”(《杜工部诗集辑注》卷七)

【评说】

此诗为题画诗。由品画而及于画艺，多有深得画理的精彩议论。其一，绘画作为艺术，须有创造的自由，不可促迫为之。“十日画一水，五日画一石。能事不受相促迫，王宰始肯留真迹。”由王宰之作画，可悟艺术创造之三昧。其二，绘画应该融大于小，以小见大，“咫尺应须论万里”，揭橥了画艺之真谛。“能事不受相促迫”“咫尺应须论万里”，可谓论画艺之妙语。

【集评】

［明］张溍《读书堂杜工部诗集注解》卷七：“绝伎往往如此，意到笔随，皆有天机。咫尺万里，论画尤入微。”

［清］黄生《杜诗说》卷三：“凡书画入妙，类随其兴之所至，立须坐守，兴味索然，所作安得称心！‘能事’二语，深体作者之意。此貌海中之山，‘巴陵’二句，以东西所至而言，图不能尽其势，则以云气隔之，则势不至而意已至矣。舟人渔子，画水所宜有，今不见者，以风涛势壮，舟楫必须避匿耳。以上五句，全写画之神理，不在形模上论。‘尤工’四句，此又别是一长卷。结二语，见题中‘戏’字意。”

丹青引赠曹将军霸〔1〕

将军魏武之子孙，于今为庶为清门。
英雄割据虽已矣，文采风流今尚存〔2〕。
学书初学卫夫人，但恨无过王右军〔3〕。
丹青不知老将至，富贵于我如浮云〔4〕。
开元之中常引见，承恩数上南薰殿〔5〕。
凌烟功臣少颜色，将军下笔开生面〔6〕。
良相头上进贤冠，猛将腰间大羽箭。

褒公鄂公毛发动，英姿飒爽犹酣战[7]。
先帝御马玉花骢[8]，画工如山貌不同[9]。
是日牵来赤墀下[10]，迥立阊阖生长风[11]。
诏谓将军拂绢素，意匠惨淡经营中[12]。
须臾九重真龙出，一洗万古凡马空[13]。
玉花却在御榻上，榻上庭前屹相向[14]。
至尊含笑催赐金，圉人太仆皆惆怅[15]。
弟子韩干早入室，亦能画马穷殊相[16]。
干惟画肉不画骨，忍使骅骝气凋丧[17]。
将军画善盖有神，偶逢佳士亦写真[18]。
即今漂泊干戈际，屡貌寻常行路人[19]。
途穷反遭俗眼白[20]，世上未有如公贫。
但看古来盛名下，终日坎壈缠其身[21]。

【注释】

〔1〕此诗约作于代宗广德二年（764）作者居成都时。丹青：绘画用的颜料，后为绘画的代称。引：诗体名。曹霸：曹髦（曹操曾孙）之后，以擅画闻名于开元、天宝间。唐张彦远《历代名画记》卷九载："曹霸，魏曹髦之后。髦画称于后代。霸在开元中已得名。天宝末，每诏写御马及功臣，官至左武卫将军。"

〔2〕"将军"四句：叙曹霸高贵的出身。魏武，即曹操，死后谥武帝，故称。庶，平民。清门，清寒之家。宋蔡梦弼注："霸乃操之后，其门第最清高。玄宗末年得罪，削籍为庶人。"（《杜工部草堂诗笺》卷二十）英雄割据，指曹操当年占据中原，与刘备、孙权三分天下。文采风流，曹操能诗文，曹霸善画，故云曹氏文采风流犹存。虽，一作"皆"。今，一作"犹"。

〔3〕"学书"二句：谓曹霸善书法。卫夫人，晋人，名铄，字茂猗，汝阴太守李矩之妻，善书法，王羲之少曾师之。无过，未能超过。王右军，即王羲之，以其曾官右军将军，故称。王羲之以书法名世，被誉为书圣。

〔4〕"丹青"二句：谓曹霸在绘画上用心专一，至于忘老；又因热爱画艺，故而轻视富贵。《论语·述而》载，孔子曾谓自己"其为人也，发愤忘食，乐以

忘忧，不知老之将至”，又说“不义而富且贵，于我如浮云”。两句化用之。

〔5〕南薰殿：宫殿名，在长安城兴庆宫中，位于宫城北面瀛洲门内，南临兴庆池。中：一作“年”。

〔6〕“凌烟”二句：谓凌烟阁上的功臣像颜色暗淡，曹霸重新摹画，使之面貌一新。凌烟阁，在长安太极宫东北隅，三清殿之侧。贞观十七年（643）二月，唐太宗画太原倡义及秦府功臣长孙无忌等二十四人之像于凌烟阁。太宗亲为赞，褚遂良题阁，阎立本画。少颜色，指颜色暗淡。开生面，指重新摹画新像。

〔7〕“良相”四句：通过选择具体人物形象展示曹霸画人的技巧。进贤冠，古代儒者朝见皇帝时戴的一种礼帽，唐代为文官朝参时所戴。《新唐书·车服志》：“进贤冠者，文官朝参、三老五更之服也。”大羽箭，一种四羽大笴的长箭，相传太宗好用此箭。褒公，指褒国公段志玄。鄂公，指鄂国公尉迟敬德。二人皆猛将。“毛发动”“英姿飒爽”“犹酣战”，皆形容所画二人像之生动，谓其毛发飞动、威风凛凛，好像还在与人厮杀得痛快似的。飒爽，一作“飒飒”。犹，一作“来”。

〔8〕先帝：指玄宗。玉花骢：玄宗所乘的马。御：一作“天”。

〔9〕画工如山：言画工众多。貌不同：谓画不像。

〔10〕赤墀：皇宫中的台阶，以其用赤色丹漆涂饰，故名。

〔11〕迥立：昂首挺立。阊阖：天门，此指皇宫之门。生长风：写马飞奔时的神态与气势。迥，一作“敻”。

〔12〕“诏谓”二句：谓玄宗让曹霸在绢上画马，曹霸细心构思，苦心经营。意匠，指绘画上对颜色、布局等的精心构思。惨淡经营，指创作的艰苦过程。

〔13〕“须臾”二句，谓曹霸很快画出，他所画的马像龙马从宫门走出，胜过了古今所有凡马。须臾，片刻，一会儿。九重，皇宫。天子之门九重，故称。真龙出，谓画得逼真。《周礼·夏官·廋人》：“马八尺以上为龙。”此指玉花骢。一洗，一扫。

〔14〕“玉花”二句：是说曹霸所画之马足以乱真，让人真假难辨。马不应在御榻上，但放在御榻上的画中马，却如同真马一样，所以说“却在”。玉花，玉花骢。却，倒，反。御榻，皇帝的床榻。庭前，指庭前之真马。屹相向，指画中马与真马相对。屹，屹然挺立。相向，相对。

〔15〕“圉人”句：从旁观者的反应写曹霸所画之马的神似。圉人，官名，掌养马放牧等事。见《周礼·夏官·圉人》。太仆，官名，掌为天子执御及御马畜牧之事。这里圉人、太仆皆指为皇帝养马的人。惆怅，言这些为皇帝养马的人都感到曹霸所画的马神骏不凡，真马也未必比得上，因而叹息不已。极言其画之逼真。

〔16〕“弟子”二句：引入韩干画马，作为对比衬托。韩干，唐代画家。《历代名画记》卷九载：“韩干，大梁人。……善写貌人物，尤工鞍马。初师曹霸，后自独擅。……遂为古今独步。”入室，学问或技艺得到师传而造诣精深。《论语·先进》：“由也升堂矣，未入于室也。”邢昺疏：“言子路之学识深浅，譬如自外入内，得其门者。入室为深，颜渊是也；升堂次之，子路是也。”穷殊相，穷尽各种形态。

〔17〕“干惟”二句：是对韩干画马的批评。韩干所画之马肥大，所以说他“画肉不画骨”，肥大而缺乏神骏之气，故云“气凋丧”。这里反映的是杜甫的审美倾向，未必是对韩干画马的定评。

〔18〕“将军”二句：写真，谓肖像画。画，一作“尽”。偶，一作“必”。

〔19〕“即今”二句：意谓曹霸原以画马见长，偶尔遇到他认为特殊的人物，也为之画像；但如今天下不宁，身世漂泊，寻常行路之人，他也常常为之写貌，借以糊口。漂泊干戈，指安史之乱。

〔20〕俗眼白：即遭人白眼，为人所轻视。

〔21〕“但看”二句：于宽慰中表达其对曹霸遭际的同情与对世俗的愤激。坎壈（lǎn），困顿失志。

【评说】

此诗乃题画赠人之作，从曹霸不凡的出身写起，赞其才艺，赏其人品，叹其遭际。曹霸之才艺，一为书法，二为画艺，诗中略于书法而详于画艺。述其画艺，从当年之宠遇、绘事之传神、弟子之不能尽其妙等角度写来，叙述、刻画、议论三者兼而有之。刻画之生动，可谓诗传画之神韵；而议论之精绝，则探画艺之妙谛。“意匠惨淡经营中”，画家闻此，必当莫逆于心；“干惟画肉不画骨，忍使骅骝气凋丧”，丹青之妙，善画者可从此悟入。前朝华胄，一代才杰，遭逢干戈，暮年沉沦，“途穷反遭俗眼白”，令人不禁感叹唏嘘。

【集评】

［明］王嗣奭《杜臆》卷六：“余谓此诗公借曹霸以自状，与渊明之记桃源相似；读公《莫相疑行》而知余言之不妄。”

［清］吴瞻泰《杜诗提要》卷六：“发端十四字，已将官职、家世、门第、削籍，一笔写尽，而将军一生盛衰具见。”又曰：“将人世荣枯之遇，与时俗炎凉之态，两边对照，如灯取影，笔笔活现。”

［清］杨伦《杜诗镜铨》卷十一引邵沧来语："写画人却写其画功臣，写画马却状其画玉骢，难貌者且有神，而常人凡马更不待言。乃前画功臣御马，能令至尊含笑，后画行路常人，反遭俗子白眼，有无限感慨。然曹惟浮云富贵，则虽贫贱终身，亦足以自慰耳。"

观公孙大娘弟子舞剑器行并序[1]

大历二年十月十九日[2]，夔州别驾元持宅，见临颍李十二娘舞剑器[3]，壮其蔚跂[4]。问其所师，曰："余公孙大娘弟子也。"开元三载[5]，余尚童稚，记于郾城，观公孙氏舞剑器浑脱[6]，浏漓顿挫[7]，独出冠时。自高头宜春、梨园二伎坊内人，洎外供奉舞女，晓是舞者，圣文神武皇帝初，公孙一人而已[8]。玉貌锦衣，况余白首，今兹弟子，亦匪盛颜[9]。既辨其由来，知波澜莫二[10]。抚事慷慨[11]，聊为《剑器行》。昔者吴人张旭[12]，善草书书帖，数尝于邺县见公孙大娘舞西河剑器，自此草书长进[13]。豪荡感激，即公孙可知矣[14]。

昔有佳人公孙氏，一舞剑器动四方。
观者如山色沮丧，天地为之久低昂[15]。
㸌如羿射九日落，矫如群帝骖龙翔。
来如雷霆收震怒，罢如江海凝清光[16]。
绛唇珠袖两寂寞，晚有弟子传芬芳[17]。
临颍美人在白帝[18]，妙舞此曲神扬扬。
与余问答既有以[19]，感时抚事增惋伤。
先帝侍女八千人[20]，公孙剑器初第一[21]。
五十年间似反掌[22]，风尘澒洞昏王室[23]。
梨园弟子散如烟，女乐余姿映寒日[24]。
金粟堆南木已拱，瞿唐石城草萧瑟[25]。
玳筵急管曲复终，乐极哀来月东出[26]。

老夫不知其所往，足茧荒山转愁疾〔27〕。

【注释】

〔1〕公孙大娘：玄宗开元年间著名的女舞蹈家。弟子：即诗中之李十二娘。剑器：唐代舞曲名，为唐代健舞（与软舞相对）曲之一。健舞的特点是女子雄装执剑而舞。一说是女伎雄装空手而舞。然据郑嵎《津阳门诗》“公孙剑伎方神奇”下注“有公孙大娘舞剑，当时号为雄妙”及姚合《剑器词三首》“掉剑龙缠臂，开旗火满身”，可知舞者用剑而非徒手，疑后说非。行：诗体名。

〔2〕“大历”句：大历，唐代宗年号。大历二年，即公元767年。清黄生云：“观舞细事尔，序首特纪岁月，盖与‘开元三年’句打照，并与诗中‘五十年间’句针线。无数今昔之悲、盛衰之感，俱于纪年见之。”（《杜诗说》卷三）可参。

〔3〕“夔州”句：夔州，唐属山南道，治所在今重庆奉节。别驾，官名，刺史的佐吏。元持，人名，生平事迹未详。临颍，县名，故址在今河南临颍西北。持，一作“特”。

〔4〕蔚跂：雄浑多姿。

〔5〕三：一作“五”。

〔6〕“记于”句：郾城，县名，今属河南。剑器浑脱，剑器舞与浑脱舞。浑脱舞，《资治通鉴》卷二百九载：“上（中宗）数与近臣学士宴集，令各效伎艺以为乐。工部尚书张锡舞《谈容娘》，将作大匠宗晋卿舞《浑脱》，左卫将军张洽舞《黄獐》，左金吾将军杜元谈诵《婆罗门咒》，中书舍人卢藏用效道士上章。”胡三省注：“长孙无忌以乌羊毛为浑脱毡帽，人多效之，谓之赵公浑脱，因演以为舞。”或以为剑器浑脱为剑器舞与浑脱舞的综合，疑非是。

〔7〕浏漓顿挫：形容舞姿生动活泼，富于变化。

〔8〕“自高”句：唐崔令钦《教坊记》：“西京：右教坊在光宅坊，左教坊在延政坊。右多善歌，左多工舞，盖相因成习。”“妓女入宜春院，谓之‘内人’，亦曰‘前头人’，常在上前头也。”宋程大昌《雍录》卷九：“梨园在光化门北。……开元二年置教坊于蓬莱宫，上自教法曲，谓之梨园弟子。至天宝中即东宫置宜春北苑，命宫女数百人为梨园弟子。即是梨园者，按乐之地，而预教者名为弟子耳。”高头，疑即前头。二伎坊，疑即指宜春、梨园。洎，及。外供奉，指宜春、梨园以外的杂应官妓。圣文神武皇帝，即玄宗，开元二十七年（739）玄宗加此尊号。伎，一作“教”。

〔9〕“玉貌”句：谓当初见到公孙大娘舞剑器时，她尚是一个妙龄女郎，如今我都已白了头，连她的弟子也都不年轻了。弟子，指李十二娘。匪，非。盛颜，喻年轻。锦，一作“绣”。

〔10〕“既辨”句：谓既弄清了其师承源流，就知道她舞剑器和公孙大娘一般无二了。由来，来历，即李十二娘与公孙大娘的师承关系。波澜莫二，没有两样，指李十二娘得到了公孙大娘的真传。

〔11〕抚事慷慨：追忆往事，感叹激昂。

〔12〕张旭：字伯高，苏州吴县（今江苏苏州）人。曾官金吾长史，世称“张长史”。善草书，性嗜酒，每醉后号呼狂走，索笔挥洒，或以头濡墨而书，变化无穷，若有神助，时人号为“张颠”。其生平事迹见《旧唐书》卷一百九十中《贺知章传》、《新唐书》卷二百二本传及《李白传》。昔：一作“往”。

〔13〕“数尝”句：唐李肇《国史补》卷上：“旭言：始吾见公主担夫争路，而得笔法之意。后见公孙氏舞剑器，而得其神。”可与此相参。邺县，在今河南安阳。西河剑器，一说为剑器舞之一种，西河，疑即河西或河湟之异称，指舞产生的地区；一说是剑器舞中以西凉乐曲为伴奏者。邺，一作“叶”。

〔14〕“豪荡”句：谓公孙大娘的舞技能使张旭的书法受到启发而富有生气，那么她的舞也就可想而知了。感激，激动，有生气。即，犹则。

〔15〕“观者”二句：上句谓观赏公孙大娘舞剑的人如山如海，因为其舞惊心动魄，故观者变色；下句说观者因舞而目眩，似乎觉得天地都在旋转。

〔16〕“㸌如”四句：描绘公孙大娘的舞姿。上二句谓其剑光闪烁，如后羿射落九日；其身姿矫健，如众仙驾着群龙翱翔。下二句谓始舞时，前奏鼓点刚落，犹如雷霆收其震怒；舞停下来时，其剑影犹如江海平静时闪烁的清光。㸌（huò），光芒闪烁貌。羿射九日，《淮南子·本经训》：“逮至尧之时，十日并出，焦禾稼，杀草木，而民无所食。……（尧乃使羿）上射十日。”矫，矫健，夭矫。群帝骖龙翔，清仇兆鳌注：“夏侯玄赋：又如东方群帝兮，腾龙驾而翱翔。”（《杜诗详注》卷二十）来，一作“末”。

〔17〕“绛唇”二句：感伤公孙大娘已逝，幸有弟子传其舞技。绛唇珠袖，指公孙大娘的容颜与舞技。两寂寞，谓人与舞俱亡。传芬芳，指传承其舞剑器的技艺。晚，一作“况”。

〔18〕临颍美人：指李十二娘。白帝：即白帝城，故址在今重庆奉节东瞿塘峡口。

〔19〕既有以：既有根由。

〔20〕先帝：指玄宗。八千人：言其众多。帝，一作“皇”。

〔21〕初第一：从开始就被推为第一。初，开始。

〔22〕“五十”句：自开元三年（715）至大历二年（767）诗人见李十二娘，经五十二年。若序中“开元三载”之“三”作“五”，则正好五十年。

〔23〕“风尘”句：指安史之乱。澒洞，绵延、弥漫貌。澒洞，一作“倾动”。

〔24〕“梨园”二句：谓经过安史之乱，当年的梨园弟子多已烟消云散，而公孙大娘的舞技却由李十二娘再现，与寒日相映而交辉。余姿，谓李十二娘的舞姿保留着公孙大娘的风韵。寒日，时在十月，故云，同时亦含日暮途穷之意。

〔25〕“金粟”二句：上句伤玄宗，下句自伤。金粟堆，即金粟山，在今陕西蒲城东北，为玄宗泰陵所在。木已拱，《左传·僖公三十二年》载秦穆公使人责让蹇叔曰：“尔何知？中寿，尔墓之木拱矣。”言墓前之木可两手而围。玄宗崩于宝应元年（762），至此已五年，故云。瞿唐石城，指夔州。夔州地近瞿塘峡，依山石为城，故称。草，一作“暮”。

〔26〕“玳筵”二句：写在别驾宅中盛筵上观李十二娘舞剑，抚今追昔，引起时代盛衰与个人身世之感，不禁乐极哀来。玳筵，玳瑁筵，也即盛筵。急管，急促的管乐声。

〔27〕“老夫”二句：谓足生厚茧，迟行荒山，百感交集，心中惘然。足茧，脚底因长时间摩擦所生厚皮。转愁疾，即疾转愁。疾，速也。疾，一作“寂”。

【评说】

此诗作于代宗大历二年。诗人于暮年在夔州偶见公孙大娘弟子舞剑器，触动了他对早年观赏公孙大娘舞剑器的回忆与世事沧桑之感。诗前半段以渲染烘托与生动妙比，传神地描绘了公孙大娘舞剑器的超绝技艺，中间四句以见李十二娘夔州妙舞为过渡，继而转入对世事沧桑之抒写，在抚今追昔中，抒发了对唐王朝五十年间盛衰之变的深长慨叹。

【集评】

［清］仇兆鳌《杜诗详注》卷二十引王嗣奭语：“此诗见剑器而伤往事，所谓抚事慷慨也。故咏李氏，却思公孙，咏公孙，却思先帝，全是为开元天宝五十年治乱兴衰而发，不然，一舞女耳，何足摇其笔端哉。”

［清］吴瞻泰《杜诗提要》卷六：“叙事以详略为参差，亦以详略为宾主，主宜详而宾宜略，一定之法也。然又有宾详而主反略者。如此诗公孙大娘，宾也；

弟子，主也。乃叙公孙舞则八句，而天地、日、龙、雷霆、江海，凡舞之高低起止，无所不具，是何其详！叙弟子则四句，而言舞则‘神扬扬’三字，抑何其略！究之诗意，非为弟子也，为公孙大娘也。则公孙大娘固为主，而弟子又为宾，仍是主详宾略云耳。学诗者得详略之宜，尽参差之变，思过半矣。”

［清］乾隆《御选唐宋诗醇》卷十二：“前如山之嶙峋，后如海之波澜，前半极其浓至，后半感叹，‘音响一何悲，弦急知柱促’也。”

参考书目

1.［唐］李白著，［清］王琦注：《李太白全集》，中华书局，1977 年 9 月。

2.［唐］李白撰，［宋］杨齐贤集注，［元］萧士赟补注：《元本分类补注李太白诗》，国家图书馆出版社，2017 年 12 月。

3.［唐］杜甫著，［清］仇兆鳌注：《杜诗详注》，中华书局，1979 年 10 月。

4.［唐］杜甫著，［清］钱谦益笺注：《钱注杜诗》，上海古籍出版社，1958 年 10 月。

5.［清］浦起龙著：《读杜心解》，中华书局，1961 年 10 月。

6.［唐］杜甫著，［清］杨伦笺注：《杜诗镜铨》，上海古籍出版社，2019 年 5 月第 2 版。

7. 瞿蜕园、朱金城校注：《李白集校注》，上海古籍出版社，1980 年 7 月。

8.詹锳主编:《李白全集校注汇释集评》,百花文艺出版社,1996 年 12 月。

9.［唐］李白撰，安旗、薛天纬、阎琦、房日晰笺注：《李白全集编年笺注》，中华书局，2015 年 10 月。

10. 郁贤皓校注：《李太白全集校注》，凤凰出版社，2015 年 12 月。

11. 苏仲翔选注：《李杜诗选》，古典文学出版社，1957 年 2 月新一版。

12.［唐］李白、杜甫著，刘学锴注析：《李杜诗选》，中州古籍出版社，2019 年 5 月。

13. 薛天纬选注：《李白诗选》，人民文学出版社，2017 年 10 月。

14. 阎琦注评：《李白诗选评》，三秦出版社，2010 年 9 月。

15. 萧涤非选注，萧光乾、萧海川辑补：《杜甫诗选注》（增补本），人民文学出版社，2017 年 12 月第 2 版。

16. 莫砺锋、童强撰：《杜甫诗选》，商务印书馆，2018 年 4 月。

附 录

旧唐书·李白传

［后晋］刘昫

李白字太白，山东人。少有逸才，志气宏放，飘然有超世之心。父为任城尉，因家焉。少与鲁中诸生孔巢父、韩沔、裴政、张叔明、陶沔等隐于徂徕山，酣歌纵酒，时号“竹溪六逸”。天宝初，客游会稽，与道士吴筠隐于剡中。既而玄宗诏筠赴京师，筠荐之于朝，遣使召之，与筠俱待诏翰林。白既嗜酒，日与饮徒醉于酒肆。玄宗度曲，欲造乐府新词，亟召白，白已卧于酒肆矣。召入，以水洒面，即令秉笔，顷之成十余章，帝颇嘉之。尝沉醉殿上，引足令高力士脱靴，由是斥去。乃浪迹江湖，终日沉饮。时侍御史崔宗之谪官金陵，与白诗酒唱和。尝月夜乘舟，自采石达金陵，白衣宫锦袍，于舟中顾瞻笑傲，傍若无人。

初贺知章见白，赏之曰：“此天上谪仙人也。”禄山之乱，玄宗幸蜀，在途以永王璘为江淮兵马都督、扬州节度大使，白在宣州谒见，遂辟为从事。永王谋乱，兵败，白坐长流夜郎。后遇赦得还，竟以饮酒过度，醉死于宣城。有文集二十卷，行于时。

（《旧唐书》卷一百九十，中华书局 1975 年 5 月版）

新唐书·李白传

［宋］欧阳修 宋祁

李白字太白，兴圣皇帝九世孙。其先隋末以罪徙西域，神龙初，遁还，客巴西。白之生，母梦长庚星，因以命之。十岁通诗书，既长，隐岷山。州举有道，不应。苏颋为益州长史，见白异之，曰："是子天才英特，少益以学，可比相如。"然喜纵横术，击剑，为任侠，轻财重施。更客任城，与孔巢父、韩准、裴政、张叔明、陶沔居徂来山，日沈饮，号"竹溪六逸"。

天宝初，南入会稽，与吴筠善，筠被召，故白亦至长安。往见贺知章，知章见其文，叹曰："子，谪仙人也！"言于玄宗，召见金銮殿，论当世事，奏颂一篇。帝赐食，亲为调羹，有诏供奉翰林。白犹与饮徒醉于市。帝坐沉香子亭，意有所感，欲得白为乐章，召入，而白已醉，左右以水颒面，稍解，授笔成文，婉丽精切，无留思。帝爱其才，数宴见。白尝侍帝，醉，使高力士脱靴。力士素贵，耻之，擿其诗以激杨贵妃，帝欲官白，妃辄沮止。白自知不为亲近所容，益骜放不自修，与知章、李适之、汝阳王琎、崔宗之、苏晋、张旭、焦遂为"酒八仙人"。恳求还山，帝赐金放还。白浮游四方，尝乘月与崔宗之自采石至金陵，著宫锦袍坐舟中，旁若无人。

安禄山反，转侧宿松、匡庐间，永王璘辟为府僚佐。璘起兵，逃还彭泽；璘败，当诛。初，白游并州，见郭子仪，奇之。子仪尝犯法，白为救免。至是子仪请解官以赎，有诏长流夜郎。会赦，还寻阳，坐事下狱。时宋若思将吴兵三千赴河南，道寻阳，释囚辟为参谋，未几辞职。李阳冰为当涂令，白依之。代宗立，以左拾遗召，而白已卒，年六十余。

白晚好黄老，度牛渚矶至姑孰，悦谢家青山，欲终焉。及卒，葬东麓。元和末，宣歙观察使范传正祭其冢，禁樵采。访后裔，惟二孙女嫁为民妻，进止仍有风范，因泣曰："先祖志在青山，顷葬东麓，非本意。"传正为改葬，立二碑焉。告二女，将改妻士族，辞以孤穷失身，命也，不愿更嫁。传正嘉叹，复其夫徭役。

文宗时，诏以白歌诗、裴旻剑舞、张旭草书为"三绝"。

（《新唐书》卷二百二，中华书局 1975 年 2 月版）

旧唐书·杜甫传

［后晋］刘昫

杜甫字子美，本襄阳人，后徙河南巩县。曾祖依艺，位终巩令。祖审言，位终膳部员外郎，自有传。父闲，终奉天令。

甫天宝初应进士不第。天宝末，献《三大礼赋》，玄宗奇之，召试文章，授京兆府兵曹参军。十五载，禄山陷京师，肃宗征兵灵武，甫自京师宵遁赴河西，谒肃宗于彭原郡，拜右拾遗。房琯布衣时与甫善，时琯为宰相，请自帅师讨贼，帝许之。其年十月，琯兵败于陈涛斜。明年春，琯罢相。甫上疏言琯有才，不宜罢免。肃宗怒，贬琯为刺史，出甫为华州司功参军。时关畿乱离，谷食踊贵，甫寓居成州同谷县，自负薪采梠，儿女饿殍者数人。久之，召补京兆府功曹。

上元二年冬，黄门侍郎、郑国公严武镇成都，奏为节度参谋、检校尚书工部员外郎，赐绯鱼袋。武与甫世旧，待遇甚隆。甫性褊躁，无器度，恃恩放恣，尝凭醉登武之床，瞪视武曰："严挺之乃有此儿！"武虽急暴，不以为忤。甫于成都浣花里种竹植树，结庐枕江，纵酒啸咏，与田畯野老相狎荡，无拘检。严武过之，有时不冠，其傲诞如此。永泰元年夏，武卒，甫无所依。及郭英乂代武镇成都，英乂武人粗暴，无能刺谒，乃游东蜀依高适。既至而适卒。是岁，崔宁杀英乂，杨子琳攻西川，蜀中大乱。甫以其家避乱荆、楚，扁舟下峡，未维舟而江陵乱，乃溯沿湘流，游衡山，寓居耒阳。甫尝游岳庙，为暴水所阻，旬日不得食。耒阳聂令知之，自棹舟迎甫而还。永泰二年，啖牛肉白酒，一夕而卒于耒阳，时年五十九。

子宗武，流落湖、湘而卒。元和中，宗武子嗣业，自耒阳迁甫之柩，归葬于偃师县西北首阳山之前。

天宝末诗人，甫与李白齐名，而白自负文格放达，讥甫龌龊，而有饭颗山之嘲诮。元和中，词人元稹论李、杜之优劣曰：

予读诗至杜子美而知小大之有所总萃焉。始尧、舜之时，君臣以赓歌相和。是后诗人继作，历夏、殷、周千余年，仲尼缉拾选拣，取其干预教化之尤者三百，余无所闻。骚人作而怨愤之态繁，然犹去《风》《雅》日近，尚相比拟。秦、汉已还，采诗之官既废，天下妖谣民讴、歌颂讽赋、曲度嬉戏之辞，亦随时间作。至汉武赋《柏梁》而七言之体具。苏子卿、李少卿之徒，尤工为五言。虽句读文律各异，雅郑之音亦杂，而辞意简远，指事言情，自非有为而为，则文不妄作。建安之后，天下之士遭罹兵战，曹氏父子鞍马间为文，往往横槊赋诗，故其遒壮抑扬、冤哀悲离之作，尤极于古。晋世风概稍存。宋、齐之间，教失根本，士以简慢歙习舒徐相尚，文章以风容色泽、放旷精清为高，盖吟写性灵、留连光景之文也，意义格力无取焉。陵迟至于梁、陈，淫艳刻饰、佻巧小碎之词剧，又宋、齐之所不取也。

唐兴，官学大振，历世之文，能者互出。而又沈、宋之流，研练精切，稳顺声势，谓之为律诗。由是之后，文体之变极焉。然而莫不好古者遗近，务华者去实，效齐、梁则不逮于魏、晋，工乐府则力屈于五言，律切则骨格不存，闲暇则纤秾莫备。至于子美，盖所谓上薄《风》《骚》，下该沈、宋，言夺苏、李，气吞曹、刘，掩颜、谢之孤高，杂徐、庾之流丽，尽得古今之体势，而兼人人之所独专矣。使仲尼考锻其旨要，尚不知贵其多乎哉！苟以为能所不能，无可无不可，则诗人已来未有如子美者。

是时山东人李白，亦以文奇取称，时人谓之李、杜。予观其壮浪纵恣，摆去拘束，模写物象，及乐府歌诗，诚亦差肩于子美矣。至若铺陈终始，排比声韵，大或千言，次犹数百，词气豪迈，而风调清深，属对律切，而脱弃凡近，则李尚不能历其藩翰，况堂奥乎！

予尝欲条析其文，体别相附，与来者为之准，特病懒未就尔。

自后属文者，以稹论为是。甫有文集六十卷。

（《旧唐书》卷一百九十，中华书局 1975 年 5 月版）

新唐书·杜甫传

［宋］欧阳修 宋祁

甫字子美，少贫不自振，客吴越、齐赵间。李邕奇其材，先往见之。举进士不中第，困长安。

天宝十三载，玄宗朝献太清宫，飨庙及郊，甫奏赋三篇。帝奇之，使待制集贤院，命宰相试文章，擢河西尉，不拜，改右卫率府胄曹参军。数上赋颂，因高自称道，且言："先臣恕、预以来，承儒守官十一世，迨审言，以文章显中宗时。臣赖绪业，自七岁属辞，且四十年，然衣不盖体，常寄食于人，窃恐转死沟壑，伏惟天子哀怜之。若令执先臣故事，拔泥涂之久辱，则臣之述作虽不足鼓吹六经，至沈郁顿挫，随时敏给，扬雄、枚皋可企及也。有臣如此，陛下其忍弃之？"

会禄山乱，天子入蜀，甫避走三川。肃宗立，自鄜州羸服欲奔行在，为贼所得。至德二年，亡走凤翔上谒，拜右拾遗。与房琯为布衣交，琯时败陈涛斜，又以客董廷兰，罢宰相。甫上疏言："罪细，不宜免大臣。"帝怒，诏三司杂问。宰相张镐曰："甫若抵罪，绝言者路。"帝乃解。甫谢，且称："琯宰相子，少自树立为醇儒，有大臣体，时论许琯才堪公辅，陛下果委而相之。观其深念主忧，义形于色，然性失于简。酷嗜鼓琴，廷兰托琯门下，贫疾昏老，依倚为非，琯爱惜人情，一至玷污。臣叹其功名未就，志气挫衄，觊陛下弃细录大，所以冒死称述，涉近讦激，违忤圣心。陛下赦臣百死，再赐骸骨，天下之幸，非臣独蒙。"然帝自是不甚省录。

时所在寇夺，甫家寓鄜，弥年艰窭，孺弱至饿死，因许甫自往省视。从还京师，出为华州司功参军。关辅饥，辄弃官去，客秦州，负薪采橡栗自给。流落剑南，结庐成都西郭。召补京兆功曹参军，不至。会严武节度剑南东、西川，往依焉。武再帅剑南，表为参谋，检校工部员外郎。武以世旧，待甫甚善，亲入其家。甫见之，或时不巾，而性褊躁傲诞，尝醉登武床，瞪视曰："严挺之乃有此儿！"武亦暴猛，外若不为忤，中衔之。一日欲杀甫及梓州刺史章彝，集吏于门。武将出，冠钩于帘三，左右白其母，奔救得止，独杀彝。武卒，崔旰等乱，甫往来梓、夔间。

大历中，出瞿唐，下江陵，溯沅、湘以登衡山，因客耒阳。游岳祠，大水遽至，涉旬不得食，县令具舟迎之，乃得还。令尝馈牛炙白酒，大醉，一昔卒，年五十九。

甫旷放不自检，好论天下大事，高而不切。少与李白齐名，时号"李杜"。尝从白及高适过汴州，酒酣登吹台，慷慨怀古，人莫测也。数尝寇乱，挺节无所污，为歌诗，伤时桡弱，情不忘君，人怜其忠云。

赞曰：唐兴，诗人承陈、隋风流，浮靡相矜。至宋之问、沈佺期等，研揣声音，浮切不差，而号"律诗"，竞相袭沿。逮开元间，稍裁以雅正，然恃华者质反，好丽者壮违，人得一概，皆自名所长。至甫，浑涵汪茫，千汇万状，兼古今而有之，它人不足，甫乃厌余，残膏剩馥，沾丐后人多矣。故元稹谓："诗人以来，未有如子美者。"甫又善陈时事，律切精深，至千言不少衰，世号"诗史"。昌黎韩愈于文章慎许可，至歌诗，独推曰："李、杜文章在，光焰万丈长。"诚可信云。

（《新唐书》卷二百一，中华书局 1975 年 2 月版）

草堂集序

［唐］李阳冰

李白，字太白，陇西成纪人，凉武昭王暠九世孙，蝉联珪组，世为显著。中叶非罪，谪居条支，易姓与名。然自穷蝉至舜，五世为庶，累世不大曜，亦可叹焉。神龙之始，逃归于蜀，复指李树而生伯阳。惊姜之夕，长庚入梦，故生而名白，以太白字之。世称太白之精得之矣。不读非圣之书，耻为郑、卫之作。故其言多似天仙之辞。凡所著述，言多讽兴。自三代已来，风骚之后，驰驱屈、宋，鞭挞扬、马，千载独步，唯公一人。故王公趋风，列岳结轨。群贤翕习，如鸟归凤。卢黄门云：陈拾遗横制颓波，天下质文翕然一变，至今朝诗体，尚有梁、陈宫掖之风。至公大变，扫地并尽。今古文集，遏而不行。唯公文章，横被六合。可谓力敌造化欤。天宝中，皇祖下诏，征就金马，降辇步迎，如见绮、皓。以七宝床赐食，御手调羹以饭之，谓曰：卿是布衣，名为朕知，非素蓄道义何以及此？置于金銮殿，出入翰林中，问以国政，潜草诏诰，人无知者。丑正同列，害能成谤，格言不入，帝用疏之。公乃浪迹纵酒，以自昏秽。咏歌之际，屡称东山。又与贺知章、崔宗之等自为八仙之游，谓公谪仙人，朝列赋谪仙之歌，凡数百首，多言公之不得意。天子知其不可留，乃赐金归之，遂就从祖陈留采访大使彦允，请北海高天师授道箓于齐州紫极宫。将东归蓬莱，仍羽人驾丹丘耳。阳冰试弦歌于当涂，心非所好，公遐不弃我，乘扁舟而相顾。临当挂冠，公又疾亟。草稿万卷，手集未修。枕上授简，俾予为序。论《关雎》之义，始愧卜商；明《春秋》之辞，终惭杜预。自中原有事，公避地八年，当时著述，十丧其九，今所存者，皆得之他人焉。时宝应元年十一月乙酉也。

（安旗主编《李白全集编年笺注》，中华书局 2015 年 10 月版）

李翰林集序

［唐］魏颢

自盘古划天地，天地之气艮于西南。剑门上断，横江下绝，岷、峨之曲，别为锦川。蜀之人无闻则已，闻则杰出。是生相如、君平、王褒、扬雄，降有陈子昂、李白，皆五百年矣。白本陇西，乃放形因家于绵。身既生蜀，则江山英秀。伏羲造书契后，文章滥觞者六经。六经糟粕《离骚》，《离骚》糠秕建安七子。七子至白，中有兰芳。情理宛约，词句妍丽，白与古人争长。三字九言，鬼出神入，瞠若乎后耳。白久居峨眉，与丹丘因持盈法师达。白亦因之入翰林，名动京师。《大鹏赋》时家藏一本，故宾客贺公奇白风骨，呼为谪仙子。由是朝廷作歌数百篇。上皇豫游召白，白时为贵门邀饮，比至半醉，令制《出师诏》，不草而成，许中书舍人。以张垍谗逐，游海、岱间，年五十余尚无禄位。禄位拘常人，横海鲲，负天鹏，岂池笼荣之？颢始名万，次名炎，万之日不远命驾江东访白，游天台，还广陵见之，眸子炯然，哆如饿虎，或时束带，风流酝籍。曾受道箓于齐，有青绮冠帔一副。少任侠，手刃数人。与友自荆徂扬，路亡权窆，回棹方暑，亡友糜溃，白收其骨，江路而舟。又长揖韩荆州，荆州延饮，白误拜，韩让之，白曰：酒以成礼。荆州大悦。白始娶于许，生一女一男，曰明月奴，女既嫁而卒。又合于刘。刘诀，次合于鲁一妇人，生子曰颇黎，终娶于宋。间携昭阳、金陵之妓，迹类谢康乐，世号为李东山，骏马美妾，所适二千石郊迎，饮数斗醉，则奴丹砂抚《青海波》，满堂不乐，白宰酒则乐。颢平生自负，人或为狂，白相见泯合，有赠之作，谓余尔后必著大名于天下，无忘老夫与明月奴。因尽出其文，命颢为集。颢今登第，岂符言耶！解携明年，四海大盗，宗室有潭者，白陷焉。谪居夜郎，罪不至此，屡经昭洗，朝廷忍白久为长沙汨罗之俦，路远不存，否极则泰，白宜自宽。吾观白之文义，有济代命，然千钧之弩，魏王大瓠，用之有时。议者奈何以白有叔夜之短，倘黄祖过祢，晋帝罪阮，古无其贤。所谓仲尼不假盖于子夏。经乱离，白章句荡尽，上元末，颢于绛偶然得之。沉吟累年，一字不下。今日怀旧，援笔成序，首以赠颢作，颢酬白诗，不忘故人也。次以《大鹏赋》、古乐府诸篇积薪而录，文有差互者两举之。白未绝笔，吾其再刊。付男平津子掌。其他事迹，存于后序。

（安旗主编《李白全集编年笺注》，中华书局 2015 年 10 月版）

故翰林学士李君墓志并序

［唐］李华

呜呼！姑熟东南，青山北址，有唐高士李白之墓。呜呼哀哉！夫仁以安物，公其懋焉。义以济难，公其志焉。识以辨理，公其博焉。文以宣志，公其懿焉。宜其上为王师，下为伯友。年六十有二不偶，赋《临终歌》而卒。悲夫！圣以立德，贤以立言，道以恒世，言以经俗。虽曰死矣，吾不谓其亡矣也。有子曰伯禽，天然长能持，幼能辩，数梯公之德，必将大其名也已矣。铭曰：立德谓圣，立言谓贤。嗟君之道，奇于人而侔于天。哀哉！

（安旗主编《李白全集编年笺注》，中华书局 2015 年 10 月版）

唐故翰林学士李君碣记

［唐］刘全白

君名白，广汉人。性倜傥，好纵横术，善赋诗，才调逸迈，往往兴会属词，恐古人之善诗者亦不逮。尤工古歌。少任侠，不事产业，名闻京师。天宝初，玄宗辟翰林待诏，因为和蕃书，并上《宣唐鸿猷》一篇。上重之，欲以纶诰之任委之。同列者所谤，诏令归山。遂浪迹天下，以诗酒自适。又志尚道术，谓神仙可致，不求小官，以当世之务自负，流离轗轲，竟无所成名。有子名伯禽。偶游至此，遂以疾终，因葬于此。文集亦无定卷，家家有之。代宗登极，广拔淹瘁，时君亦拜拾遗。闻命之后，君亦逝矣。呜呼！与其才不与其命，悲夫！全白幼则以诗为君所知，及此投吊，荒坟将毁，追想音容，悲不能止。邑有贤宰顾公游秦，志好为诗，亦常慕效李君气调，因嗟盛才冥寞，遂表墓式坟，乃题贞石，冀传于往来也。贞元六年四月七日记，沙门履文书，坟去墓记一百二十步。

（安旗主编《李白全集编年笺注》，中华书局 2015 年 10 月版）

唐左拾遗翰林学士李公新墓碑并序

［唐］范传正

骐骥筋力成，意在万里外。历块一蹶，毙于空谷。惟余骏骨，价重千金。大鹏羽翼张，势欲摩穹昊。天风不来，海波不起。塌翅别岛，空留大名。人亦有之，故左拾遗、翰林学士李公之谓矣。公名白，字太白，其先陇西成纪人。绝嗣之家，难求谱牒。公之孙女搜于箱箧中，得公之亡子伯禽手疏十数行，纸坏字缺，不能详备。约而计之，凉武昭王九代孙也。隋末多难，一房被窜于碎叶，流离散落，隐易姓名。故自国朝已来，漏于属籍。神龙初，潜还广汉。因侨为郡人。父客以逋其邑，遂以客为名。高卧云林，不求禄仕。公之生也，先府君指天枝以复姓，先夫人梦长庚而告祥，名之与字，咸所取象。受五行之刚气，叔夜心高；挺三蜀之雄才，相如文逸。瑰奇宏廓，拔俗无类。少以侠自任，而门多长者车。常欲一鸣惊人，一飞冲天，彼渐陆迁乔，皆不能也。由是慷慨自负，不拘常调，器度弘大，声闻于天。天宝初，召见于金銮殿，玄宗明皇帝降辇步迎，如见园、绮，论当世务，草答蕃书，辩如悬河，笔不停缀。玄宗嘉之，以宝床方丈赐食于前，御手和羹，德音褒美。褐衣恩遇，前无比俦。遂直翰林，专掌密命。将处司言之任，多陪侍从之游。他日泛白莲池，公不在宴。皇欢既洽，召公作序。时公已被酒于翰苑中，仍命高将军扶以登舟，优宠如是。既而上疏请还旧山，玄宗甚爱其才，或虑乘醉出入省中，不能不言温室树，恐掇后患，惜而遂之。公以为千钧之弩，一发不中，则当摧橦折牙而永息机用，安能效碌碌者苏而复上哉！脱屣轩冕，释羁缰锁，因肆情性，大放宇宙间。饮酒非嗜其酣乐，取其昏以自富。作诗非事于文律，取其吟以自适。好神仙非慕其轻举，将不可求之事求之。欲耗壮心，遣余年也。在长安时，秘书监贺知章号公为谪仙人。吟公《乌栖曲》云：此诗可以哭鬼神矣。时人又以公及贺监、汝阳王、崔宗之、裴周南等八人为酒中八仙。朝列赋谪仙歌百余首。俄属戎马生郊，远身海上，往来于斗牛之分，优游没身。偶乘扁舟，一日千里，或遇胜境，终年不移。长江远山，一泉一石，无往而不自得也。晚岁渡牛渚矶，至姑熟，悦谢家青山，有终焉之志。盘桓利居，竟卒于此。其生也，圣朝之高士；其往也，当涂之旅人。代宗之初，搜罗俊逸，拜公左拾遗。制下于彤庭，礼降于玄壤。生不及禄，没而称官，呜呼命与！传正共生唐代，甲子相悬。常于先大夫文字中见与公有浔阳夜宴诗，则知与公有通家之旧。早于人间得公遗篇逸句，吟咏在口。无何叨蒙恩奖，廉问宣、池。按图得公之坟墓，在当涂属邑。因令禁樵采，备洒扫，访公之子孙，欲申慰荐。凡三四年，乃获孙女二人，一为陈云之室，一为刘劝之妻，皆编户氓也。因召至郡庭，相见与语，衣服村落，形容朴野，而进退闲雅，应对详谛，且祖德如在，儒风宛然。问其所以，则曰：父伯禽以贞元八年不禄而卒，有兄一人，出游一十二年，不知所在。父存无官，父殁为民，有兄不相保，为天下之穷人。无桑以自蚕，非不知机杼；无田以自力，非不知稼穑。况妇人不任，布裙粝食，何所仰给？俪于农夫，救死而已。久不敢闻于县官，惧辱祖考。乡闾逼迫，忍耻来告。言讫泪下，余亦对之泫然。因云：先祖志在青山，遗言宅兆，顷属多故，殡于龙山东麓，地近而非本意。坟高三尺，日益摧圮，力且不及，知如之何。闻之悯然，将遂其请。因当涂令诸葛纵会计在州，得谕其事。纵亦好事者，学为歌诗，乐闻其语。便道还县，躬相地形，卜新宅于青山之阳，以元和十二年正月二十三日迁神于此。遂公之志也。西去旧坟六里，南抵驿路三百步。北倚谢公山，即青山也。天宝十二载勒改名焉。因告二女，将改适于士族。皆曰：夫妻之道命也，亦分也。在孤穷既失身于下俚，仗威力乃求援于他问。生纵偷安，死何面目见大父于地下？欲败其类，所不忍闻。余亦嘉之，不夺其志，复井税免徭役而已，今士大夫之葬必志于墓，有勋庸道德之家，兼树碑于道。余才术贫虚，不能两致。今作新墓铭，兼刊二石，一置于泉扃，一表于道路。亦岘首汉川之义也，庶芳声之不泯焉。文集二十卷，或得之于时之文士，或得之于宗族，编辑断简，以行于代。铭曰：

嵩岳降神，是生辅臣。蓬莱谴真，斯为逸人。晋有七贤，唐称八仙。应彼星象，唯公一焉。晦以曲糵，畅于文篇。万象奔走乎笔端，万虑泯灭乎樽前。卧必酒瓮，行惟酒船。吟风咏月，席地幕天，但贵乎适其所适，不知夫所以然而然。至今尚疑其醉在千日，宁审乎寿终百年？谢家山兮李公墓，异代诗流同此路。旧坟卑庳风雨侵，新宅爽垲松柏林。故乡万里且无嗣，二女从民永于此。猗欤琢石为二碑，一藏幽隧一临歧。岸深谷高变化时，一存一毁名不亏。

（安旗主编《李白全集编年笺注》，中华书局 2015 年 10 月版）

翰林学士李公墓碑

［唐］裴敬

李翰林名白，字太白，以诗著名，召入翰林。世称才名，占得翰林，他人不复争先。其后以胁从得罪，既免，遂放浪江南，死宣城，葬当涂青山下。李阳冰序诗集，粗具行止。敬尝游江表，过其墓下，爱其才，壮其气，味其嗜酒，知其取适，作碑于墓。且曰：先生得天地秀气耶！不然，何异于常之人耶！或曰：太白之精下降，故字太白，故贺监号为谪仙，不其然乎！故为诗格高旨远，若在天上物外，神仙会集，云行鹤驾，想见飘然之状。视尘中屑屑米粒，虫睫纷扰，菌蠢羁绊蹂躏之比。又尝有知鉴，客并州，识郭汾阳于行伍间，为免脱其刑责而奖重之。后汾阳以功成官爵请赎翰林，上许之，因免诛。其报也。又常心许剑舞裴将军，予曾叔祖也。尝投书曰：如白愿出将军门下。其文高，其气雄。世稀其本，惧失其传，故序传之。大和初，文宗皇帝命翰林学士为三绝赞，公之诗歌与将军剑舞洎张旭长史草书为三绝。夫天付上才，必同灵气。贤杰相投，龙虎两合，可为知者言，非常人所知也。予尝过当涂，访翰林旧宅，又于浮屠寺化城之僧得翰林自写《访贺监不遇》诗云：东山无贺老，却棹酒船回。味之不足，重之为宝，用献知者。又于历阳郡得翰林《与刘尊师书》一纸，思高笔逸。又尝游上元蒋山寺，见翰林赞志公云：水中之月，了不可取，刀齐尺量，扇迷陈语。文简事备，诚为作者，附于此云。夫古以名德称，占其官谥者甚希。前以诗称者，若谢吏部、何水部、陶彭泽、鲍参军之类。唐朝以诗称，若王江宁、宋考功、韦苏州、王右丞、杜员外之类。以文称者，若陈拾遗、苏司业、元容州、萧功曹、韩吏部之类。以德行称者，元鲁山、阳道州。以直称者，魏文贞、狄梁公。以忠烈称者，颜鲁公、段太尉。以武称者，李卫公、英公。以学行文翰俱称者，虞秘监。唐之得人，于斯为盛。翰林其以诗称之一也。会昌三年二月中，敬自渭水草堂南游江左，过公墓下，四过青山，两发涂口，徘徊不忍去，与前濮州鄄城县尉李劭同以公服拜其墓，问其墓左人毕元宥实备洒扫，留绵帛具酒馔祭公。知公无孙，有孙女二人，一娶刘劝，一娶陈云，皆农夫也。且曰二孙女不拜墓已五六年矣，因告邑宰李君都杰，请免毕元宥力役，俾专洒扫事。嘻！享名甚高，后事何薄！谢公旧井，新墓角落。青山白云，共为萧索，巨竹拱木，如公卓荦。天长地久，其名不朽。此为祭文，写授元宥。又为碑曰："贵尽皆然，名存则难。故予重名不重官。"作李翰林碑十五字而已。

（安旗主编《李白全集编年笺注》，中华书局 2015 年 10 月版）

唐故工部员外郎杜君墓系铭并序

［唐］元稹

叙曰：予读诗至杜子美，而知小大之有所总萃焉。始尧舜时，君臣以赓歌相和。是后诗人继作，历夏殷周千余年，仲尼缉拾选练，取其干预教化之尤者三百篇，其余无闻焉。骚人作而怨愤之态繁，然犹去风雅日近，尚相比拟。秦汉以还，采诗之官既废，天下俗谣民讴、歌颂讽赋、曲度嬉戏之词，亦随时间作。逮至汉武，赋《柏梁》诗而七言之体具。苏子卿、李少卿之徒，尤工为五言。虽句读文律各异，雅郑之音亦杂，而词意简远，指事言情，自非有为而为，则文不妄作。建安之后，天下文士遭罹兵战，曹氏父子鞍马间为文，往往横槊赋诗，故其遒壮抑扬冤哀悲离之作，尤极于古。晋世风概稍存。宋齐之间，教失根本，士以简慢歙习舒徐相尚，文章以风容色泽放旷精清为高，盖吟写性灵、流连光景之文也，意义格力无取焉。陵迟至于梁陈，淫艳刻饰佻巧小碎之词剧，又宋齐之所不取也。唐兴，官学大振，历世之文，能者互出，而又沈宋之流，研练精切，稳顺声势，谓之为律诗。由是而后，文变之体极焉。然而莫不好古者遗近，务华者去实；效齐梁则不逮于魏晋，工乐府则力屈于五言；律切则骨格不存，闲暇则纤秾莫备。至于子美，盖所谓上薄风骚，下该沈宋，古傍苏李，气夺曹刘，掩颜谢之孤高，杂徐庾之流丽，尽得古今之体势，而兼今人之所独专矣。使仲尼考锻其旨要，尚不知贵其多乎哉！苟以为能所不能，无可不可，则诗人以来，未有如子美者。时山东人李白，亦以奇文取称，时人谓之李杜。予观其壮浪纵恣，摆去拘束，模写物象及乐府歌诗，诚亦差肩于子美矣。至若铺陈终始，排比声韵，大或千言，次犹数百，词气豪迈而风调清深，属对律切而脱弃凡近，则李尚不能历其藩翰，况堂奥乎！

予尝欲条析其文，体别相附，与来者为之准，特病懒未就。适子美之孙嗣业启子美之柩，襄祔事于偃师，次于荆，雅知予爱言其大父为文，拜予为志。辞不可绝，予因系其官阀而铭其卒葬云。

系曰：晋当阳成侯姓杜氏，十世而生依艺，令于巩。依艺生审言，审言善诗，官至膳部员外郎。审言生闲，闲生甫。闲为奉天令。甫字子美，天宝中献《三大礼赋》，明皇奇之，命宰相试文，文善，授右卫率府胄曹。属京师乱，步谒行在，拜左拾遗。岁余，以直言失官，出为华州司功。寻迁京兆功曹，剑南节度使严武状为工部员外，参谋军事，旋又弃去。扁舟下荆楚间，竟以寓卒，旅殡岳阳，享年五十九。夫人弘农杨氏女，父曰司农少卿怡，四十九年而终。嗣子曰宗武，病不克葬，殁，命其子嗣业。嗣业贫，无以给丧，收拾乞匄，焦劳昼夜，去子美殁后余四十年，然后卒先人之志，亦足为难矣。

铭曰：维元和之癸巳，粤某月某日之佳辰，合窆我杜子美于首阳之前山。呜呼！千岁而下，曰：此文先生之古坟。

（杨军撰《元稹集编年笺注（散文卷）》，三秦出版社 2008 年 12 月版）

后 记

《李杜诗歌精读》即将付梓，关于其编撰原委与始末，这里略做交代。

李白与杜甫是中国文学史上享有崇高地位的经典作家，也是高等学校汉语言文学专业中国文学史课程重点讲授的诗人，但因课时所限，文学史课程的讲授，常很难满足学生进一步学习作品的愿望。有感于此，我遂萌生了开设以李、杜诗歌精读为宗旨的专题课程的想法。数年前，适本校汉语言文学专业人才培养方案修订，“李白杜甫诗歌精读”被列为本专业的选修课之一，我因此便承乏承担了此门课程的讲授任务。

经过一段时间的准备，自2018年起，我在文学院汉语言文学专业开设了“李白杜甫诗歌精读”选修课。令我感到欣慰的是，学生选修此课非常积极踊跃。后来除汉语言文学专业的学生外，其他专业也有选修此课者。这都使我倍受鼓舞。2019年，我以《李杜诗歌精读》讲义为基础，申报了学校高水平教材建设项目，经评审获得了立项。2021年年初，《李杜诗歌精读》教材又获得了西北大学高水平教材出版培育项目的资助，并交由西北大学出版社出版。

在本书即将梓行之际，我首先要向母校西北大学表示衷心的感谢。其次我还要感谢西北大学出版社。感谢出版社领导对本书出版的支持；感谢责编张立女士的细心编校，她的认真与细致，使本书减少了许多应可避免的错误与疏漏。

由于撰者学殖与水平所限，书中定还存在不少错误与不足，诚恳地希望得到读者的批评与指正。

李芳民

2021年6月25日

于西北大学长安校区寓所